笑傲江湖

金庸作品集 29

贰

金庸 著

图书在版编目（CIP）数据

笑傲江湖/金庸著. —广州：广州出版社，2009.12（2023.11重印）
ISBN 978-7-5462-0071-2

Ⅰ.①笑…　Ⅱ.①金…　Ⅲ.①侠义小说－中国－当代　Ⅳ.①I247.5

中国版本图书馆CIP数据核字（2009）第216554号

广东省版权局版权合同登记图字：19-2012-024号

朗声图书

本书版权由著作权人授权广州市朗声图书有限公司在中国大陆（不包括香港、澳门、台湾地区）专有使用

敬告读者

　　为了维护读者、著作权人和出版发行者的合法权益，本书采用了新型数码防伪技术。正版图书的定价标示处及外包装盒上均贴有完好的防伪标签。刮开涂层，可见到一组数码，您可以通过两种途径查验真伪。

1. 拨打全国免费电话4008301315，按语音提示从左到右依次输入相应数码并按#键结束。
2. 扫描防伪标上的二维码，按提示输入相应数码。

　　读者如发现盗版图书，可向当地"扫黄打非"办公室、新闻出版局、公安机关、市场监督管理局等部门举报，或直接与我们联系。

　　联系电话：020-34297719　13570022400

　　我们对举报盗版、盗印、销售盗版图书等侵权行为的有功人员将予以重奖。

广州市朗声图书有限公司

衬页印章／高凤翰「檗下琴」：高凤翰（1683—1743），山东济宁人，乾隆初因病右臂失去知觉，以左手治印，风格古朴。檗，音柏，性寒味苦可作药，「檗下琴」意为苦中作乐。

左图／傅山《山水》：傅山（1607—1684），山西阳曲人，字青主，为人有侠气，世称义士。入清后号朱衣道人，穿道装，不肯薙发，行医为业，康熙帝强征入京，傅山佯病，坚不仕清。其书画磊落有奇气，以风骨胜。

明宋旭绘《五岳图卷》之「二室争奇」：展现的是中岳嵩山太室山、少室山的壮观景致。嵩山派位于太室山，少林派位于少室山。

二室爭奇

萬曆戊子六月之望
李宗謨

3

庚辰三月吴郡唐寅畫

唐寅《吹箫仕女图》。

琴谱：古琴谱以简笔记录指法。每一个均是怪字。此两页琴谱录自《三才图会》，谱旁录有曲词。《笑傲江湖》曲谱中并无通常文字，洛阳金刀王家祖孙粗鄙武人，因而怀疑系辟邪剑法之剑谱。

角意數有六十四聲陰中之少陽清濁之間也位於三絃尊之而爲角調有清寂之妙曲有列子御風凌虛吟之類皆角意也

商角意

渭水濱秋風落日征鴻問從
來幾簡英雄南陽東海總成

功臥龍不滅飛熊霸業也却
成空烏江遺恨無窮至今無

是意有半商半角之聲嘆英雄之遺恨嗟世事之浮漚愴古傷今之情

徵意

三才圖會 人事卷 三五

角意

幾何
千今都做了一枕長春夢忽
然又覺秋風生冀人生能有

是意考之商數七十有二華陽中之純陽也位於二絃尊之而爲商調有情致之意曲如別鶴操客窗夜話後鶴雙清峙去來兮對月吟聖德頌志機之類皆商調也

東風楊柳日舒長匝芳草斜
陽落燕泥香畫屏看

送送迤陽落迤迤背
榮德瀟湘對芳晨無限思量
滅月長

三才圖會 人事一末 三西

5

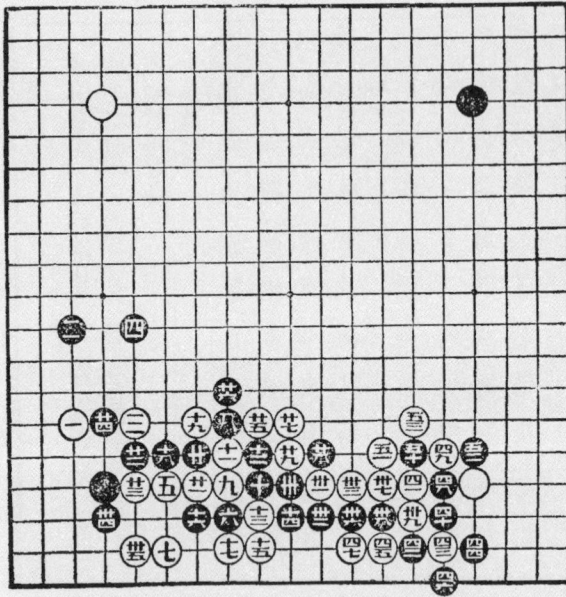

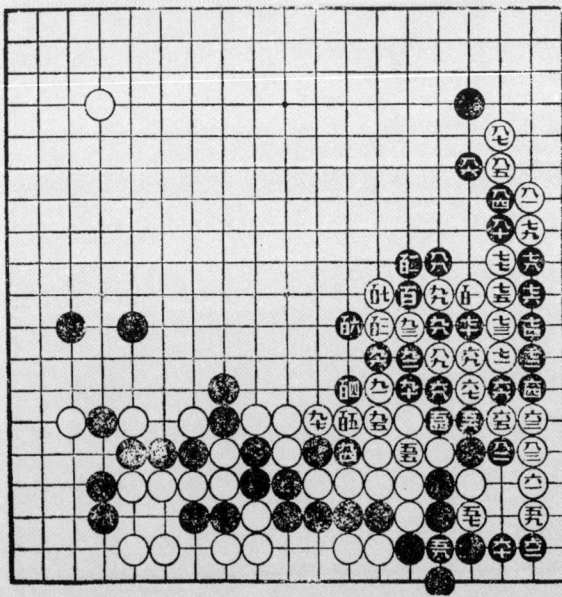

古围棋谱「呕血谱」：相传宋围棋国手刘仲甫于骊山下遇老妪，弈棋一百二十着，刘全军覆没。

中国古时白色棋先行，刘持白棋。本谱着着紧凑，无怪黑白子为之着迷。

颜真卿《送裴将军诗》（部分）：
裴将军名旻（音珉），善舞剑，
当时号称李白诗歌、裴旻剑舞、张旭草书
为唐代「三绝」。

范宽《溪山行旅图》：：范宽，字中立，华原人，北宋山水画家中最重要者之一。为人风仪峭古，举止疏野，嗜酒落魄，卜居华山以对景造意。评者称其画气象萧索，烟林清旷，峰峦浑厚，势状雄强，溪出深虚，水若有声，洵为一代大家。

目录

迷迷糊糊之中，但觉胸口烦恶，全身气血倒转，说不出的难受，过了良久，神智渐复，只觉身子似乎在一只火炉中烧烤，忍不住呻吟出声，听得有人喝道："别作声。"

十一　聚　气

令狐冲向厅内瞧去，只见宾位上首坐着一个身材高大的瘦削老者，右手执着五岳剑派令旗，正是嵩山派的仙鹤手陆柏。他下首坐着一个中年道人，一个五十来岁的老者，从服色瞧来，分别属于泰山、衡山两派，更下手又坐着三人，都是五六十岁年纪，腰间所佩长剑均是华山派的兵刃，第一人满脸戾气，一张黄焦焦的面皮，想必是陆大有所说的那个封不平。师父和师娘坐在主位相陪。桌上摆了清茶和点心。

只听那衡山派的老者说道："岳兄，贵派门户之事，我们外人本来不便插嘴。只是我五岳剑派结盟联手，共荣共辱，要是有一派处事不当，为江湖同道所笑，其余四派共蒙其羞。适才岳夫人说道，我嵩山、泰山、衡山三派不该多管闲事，这句话未免不对了。"这老者一双眼睛黄澄澄地，倒似生了黄胆病一般。

令狐冲心下稍宽："原来他们仍在争执这件事，师父并未屈服让位。"

岳夫人道："鲁师兄这么说，那是咬定我华山派处事不当，连累贵派的声名了？"

衡山派这姓鲁的老者微微冷笑，说道："素闻华山派宁女侠是太上掌门，往日在下也还不信，今日一见，才知果然名不虚传。"

岳夫人怒道："鲁师兄来到华山是客，今日我可不便得罪。只不过衡山派一位成名的英雄，想不到却会这般胡言乱语，下次见到莫大先生，倒要向他请教。"那姓鲁老者冷笑道："只因在下是客，岳夫人才不能得罪，倘若这里不是华山，岳夫人便要挥剑斩我的人头了，是也不是？"岳夫人道："这却不敢，我华山派怎敢来理会贵派门户之事？贵派中人和魔教勾结，自有嵩山派左盟主清理，不用敝派插手。"

衡山派刘正风和魔教长老曲洋双双死于衡山城外，江湖上皆知是嵩山派所杀。她提及此事，一来揭衡山派的疮疤，二来讥刺这姓鲁老者不念本门师兄弟被杀之仇，反和嵩山派的人物同来跟自己夫妇为难。那姓鲁老者脸色大变，厉声道："古往今来，哪一派中没有不肖弟子？我们今日来到华山，正是为了主持公道，相助封大哥清理门户中的奸邪之辈。"

岳夫人手按剑柄，森然道："谁是奸邪之辈？拙夫岳不群外号人称'君子剑'，阁下的外号叫作什么？"

那姓鲁老者脸上一红，一双黄澄澄的眼睛对着岳夫人怒目而视，却不答话。

这老者虽是衡山派中的第一代人物，在江湖上却无多大名气，令狐冲不知他来历，回头问劳德诺道："这人是谁？匪号叫作什么？"他知劳德诺带艺投师，拜入华山派之前在江湖上历练已久，多知武林中的掌故轶事。劳德诺果然知道，低声道："这老儿叫鲁连荣，正式外号叫作'金眼雕'。但他多嘴多舌，惹人讨厌，武林中人背后都管他叫'金眼乌鸦'。"令狐冲微微一笑，心想："这不雅的外号虽然没人敢当面相称，但日子久了，总会传入他耳里。师娘问他外号，他自然明白指的决不会是'金眼雕'而是'金眼乌鸦'。"

只听得鲁连荣大声道："哼，什么'君子剑'？'君子'二字之上，只怕得再加上一个'伪'字。"令狐冲听他如此当面侮辱师父，再也忍耐不住，大声叫道："瞎眼乌鸦，有种的给我滚了出来！"

岳不群早听得门外令狐冲和劳德诺的对答，心道："怎地冲儿下峰来了?"当即斥道:"冲儿,不得无礼。鲁师伯远来是客,你怎可没上没下的乱说?"

鲁连荣气得眼中如要喷出火来,华山大弟子令狐冲在衡山城中胡闹的事,他是听人说过的,当即骂道:"我道是谁,原来是这在衡山城中嫖妓宿娼的小子!华山派门下果然是人才济济。"令狐冲笑道:"不错,我在衡山城中嫖妓宿娼,结识的婊子姓鲁!"

岳不群怒喝:"你……你还在胡说八道!"令狐冲听得师父动怒,不敢再说,但厅上陆柏和封不平等已忍不住脸露微笑。

鲁连荣倏地转身,左足一抬,砰的一声,将一扇长窗踢得飞了出去。他不认得令狐冲,指着华山派群弟子喝道:"刚才说话的是哪一只畜生?"华山群弟子默然不语。鲁连荣又骂:"他妈的,刚才说话的是哪一只畜生?"令狐冲笑道:"刚才是你自己在说话,我怎知是什么畜生?"鲁连荣怒不可遏,大吼一声,便向令狐冲扑去。

令狐冲见他来势凶猛,向后跃开,突然间人影一闪,厅堂中飘出一个人来,银光闪烁,铮铮有声,已和鲁连荣斗在一起,正是岳夫人。她出厅,拔剑,挡架,还击,一气呵成,姿式又复美妙之极,虽是极快,旁人瞧在眼中却不见其快,但见其美。

岳不群道:"大家是自己人,有话不妨慢慢的说,何必动手?"缓步走到厅外,顺手从劳德诺腰边抽出长剑,一递一翻,将鲁连荣和岳夫人两柄长剑压住。鲁连荣运劲于臂,向上力抬,不料竟然纹丝不动,脸上一红,又再运气。

岳不群笑道:"我五岳剑派同气连枝,便如自家人一般,鲁师兄不必和小孩子们一般见识。"回过头来,向令狐冲斥道:"你胡说八道,还不快向鲁师伯陪礼?"

令狐冲听了师父吩咐,只得上前躬身行礼,说道:"鲁师伯,弟子瞎了眼,不知轻重,便如臭乌鸦般哑哑乱叫,污蔑了武林高人的声誉,当真连畜生也不如。你老人家别生气,我可不是骂你。臭乌鸦乱叫乱噪,咱们只当他是放屁!"他臭乌鸦长、臭乌鸦短的说个不休,谁都知他又是在骂鲁连荣,旁人还可忍住,岳灵珊已咭的一声，笑了出来。

岳不群感到鲁连荣接连运了三次劲，微微一笑，收起长剑，交还给劳德诺。鲁连荣剑上压力陡然消失，手臂向上急举，只听得当当两声响，两截断剑掉在地下，他和岳夫人手中都只剩下了半截断剑。他正在出力和岳不群相拼，这时运劲正猛，半截断剑向上疾挑，险些劈中了自己额角，幸好他膂力甚强，这才及时收住，但已闹得手忙脚乱，面红耳赤。

他嘶声怒喝："你……你……两个打一个！"但随即想到，岳夫人的长剑也被岳不群以内力压断，眼见陆柏、封不平等人都已出厅观斗，人人都看得出来，岳不群只是劝架，请二人罢手，却无偏袒。但妻子的长剑被丈夫压断并无干系，鲁连荣这一下却无论如何受不了。他又叫："你……你……"右足重重一顿，握着半截断剑，头也不回的急冲下山。

岳不群压断二人长剑之时，便已见到站在令狐冲身后的桃谷六仙，只觉得这六人形相非常，甚感诧异，拱手道："六位光临华山，未曾远迎，还望恕罪。"桃谷六仙瞪眼瞧着他，既不还礼，也不说话。令狐冲道："这位是我师父，华山派掌门岳先生……"

他一句话没说完，封不平插口道："是你师父，那是不错，是不是华山派掌门，却要走着瞧了。岳师兄，你露的这手紫霞神功可帅得很啊，可是单凭这手气功，却未必便能执掌华山门户。谁不知道华山派是五岳剑派之一，剑派剑派，自然是以剑为主。你一味练气，那是走入魔道，修习的可不是本门正宗心法了。"

岳不群道："封兄此言未免太过。五岳剑派都使剑，那固然不错，可是不论哪一门、哪一派，都讲究'以气御剑'之道。剑术是外学，气功是内学，须得内外兼修，武功方克得有小成。以封兄所言，倘若只是勤练剑术，遇上了内家高手，那便相形见绌了。"

封不平冷笑道："那也不见得。天下最佳之事，莫如九流三教、医卜星相、四书五经、十八般武艺件件皆能，事事皆精，刀法也好，枪法也好，无一不是出人头地。可是世人寿命有限，哪能容得你每一门都去练上一练？一个人专练剑法，尚且难精，又怎能分心去练别的功夫？我不是说练气不好，只不过咱们华山派的正宗武学乃是剑术。你要涉猎旁门左道的功夫，有何不可，去练魔教的'吸星大法'，旁人也还管你不着，何况练气？但寻常人贪多务得，练坏了门道，不过是自作自受，你眼下执掌华山一派，这般走上了歪路，那可是贻祸子弟，流毒无穷。"

令狐冲心中猛地闪过一个念头："风太师叔只教我练剑，他……他多半是剑宗的。我跟他老人家学剑，这……这可错了吗？"霎时间毛骨悚然，背上满是冷汗。

岳不群微笑道："'贻祸子弟，流毒无穷'，却也不见得。"

封不平身旁那个矮子突然大声道："为什么不见得？你教了这么一大批没个屁用的弟子出来，还不是'贻祸子弟，流毒无穷'？封师兄说你所练的功夫是旁门左道，不配做华山派的掌门，这话一点不错。你到底是自动退位呢，还是吃硬不吃软，要叫人拉下位来？"

这时陆大有已赶到厅外，见大师哥瞧着那矮子，脸有疑问之色，便低声道："先前听他们跟师父对答，这矮子名叫成不忧。"

岳不群道："成兄，你们'剑宗'一支，二十五年前早已离开本门，自认不再是华山派弟子，何以今日又来生事？倘若你们自认功夫了得，不妨自立门户，在武林中扬眉吐气，将华山派压了下来，岳某自也佩服。今日这等噜唆不清，除了徒伤和气，更有何益？"

成不忧大声道："岳师兄，在下和你无怨无仇，原本不必伤这和气。只是你霸占华山派掌门之位，却教众弟子练气不练剑，以致我华山派声名日衰，你终究卸不了罪责。成某既是华山弟子，终不能袖手旁观，置之不理。再说，当年'气宗'排挤'剑宗'，所使的手段实在不明不白，殊不光明正大，我'剑宗'弟子没一个服气。我们已隐忍了二十五年，今日该得好好算一算这笔帐了。"

岳不群道："本门气宗剑宗之争，由来已久。当日两宗玉女峰上比剑，胜败既决，是非亦分。事隔二十五年，三位再来旧事重提，复有何益？"

成不忧道："当日比剑胜败如何，又有谁见来？我们三个都是'剑宗'弟子，就一个也没见。总而言之，你这掌门之位得来不清不楚，否则左盟主身为五岳剑派的首领，怎么他老人家也会颁下令旗，要你让位？"岳不群摇头道："我想其中必有蹊跷。左盟主向来见事极明，依情依理，决不会突然颁下令旗，要华山派更易掌门。"成不忧指着五岳剑派的令旗道："难道这令旗是假的？"岳不群道："令旗是不假，只不过令旗是哑巴，不会说话。"

陆柏一直旁观不语，这时终于插口："岳师兄说五岳令旗是哑巴，难道陆某也是哑巴不成？"岳不群道："不敢，兹事体大，在下当面谒左盟主后，再定行止。"陆柏阴森森的道："如此说来，岳师兄毕竟是信不过陆某的言语了？"岳不群道："不敢！就算左盟主真有此意，他老人家也不能单凭一面之辞，便传下号令，总也得听听在下的言语才是。再说，左盟主为五岳剑派盟主，管的是五派所共的大事。至于泰山、恒山、衡山、华山四派自身的门户之事，自有本派掌门人作主。"

成不忧道："哪有这么许多噜唆的？说来说去，你这掌门人之位是不肯让的了，是也不是？"他说了"不肯让的了"这五个字后，刷的一声，已然拔剑在手，待说那"是"字时便刺出一剑，说"也"字时刺出一剑，说"不"字时刺出一剑，说到最后一个"是"字时又刺出一剑，"是也不是"四个字一口气说出，便已连刺了四剑。

这四剑出招固然迅捷无伦，四剑连刺更是四下凌厉之极的不同招式，极尽变幻之能事。第一剑穿过岳不群左肩上衣衫，第二剑穿过他右肩衣衫，第三剑刺他左胁之旁的衣衫，第四剑刺他右胁旁衣衫。四剑均是前后一通而过，在他衣衫上刺了八个窟窿，剑刃都是从岳不群身旁贴肉掠过，相去不过半寸，却没伤到他丝毫肌肤，这四剑招式之妙，出手之快，拿捏之准，势道之烈，无一不是第一流高手的风范。华山群弟子除令狐冲外尽皆失色，均想："这四剑都是本派剑法，却从来没见师父使过。'剑宗'高手，果然不凡。"

但陆柏、封不平等却对岳不群更是佩服。眼见成不忧连刺四剑，每一剑都是狠招杀着，剑剑能致岳不群的死命，但岳不群始终脸露微笑，坦然而受，这养气功夫却尤非常人所能。成不忧等人来到华山，摆明了要夺掌门之位，岳不群人再厚道，也不能不防对方暴起伤人，可是他不避不让，漫不在乎的受了四剑，自是胸有成竹，只须成不忧一有加害之意，他便有克制之道。在这间不容发的瞬息之间，他竟能随时出手护身克敌，则武功远比成不忧为高，自可想而知。他虽未出手，但慑人之威，与出手致胜已殊无二致。

令狐冲眼见成不忧所刺的这四剑，正是后洞石壁所刻华山派剑法中的一招招式，他将之一化为四，略加变化，似乎四招截然不同，其实只是一招，心想："剑宗的招数再奇，终究越不出石壁上所刻的范围。"

岳夫人道："成兄，拙夫总是瞧着各位远来是客，一再容让。你已在他衣上刺了四剑，再不知趣，华山派再尊敬客人，总也有止境。"

成不忧道："什么远来是客，一再容让？岳夫人，你只须破得我这四招剑法，成某立即乖乖的下山，再也不敢上玉女峰一步。"他虽然自负剑法了得，然见岳不群如此不动声色，倒也不敢向他挑战，心想岳夫人在华山派中虽也名声不小，终究是女流之辈，适才见到自己这四剑便颇有骇然色变之态，只须激得她出手，定能将她制住，那时岳不群或者心有所忌，就此屈服，或者章法大乱，便易为封不平所乘了，说着长剑一立，大声道："岳夫人请。宁女侠乃华山气宗高手，天下知闻。剑宗成不忧今日领教宁女侠的气功。"他这么说，竟揭明了要重作华山剑气二宗的比拼。

岳夫人虽见成不忧这四剑招式精妙，自己并无必胜把握，但他这等咄咄逼人，如何能就此忍让？刷的一声，抽出了长剑。

令狐冲抢着道："师娘，剑宗练功的法门误入歧途，岂是本门正宗武学之可比？先让弟子和他斗斗，倘若弟子的气功没练得到家，再请师娘来打发他不迟。"他不等岳夫人允可，已纵身拦在她身前，手中却握着一柄顺手在墙边捡起来的破扫帚。他将扫帚一晃一晃，向成不忧道："成师傅，你已不是本门中人，什么师伯师叔的称呼，只好免了。你如迷途知返，要重投本门，也不知我师父肯不肯收你。就算我师父肯收，本门规矩，先入师门为大，你也得叫我一声师兄了，请请！"倒转了扫帚柄，向他一指。

成不忧大怒，喝道："臭小子，胡说八道！你只须挡得住我适才这四剑，成不忧拜你为师。"令狐冲摇头道："我可不收你这个徒弟……"一句话没说完，成不忧已叫道："拔剑领死！"令狐冲道："真气所至，草木皆是利剑。对付成兄这几招不成气候的招数，又何必用剑？"成不忧道："好，是你狂妄自大，可不能怨我出手狠辣！"

岳不群和岳夫人知道这人武功比令狐冲可高得太多，一柄扫帚管得甚用？以空手挡他利剑，凶险殊甚，当下齐声喝道："冲儿退开！"

但见白光闪处，成不忧已挺剑向令狐冲刺出，果然便是适才曾向岳不群刺过的那一招。他不变招式，一来这几招正是他生平绝学，二来有言在先，三来自己旧招重使，显得是让对方有所准备，双方各有所利，扯了个直，并非单是自己在兵刃上占了便宜。

令狐冲向他挑战之时，早已成竹在胸，想好了拆招之法，后洞石壁上所刻图形，均是以奇门兵刃破剑，自己倘若使剑，此刻独孤九剑尚未练成，并无必胜之方，这柄破扫帚却正好当作雷震挡，眼见成不忧长剑刺来，破扫帚便往他脸上扫了过去。

令狐冲这一下却也干冒极大凶险，雷震挡乃精钢所铸，扫上了不死也必受伤，如果他手中所持真是雷震挡，这一扫妙到颠毫，对方自须回剑自救，但这把破扫帚却又有什么胁敌之力？他内力平常，什么"真气所至，草木即是利剑"云云，全是信口胡吹，这一扫帚便扫在成不忧脸上，最多也不过划出几条血丝，有甚大碍？可是成不忧这一剑，却在他身上穿膛而过了。只是他料想对手乃前辈名宿，决不愿自己这柄沾满了鸡粪泥尘的破扫帚在他脸上扫上一下，纵然一剑将自己杀了，也难雪破帚扫脸之耻。

果然众人惊呼声中，成不忧偏脸闪开，回剑去斩扫帚。

令狐冲将破帚一捺，避开了这剑。成不忧被他一招之间即逼得回剑自救，不由得脸上一热，他可不知令狐冲破扫帚这一扫，其实是魔教十余位高手长老，不知花了多少时光，共同苦思琢磨，才创出来克制他这一招的妙着，实是呕心沥血、千锤百炼的力作，还道令狐冲乱打误撞，竟然破解了自己这一招。他恼怒之下，第二剑又已刺出，这一剑可并非按着原来次序，却是本来刺向岳不群腋下的第四剑。

令狐冲一侧身，帚交左手，似是闪避他这一剑，那破帚却如闪电般疾穿而出，指向成不忧前胸。帚长剑短，帚虽后发，却是先至，成不忧的长剑尚未圈转，扫帚上的几根竹丝已然戳到了他胸口。令狐冲叫道："着！"嗤的一声响，长剑已将破帚的帚头斩落。但旁观众高手人人看得明白，这一招成不忧已然输了，如果令狐冲所使的不是一柄竹帚，而是钢铁所铸的雷震挡、九齿钉耙、月牙铲之类武器，成不忧胸口已受重伤。

对方若是一流高手，成不忧只好撒剑认输，不能再行缠斗，但令狐冲明明只是个二代弟子，自己败在他一柄破扫帚下，颜面何存？当下刷刷刷连刺三剑，尽是华山派的绝招，三招之中，倒有两招是后洞石壁上所刻。另一招令狐冲虽未见过，但他自从学了独孤九剑的"破剑式"后，于天下诸种剑招的破法，心中都已有了些头绪，闪身避开对方一剑之后，跟着便以石壁上棍棒破剑之法，以扫帚柄当作棍棒，一棍将成不忧的长剑击歪，跟着挺棍向他剑尖撞了过去。

假若他手中所持是铁棍铁棒，则棍坚剑柔，长剑为双方劲力所撞，立时折断，使剑者更无解救之道。不料他在危急中顺手使出，没想到自己所持的只是一根竹棍，以竹棍遇利剑，并非势如破竹，而是势乃破竹，擦的一声响，长剑插进了竹棍之中，直没至剑柄。

令狐冲念头转得奇快，右手顺势一掌横击帚柄，那扫帚挟着长剑，斜刺里飞了出去。

成不忧又羞又怒，左掌疾翻，喀的一声，正击在令狐冲胸口。他是数十年的修为，令狐冲不过熟悉剑招变化，拳脚功夫如何是他对手，身子一仰，立时翻倒，口中鲜血狂喷。

突然间人影闪动，成不忧双手双脚被人提了起来，只听他一声惨呼，满地鲜血内脏，一个人竟被拉成了四块，两只手两只脚分持在四个形貌奇丑的怪人手里，正是桃谷四仙将他活生生的分尸四片。

这一下变起俄顷，众人都吓得呆了。岳灵珊见到这血肉模糊的惨状，眼前一黑，登时晕倒。饶是岳不群、陆柏等皆是武林中见多识广的大高手，却也都骇然失措。

便在桃谷四仙撕裂成不忧的同时，桃花仙与桃实仙已抢起躺在地下的令狐冲，迅捷异常的向山下奔去。岳不群和封不平双剑齐出，向桃干仙和桃叶仙二人背心刺去。桃根仙和桃枝仙各自抽出一根短铁棒，铮铮两响，同时格开。桃谷四仙展开轻功，头也不回的去了。

瞬息之间，六怪和令狐冲均已不见踪影。

陆柏和岳不群、封不平等人面面相觑，眼见这六个怪人去得如此快速，再也追赶不上，各人瞧着满地鲜血和成不忧分成四块的肢体，又是惊惧，又是惭愧。

隔了良久，陆柏摇了摇头，封不平也摇了摇头。

令狐冲被成不忧一掌打得重伤，随即被桃谷二仙抬着下山，过不多时，便已昏晕过去，醒转来时，眼前只见两张马脸、两对眼睛凝视着自己，脸上充满着关切之情。

桃花仙见令狐冲睁开眼睛，喜道："醒啦，醒啦，这小子死不了啦。"桃实仙道："当然死不了，给人轻轻的打上一掌，怎么会死?"桃花仙道："你倒说得稀松平常，这一掌打在你身上，自然伤不了你，但打在这小子身上，或许便打死了他。"桃实仙道："他明明没死，你怎么说打死了他?"桃花仙道："我不是说一定死，我是说：或许会死。"桃实仙道："他既然活转，就不能再说'或许会死'。"桃花仙道："我说都说了，你待怎样?"桃实仙道："那就证明你眼光不对，也可说你根本没有眼光。"桃花仙道："你既有眼光，知道他决计死不了，刚才又为什么唉声叹气，满脸愁容?"桃实仙道："第一，我刚才唉声叹气，不是担心他死，是担心小尼姑见了他这等模样之后，为他担心。第二，咱们打赌赢了小尼姑，说好要到华山来请令狐冲去见她，现下请了这么一个半死不活的令狐冲去，只怕小尼姑不答应。"桃花仙道："你既然知他一定不会死，就可以告诉小尼姑不用担心，小尼姑既然不担心，你又担心些什么?"桃实仙道："第一，我叫小尼姑不担心，她未必就听我话，就算她听了我话，假装不担心，其实还是在担心。第二，这小子虽然死不了，这伤势着实不轻，说不定难好，那么我自然也有点担心。"

令狐冲听他兄弟二人辩个不休，虽是听着可笑，但显然他二人对自己的生死实深关切，不禁感激，又听他二人口口声声说到"小尼姑为自己担心"，想必那"小尼姑"便是恒山派的仪琳小师妹了，当下微笑道："两位放心，令狐冲死不了。"

桃实仙大喜，对桃花仙道："你听，他自己说死不了，你刚才还说或许会死。"桃花仙道："我说那句话之时，他还没开口说话。"桃实仙道："他既然睁开了眼睛，当然就会开口说话，谁都料想得到。"

令狐冲心想二人这么争辩下去，不知几时方休，笑道："我本来是要死的，不过听见两位盼望我不死，我想桃谷六仙何等的声威，江湖上何等……何等的……咳咳……名望，你们要我不死，我怎敢再死?"

桃花仙、桃实仙二人一听，心花怒放，齐声道："对，对！这人的话十分有理！咱们跟大哥他们说去。"二人奔了出去。

令狐冲这时只觉自己是睡在一张板床之上，头顶帐子陈旧破烂，也不知是在什么地方，轻轻转头，便觉胸口剧痛难当，只得躺着不动。

过不多时，桃根仙等四人也都走进房来。六人你一言，我一语，说个不休，有的自夸功劳，有的称赞令狐冲不死的好，更有人说当时救人要紧，无暇去跟嵩山派那老狗算帐，否则将他也是拉成四块，瞧他身子变成四块之后，还能不能将桃谷六仙像捏蚂蚁般捏死。

令狐冲为凑桃谷六仙之兴，强提精神，和他们谈笑了几句，随即又晕了过去。

迷迷糊糊之中，但觉胸口烦恶，全身气血倒转，说不出的难受，过了良久，神智渐复，只觉身子似乎在一只大火炉中烧烤，忍不住呻吟出声，听得有人喝道："别作声。"

令狐冲睁开眼来，但见桌上一灯如豆，自己全身赤裸，躺在地下，双手双脚分别被桃谷四仙抓住，另有二人，一个伸掌按住他小腹，一个伸掌按在他脑门的"百会穴"上。令狐冲骇异之下，但觉有一股热气从左足足心向上游去，经左腿、小腹、胸口、右臂，而至右手掌心，另有一股热气则从左手掌心向下游去，经左臂、胸口、心腹、右腿，而至右足足心。两股热气交互盘旋，只蒸得他大汗淋漓，炙热难当。

他知道桃谷六仙正在以上乘内功给自己疗伤，心中好生感激，暗暗运起师父所授的华山派内功心法，以便加上一份力道，不料一股内息刚从丹田中升起，小腹间便突然剧痛，恰如一柄利刃插进了肚中，登时哇的一声，鲜血狂喷。

桃谷六仙齐声惊呼："不好了！"桃叶仙反手一掌，击在令狐冲头上，立时将他打晕。

此后令狐冲一直在昏迷之中，身子一时冷，一时热，那两股热气也不断在四肢百骸间来回游走，有时更有数股热气相互冲突激荡，越发的难当难熬。

也不知过了多少时候，终于头脑间突然清凉了一阵，只听得桃谷六仙正自激辩，他睁开眼来，听桃干仙说道："你们瞧，他大汗停了，眼睛也睁开了，是不是我的法子才是真行？我这股真气，从中渎而至风市、环跳，在他渊液之间回来，必能治好他的内伤。"桃根仙道："你还在胡吹大气呢，前日倘若不用我的法子，以真气游走他足厥阴肝经诸经脉，这小子早已死定了，哪里还轮得你今日在他渊液之间来回？"桃枝仙道："不错，不过大哥的法子纵然将他内伤治好了，他双足不能行走，总是美中不足，还是我的法子好。这小子的内伤，是属于心包络，须得以真气通他肾络三焦。"桃根仙怒道："你又没钻进过他身子，怎知他的内伤一定属于心包络？当真胡说八道！"三人你一言，我一语，争执不休。

桃叶仙忽道："这般以真气在他渊液间来回，我看不大妥当，还是先治他的足少阴肾经为是。"也不等旁人是否同意，立即伸手按住令狐冲左膝的阴谷穴，一股热气从穴道中透了进去。桃干仙大怒，喝道："嘿！你又来跟我捣蛋啦。咱们便试一试，到底谁说得对。"当即催动内力，加强真气。

令狐冲又想作呕，又想吐血，心里连珠价只是叫苦："糟了，糟了！这六人一片好心，要救我性命，但六兄弟意见不同，各凭己法为我医治，我令狐冲这次可倒足大霉了。"他想出声抗辩，叫六仙住手，苦在开口不得。

只听桃根仙道："他胸口中掌，受了内伤，自然当以治他手太阴肺经为主。我用真气贯注他中府、尺泽、孔最、列缺、太渊、少商诸穴，最是对症。"桃干仙道："大哥，别的事情我佩服你，这以真气疗伤的本领，却是你不及我了。这小子全身发高烧，乃是阳气太旺的实症，须得从他手阳明大肠经入手。我决意通他商阳、合谷、手三里、曲池、迎香诸处穴道。"桃枝仙摇头道："错了，错了，错之极矣。"桃干仙怒道："你知道什么？为什么说我错之极矣？"桃根仙却十分高兴，笑道："究竟三弟医理明白，知道是我对，二弟错了。"桃叶仙道："二哥固然错了，大哥却也没对。你们瞧，这小子双眼发直，口唇颤动，偏偏不想说话……"（令狐冲心中暗骂："我怎地不想说话？给你们用真气内力在我身上乱通乱钻，我怎么还说得出话来？"）桃叶仙续道："……那自然是头脑发昏，心智胡涂，须得治他足阳明胃经。"（令狐冲暗骂："你才头脑发昏，心智胡涂！"）桃叶仙一声甫毕，令狐冲便觉眼眶下凹陷处的四白穴上一痛，口角旁的地仓穴上一酸，跟着脸颊上大迎、颊车，以及头上头维、下关诸穴一阵剧痛，又是一阵酸痒，只搅得他脸上肌肉不住跳动。

桃实仙道："你整来整去，他还是不会说话，我看倒不是他脑子有病，只怕乃是舌头发强，这是里寒上虚的病症，我用内力来治他的隐白、太白、公孙、商丘、地机诸处穴道，只不过……只不过……倘若治不好，你们可不要怪我。"桃干仙道："治不好，人家性命也给你送了，怎可不怪你？"桃实仙道："但如果不治，你明知他是舌头发强，不治他足太阴脾经，岂不是见死不救？"桃枝仙道："倘若治错了，可糟糕得很了。"

桃花仙道："治错了糟糕，治不好也糟糕。咱们治了这许多时候始终治不好，我料得他定是害了心病，须得从手少阴心经着手。可见少海、通里、神门、少冲四个穴道，乃是关窍之所在。"桃实仙道："昨天你说当治他足少阳胆经，今天却又说手少阴心经了。少阳是阳气初盛，少阴是阴气甫生，一阴一阳，两者截然相反，到底是哪一种说法对？"桃花仙道："由阴生阳，此乃一物之两面，乃是一分为二之意。太极生两仪，两仪复合而为太极，可见有时一分为二，有时合二为一，少阳少阴，互为表里，不能一概而论者也。"

令狐冲暗暗叫苦："你在这里强辞夺理，胡说八道，却是在将我的性命来当儿戏。"

桃根仙道："试来试去，总是不行，我是决心一意孤行的了。"桃干仙、桃枝仙等五人齐声道："怎么一意孤行？"桃根仙道："这显然是一门奇症，既是奇症，便须从经外奇穴入手。我要以凌虚点穴之法，点他印堂、金律、玉液、鱼腰、百劳和十二井穴。"桃干仙等齐道："大哥，这个使不得，那可太过凶险。"

只听得桃根仙大喝："什么使不得？再不动手，这小子性命不保。"令狐冲便觉印堂、金律等诸处穴道之中，便似有一把把利刀戳了进去，痛不可当，到后来已全然分辨不出是何处穴道中剧痛。他张嘴大叫，却呼唤不出半点声音。便在此时，一道热气从足太阴脾经诸处穴道中急剧流转，跟着手少阴心经的诸处穴道中也出现热气，两股真气相互激荡。过不多时，又有三道热气分从不同经络的各穴道中透入。

令狐冲心内气苦，身上更是难熬无比，以往桃谷六仙在他身上胡乱医治，他昏迷之中懵然不知，那也罢了，此刻苦在神智清醒，于六人的胡闹却是全然无能为力。只觉得这六道真气在自己体内乱冲乱撞，肝、胆、肾、肺、心、脾、胃、大肠、小肠、膀胱、心包、三焦、五脏六腑，到处成了六兄弟真力激荡之所，内功比拼之场。令狐冲怒极，心中大喝："我此次若得不死，日后定将你这六个狗贼碎尸万段。"他内心深处自知桃谷六仙纯是一片好意，而且这般以真气助他疗伤，实是大耗内力，若不是有与众不同的交情，轻易不肯施为，可是此刻经历如汤如沸、如煎如烤的折磨，痛楚难当，倘若他能张口作声，天下最恶毒的言语也都骂将出来了。

桃谷六仙一面各运真气、各凭己意替令狐冲疗伤，一面兀自争执不休，却不知这些日子之中，早已将令狐冲体内经脉搅得乱七八糟，全然不成模样。令狐冲自幼研习华山派上乘内功，虽然修为并不深湛，但所学却是名门正宗的内家功夫，根基扎得极厚，幸亏尚有这一点儿底子，才得苟延残喘，不给桃谷六仙的胡搅立时送了性命。

桃谷六仙运气多时，眼见令狐冲心跳微弱，呼吸越来越沉，转眼便要气绝身亡，都不禁担心。桃实仙道："我不干啦，再干下去，弄死了他，这小子变成冤鬼，老是缠着我，可不吓死了我？"

手掌便从令狐冲的穴道上移开。桃根仙怒道："要是这小子死了，第一个就怪你。他变成冤鬼，阴魂不散，总之是缠住了你。"桃实仙大叫一声，越窗而走。

桃干仙、桃枝仙诸人次第缩手，有的皱眉，有的摇头，均不知如何是好。

桃叶仙道："看来这小子不行啦，那怎么办？"桃干仙道："你们去对小尼姑说，他给那个矮家伙拍了一掌，抵受不住，因此死了。咱们为他报仇，已将那矮家伙撕成了四块。"桃根仙道："说不说咱们以真气替他医伤之事？"桃干仙道："这个万万说不得！"桃根仙道："但如小尼姑又问，咱们为什么不设法给他治伤，那便如何？"桃干仙道："那咱们只好说，医是医过了，只不过医不好。"桃根仙道："小尼姑岂不要怪桃谷六仙全无屁用，还不如六条狗子。"桃干仙大怒，喝道："小尼姑骂咱们是六条狗子，太也无理！"桃根仙道："小尼姑又没骂，是我说的。"桃干仙怒道："她既没有骂，你怎么知道？"桃根仙道："她说不定会骂的。"桃干仙道："也说不定会不骂。你这不是胡说八道么？"桃根仙道："这小子一死，小尼姑大大生气，多半要骂。"桃干仙道："我说小尼姑一定放声大哭，却不会骂。"桃根仙道："我宁可她骂咱们是六条狗子，不愿见她放声大哭。"

桃干仙道："她也未必会骂咱们是六条狗子。"桃根仙问："那骂什么？"桃干仙道："咱们六兄弟像狗子么？我看一点也不像。说不定骂咱们是六条猫儿。"桃叶仙插嘴："为什么？难道咱们像猫儿么？"桃花仙加入战团："骂人的话，又不必像。咱们六兄弟是人，小尼姑要是说咱们六个是人，就不是骂了。"桃枝仙道："她如骂我们六个都是蠢人、坏人，那还是骂。"桃花仙道："这总比六条狗子好。"桃枝仙道："如果那六条狗子是聪明狗、能干狗、威风狗、英雄好狗、武林中的六大高狗呢？到底是人好还是狗好？"

令狐冲奄奄一息的躺在床上，听得他们如此争执不休，忍不住好笑，不知如何，一股真气上冲，忽然竟能出声："六条狗子也比你们好得多!"

桃谷五仙尽皆一愕,还未说话,却听得桃实仙在窗外问道:"为什么六条狗子也比咱们好?"桃谷五仙齐声问道:"是啊,为什么六条狗子也比咱们好?"

令狐冲只想破口大骂,却实在半分力气也无,断断续续的道:"你……你们送我……送我回华山去,只……只有我师父能救……救我性命……"桃根仙道:"什么?只有你师父能救你性命?桃谷六仙便救你不得?"令狐冲点了点头,张大了口,再也说不出话来。

桃叶仙怒道:"岂有此理?你师父有什么了不起?难道比我们桃谷六仙还要厉害?"桃花仙道:"哼,叫他师父来跟我们比拼比拼!"桃干仙道:"咱们四人抓住他师父的两只手、两只脚,喀的一声,撕成他四块。"

桃实仙跳进房来,说道:"连华山上所有男男女女,一个个都撕成了四块。"桃花仙道:"连华山上的狗子猫儿、猪羊鸡鸭、乌龟鱼虾,一只只都抓住四肢,撕成四块。"

桃枝仙道:"鱼虾有什么四肢?怎么抓住四肢?"桃花仙一愕,道:"抓其头尾,上下鱼鳍,不就成了?"桃枝仙道:"鱼头就不是鱼的四肢。"桃花仙道:"那有什么干系?不是四肢就不是四肢。"桃枝仙道:"当然大有干系,既然不是四肢,那就证明你第一句话说错了。"桃花仙明知给他抓住了痛脚,兀自强辩:"什么我第一句话说错了。"桃枝仙道:"你说,'连华山上的狗子猫儿、猪羊鸡鸭、乌龟鱼虾,一只只都抓住四肢,撕成四块。'你没说过吗?"桃花仙道:"我说过的。可是这句话,却不是我的第一句话。今天我已说过几千几百句话,怎么你说我这句话是第一句话?如果从我出娘胎算起,我不知说过几万万句了,这更加不是第一句话。"桃枝仙张口结舌,说不出话来。

桃干仙道:"你说乌龟?"桃花仙道:"不错,乌龟有前腿后腿,自然有四肢。"桃干仙道:"但咱们分抓乌龟的前腿后腿,四下一拉，怎么能将之撕成四块？"桃花仙道："为什么不能？乌龟有什么本事，能挡得住咱们四兄弟的一撕？"桃干仙道："将乌龟的身子撕成四块，那是容易，可是它那张硬壳呢？你怎么能抓住乌龟的四肢，连它硬壳也撕成四块？倘若不撕硬壳，那就成为五块，不是四块。"桃花仙道："硬壳是一张，不是一块，你说五块，那就错了。"桃根仙道："乌龟壳背上共有十三块格子，说四块是错，说五块也错。"

桃干仙道："我说的是撕成五块，又不是说乌龟背上的格子共有五块。你怎地如此缠夹不清？"桃根仙道："你只将乌龟的身子撕成四块，却没撕及乌龟的硬壳，只能说'撕成四块，再加一张撕不开的硬壳'，所以你说'撕成五块'云云，大有语病。不但大有语病，而且根本错了。"桃叶仙道："大哥，你这可又不对了。大有语病，就不是根本错了。根本错了，就不是大有语病。这两者截然不同，岂可混为一谈？"

令狐冲听他们刺刺不休的争辩，若不是自己生死悬于一线，当真要大笑一场，这些人言行可笑已极，自己却越听越是烦恼。但转念一想，这一下居然与这六个天地间从所未有的怪人相遇，也算是难得之奇，造化弄人，竟有这等滑稽之作，而自己躬逢其盛，人生于世，也算不枉了，真当浮一大白。言念及此，不禁豪兴大发，叫道："我……我要喝酒！"

桃谷六仙一听，立时脸现喜色，都道："好极，好极！他要喝酒，那就死不了。"

令狐冲呻吟道："死得了也……也好……死……死不了也好。总之先……先喝……喝个痛快再说。"

桃枝仙道："是，是！我去打酒来。"过不多时，便提了一大壶进房。

令狐冲闻到酒香，精神大振，道："你喂我喝。"桃枝仙将酒壶嘴插在他口中，慢慢将酒倒入。令狐冲将一壶酒喝得干干净净，脑子更加机灵了，说道："我师父……平时常说：天下……大英雄，最厉害的是桃……桃……桃……"桃谷六仙心痒难搔，齐问："天下大英雄最厉害的是桃什么？"令狐冲道："是……是桃……桃……桃……"六仙齐声道："桃谷六仙！"令狐冲道："正是。我师父又说，他恨不得和桃谷六仙一同喝几杯酒，交个朋友，再请他六位……六位大……大……"桃谷六仙齐声道："六位大英雄！"令狐冲道："是啊，再请他六位大英雄在众弟子之前大献身手，施展……施展绝技……"

桃谷六仙你一言，我一语："那便如何？""你师父怎知我们本事高强？""华山派掌门是个大大的好人哪，咱们可不能动华山的一草一木。""那个自然，谁要动了华山的一草一木，决计不能和他干休。""我们很愿意跟你师父交个朋友，这就上华山去罢！"

令狐冲当即接口："对，这就上华山去罢！"

桃谷六仙立即抬起令狐冲动身。走了半天，桃根仙突然叫道："啊哟，不对！小尼姑要咱们带这小子去见她，怎么带他去华山？不带这小子去见小尼姑，咱们岂不是又……又……又那个赢了一场？连赢两场，不大好意思罢？"桃干仙道："这一次大哥说对了，咱们还是带他先见了小尼姑，再上华山，免得又多赢一场。"六人转过身来，又向南行。

令狐冲大急，问道："小尼姑要见的是活人呢，还是死人？"

桃根仙道："当然要见活小子，不要见死小子。"令狐冲道："你们不送我上华山，我立即自绝经脉，再也不活了。"桃实仙喜道："好啊，自绝经脉的高深内功如何练法，正要请教。"桃干仙道："你一练成这功夫，自己登时就死了，那有什么练头？"令狐冲气喘吁吁的道："那也是有用的，若是为人……为人胁迫，生不如死，苦恼不堪，还不如自绝经脉来得……来得痛快。"

桃谷六仙一齐脸色大变，道："小尼姑要见你，决无恶意。咱们也不是胁迫于你。"令狐冲叹道："六位虽是一片好心，但我不禀明师父，得到他老人家的允可，那是宁死也不从命。再说，我师父、师娘一直想见见六位……六位……当世……当世……无敌的……大……大……大……"桃谷六仙齐声道:"大英雄!"令狐冲点了点头。

桃根仙道:"好!咱们送你回华山一趟便是。"

几个时辰之后,一行七人又上了华山。

华山弟子见到七人,飞奔回去报知岳不群。岳氏夫妇听说这六个怪人掳了令狐冲后去而复回,不禁一惊,当即率领群弟子迎了出来。桃谷六仙来得好快,岳氏夫妇刚出正气堂,便见这六人已从青石路上走来。其中二人抬着一个担架,令狐冲躺在架上。

岳夫人忙抢过去察看,只见令狐冲双颊深陷,脸色蜡黄,伸手一搭他脉搏,更觉脉象散乱,性命便在呼吸之间,惊叫:"冲儿,冲儿!"令狐冲睁开眼来,低声道:"师……师……师娘!"岳夫人眼泪盈眶,道:"冲儿,师娘与你报仇。"刷的一响,长剑出鞘,便欲向抬着担架的桃花仙刺去。

岳不群叫道:"且慢。"拱手向桃谷六仙说道:"六位大驾光临华山,不曾远迎,还乞恕罪。不知六位尊姓大名,是何门派。"

桃谷六仙一听,登时大为气恼,又是大为失望。他们听了令狐冲的言语,只道岳不群真的对他六兄弟十分仰慕,哪知他一出口便询问姓名,显然对桃谷六仙一无所知。桃根仙道:"听说你对我们六兄弟十分钦仰,难道并无其事?如此孤陋寡闻,太也岂有此理。"桃干仙道:"你曾说天下大英雄中,最厉害的便是桃谷六仙。啊哈,是了!定是你久仰桃谷六仙大名,如雷贯耳,却不知我们便是桃谷六仙,倒也怪不得。"桃枝仙道:"二哥,他说恨不得和桃谷六仙一同喝几杯酒,交个朋友。此刻咱六兄弟上得山来,他却既不显得欢天喜地,又不像想请咱们喝酒,原来是徒闻六仙之名,却不识六仙之面。哈哈!好笑啊好笑。"

岳不群只听得莫名其妙,冷冷的道:"各位自称桃谷六仙,岳某凡夫俗子,没敢和六位仙人结交。"

桃谷六仙登时脸现喜色。桃枝仙道:"那也无所谓。我们六仙和你徒弟是朋友，和你交个朋友那也不妨。"桃实仙道："你武功虽然低微，我们也不会看你不起，你放心好啦。"桃花仙道："你武艺上有什么不明白的，尽管问好了，我们自会点拨于你。"

岳不群淡淡一笑，说道："这个多谢了。"

桃干仙道："多谢是不必的。我们桃谷六仙既然当你是朋友，自然是知无不言，言无不尽。"桃实仙道："我这就施展几手，让你们华山派上下，大家一齐大开眼界如何？"

岳夫人自不知这六人天真烂漫，不明世务，这些话纯是一片好意，但听他们言语放肆，早就愤怒之极，这时再也忍耐不住，长剑一起，剑尖指向桃实仙胸口，叱道："好，我来领教你兵刃上的功夫。"桃实仙笑道："桃谷六仙跟人动手，极少使用兵刃，你既说仰慕我们的武功，此节如何不知？"

岳夫人只道他这句话又是辱人之言，道："我便是不知！"长剑陡地刺出。

这一剑出手既快，剑上气势亦是凌厉无比。桃实仙对她没半分敌意，全没料到她说刺便刺，剑尖在瞬息之间已刺到了他胸口，他如要抵御，以他武功，原也来得及，只是他胆子实在太小，霎时间目瞪口呆，只吓得动弹不得，噗的一声，长剑透胸而入。

桃枝仙急抢而上，一掌击在岳夫人肩头。岳夫人身子一晃，退后两步，脱手松剑，那长剑插在桃实仙胸中，兀自摇晃。桃根仙等五人齐声大呼。桃枝仙抱起桃实仙，急忙退开。余下四仙倏地抢上，迅速无伦的抓住了岳夫人双手双足，提了起来。

岳不群知道这四人跟着便是往四下一分，将岳夫人的身子撕成四块，饶是他临事镇定，当此情景之下，长剑向桃根仙和桃叶仙分刺之时，手腕竟也发颤。

令狐冲身在担架，眼见师娘处境凶险无比，急跃而起，大叫："不得伤我师娘，否则我便自绝经脉。"这两句话一叫出，口中鲜血狂喷，立时晕去。

桃根仙避开了岳不群的一剑，叫道："小子要自绝经脉，这可使不得，饶了婆娘！"四仙放下岳夫人，牵挂着桃实仙的性命，追赶桃枝仙和桃实仙而去。

岳不群和岳灵珊同时赶到岳夫人身边，待要伸手相扶，岳夫人已一跃而起，惊怒交集之下，脸上更没半点血色，身子不住发颤。岳不群低声道："师妹不须恼怒，咱们定当报仇。这六人大是劲敌，幸好你已杀了其中一人。"

岳夫人想起当日成不忧被这桃谷六仙分尸的情景，一颗心反而跳得更加厉害了，颤声道："这……这……这……"身子发抖，竟尔再也说不出话来。

岳不群知道妻子受惊着实不小，对女儿道："珊儿，你陪妈妈进房去休息休息。"再去看令狐冲时，只见他脸上胸前全是鲜血，呼吸低微，已是出气多、入气少，眼见难活了。

岳不群伸手按住他后心灵台穴，欲以深厚内力为他续命，甫一运气，突觉他体内几股诡奇之极的内力反击出来，险些将自己手掌震开，不禁大为骇异，随又发觉，这几股古怪内力在令狐冲体内竟也自行互相撞击，冲突不休。

再伸掌按到令狐冲胸口的膻中穴上，掌心又是剧烈的一震，竟带得胸口也隐隐生疼，这一下岳不群惊骇更甚，但觉令狐冲体内这几股真气逆冲斜行，显是旁门中十分高明的内功。每一股真气虽较自己的紫霞神功略逊，但只须两股合而为一，或是分进合击，自己便抵挡不住，再仔细辨认，察觉他体内真气共分六道，每一道都甚是怪诞。岳不群不敢多按，撤掌寻思："这真气共分六道，自是那六个怪人注入冲儿体内的了。这六怪用心险恶，竟将各人内力分注六道经脉，要冲儿吃尽苦头，求生不得，求死不能。"皱眉摇了摇头，命高根明和陆大有将令狐冲抬入内室，自去探视妻子。

岳夫人受惊不小，坐在床沿握住女儿之手，兀自脸色惨白，怔忡不安，一见岳不群，便问："冲儿怎样？伤势有碍吗？"岳不群将他体内有六道旁门真气互斗的情形说了。岳夫人道："须得将这六道旁门真气一一化去才是，只不知还来得及吗？"岳不群抬头沉吟，过了良久，道："师妹，你说这六怪如此折磨冲儿，是什么用意？"

岳夫人道："想是他们要冲儿屈膝认输，又或是逼问我派的什么机秘。冲儿当然宁死不屈，这六个丑八怪便以酷刑相加。"岳不群点头道："照说该是如此。可是我派并没什么机秘，这六怪和咱夫妇素不相识，并无仇怨。他们擒了冲儿而去，又再回来，那为了什么？"岳夫人道："只怕是……"随即觉得自己的想法难以自圆其说，摇头道："不对的。"

夫妇俩相视不语，各自皱起眉头思索。

岳灵珊插嘴道："我派虽没隐秘，但华山武功，天下知名。这六个怪人擒住了大师哥，或许是逼问我派气功和剑法的精要。"岳不群道："此节我也曾想过，但冲儿内力修为，并不高明，这六怪内功甚深，一试便知。至于外功，六怪武功的路子和华山剑法没丝毫共通之处，更不会由此而大费周章的来加逼问。再说，若要逼问，就该远离华山，慢慢施刑相迫，为什么又带他回山？"岳夫人听他语气越来越是肯定，和他多年夫妇，知他已解开疑团，便问："那到底是什么缘故？"

岳不群脸色郑重，缓缓的道："借冲儿之伤，耗我内力。"

岳夫人跳起身来，说道："不错！你为了要救冲儿之命，势必以内力替他化去这六道真气，待得大功将成之际，这六个丑八怪突然现身，以逸待劳，便能制咱们的死命。"顿了一顿，又道："幸好现下只剩五怪了。师哥，适才他们明明已将我擒住，何以听得冲儿一喝，便又放了我？"想到先前的险事，兀自心有余悸，不由得语音发颤。

岳不群道："我便是由这件事而想到的。你杀了他们一人，那是何等的深仇大恨？但他们竟怕冲儿自绝经脉，便即放你。你想，若不是其中含有重大图谋，这六怪又何爱于冲儿的一条性命？"

岳夫人喃喃的道："阴险之极！毒辣之极！"寻思："这四个怪

物撕裂成不忧，下手之狠，武林中罕见罕闻，这两天想起来便心中怦怦乱跳。他们这么一扰，封不平要夺掌门之位的事是搁下了，随同陆柏等扫兴下山，这六怪倒为华山派暂时挡去了一桩麻烦，哪想到他们又上华山来生事挑衅。师哥所料，必是如此。"说道："你不能以内力给冲儿疗伤。我内力虽远不如你，但盼能暂且助他保住性命。"说着便走向房门。

岳不群叫道："师妹！"岳夫人回过头来。岳不群摇头道："不行的，没用。这六怪的旁门真气甚是了得。"岳夫人道："只有你的紫霞功才能消解，是不是？那怎么办？"岳不群道："眼下只有见一步，行一步，先给冲儿吊住一口气再说，那也不用耗费多少内力。"

三人走进令狐冲躺卧的房中。岳夫人见他气若游丝，忍不住掉下眼泪来，伸手欲去搭他脉搏。岳不群伸出手去，握住了岳夫人的手掌，摇了摇头，再放了她手，以双掌抵住令狐冲双掌的掌心，将内力缓缓送将过去。内力与令狐冲体内的真气一碰，岳不群全身一震，脸上紫气大盛，退开了一步。

令狐冲忽然开口说话："林……林师弟呢？"岳灵珊奇道："你找小林子干么？"令狐冲双目仍然紧闭，道："他父亲……临死之时，有句话要我转……转告他。我……我一直没时候跟他说……我是不成的了，快……快找他来。"岳灵珊眼中泪水滚来滚去，掩面奔出。

华山派群弟子都守在门外。林平之一听岳灵珊传言，当即进房走到令狐冲榻前，说道："大师哥，你保重身子。"令狐冲道："是……是林师弟么？"林平之道："正是小弟。"令狐冲道："令……令尊逝世之时，我在他……他身边，要我跟……跟你说……说……"说到这里，声息渐微。各人屏住呼吸，房中更无半点声音。过了好一会，令狐冲缓过一口气来，说道："他说向阳……向阳巷……老宅……老宅中的物事，要……要你好好照看。不过……不过千万不可翻……翻看，否则……否则祸患无穷……"

林平之奇道："向阳巷老宅？那边早就没人住了，没什么要紧物事的。爹叫我不可翻看什么东西?"

令狐冲道:"我不知道。你爹爹……就是这么两句话……这么两句话……要我转告你,别的话没有了……他们就……就死了……"声音又低了下去。

四人等了半晌,令狐冲始终不再说话。岳不群叹了口气,向林平之和岳灵珊道:"你们陪着大师哥,他伤势倘若有变,立即来跟我说。"林岳二人答应了。

岳不群夫妇回入自己房中,想起令狐冲伤重难治,都是心下黯然。过了一会,岳夫人两道泪水,从脸颊上缓缓流下。

岳不群道:"你不用难过。冲儿之仇,咱们非报不可。"岳夫人道:"这六怪既伏下了这条毒计,定然去而复来,咱们若和他们硬拼,虽然未必便输,但如有个闪失……"岳不群摇头道:"'未必便输'四字,谈何容易?以我夫妇敌他三人,不过打个平手,敌他四人,多半要输。他五人齐上……"说着缓缓摇头。

岳夫人本来也知自己夫妇并非这五怪的敌手,但知道丈夫近年来练成紫霞神功后功力大进,总还存着个侥幸之心,这时听他如此说,登时大为焦急,道:"那……那怎么办?难道咱们便束手待毙不成?"岳不群道:"你可别丧气,大丈夫能屈能伸,胜负之数,并非决于一时,君子报仇,十年未晚。"岳夫人道:"你说咱们逃走?"

岳不群道:"不是逃走,是暂时避上一避。敌众我寡,咱夫妇只有二人,如何敌得过他们五人联手?何况你已杀了一怪,咱们其实已经大占上风,暂且避开,并不堕了华山派的威名。再说,只要咱们谁也不说,外人也未必知道此事。"

岳夫人哽咽道:"我虽杀了一怪,但冲儿性命难保,也只……也只扯了个直。冲儿……冲儿……"顿了一顿,说道:"就依你的话,咱们带了冲儿一同走,慢慢设法替他治伤。"

岳不群沉吟不语。岳夫人急道:"你说不能带了冲儿一起走?"岳不群道:"冲儿伤势极重,带了他趱程急行,不到半个时辰便送了他性命。"岳夫人道："那……那怎么办？当真没法子救他性命了么？"岳不群叹道："唉，那日我已决意传他紫霞神功，岂知他竟会胡思乱想，误入剑宗的魔道。当时他如习了这部秘笈，就算只练得一二页，此刻也已能自行调气疗伤，不致为这六道旁门真气所困了。"

岳夫人立即站起，道："事不宜迟，你立即去将紫霞神功传他，就算他在重伤之下，无法全然领悟，总也胜于不练。要不然，将《紫霞秘笈》留给他，让他照书修习。"

岳不群拉住她手，柔声道："师妹，我爱惜冲儿，和你毫无分别。可是你想，他此刻伤得这般厉害，又怎能听我口授口诀和练功的法门？我如将《紫霞秘笈》交了给他，让他神智稍清时照书自练，这五个怪物转眼便找上山来，冲儿无力自卫，咱华山派这部镇山之宝的内功秘笈，岂不是一转手便落入五怪手中？这些旁门左道之徒，得了我派的正宗内功心法，如虎添翼，为祸天下，再也不可复制，我岳不群可真成为千古罪人了。"

岳夫人心想丈夫之言甚是有理，不禁怔怔的又流下泪来。

岳不群道："这五个怪物行事飘忽，人所难测，事不宜迟，咱们立即动身。"

岳夫人道："咱们难道将冲儿留在这里，任由这五个怪人折磨？我留下保护他。"此言一出，立即知道那是一时冲动的寻常妇人之见，与自己"华山女侠"的身份殊不相称，自己留下，徒然多送一人性命，又怎保护得了令狐冲？何况自己倘若留下，丈夫与女儿又怎肯自行下山？又是着急，又是伤心，不禁泪如泉涌。

岳不群摇了摇头，长叹一声，翻开枕头，取出一只扁扁的铁盒，打开铁盒盖，取出一本锦面册子，将册子往怀中一揣，推门而出。

只见岳灵珊便就在门外，说道："爹爹，大师哥似乎……似乎不成了。"岳不群惊道："怎么？"岳灵珊道："他口中胡言乱语，神智越来越不清了。"岳不群问道："他胡言乱语些什么？"岳灵珊脸上一红，说道："我也不明白他胡言乱语些什么？"

原来令狐冲体内受桃谷六仙六道真气的交攻煎逼，迷迷糊糊中见岳灵珊站在眼前，冲口而出的便道："小师妹，我……我想得你好苦！你是不是爱上了林师弟，再也不理我了？"岳灵珊万不料他竟会当着林平之的面问出这句话来，不由得双颊飞红，忸怩之极，只听令狐冲又道："小师妹，我和你自幼一块儿长大，一同游玩，一同练剑，我……我实在不知什么地方得罪了你，你恼了我，要打我骂我，便是……便是用剑在我身上刺几个窟窿，我也没半句怨言。只是你对我别这么冷淡，不理睬我……"这一番话，几个月来在他心中不知已翻来覆去的想了多少遍，若在神智清醒之时，纵然只和岳灵珊一人独处，也决计不敢说出口来。此时全无自制之力，尽数吐露了心底言语。

林平之甚是尴尬，低声道："我出去一会儿。"

岳灵珊道："不，不！你在这里瞧着大师哥。"夺门而出，奔到父母房外，正听到父母谈论以"紫霞神功"疗伤之事，不敢冲进去打断了父母话头，便候在门外。

岳不群道："你传我号令，大家在正气堂上聚集。"岳灵珊应道："是，大师哥呢？谁照料他？"岳不群道："你叫大有照料。"岳灵珊应了，即去传令。

片刻之间，华山群弟子都已在正气堂上按序站立。

岳不群在居中的交椅上坐下，岳夫人坐在侧位。岳不群一瞥之间，见群弟子除令狐冲、陆大有二人外，均已到齐，便道："我派上代前辈之中，有些人练功时误入歧途，一味勤练剑法，忽略了气功。殊不知天下上乘武功，无不以气功为根基，倘若气功练不到家，剑法再精，终究不能登峰造极。可叹这些前辈们执迷不悟，自行其是，居然自成一宗，称为华山剑宗，而指我正宗功夫为华山气宗。气宗和剑宗之争，迁延数十年，大大阻挠了我派的发扬光大，实堪浩叹。"他说到这里，长长叹了口气。

岳夫人心道："那五个怪人转眼便到，你却还在这里慢条斯理的述说旧事。"向丈夫横了一眼，却不敢插嘴，顺眼又向厅上"正气堂"三字匾额瞧了一眼，心想："我当年初入华山派练剑，这堂上的匾额是'剑气冲霄'四个大字。现下改作了'正气堂'，原来那块匾可不知给丢到哪里去了。唉，那时我还是个十三岁的小丫头，如今……如今……"

岳不群道："但正邪是非，最终必然分明。二十五年前，剑宗一败涂地，退出了华山一派，由为师执掌门户，直至今日。不料前数日竟有本派的弃徒封不平、成不忧等人，不知使了什么手段，竟骗信了五岳剑派的盟主左盟主，手持令旗，来夺华山掌门之位。为师接任我派掌门多年，俗务纷纭，五派聚会，更是口舌甚多，早想退位让贤，以便静下心来，精研我派上乘气功心法，有人肯代我之劳，原是求之不得之事。"说到这里，顿了一顿。

高根明道："师父，剑宗封不平这些弃徒，早都已入了魔道，跟魔教教徒不相上下。他们便要再入我门，也是万万不许，怎能任由他们痴心妄想的来接掌本派门户？"劳德诺、梁发、施戴子等都道："决不容这些大胆狂徒的阴谋得逞。"

岳不群见众弟子群情激昂，微微一笑，道："我自己做不做掌门，实是小事一件。只是剑宗的左道之士倘若统率了我派，华山一派数百年来博大精纯的武学毁于一旦，咱们死后，有何面目去见本派的列代先辈？而华山派的名头，从此也将在江湖上为人所不齿了。"

劳德诺等齐道："是啊，是啊！那怎么成？"

岳不群道："单是封不平等这几个剑宗弃徒，那也殊不足虑，但他们既请到了五岳剑派的令旗，又勾结了嵩山、泰山、衡山各派的人物，倒也不可小觑的。因此上……"他目光向众弟子一扫，说道："咱们即日动身，上嵩山去见左盟主，和他评一评这个道理。"

众弟子都是一凛。嵩山派乃五岳剑派之首，嵩山掌门左冷禅更是当今武林中了不起的人物，武功固然出神入化，为人尤富智谋，机变百出，江湖上一听到"左盟主"三字，无不惕然。武林中说到评理，可并非单是"评"一"评"就算了事，一言不合，往往继之以动武。众弟子均想："师父武功虽高，未必是左盟主的对手，何况嵩山派左盟主的师弟共有十余人之多，武林中号称'嵩山十三太保'，大嵩阳手费彬虽然逝世，也还剩下一十二人。这一十二人，无一不是武功卓绝的高手，决非华山派的第二代弟子所能对敌。咱们贸然上嵩山去生事，岂非太也卤莽？"群弟子虽这么想，但谁也不敢开口说话。

岳夫人一听丈夫之言，立时暗暗叫好，心想："师哥此计大妙，咱们为了逃避桃谷五怪，舍却华山根本之地而远走他方，江湖上日后必知此事，咱华山派颜面何存？但若上嵩山评理，旁人得知，反而钦佩咱们的胆识了。左盟主并非蛮不讲理之人，上得嵩山，未必便须拼死，尽有回旋余地。"当即说道："正是，封不平他们持了五岳剑派的令旗，上华山来啰唆，焉知这令旗不是偷来的盗来的？就算令旗真是左盟主所颁，咱们华山派自身门户之事，他嵩山派也管不着。嵩山派虽然人多势众，左盟主武功盖世，咱们华山派却也是宁死不屈。哪一个胆小怕死，就留在这里好了。"

群弟子哪一个肯自承胆小怕死，都道："师父师娘有命，弟子赴汤蹈火，在所不辞。"

岳夫人道："如此甚好，事不宜迟，大伙儿收拾收拾，半个时辰之内，立即下山。"

当下她又去探视令狐冲，见他气息奄奄，命在顷刻，心下甚是悲痛，但桃谷五怪随时都会重来，决不能为了令狐冲一人而令华山一派尽数覆灭，当即命陆大有将令狐冲移入后进小舍之中，好生照料，说道："大有，我们为了本派百年大计，要上嵩山去向左盟主评理，此行大是凶险，只盼在你师父主持之下，得以伸张正义，平安而归。冲儿伤势甚重，你好生照看。倘若有外敌来侵，你们尽量忍辱避让，不必枉自送了性命。"陆大有含泪答应。

陆大有在山口送了师父、师娘和一众师兄弟下山，栖栖遑遑的回到令狐冲躺卧的小舍，偌大一个华山绝顶，此刻只剩下一个昏昏沉沉的大师哥，孤孤另另的一个自己，眼见暮色渐深，不由得心生惊惧。

他到厨下去煮了一锅粥，盛了一碗，扶起令狐冲来喝了两口。喝到第三口时，令狐冲将粥喷了出来，白粥变成了粉红之色，却是连腹中鲜血也喷出来了。陆大有甚是惶恐，扶着他重行睡倒，放下粥碗，望着窗外黑沉沉的一片只是发呆，也不知过了多少时候，但听得远处传来几下猫头鹰的夜啼，心想："夜猫子啼叫是在数病人的眉毛，要是眉毛的根数给它数清了，病人便死。"当即用手指蘸些唾沫，涂在令狐冲的双眉之上，好教猫头鹰难以数清。

忽听得上山的路上，传来一阵轻轻的脚步声，陆大有忙吹熄灯火，拔出长剑，守在令狐冲床头。但听脚步声渐近，竟是直奔这小舍而来，陆大有吓得一颗心几乎要从脖子中跳将出来，暗道："敌人竟知大师哥在此养伤，那可糟糕之极，我怎生护得大师哥周全？"

忽听得一个女子声音低声叫道："六猴儿，你在屋里吗？"竟是岳灵珊的口音。

陆大有大喜，忙道："是小师妹么？我……我在这里。"忙晃火折点亮了油灯，兴奋之下，竟将灯盏中的灯油泼了一手。

岳灵珊推门进来，道："大师哥怎么了？"陆大有道："又吐了好多血。"

岳灵珊走到床边，伸手摸了摸令狐冲的额头，只觉着手火烫，皱眉问道："怎么又吐血了？"令狐冲突然说道："小……小师妹，是你？"岳灵珊道："是，大师哥，你身上觉得怎样？"令狐冲道："也……也没……怎么样。"

岳灵珊从怀内取出一个布包，低声道："大师哥，这是《紫霞秘笈》，爹爹说道……"令狐冲道："《紫霞秘笈》？"岳灵珊道："正是，爹爹说，你身上中了旁门高手的内力，须得以本派至高无上的内功心法来予以化解。六猴儿，你一个字一个字的读给大师哥听，你自己可不许练，否则给爹爹知道了，哼哼，你自己知道会有什么后果。"

陆大有大喜，忙道："我是什么胚子，怎敢偷练本门至高无上的内功心法？小师妹尽管放心好啦。恩师为了救大师哥之命，不惜破例以秘笈相授，大师哥这可有救了。"岳灵珊低声道："这事你对谁也不许说。这部秘笈，我是从爹爹枕头底下偷出来的。"陆大有惊道："你偷师父……师父的内功秘笈？他老人家发觉了那怎么办？"岳灵珊道："什么怎么办？难道还能将我杀了？至多不过骂我几场，打我一顿。倘若由此救了大师哥，爹爹妈妈一欢喜，什么也不计较了。"陆大有道："是，是！眼前是救命要紧。"

令狐冲忽道："小师妹，你带回去，还……还给师父。"

岳灵珊奇道："为什么？我好不容易偷到秘笈，黑夜里几十里山道赶了回来，你为什么不要？这又不是偷学功夫，这是救命啊。"陆大有也道："是啊，大师哥，你也不用练全，练到把六怪的邪气化除了，便将秘笈缴还给师父，那时师父多半便会将秘笈传你。你是我派掌门大弟子，这部《紫霞秘笈》不传你，又传谁了？只不过是迟早之分，打什么紧？"

令狐冲道："我……我宁死不违师命。师父说过的，我不能……不能学练这紫霞神功。小……小师妹，小……小师妹……"他叫了两声，一口气接不上来，又晕了过去。

岳灵珊探他鼻下，虽然呼吸微弱，仍有气息，叹了口气，向陆大有道："我赶着回去，要是天光时回不到庙里，爹爹妈妈可要急死了。你劝劝大师哥，要他无论如何得听我的话，修习这部《紫霞秘笈》。别……别辜负了我……"说到这里，脸上一红，道："我这一夜奔波的辛苦。"

陆大有道："我一定劝他。小师妹，师父他们住在哪里？"岳灵珊道："我们今晚在白马庙住。"陆大有道："嗯，白马庙离这儿是三十里的山道，小师妹，这来回六十里的黑夜奔波，大师哥永远不会忘记。"岳灵珊眼眶一红，哽咽道："我只盼他能复元，那就好了。这件事他记不记得，有什么相干？"说着双手捧了《紫霞秘笈》，放在令狐冲床头，向他凝视片刻，奔了出去。

又隔了一个多时辰，令狐冲这才醒转，眼没睁开，便叫："小……师妹，小师妹。"陆大有道："小师妹已经走了。"令狐冲大叫："走了？"突然坐起，一把抓住了陆大有胸口。陆大有吓了一跳，道："是，小师妹下山去了，她说，要是不能在天光之前回去，怕师父师娘担心，大师哥，你躺下歇歇。"令狐冲对他的话听而不闻，说道："她……她走了，她和林师弟一起去了？"陆大有道："她是和师父师娘在一起。"

令狐冲双眼发直，脸上肌肉抽搐。陆大有低声道："大师哥，小师妹对你关心得很，半夜三更从白马庙回山来，她一个小姑娘家，来回奔波六十里，对你这番情义可重得紧哪。她临去时千叮万嘱，要你无论如何，须得修习这部《紫霞秘笈》，别辜负了她……她对你的一番心意。"令狐冲道："她这样说了？"陆大有道："是啊，难道我还敢向你说谎？"

令狐冲再也支持不住，仰后便倒，砰的一声，后脑重重撞在炕上，却也不觉疼痛。

陆大有又吓了一跳，道："大师哥，我读给你听。"拿起那部《紫霞秘笈》，翻开第一页来，读道："天下武功，以练气为正。浩然正气，原为天授，惟常人不善养之，反以性伐气。武夫之患，在性暴、性骄、性酷、性贼。暴则神扰而气乱，骄则真离而气浮，酷则丧仁而气失，贼则心狠而气促。此四事者，皆是截气之刀锯……"

令狐冲道："你在读些什么？"陆大有道："那是《紫霞秘笈》的第一章。下面写着……"他继续读道："舍尔四性，返诸柔善，制汝暴酷，养汝正气。鸣天鼓，饮玉浆，荡华池，叩金梁，据而行之，当有小成。"

令狐冲怒道："这是我派不传之秘，你胡乱诵读，大犯门规，快快收起。"陆大有道："大师哥，大丈夫事急之际，须当从权，岂可拘泥小节？眼前咱们是救命要紧。我再读给你听。"他接着读下去，便是上乘气功练法的详情，如何"鸣天鼓，饮玉浆"，又如何"荡华池，叩金梁"。令狐冲大声喝道："住口！"

陆大有一呆，抬起头来，道："大师哥，你……你怎么了？什么地方不舒服？"令狐冲怒道："我听着你读师父的……内功秘笈，周身都不舒服。你要叫我成为一个……不忠不义之徒，是不是？"陆大有愕然道："不，不，那怎么会不忠不义？"令狐冲道："这部《紫霞秘笈》，当日师父曾携到思过崖上，想要传我，但发觉我练功的路子固然不合，资质……资质也不对，这才改变了主意……主意……"说到这里，气喘吁吁，很是辛苦。陆大有道："这一次却是为了救命，又不是偷练武功，那……那是全然不同的。"令狐冲道："咱们做弟子的，是自己性命要紧，还是师父的旨意要紧？"陆大有道："师父师娘要你活着，那是最最要紧的事了，何况……何况，小师妹黑夜奔波，这一番情意，你如何可以辜负了？"

令狐冲胸口一酸，泪水便欲夺眶而出，说道："正因为是她……是她拿来给我的……我令狐冲堂堂丈夫，岂受人怜？"他这一句话一出口，不由得全身一震，心道："我令狐冲向来不是拘泥不化之人，为了救命，练一练师门内功又打什么紧？原来我不肯练这紫霞神功，是为了跟小师妹赌气，原来我内心深处，是在怨恨小师妹和林师弟好，对我冷淡。令狐冲啊令狐冲，你如何这等小气？"但想到岳灵珊一到天明，便和林平之会合，远去嵩山，一路上并肩而行，途中不知将说多少言语，不知将唱多少山歌，胸中酸楚，眼泪终于流了下来。

陆大有道："大师哥，你这可是想左了，小师妹和你自幼一起长大，你们……你们便如是亲兄妹一般。"令狐冲心道："我便不要和她如亲兄妹一般。"只是这句话难以出口，却听陆大有续道："我再读下去，你慢慢听着，一时记不住，我便多读几遍。天下武功，以练气为正。浩然正气，原为天授……"令狐冲厉声道："不许读！"

陆大有道："是，是，大师哥，为了盼你迅速痊愈，今日小弟只好不听你的话了。违背师命的罪责，全由我一人承当。你说什么也不肯听，我陆大有却偏偏说什么也要读。这部《紫霞秘笈》，你一根手指头都未碰过，秘笈上所录的心法，你一个字也没瞧过，你有什么罪过？你是卧病在床，这叫做身不由主，是我陆大有强迫你练的。天下武功，以练气为正。浩然正气，原为天授……"跟着便滔滔不绝的读了下去。

令狐冲待要不听，可是一个字一个字钻入耳来。他突然大声呻吟。陆大有惊问："大师哥，觉得怎样？"令狐冲道："你将我……我枕头……枕头垫一垫高。"

陆大有道："是。"伸出双手去垫他枕头。令狐冲一指倏出，凝聚力气，正戳在他胸口的膻中穴上。陆大有哼也没哼一声，便软软的垂在炕上。

令狐冲苦笑道："六师弟，这可对不住你了。你且在炕上躺几个时辰，穴……穴道自解。"他慢慢挣扎着起床，向那部《紫霞秘笈》凝神瞧了半晌，叹了一口气，走到门边，提起倚在门角的门闩，当作拐杖，支撑着走了出去。

陆大有大急，叫道："大……大……到……到……到……哪……哪……去……去……"本来膻中穴当真给人点中了，说一个字也是不能，但令狐冲气力微弱，这一点只能令陆大有手足麻软，并没教他全身瘫痪。

令狐冲回过头来，说道："六师弟，令狐冲要离开这部《紫霞秘笈》越远越好，别让旁人见到我的尸身横在秘笈之旁，说我偷练神功，未成而死……别让林师弟瞧我不起……"说到这里，哇的一声，一口鲜血喷出。

他不敢再稍有耽搁，只怕从此气力衰败，再也无法离去，当下撑着门闩，喘几口气，再向前行，凭着一股强悍之气，终于慢慢远去。

那一十五名蒙面客半步半步的慢慢逼近，三十只眼睛在面幕洞孔中炯炯生光，便如是猛兽的一对对眼睛，充满了凶恶残忍之意。

十二　围　攻

　　令狐冲挨得十余丈，便拄门喘息一会，奋力挨了小半个时辰，已行了半里有余，只觉眼前金星乱冒，天旋地转，便欲摔倒，忽听得前面草丛中有人大声呻吟。令狐冲一凛，问道："谁?"那人大声道："是令狐兄么? 我是田伯光。哎唷! 哎唷!"显是身有剧烈疼痛。令狐冲惊道："田……田兄，你……怎么了?"田伯光道："我快死啦! 令狐兄，请你做做好事，哎唷……哎唷……快将我杀了。"他说话时夹杂着大声呼痛，但语音仍十分洪亮。

　　令狐冲道："你……你……受了伤么?"双膝一软，便即摔倒，滚在路旁。

　　田伯光惊道："你也受了伤么? 哎唷，哎唷，是谁害你的?"令狐冲道："一言难尽。田……兄，却又是谁伤了你?"田伯光道："唉，不知道!"令狐冲道："怎么不知道?"田伯光道："我正在道上行走，忽然之间，两只手两只脚被人抓住，凌空提了起来，我也瞧不见是谁有这样的神通……"令狐冲笑道："原来又是桃谷六仙……啊哟，田兄，你不是跟他们作一路么?"田伯光道："什么作一路?"令狐冲道："你来邀我去见仪……仪琳小师妹，他……他们也来邀我去见……她……"说着喘气不已。

　　田伯光从草丛中爬了出来，摇头骂道："他妈的，当然不是一路。他们上华山来找一个人，问我这人在哪里。我问他们找谁。他们说，他们已抓住了我，该他们问我，不应该我问他们。如果是我抓住了他们，那就该我问他们，不是他们问我。他们……哎唷……他们说，我倘若有本事，不妨将他们抓了起来，那……那就可以问他们了。"

令狐冲哈哈大笑，笑得两声，气息不畅，便笑不下去了。田伯光道："我身子凌空，脸朝地下，便有天大本事，也不能将他们抓起啊，真他奶奶的胡说八道。"令狐冲问道："后来怎样？"田伯光道："我说：'我又不想问你们，是你们自己在问我。快放我下来。'其中一人说：'既将你抓了起来，如不将你撕成四块，岂不损了我六位大英雄的威名？'另一人道：'撕成四块之后，他还会说话不会？'"他骂了几句，喘了一会气。

令狐冲道："这六人强辞夺理，缠夹不清，田兄也不必……不必再说了。"

田伯光道："哼，他奶奶的。一人道：'变成了四块之人，当然不会说话。咱六兄弟撕成四块之人，没有一千，也有八百。几时听到撕开之后，又会说话？'又一人道：'撕成了四块之人所以不说话，因为我们不去问他。倘若有事问他，谅他也不敢不答。'另一人道：'他既已成为四块，还怕什么？还有什么敢不敢的？难道还怕咱们将他撕成八块？'先前一人道：'撕成八块，这门功夫非同小可，咱们以前是会的，后来大家都忘了。'"田伯光断断续续说来，亏他重伤之下，居然还能将这些胡说八道的话记得清清楚楚。

令狐冲叹道："这六位仁兄，当真世间罕见，我……我也是被他们害苦了。"田伯光惊道："原来令狐兄也是伤在他们手下？"令狐冲叹道："谁说不是呢！"

田伯光道："我身子凌空吊着，不瞒你说，可真是害怕。我大声道：'要是将我撕成四块，我是一定不会说话的了，就算口中会说，我心里气恼，也决计不说。'一人道：'将你撕成四块之后，你的嘴巴在一块上，心又在另一块上，心中所想和口中所说，又怎能联在一起？'我当下也给他们来个乱七八糟，叫道：'有事快问，再

410

拉住我不放，我可要大放毒气了。'一人问道：'什么大放毒气？'我说：'我的屁臭不可当，闻到之后，三天三晚吃不下饭，还得将三天之前吃的饭尽数呕将出来。警告在先，莫谓言之不预也。'"

令狐冲笑道："这几句话，只怕有些道理。"

田伯光道："是啊，那四人一听，不约而同的大叫一声，将我重重往地下一摔，跳了开去。我跃将起来，只见六个古怪之极的老人各自伸手掩鼻，显是怕了我的屁臭不可当。令狐兄，你说这六个人叫什么桃谷六仙？"

令狐冲道："正是，唉，可惜我没田兄聪明，当时没施这臭屁……之计，将他们吓退。田兄此计，不输于当年……当年诸葛亮吓退司马懿的空城计。"

田伯光干笑两声，骂了两句"他奶奶的"，说道："我知道这六个家伙不好惹，偏生兵刃又丢在你那思过崖上了，当下脚底抹油，便想溜开，不料这六人手掩鼻子，像一堵墙似的排成一排，挡在我面前，嘿嘿，可谁也不敢站在我身后。我一见冲不过去，立即转身，哪知这六人犹似鬼魅，也不知怎的，竟已转将过来，挡在我身前。我连转几次，闪避不开，当即一步一步后退，终于碰到了山壁。这六个怪物高兴得紧，呵呵大笑，又问：'他在哪里？这人在哪里？'

"我问：'你们要找谁？'六个人齐声道：'我们围住了你，你无路逃走，必须回答我们的话。'其中一人道：'若是你围住了我们，教我们无路逃走，那就由你来问我们，我们只好乖乖的回答了。'另一人道：'他只有一个人，怎能围得住我们六人？'先前那人道：'假如他本领高强，以一胜六呢？'另一人道：'那也只是胜过我们，而不是围住我们。'先一人道：'但如将我们堵在一个山洞之中，守住洞门，不让我们出来，那不是围住了我们吗？'另一人道：'那是堵住，不是围住。'先一人道：'但如他张开双臂，将我们一齐抱住，岂不是围了？'另一人道：'第一，世上无如此长臂之人；第二，就算世上真有，至少眼前此人就无如此长臂；第三，就算他将我们六人一把抱住，那也是抱住，不是围住。'先一人愁眉苦脸，无可辩驳，却偏又不肯认输，呆了半晌，突然大笑，说道：'有了，他如大放臭屁，教我们不敢奔逃，以屁围之，难道不是围？'其余四人一齐拍手，笑道：'对啦，这小子有法子将我们围住。'

"我灵机一动，撒腿便奔，叫道：'我……我要围你们啦。'料想他们怕我臭屁，不会再追，哪知这六个怪物出手快极，我没奔得两步，已给他们揪住，立即将我按着坐在一块大石之上，牢牢按住，令我就算真的放屁，臭屁也不致外泄。"

令狐冲哈哈大笑，但笑得几声，便觉胸口热血翻涌，再也笑不下去了。

田伯光续道："这六怪按住我后，一人问道：'屁从何出？'另一人道：'屁从肠出，自然属于手阳明大肠经，点他商阳、合谷、曲池、迎香诸穴。'他说了这话，随手便点了我这四处穴道，出手之快，认穴之准，田某生平少见，当真令人好生佩服。他点穴之后，六个怪物都吁了口长气，如释重负，都道：'这臭　　臭……臭屁虫再也放不出臭屁了。'那点穴之人又问：'喂，那人究竟在哪里？你如不说，我永远不给你解穴，叫你有屁难放，胀不可当。'我心里想，这六个怪物武功如此高强，来到华山，自不会是找寻泛泛之辈。令狐兄，尊师岳先生夫妇其时不在山上，就算已经回山，自是在正气堂中居住，一找便着。我思来想去，六怪所要找寻的，定是你太师叔风老前辈了。"

令狐冲心中一震，忙问："你说了没有？"田伯光大是不怿，怏然道："呸，你当我是什么人了？田某既已答应过你，决不泄漏风老前辈的行踪，难道我堂堂男儿，说话如同放屁吗？"令狐冲道："是，是，小弟失言，田兄莫怪。"田伯光道："你如再瞧我不起，咱们一刀两断，从今而后，谁也别当谁是朋友。"令狐冲默然，心想："你是武林中众所不齿的采花淫贼，谁又将你当朋友了？只是你数次可以杀我而没下手，总算我欠了你的情。"

黑暗之中，田伯光瞧不见他脸色，只道他已然默诺，续道："那六怪不住问我，我大声道：'我知道这人的所在，可是偏偏不说；这华山山岭连绵，峰峦洞谷，不计其数，我倘若不说，你们一辈子也休想找得到他。'那六怪大怒，对我痛加折磨，我从此就给他们来个不理不睬。令狐兄，这六怪的武功怪异非常，你快去禀告风老前辈，他老人家剑法虽高，却也须得提防才是。"

　　田伯光轻描淡写的说一句"六怪对我痛加折磨"，令狐冲却知道这"痛加折磨"四字之中，不知包括了多少毒辣苦刑，多少难以形容的煎熬。六怪对自己是一番好意的治伤，自己此刻尚在身受其酷，他们逼迫田伯光说话，则手段之厉害，可想而知，心下好生过意不去，说道："你宁死不泄漏我风太师叔的行藏，真乃天下信人。不过……不过这桃谷六仙要找的是我，不是我风太师叔。"田伯光全身一震，道："要找你？他们找你干什么？"

　　令狐冲道："他们和你一般，也是受了仪琳小师妹之托，来找我去见……见她。"

　　田伯光张大了口，说不出话来，不绝发出"荷荷"之声。

　　过了好一会，田伯光才道："早知这六个怪人找的是你，我实该立即说与他们知晓，这六怪将你请了去，我跟随其后，也不致剧毒发作，葬身于华山了。咦，你既落入六怪手中，他们怎地没将你抬了去见那小师太？"令狐冲叹了口气，道："总之一言难尽。田兄，你说是剧毒发作，葬身于华山？"田伯光道："我早就跟你说过，我给人点了死穴，下了剧毒，命我一月之内将你请去，和那小师太相会，便给我解穴解毒。眼下我请你请不动，打又打不过，还给六个怪物整治得遍体鳞伤，屈指算来，离毒发之期也不过十天了。"

　　令狐冲问道："仪琳小师妹在哪里？从此处去，不知有几日之程？"田伯光道："你肯去了？"令狐冲道："你曾数次饶我不杀，虽然你行为不端，令狐冲却也不能眼睁睁的瞧着你为我毒发而死。当日你恃强相逼，我自是宁折不屈，但此刻情势，却又大不相同了。"田伯光道："小师太在山西，唉……倘若咱二人身子安健，骑上快马，六七天功夫也赶到了。这时候两个都伤成这等模样，那还有什么好说？"

令狐冲道："反正我在山上也是等死，便陪你走一遭。也说不定老天爷保佑，咱们在山下雇到轻车快马，十天之间便抵达山西呢。"田伯光笑道："田某生平作孽多端，不知已害死了多少好人，老天爷为什么要保佑我？除非老天爷当真瞎了眼睛。"令狐冲道："老天爷瞎眼之事……嘿嘿，那……那也是有的。反正左右是死，试试那也不妨。"

田伯光拍手道："不错，我死在道上和死在华山之上，又有什么分别？下山去找些吃的，最是要紧，我给干搁在这里，每日只捡生栗子吃，嘴里可真是淡出鸟来了。你能不能起身？我来扶你。"

他口说"我来扶你"，自己却挣扎不起。令狐冲要伸手相扶，臂上又哪有半点力气？二人挣扎了好半天，始终无用，突然之间，不约而同的哈哈大笑。

田伯光道："田某纵横江湖，生平无一知己，与令狐兄　齐死在这里，倒也开心。"

令狐冲笑道："日后我师父见到我二人尸身，定道我二人一番恶斗，同归于尽。谁也料想不到，我二人临死之前，居然还曾称兄道弟一番。"

田伯光伸出手去，说道："令狐兄，咱们握一握手再死。"

令狐冲不禁迟疑，田伯光此言，明是要与自己结成生死之交，但他是个声名狼藉的采花大盗，自己是名门高徒，如何可以和他结交？当日在思过崖上数次胜他而不杀，还可说是报他数度不杀之德，到今日再和他一起厮混，未免太也说不过去，言念及此，一只右手伸了一半，便伸不过去。

田伯光还道他受伤实在太重，连手臂也难以动弹，大声道："令狐兄，田伯光交上了你这个朋友。你倘若伤重先死，田某决不独活。"

令狐冲听他说得诚挚，心中一凛，寻思："这人倒很够朋友。"当即伸出手去，握住他右手，笑道："田兄，你我二人相伴，死得倒不寂寞。"

他这句话刚出口，忽听得身后阴恻恻的一声冷笑，跟着有人说道："华山派气宗首徒，竟堕落成这步田地，居然去和江湖上下三滥的淫贼结交。"

田伯光喝问："是谁？"令狐冲心中暗暗叫苦："我伤重难治，死了也不打紧，却连累师父的清誉，当真糟糕之极了。"

黑暗之中，只见朦朦胧胧的一个人影，站在身前，那人手执长剑，光芒微闪，只听他冷笑道："令狐冲，你此刻尚可反悔，拿这把剑去，将这姓田的淫贼杀了，便无人能责你和他结交。"噗的一声，将长剑插入地下。

令狐冲见这剑剑身阔大，是嵩山派的用剑，问道："尊驾是嵩山派哪一位？"那人道："你眼力倒好，我是嵩山派狄修。"令狐冲道："原来是狄师兄，一向少会。不知尊驾来到敝山，有何贵干？"狄修道："掌门师伯命我到华山巡查，要看华山派的弟子们，是否果如外间传言这般不堪，嘿嘿，想不到一上华山，便听到你和这淫贼相交的肺腑之言。"

田伯光骂道："狗贼，你嵩山派有什么好东西了？自己不加检点，却来多管闲事。"狄修提起足来，砰的一声，在田伯光头上重重踢了一脚，喝道："你死到临头，嘴里还在不干不净！"田伯光却兀自"狗贼、臭贼、直娘贼"的骂个不休。

狄修若要取他性命，自是易如探囊取物，只是他要先行折辱令狐冲一番，冷笑道："令狐冲，你和他臭味相投，是决计不杀他的了？"令狐冲大怒，朗声道："我杀不杀他，管你什么事？你有种便一剑把令狐冲杀了，要是没种，给我乖乖的夹着尾巴，滚下华山去罢。"狄修道："你决计不肯杀他，决计当这淫贼是朋友了？"令狐冲道："不管我跟谁交朋友，总之是好过跟你交朋友。"

田伯光大声喝采："说得好，说得妙！"

狄修道："你想激怒了我，让我一剑把你二人杀了，天下可没这般便宜事。我要将你二人剥得赤条条地绑在一起，然后点了你二人哑穴，拿到江湖上示众，说道一个大胡子，一个小白脸，正在行那苟且之事，被我手到擒来。哈哈，你华山派岳不群假仁假义，装出一副道学先生的模样来唬人，从今而后，他还敢自称'君子剑'么？"

令狐冲一听，登时气得晕了过去。田伯光骂道："直娘贼……"狄修一脚踢中他腰间穴道。狄修嘿嘿一笑，伸手便去解令狐冲的衣衫。

忽然身后一个娇嫩清脆的女子声音说道："喂，这位大哥，你在这里干什么？"狄修一惊，回过头来，微光朦胧中只见一个女子身影，便道："你又在这里干什么？"

田伯光听到那女子声音正是仪琳，大喜叫道："小……小师父，你来了，这可好啦。这直娘贼要……要害你的令狐大哥。"他本来想说："直娘贼要害我"，但随即转念，这一个"我"，在仪琳心中毫无份量，当即改成了"你的令狐大哥"。

仪琳听得躺在地下的那人竟然是令狐冲，如何不急，忙纵身上前，叫道："令狐大哥，是你吗？"

狄修见她全神贯注，对自己半点也不防备，左臂一屈，食指便往她胁下点去。手指正要碰到她衣衫，突然间后领一紧，身子已被人提起，离地数尺。狄修大骇，右肘向后撞去，却撞了个空，跟着左足后踢，又踢了个空。他更是惊骇，双手反过去擒拿，便在此时，咽喉中已被一只大手扼住，登时呼吸为艰，全身再没半点力气。

令狐冲悠悠转醒，只听得一个女子声音在焦急地呼唤："令狐大哥，令狐大哥！"依稀似是仪琳的声音。他睁开眼来，星光朦胧之下，眼前是一张雪白秀丽的瓜子脸，却不是仪琳是谁？

只听得一个洪亮的声音说道："琳儿，这病鬼便是令狐冲么？"令狐冲循声向上瞧去，不由得吓了一跳，只见一个极肥胖、极高大的和尚，铁塔也似的站在当地。这和尚身高少说也有七尺，左手平伸，将狄修凌空提起。狄修四肢软垂，一动不动，也不知是死是活。

　　仪琳道："爹，他……他便是令狐大哥，可不是病夫。"她说话之时，双目仍是凝视着令狐冲，眼光中流露出爱怜横溢的神情，似欲伸手去抚摸他的面颊，却又不敢。

　　令狐冲大奇，心道："你是个小尼姑，怎地叫这大和尚做爹？和尚有女儿，已是骇人听闻，女儿是个小尼姑，更是奇上加奇了。"

　　那胖大和尚呵呵笑道："你日思夜想，挂念着这个令狐冲，我只道是个怎生高大了得的英雄好汉，却原来是躺在地下装死、受人欺侮不能还手的小脓包。这病夫，我可不要他做女婿。咱们别理他，这就走罢。"

　　仪琳又羞又急，嗔道："谁日思夜想了？你……你就是胡说八道。你要走，你自己走好了。你不要……不要……"下面这"不要他做女婿"这几字，终究出不了口。

　　令狐冲听他既骂自己是"病夫"，又骂"脓包"，大是恼怒，说道："你走就走，谁要你理了？"田伯光急叫："走不得，走不得！"令狐冲道："为什么走不得！"田伯光道："我的死穴要他来解，剧毒的解药也在他身上，他如一走，我岂不呜呼哀哉？"令狐冲道："怕什么？我说过陪你一起死，你毒发身亡，我立即自刎便是。"

　　那胖大和尚哈哈大笑，声震山谷，说道："很好，很好，很好！原来这小子倒是个有骨气的汉子。琳儿，他很对我胃口。不过，有一件事咱们还得问个明白，他喝酒不喝？"

　　仪琳还未回答，令狐冲已大声道："当然喝，为什么不喝？老子朝也喝，晚也喝，睡梦中也喝。你见了我喝酒的德性，包管气死了你这戒荤、戒酒、戒杀、戒撒谎的大和尚！"

那胖大和尚呵呵大笑，说道："琳儿，你跟他说，爹爹的法名叫作什么。"

仪琳微笑道："令狐大哥，我爹爹法名'不戒'。他老人家虽然身在佛门，但佛门种种清规戒律，一概不守，因此法名叫作'不戒'。你别见笑，他老人家喝酒吃荤，杀人偷钱，什么事都干，而且还……还生了……生了个我。"说到这里，忍不住噗哧一声，笑了出来。

令狐冲哈哈大笑，朗声道："这样的和尚，才教人……才教人瞧着痛快。"说着想挣扎站起，总是力有未逮。仪琳忙伸手扶他起身。

令狐冲笑道："老伯，你既然什么都干，何不索性还俗，还穿这和尚袍干什么？"不戒道："这个你就不知道了。我正因为什么都干，这才做和尚的。我就像你这样，爱上了一个美貌尼姑……"仪琳插口道："爹，你又来随口乱说了。"说这句话时，满脸通红，幸好黑夜之中，旁人瞧不清楚。不戒道："大丈夫做事光明磊落，做就做了，人家笑话也好，责骂也好，我不戒和尚堂堂男子，又怕得谁来？"

令狐冲和田伯光齐声喝采，道："正是！"

不戒听得二人称赞，大是高兴，继续说："我爱上的那个美貌尼姑，便是她妈妈了。"

令狐冲心道："原来仪琳小师妹的爹爹是和尚，妈妈是尼姑。"

不戒继续道："那时候我是个杀猪屠夫，爱上了她妈妈，她妈妈睬也不睬我，我无计可施，只好去做和尚。当时我心里想，和尚尼姑是一家人，尼姑不爱屠夫，多半会爱和尚。"

仪琳啐道："爹爹，你一张嘴便是没遮拦，年纪这样大了，说话却还是像孩子一般。"

不戒道："难道我的话不对？不过我当时没想到，做了和尚，可不能跟女人相好啦，连尼姑也不行，要跟她妈妈相好，反而更加难了，于是就不想做和尚啦。不料我师父偏说我有什么慧根，是真正的佛门子弟，不许我还俗。她妈妈也胡里胡涂的被我真情感动，就这么生了个小尼姑出来。冲儿，你今日方便啦，要同我女儿小尼姑相好，不必做和尚。"

令狐冲大是尴尬，心想："仪琳师妹其时为田伯光所困，我路见不平，拔剑相助。她是恒山派清修的女尼，如何能和俗人有甚情缘瓜葛？她遣了田伯光和桃谷六仙来邀我相见，只怕是少年女子初次和男子相处，动了凡心。我务须尽快避开，倘若损及华山、恒山两派的清誉，我虽死了，师父师娘也仍会怪责，灵珊小师妹会瞧我不起。"

仪琳大是忸怩不安，说道："爹爹，令狐大哥早就……早就有了意中人，如何会将旁人放在眼里，你……你……今后再也别提这事，没的教人笑话。"

不戒怒道："这小子另有意中人？气死我也，气死我也！"右臂一探，一只蒲扇般的大手往令狐冲胸口抓去。令狐冲站也站不稳，如何能避，被他一把抓住，提了起来。不戒和尚左手抓住狄修后颈，右手抓住令狐冲胸口，双臂平伸，便如挑担般挑着两人。

令狐冲本就动弹不得，给他提在半空，便如是一只破布袋般，软软垂下。

仪琳急叫："爹爹，快放令狐大哥下来，你不放，我可要生气啦。"

不戒一听女儿说到"生气"两字，登时怕得什么似的，立即放下令狐冲，口中兀自喃喃："他又中意哪一个美貌小尼姑了？真正岂有此理！"他自己爱上了美貌尼姑，便道世间除了美貌尼姑之外，别无可爱之人。

仪琳道："令狐大哥的意中人，是他的师妹岳小姐。"

不戒大吼一声，震得人人耳中嗡嗡作响，喝道："什么姓岳的姑娘？他妈的，不是美貌小尼姑吗？那有什么可爱了？下次给我见到，一把捏死了这臭丫头。"

令狐冲心道："这不戒和尚是个鲁莽匹夫，和那桃谷六仙倒有异曲同工之妙。只怕他说得出，做得到，真要伤害小师妹，那便如何是好？"

仪琳心中焦急，说道："爹爹，令狐大哥受了重伤，你快设法给他治好了。另外的事，慢慢再说不迟。"

不戒对女儿之言奉命唯谨，道："治伤就治伤，那有什么难处？"随手将狄修向后一抛，大声问令狐冲："你受了什么伤？"只听得狄修"啊哟"连声，从山坡上滚了下去。

令狐冲道："我给人胸口打了一掌，那倒不要紧……"不戒道："胸口中掌，定是震伤了任脉……"令狐冲道："我给桃谷……"不戒道："任脉之中，并没什么桃谷。你华山派内功不精，不明其理。人身诸穴中虽有合谷穴，但那属于手阳明大肠经，在拇指与食指的交界处，跟任脉全无干系。好，我给你治任脉之伤。"令狐冲道："不，不，那桃谷六……"不戒道："什么桃谷六、桃谷七？全身诸穴，只有手三里、足三里、阴陵泉、丝空竹，哪里有桃谷六、桃谷七了？你不可胡言乱语。"随手点了他的哑穴，说道："我以精纯内功，通你任脉的承浆、天突、膻中、鸠尾、巨阙、中脘、气海、石门、关元、中极诸穴，包你力到伤愈，休息七八日，立时变成个鲜龙活跳的小伙子。"

伸出两只蒲扇般的大手，右手按在他下颚承浆穴上，左手按在他小腹中极穴上，两股真气，从两处穴道中透了进去，突然之间，这两股真气和桃谷六仙所留下的六道真气一碰，双手险被震开。不戒大吃一惊，大声叫了出来。仪琳忙问："爹，怎么样？"不戒道："他身体内有几道古怪真气，一、二、三、四，共有四道，不对，又有一道，一共是五道，这五道真气……啊哈，又多了一道。他妈的，居然有六道之多！我这两道真气，就跟你他妈的六道真气斗上一斗！看看到底是谁厉害。只怕还有，哈哈，这可热闹之极了！好玩，好玩！再来好了，哼，没有了，是不是？只有六道，我不戒和尚他奶奶的又怕你这狗贼的何来？"

他双手紧紧按住令狐冲的两处穴道，自己头上渐渐冒出白气，

初时还大呼小叫，到后来内劲越运越足，一句话也说不出来了。其时天色渐明，但见他头顶白气愈来愈浓，直如一团浓雾，将他一个大脑袋围在其中。

过了良久良久，不戒双手一起，哈哈大笑，突然间笑声中绝，咕咚一声，栽倒在地。

仪琳大惊，叫道："爹爹，爹爹。"忙抢过去将他扶起，但不戒身子实在太重，只扶起一半，两人又一起坐倒。不戒全身衣裤都已被大汗湿透，口中不住喘气，颤声道："我……我……他妈的……我……我……他妈的……"

仪琳听他骂出声来，这才稍稍放心，问道："爹，怎么啦？你累得很么？"不戒骂道："他奶奶的，这小子之身体内有六道厉害的真气，想跟老子……老子斗法。他奶奶的，老子催动真气，将这六道邪门怪气都给压了下去，嘿嘿，你放心，这小子死不了。"仪琳芳心大慰，回过脸去，果见令狐冲慢慢站起身来。

田伯光笑道："大和尚的真气当真厉害，便这么片刻之间，就治愈了令狐兄的重伤。"

不戒听他一赞，甚是欢喜，道："你这小子作恶多端，本想一把捏死了你，总算你找到了令狐冲这小子，有点儿功劳，饶你一命，乖乖的给我滚罢。"

田伯光大怒，骂道："什么叫做乖乖的给我滚？他妈的大和尚，你说的是人话不是？你说一个月之内给你找到令狐冲，便给我解开死穴，再给解药解毒，这时候却又来赖了。你不给解穴解毒，便是猪狗不如的下三滥臭和尚。"

田伯光如此狠骂，不戒倒也并不恼怒，笑道："瞧你这臭小子，怕死怕成这等模样，生怕我不戒大师说话不算数，不给解药。他妈的混小子，解药给你。"说着伸手入怀，去取解药，但适才使力过度，一只手不住颤抖，将瓷瓶拿在手中，几次又掉在身上。仪琳伸手过去拿起，拔去瓶塞。不戒道："给他三粒，服一粒后隔三天再服一粒，再隔六天后服第三粒，这九天中倘若给人杀了，可不干大和尚的事。"

田伯光从仪琳手中取过解药，说道："大和尚，你逼我服毒，现下又给解药，我不骂你已算客气了，谢是不谢的。我身上的死穴呢？"不戒哈哈大笑，说道："我点你的穴道，七天之后，早就自行解开了。大和尚倘若当真点了你死穴，你这小子还能活到今日？"

田伯光早就察知身上穴道已解，听了不戒这几句话登时大为宽慰，又笑又骂："他奶奶的，老和尚骗人。"转头向令狐冲道："令狐兄，你和小师太一定有些言语要说，我去了，咱们后会有期。"说着一拱手，转身走向下山的大路。

令狐冲道："田兄且慢。"田伯光道："怎么？"令狐冲道："田兄，令狐冲数次承你手下留情，交了你这朋友。有一件事我可要良言相劝。你若不改，咱们这朋友可做不长。"

田伯光笑道："你不说我也知道，你劝我从此不可再干奸淫良家妇女的勾当。好，田某听你的话，天下荡妇淫娃，所在多有，田某贪花好色，也不必定要去逼迫良家妇女，伤人性命。哈哈，令狐兄，衡山群玉院中的风光，不是妙得紧么？"

令狐冲和仪琳听他提到衡山群玉院，都不禁脸上一红。田伯光哈哈大笑，迈步又行，脚下一软，一个筋斗，骨碌碌的滚出老远。他挣扎着坐起，取出一粒解药吞入腹中，霎时间腹痛如绞，坐在地下，一时动弹不得。他知这是解治剧毒的应有之象，倒也并不惊恐。

适才不戒和尚将两道强劲之极的真气注入令狐冲体内，压制了桃谷六仙的六道真气，令狐冲只觉胸口烦恶尽去，脚下劲力暗生，甚是欢喜，走上前去，向不戒恭恭敬敬的一揖，说道："多谢大师，救了晚辈一命。"

不戒笑嘻嘻的道："谢倒不用，以后咱们是一家人了，你是我女婿，我是你丈人老头，又谢什么？"

仪琳满脸通红，道："爹，你……你又来胡说了。"不戒奇道：

"咦！为什么胡说？你日思夜想的记挂着他，难道不是想嫁给他做老婆？就算嫁不成，难道不想跟他生个美貌的小尼姑？"仪琳啐道："老没正经，谁又……谁又……"

便在此时，只听得山道上脚步声响，两人并肩上山，正是岳不群和岳灵珊父女。令狐冲一见又惊又喜，忙迎将上去，叫道："师父，小师妹，你们又回来啦！师娘呢？"

岳不群突见令狐冲精神健旺，浑不似昨日奄奄一息的模样，甚是欢喜，一时无暇询问，向不戒和尚一拱手，问道："这位大师上下如何称呼？光降敝处，有何见教？"

不戒道："我叫做不戒和尚，光降敝处，是找我女婿来啦。"说着向令狐冲一指。他是屠夫出身，不懂文诌诌的客套，岳不群谦称"光降敝处"，他也照样说"光降敝处"。

岳不群不明他底细，又听他说什么"找女婿来啦"，只道有意戏侮自己，心下恼怒，脸上却不动声色，淡淡的道："大师说笑了。"见仪琳上来行礼，说道："仪琳师侄，不须多礼。你来华山，是奉了师尊之命么？"仪琳脸上微微一红，道："不是。我……我……"

岳不群不再理她，向田伯光道："田伯光，哼！你好大胆子！"田伯光道："我跟你徒弟令狐冲很说得来，挑了两担酒上山，跟他喝个痛快，那也用不着多大胆子。"岳不群脸色愈益严峻，道："酒呢？"田伯光道："早在思过崖上跟他喝得干干净净了。"

岳不群转向令狐冲，问道："此言不虚？"令狐冲道："师父，此中原委，说来话长，待徒儿慢慢禀告。"岳不群道："田伯光来到华山，已有几日？"令狐冲道："约莫有半个月。"岳不群道："这半个月中，他一直便在华山之上？"令狐冲道："是。"岳不群厉声道："何以不向我禀明？"令狐冲道："那时师父师娘不在山上。"岳不群道："我和你师娘到哪里去了？"令狐冲道："到长安附近，去追杀田君。"

岳不群哼了一声，说道："田君，哼，田君！你既知此人积恶如山，怎地不拔剑杀他？就算斗他不过，也当给他杀了，何以贪生怕死，反而和他结交？"

田伯光坐在地下，始终无法挣扎起身，插嘴道："是我不想杀他，他又有什么法子？难道他斗我不过，便在我面前拔剑自杀？"

岳不群道："在我面前，也有你说话的余地？"向令狐冲道："去将他杀了！"

岳灵珊忍不住插口道："爹，大师哥身受重伤，怎能与人争斗？"

岳不群道："难道人家便没有伤？你担什么心，明摆着我在这里，岂能容这恶贼伤我门下弟子？"他素知令狐冲狡谲多智，生平嫉恶如仇，不久之前又曾在田伯光刀下受伤，若说竟去和这大淫贼结交为友，那是决计不会，料想他是斗力不胜，便欲斗智，眼见田伯光身受重伤，多半便是这个大弟子下的手，因此虽听说令狐冲和这淫贼结交，倒也并不真怒，只是命他过去将之杀了，既为江湖上除一大害，也成孺子之名，料得田伯光重伤之余，纵然能与令狐冲相抗，却抵挡不住自己轻轻的一下弹指。

不料令狐冲却道："师父，这位田兄已答应弟子，从此痛改前非，再也不做污辱良家妇女的勾当。弟子知他言而有信，不如……"

岳不群厉声道："你……你怎知他言而有信？跟这等罪该万死的恶贼，也讲什么言而有信，言而无信？他这把刀下，曾伤过多少无辜人命？这种人不杀，我辈学武，所为何来？珊儿，将佩剑交给大师哥。"岳灵珊应道："是！"拔出长剑，将剑柄向令狐冲递去。

令狐冲好生为难，他从来不敢违背师命，但先前临死时和田伯光这么一握手，已是结交为友，何况他确已答应改过迁善，这人过去为非作歹，说过了的话却必定算数，此时杀他，未免不义。他从岳灵珊手中接过剑来，转身摇摇晃晃的向田伯光走去，走出十几步，假装重伤之余突然间两腿无力，左膝一曲，身子向前直扑出去，扑的一声，长剑插入了自己左边的小腿。

这一下谁也意料不到，都是惊呼出来。仪琳和岳灵珊同时向他奔去。仪琳只跨出一步，便即停住，心想自己是佛门弟子，如何可以当众向一个青年男子这等情切关心？岳灵珊却奔到了令狐冲身旁，叫道："大师哥，你怎么了？"令狐冲闭目不答。岳灵珊握住剑柄，拔起长剑，创口中鲜血直喷。她随手从怀中取出本门金创药，敷在令狐冲腿上创口，一抬头，猛见仪琳俏脸全无血色，满脸是关注已极的神气。岳灵珊心头一震："这小尼姑对大师哥竟这等关怀！"她提剑站起，道："爹，让女儿去杀了这恶贼。"

岳不群道："你杀此恶贼，没的坏了自己名头。将剑给我！"田伯光淫贼之名，天下皆知，将来江湖传言，都说田伯光死于岳家小姐之手，定有不肖之徒加油添酱，说什么强奸不遂之类的言语。岳灵珊听父亲这般说，当即将剑柄递了过去。

岳不群却不接剑，右手袖子一拂，裹住了长剑。不戒和尚见状，叫道："使不得！"除下两只鞋子在手。但见岳不群袖力挥出，一柄长剑向着十余丈外的田伯光激飞过去。不戒已然料到，双手力掷，两只鞋子分从左右也是激飞而出。

剑重鞋轻，长剑又先挥出，但说也奇怪，不戒的两只僧鞋竟后发先至，更兜了转来，抢在头里，分从左右勾住了剑柄，硬生生拖转长剑，又飞出数丈，这才力尽，插在地下。两只僧鞋兀自挂在剑柄之上，随着剑身摇晃不已。

不戒叫道："糟糕！糟糕！琳儿，爹爹今日为你女婿治伤，大耗内力，这把长剑竟飞了一半便掉将下来。本来该当飞到你女婿的师父面前两尺之处落下，吓他一大跳，唉！你和尚爹爹这一回丢脸之极，难为情死了。"

仪琳见岳不群脸色极是不善，低声道："爹，别说啦。"快步过去，在剑柄上取下两只僧鞋，拔起长剑，心下踌躇，知道令狐冲之意是不欲刺杀田伯光，倘若将剑交还给岳灵珊，她又去向田伯光下手，岂不是伤了令狐冲之心？

岳不群以袖功挥出长剑，满拟将田伯光一剑穿心而过，万不料不戒和尚这两只僧鞋上竟有如许力道，而劲力又巧妙异常。这和尚大叫大嚷，对小尼姑自称爹爹，叫令狐冲为女婿，胡言乱语，显是个疯僧，但武功可当真了得，他还说适才给令狐冲治伤，大耗内力，若非如此，岂不是更加厉害？虽然自己适才衣袖这一拂之中未用上紫霞神功，若是使上了，未必便输于和尚，但名家高手，一击不中，怎能再试？他双手一拱，说道："佩服，佩服。大师既一意回护着这个恶贼，在下今日倒不便下手了。大师意欲如何？"

仪琳听他说今日不会再杀田伯光，当即双手横捧长剑，走到岳灵珊身前，微微躬身，道："姊姊，你……"岳灵珊哼的一声，抓住剑柄，眼睛瞧也不瞧，顺手擦的一声，便即还剑入鞘，手法干净利落之极。

不戒和尚呵呵大笑，道："好姑娘，这一下手法可帅得很哪。"转头向令狐冲道："小女婿儿，这就走罢。你师妹俊得很，你跟她在一块儿，我可不大放心。"

令狐冲道："大师爱开玩笑，只是这等言语有损恒山、华山两派令誉，还请住口。"不戒愕然道："什么？好容易找到你，救活了你性命，你又不肯娶我女儿了？"令狐冲正色道："大师相救之德，令狐冲终身不敢或忘。仪琳师妹恒山派门规精严，大师再说这等无聊笑话，定闲、定逸两位师太脸上须不好看。"不戒搔头道："琳儿，你……你……你这个女婿儿到底是怎么搞的？这……这不是莫名其妙？"

仪琳双手掩面，叫道："爹，别说啦，别说啦！他自是他，我自是我，有……有……有什么干系了？"哇的一声，哭了出来，向山下疾奔而去。

不戒和尚更是摸不着头脑，呆了一会，道："奇怪，奇怪！见不到他时，拼命要见。见到他时，却又不要见了。就跟她妈妈一模一样，小尼姑的心事，真是猜想不透。"眼见女儿越奔越远，当即追了下去。

田伯光支撑着站起，向令狐冲道："青山不改，绿水长流！"转过身来，跟跄下山。

岳不群待田伯光去远，才道："冲儿，你对这恶贼，倒挺有义气啊，宁可自刺一剑，也不肯杀他。"令狐冲脸有惭色，知道师父目光锐利，适才自己这番做作瞒不过他，只得低头说道："师父，此人行止虽然十分不端，但一来他已答应改过迁善，二来他数次曾将弟子制住，却始终留情不杀。"岳不群冷笑道："跟这种狼心狗肺的贼子也讲道义，你一生之中，苦头有得吃了。"

他对这个大弟子一向钟爱，见他居然重伤不死，心下早已十分欢喜，刚才他假装跌倒，自刺其腿，明知是诈，只是此人从小便十分狡狯，岳不群知之已稔，也不十分深究，再加令狐冲对不戒和尚这番言语应对得体，颇洽己意，田伯光这桩公案，暂且便搁下了，伸手说道："书呢？"

令狐冲见师父和师妹去而复返，便知盗书事发，师父回山追索，此事正是求之不得，说道："在六师弟处。小师妹为救弟子性命，一番好意，师父请勿怪责。但未奉师父之命，弟子便有天大的胆子，也不敢伸手碰那秘笈一碰，秘笈上所录神功，更是只字不敢入眼。"

岳不群脸色登和，微笑道："原当如此。我也不是不肯传你，只是本门面临大事，时机紧迫，无暇从容指点，但若任你自习，只怕误入歧途，反有不测之祸。"顿了一顿，续道："那不戒和尚疯疯癫癫，内功倒甚是高明，是他给你化解了身体内的六道邪气么？现下觉得怎样？"令狐冲道："弟子体内烦恶尽消，种种炙热冰冷之苦也已除去，不过周身没半点力气。"岳不群道："重伤初愈，自是乏力。不戒大师的救命之恩，咱们该当图报才是。"令狐冲应道："是。"

岳不群回上华山，一直担心遇上桃谷六仙，此刻不见他们踪迹，心下稍定，但也不愿多所逗留，道："咱们会同大有，一齐去嵩山罢。冲儿，你能不能长途跋涉？"令狐冲大喜，连声道："能，能，能！"

师徒三人来到正气堂旁的小舍外。岳灵珊快步在前，推门进内，突然间"啊"的一声，尖叫出来，声音中充满了惊怖。

岳不群和令狐冲同时抢上，向内望时，只见陆大有直挺挺的躺在地下不动。令狐冲笑道："师妹勿惊，是我点倒他的。"岳灵珊道："倒吓了我一跳，干么点倒了六猴儿？"令狐冲道："他也是一番好意，见我不肯观看秘笈，便念诵秘笈上的经文给我听，我阻止不住，只好点倒了他，他怎么……"

突然之间，岳不群"咦"的一声，俯身一探陆大有的鼻息，又搭了搭他的脉搏，惊道："他怎么……怎么会死了？冲儿，你点了他什么穴道？"

令狐冲听说陆大有竟然死了，这一下吓得魂飞天外，身子晃了几晃，险些晕去，颤声道："我……我……"伸手去摸陆大有的脸颊，触手冰冷，死去已然多时，忍不住哭出声来，叫道："六……六师弟，你当真死了？"岳不群道："书呢？"令狐冲泪眼模糊的瞧出来，不见了那部《紫霞秘笈》，也道："书呢？"忙伸手到陆大有尸身的怀里一搜，并无影踪，说道："弟子点倒他时，记得见到那秘笈翻开了摊在桌上，怎么会不见了？"

岳灵珊在炕上、桌旁、门角、椅底，到处找寻，却哪里有《紫霞秘笈》的踪迹？

这是华山派内功的无上典籍，突然失踪，岳不群如何不急？他细查陆大有的尸身，并无一处致命的伤痕，再在小舍前后与屋顶踏勘一遍，也无外人到过的丝毫踪迹，寻思："既无外人来过，那决不是桃谷六仙或不戒和尚取去的了。"厉声问道："冲儿，你到底点的是什么穴道？"

令狐冲双膝一曲，跪在师父面前，道："弟子生怕重伤之余，手上无力，是以点的是膻中要穴，没想到……没想到竟然失手害死了六师弟。"一探手，拔出陆大有腰间的长剑，便往自己颈中刎去。

岳不群伸指一弹，长剑远远飞开，说道："便是要死，也得先找到了《紫霞秘笈》。你到底把秘笈藏到哪里去了？"

令狐冲心下一片冰凉，心想："师父竟然疑心我藏起了《紫霞秘笈》。"呆了一呆，说道："师父，这秘笈定是为人盗去，弟子说什么也要追寻回来，一页不缺，归还师父。"

岳不群心乱如麻，说道："要是给人抄录了，或是背熟了，纵然一页不缺的得回原书，本门的上乘武功，也从此不再是独得之秘了。"他顿了一顿，温言说道："冲儿，倘若是你取去的，你交了出来，师父不责备你便是。"

令狐冲呆呆的瞧着陆大有的尸身，大声道："师父，弟子今日立下重誓，世上若有人偷窥了师父的《紫霞秘笈》，有十个弟子便杀他十个，有一百个便杀他一百个。师父倘若仍然疑心是弟子偷了，请师父举掌击毙便是。"

岳不群摇头道："你起来！你既说不是，自然不是了。你和大有向来交好，当然不是故意杀他。那么这部秘笈，到底是谁偷了去呢？"眼望窗外，呆呆的出神。

岳灵珊垂泪道："爹，都是女儿不好，我……我自作聪明，偷了爹爹的秘笈，哪知道大师哥决意不看，反而害了六师哥的性命。女儿……女儿说什么也要去找回秘笈。"

岳不群道："咱们四下再找一遍。"这一次三人将小舍中每一处都细细找过了，秘笈固然不见，也没发现半点可疑的线索。岳不群对女儿道："此事不可声张，除了我跟你娘说明之外，向谁也不能提及。咱们葬了大有，这就下山去罢。"

令狐冲见到陆大有尸体的脸孔，忍不住又悲从中来，寻思："同门诸师弟之中，六师弟对我情谊最深，哪知道我一个失手，竟会将他点毙。这件事实在万万料想不到，就算我毫没受伤，这样一指也决计不会送了他性命，莫非因为我体内有了桃谷六仙的邪门真气，因而指力便异乎寻常么？就算如此，那《紫霞秘笈》却何以又会不翼而飞？这中间的蹊跷，当真猜想不透。师父对我起疑，辩白也是无用，说什么也要将这件事查个水落石出，那时再行自刎以谢六师弟便了。"他拭了眼泪，找把锄头，挖坑埋葬陆大有的尸体，直累得全身大汗，气喘不已，还是岳灵珊在旁相助，这才安葬完毕。

三人来到白马庙，岳夫人见令狐冲性命无碍，随伴前来，自是不胜之喜。岳不群悄悄告知陆大有身亡，《紫霞秘笈》失踪的讯息，岳夫人又凄然下泪。《紫霞秘笈》失踪虽是大事，但在她想来，丈夫早已熟习，是否保有秘笈，已不大相干。可是陆大有在华山派门下已久，为人随和，一旦惨亡，自是伤心难过。众弟子不明缘由，只是见师父、师娘、大师哥和小师妹四人都神色郁郁，谁也不敢大声谈笑。

当下岳不群命劳德诺雇了两辆大车，一辆由岳夫人和岳灵珊乘坐，另一辆由令狐冲躺卧其中养伤，一行向东，朝嵩山进发。

这日行到韦林镇，天已将黑，镇上只有一家客店，已住了不少客人，华山派一行人有女眷，借宿不便。岳不群道："咱们再赶一程路，到前面镇上再说。"哪知行不到三里路，岳夫人所乘的大车脱了车轴，无法再走。岳夫人和岳灵珊只得从车中出来步行。

施戴子指着东北角道："师父，那边树林中有座庙宇，咱们过去借宿可好？"岳夫人道："就是女眷不便。"岳不群道："戴子，你过去问一声，倘若庙中和尚不肯，那就罢了，不必强求。"施戴子应了，飞奔而去。不多时便奔了回来，远远叫道："师父，是座破庙，没有和尚。"众人大喜。陶钧、英白罗、舒奇等年幼弟子当先奔去。

岳不群、岳夫人等到得庙外时，只见东方天边乌云一层层的堆将上来，霎时间天色便已昏黑。岳夫人道："幸好这里有一座破庙，要不然途中非遇大雨不可。"走进大殿，只见殿上供的是一座青面神像，身披树叶，手持枯草，是尝百草的神农氏药王菩萨。

岳不群率领众弟子向神像行了礼，还没打开铺盖，电光连闪，半空中忽喇喇的打了个霹雳，跟着黄豆大的雨点洒将下来，只打得瓦上刷刷直响。

那破庙到处漏水，众人铺盖也不打开了，各寻干燥之地而坐。高根明、梁发和三名女弟子自去做饭。岳夫人道："今年春雷响得好早，只怕年成不好。"

令狐冲在殿角中倚着钟架而坐，望着檐头雨水倾倒下来，宛似一张水帘，心想："倘若六师弟健在，大家有说有笑，那便开心得多了。"

这一路上他极少和岳灵珊说话，有时见她和林平之在一起，更加避得远远的，心中常想："小师妹拼着给师父责骂，盗了《紫霞秘笈》来给我治伤，足见对我情义深厚。我只盼她一生快乐。我决意找到秘笈之后，便自刎以谢六师弟，岂可再去招惹于她？她和林师弟正是一对璧人，但愿她将我忘得干干净净，我死之后，她眼泪也不流一滴。"心中虽这么想，可是每当见到她和林平之并肩同行、娓娓而谈之际，胸中总是酸楚难当。

这时药王庙外大雨倾盆，眼见岳灵珊在殿上走来走去，帮着烧水做饭，她目光每次和林平之相对，两人脸上都露出一丝微笑。这情景他二人只道旁人全没注意，可是每一次微笑，从没逃过令狐冲的眼去。他二人相对一笑，令狐冲心中便是一阵难受，想要转过了头不看，但每逢岳灵珊走过，他总是情不自禁的要向她瞥上一眼。

用过晚饭后，各人分别睡卧。那雨一阵大，一阵小，始终不止，令狐冲心下烦乱，一时难以入睡，听得大殿上鼻息声此起彼落，各人均已沉沉睡去。

突然东南方传来一片马蹄声，约有十余骑，沿着大道驰来。令狐冲一凛："黑夜之中，怎地有人冒雨奔驰？难道是冲着我们来么？"他坐起身来，只听岳不群低声喝道："大家别作声。"过不多时，那十余骑在庙外奔了过去。这时华山派诸人已全都醒转，各人手按剑柄防敌，听得马蹄声越过庙外，渐渐远去，各人松了口气，正欲重行卧倒，却听得马蹄声又兜了转来。十余骑马来到庙外，一齐停住。

只听得一个清亮的声音叫道："华山派岳先生在庙里么？咱们有一事请教。"

令狐冲是本门大弟子，向来由他出面应付外人，当即走到门边，拔闩开门，说道："黄夜之际，是哪一路朋友过访？"望眼过去，但见庙外一字排开十五骑人马，有六七人手中提着孔明灯，齐往令狐冲脸上照来。

黑暗之中六七盏灯同时迎面照来，不免耀眼生花，此举极是无礼，只这一照，已显得来人充满了敌意。令狐冲睁大了眼，却见来人个个头上戴了个黑布罩子，只露出一对眼睛，心中一动："这些人若不是跟我们相识，便是怕给我们记得了相貌。"只听左首一人说道："请岳不群岳先生出见。"

令狐冲道："阁下何人？请示知尊姓大名，以便向敝派师长禀报。"那人道："我们是何人，你也不必多问。你去跟你师父说，听说华山派得到了福威镖局的《辟邪剑谱》，要想借来一观。"令狐冲气往上冲，说道："华山派自有本门武功，要别人的《辟邪剑谱》何用？别说我们没有得到，就算得到了，阁下如此无礼强索，还将华山派放在眼里么？"

那人哈哈大笑，其余十四人也都跟着大笑，笑声从旷野中远远传了开去，声音洪亮，显然每一个人都是内功不弱。令狐冲暗暗吃惊："今晚又遇上了劲敌，这一十五个人看来人人都是好手，却不知是什么来头？"

众人大笑声中，一人朗声说道："听说福威镖局姓林的那小子，已投入了华山派门下。素仰华山派君子剑岳先生剑术通神，独步武林，对那《辟邪剑谱》自是不值一顾。我们是江湖上无名小卒，斗胆请岳先生赐借一观。"那十四人的笑声呵呵不绝，但这一人的说话仍然清晰洪亮，未为嘈杂之声所掩，足见此人内功比之余人又胜了一筹。

令狐冲道："阁下到底是谁？你……"这几个字却连自己也无法听见，心中一惊，随即住口，暗忖："难道我十多年来所练内功，居然一点也没剩下？"他自下华山之后，曾数度按照本门心法修习内功，但稍一运气，体内便杂息奔腾，无法调御，越想控制，越是气闷难当，若不立停内息，登时便会晕了过去。练了数次，均是如此，当下便向师父请教，但岳不群只冷冷的瞧了他一眼，并不置答。令狐冲当时即想："师父定是疑心我吞没《紫霞秘笈》，私自修习。那也不必辩白。反正我已命不久长，又去练这内功作甚？"此后便不再练。不料此刻提气说话，竟被对方的笑声压住了，一点声音也传不出去。

却听得岳不群清亮的声音从庙中传了出来："各位均是武林中的成名人物，怎地自谦是无名小卒？岳某素来不打诳语，林家《辟邪剑谱》，并不在我们这里。"他说这几句话时运上了紫霞神功，夹在庙外十余人的大笑声中，庙里庙外，仍然无人不听得清清楚楚，他说得轻描淡写，和平时谈话殊无分别，比之那人力运中气的大声说话，显然远为自然。

只听得另一人粗声说道："你自称不在你这里，却到哪里去了？"岳不群道："阁下凭什么问这句话？"那人道："天下之事，天下人管得。"岳不群冷笑一声，并不答话。那人大声道："姓岳的，你到底交不交出来？可莫要敬酒不吃吃罚酒。你不交出来，咱们只好动粗，要进来搜了。"

岳夫人低声道："女弟子们站在一块，背靠着背。男弟子们，拔剑！"刷刷刷刷声响，众人都拔出了长剑。

令狐冲站在门口，手按剑柄，还未拔剑，已有两人一跃下马，向他冲了过来。令狐冲身子一侧，待要拔剑，只听一人喝道："滚开！"抬腿将他踢了个筋斗，远远摔了出去。

令狐冲直飞出数丈之外，跌在灌木丛中。他头脑中一片混乱，心道："他这一踢力道也不如何厉害，怎地我下盘竟然轻飘飘的没半点力气？"挣扎着待要坐起，突然胸腹间热血翻涌，七八道真气盘

433

旋来去，在体内相互冲突碰撞，教他便要移动一根手指也是不能。

令狐冲大惊，张嘴大叫，却叫不出半点声息，这情景便如着了梦魇，脑子甚是清醒，可就丝毫动弹不得。耳听得兵器撞碰之声铮铮不绝，师父、师娘、二师弟等人已冲到庙外，和七八个蒙面人斗在一起，另有几个蒙面人却已闯进了庙内，一阵阵叱喝之声，从庙门中传出来，还夹着几下女子的呼叱声音。

这时雨势又已转大，几盏孔明灯抛在地下，发出淡淡黄光，映得剑光闪烁，人影乱晃。

过不多时，只听得庙中传出一声女子的惨呼，令狐冲更是焦急，敌人都是男子，这声女子惨呼，自是师妹之中有人受了伤，眼见师父舞动长剑，以一敌四，师娘则在和两个敌人缠斗。他知师父师娘剑术极精，虽以少敌多，谅必不会落败。二师弟劳德诺大声吆喝，也是以一挡二，他两个敌人均使单刀，从兵器撞碰声中听来，显是膂力沉雄，时候一长，劳德诺势难抵挡。

眼见己方三人对抗八名敌人，形势已甚险恶，庙内情景只怕更是凶险。师弟师妹人数虽众，却无一高手，耳听得惨呼之声连连，多半已有几人遭了毒手。他越焦急，越是使不出半分力气，不住暗暗祷祝："老天爷保佑，让我有半个时辰恢复力道，令狐冲只须进得庙中，自当力护小师妹周全，我便给敌人碎尸万段，身遭无比酷刑，也是心甘情愿。"

他强自挣扎，又运内息，陡然间六道真气一齐冲向胸口，跟着又有两道真气自上而下，将六道真气压了下去，登时全身空荡荡地，似乎五脏六腑全都不知去向，肌肤血液也都消失得无影无踪。他心头登时一片冰冷，暗叫："罢了，罢了！原来如此。"

这时他方才明白，桃谷六仙竟以真气替他疗伤，六道真气分从不同经脉中注入，内伤固然并未治好，而这六道真气却停留在他体内，郁积难宣。偏生遇上了内功甚高而性子极躁的不戒和尚，强行以两道真气将桃谷六仙的真气压了下去，一时之间，似乎他内伤已愈，实则是他体内更多了两道真气，相互均衡抵制，使得他旧习内功半点也不留存，竟然成了废人。他胸口一酸，心想："我遭此不测，等于是废去了我全身武功，今日师门有难，我竟然出不了半分力气。令狐冲身为华山派大弟子，眼睁睁的躺在地下，听凭师父、师娘受人欺辱，师弟、师妹为人宰割，当真是枉自为人了。好，我去和小师妹死在一块。"

他知道只消稍一运气，牵动体内八道真气，全身便无法动弹，当下气沉丹田，丝毫不运内息，果然便能移动四肢，当下慢慢站起身来，缓缓抽出长剑，一步一步的走进庙中。

一进庙门，扑鼻便闻到一阵血腥气，神坛上亮着两盏孔明灯，但见梁发、施戴子、高根明诸师弟正自和敌人浴血苦战，几名师弟、师妹躺在地下，不知死活。岳灵珊和林平之正并肩和一个蒙面敌人相斗。

岳灵珊长发披散，林平之左手执剑，显然右手已为敌人所伤。那蒙面人手持一根短枪，枪法矫夭灵活，林平之连使三招"苍松迎客"，才挡住了他攻势，苦在所学剑法有限，只见敌人短枪一起，枪上红缨抖开，耀眼生花，噗的一声，林平之右肩中枪。岳灵珊急刺两剑，逼得敌人退开一步，叫道："小林子，快去裹伤。"林平之道："不要紧！"刺出一剑，脚步已然踉跄。那蒙面人一声长笑，横过枪柄，拍的一声响，打在岳灵珊腰间。岳灵珊右手撒剑，痛得蹲下身去。

令狐冲大惊，当即持剑抢上，提气挺剑刺出，剑尖只递出一尺，内息上涌，右臂登时软软的垂了下来。那蒙面人眼见剑到，本待侧身闪避，然后还他一枪，哪知他这一剑刺不到一尺，手臂便垂了下来。那蒙面人微感诧异，一时不加细想，左腿横扫，将令狐冲从庙门中踢了出去。

砰的一声，令狐冲摔入了庙外的水潭。大雨兀自滂沱，他口中、眼中、鼻中、耳中全是泥浆，一时无法动弹，但见劳德诺已被人点倒，本来和他对战的两敌已分别去围攻岳不群夫妇。过不多时，庙中又拥出两个敌人，变成岳不群独斗七人，岳夫人力抗三敌的局面。

只听得岳夫人和一个敌人齐声呼叱，两人腿上同时受伤。那敌人退了下去，岳夫人眼前虽少了一敌，但腿上被重重砍了一刀，受伤着实不轻，又拆得几招，肩头被敌人刀背击中，委顿在地。两个蒙面人哈哈大笑，在她背心上点了几处穴道。

这时庙中群弟子相继受伤，一一被人制服。来攻之敌显是另有图谋，只将华山群弟子打倒擒获，或点其穴道，却不伤性命。

十五人团团围在岳不群四周，八名好手分站八方，与岳不群对战，余下七人手中各执孔明灯，将灯火射向岳不群双眼。华山派掌门内功虽深，剑术虽精，但对战的八人尽属好手，七道灯光迎面直射，更令他难以睁眼。他知道今日华山派已然一败涂地，势将在药王庙中全军覆没，但仍挥剑守住门户，气力悠长，剑法精严，灯火射到之时，他便垂目向下，八个敌人一时倒也奈何他不得。

一名蒙面人高声叫道："岳不群，你投不投降？"岳不群朗声道："岳某宁死不辱，要杀便杀。"那人道："你不投降，我先斩下你夫人的右臂！"说着揭起一柄厚背薄刃的鬼头刀，在孔明灯照射之下，刀刃上发出幽幽蓝光，刀锋对住了岳夫人的肩头。

岳不群微一迟疑："难道听凭师妹断去一臂？"但随即心想："倘若弃剑投降，一般的受他们欺凌虐辱，我华山派数百年的令名，岂可在我手中葬送？"突然间吸一口气，脸上紫气大盛，挥剑向左首的汉子劈去。那汉子举刀挡格，岂知岳不群这一剑伴附着紫霞神功，力道强劲，那刀竟然被长剑逼回，一刀一剑，同时砍上他右臂，将他右臂砍下了两截，鲜血四溅。那人大叫一声，摔倒在地。

岳不群一招得手，嗤的一剑，又插入了另一名敌人左腿，那人破口大骂，退了下去。和他对战的少了二人，但情势并不稍缓，蓦地里噗的一声，背心中了一记链子锤，连攻三剑，才驱开敌人，忍不住一口鲜血喷出。众敌齐声欢呼："岳老儿受了伤，累也累死了他！"和他对战的六人眼见胜算在握，放开了圈子，这一来，岳不

· 436 ·

群更无可乘之机。

蒙面敌人一共一十五人，其中三人为岳不群夫妇所伤，只一个被斩断手臂的伤得极重，其余二人伤腿，并无大碍，手中提着孔明灯，不住口的向岳不群嘲骂。

岳不群听他们口音南北皆有，武功更杂，显然并非一个门派，但趋退之际，相互间又默契甚深，并非临时聚在一起，到底是什么来历，实是猜想不透，最奇的是，这一十五人无一是弱者，以自己在江湖上见闻之博，不该一十五名武功好手竟然连一个也认不出来，但偏偏便摸不着半点头脑。他拿得定这些人从未和自己交过手，绝无仇冤，难道真是为了《辟邪剑谱》，才如此大举来和华山派为难么？

他心中思忖，手上却丝毫不懈，紫霞神功施展出来，剑尖末端隐隐发出光芒，十余招后又有一名敌人肩头中剑，手中钢鞭跌落在地。圈外另一名蒙面人抢了过来，替了他出去，这人手持锯齿刀，兵刃沉重，刀头有一弯钩，不住去锁拿岳不群手中长剑。岳不群内力充沛，精神愈战愈长，突然间左手反掌，打中一人胸口，喀喇一声响，打断了他两根肋骨，那人双手所持的镔铁怀杖登时震落在地。

不料这人勇悍绝伦，肋骨一断，奇痛彻心，反而激起了狂怒，着地滚进，张开双臂便抱住了岳不群的左腿。岳不群吃了一惊，挥剑往他背心劈落，旁边两柄单刀同时伸过来格开。岳不群长剑未能砍落，右脚便往他头上踢去。那人是个擒拿好手，左臂长出，连他右腿也抱住了，跟着一滚。岳不群武功再强，也已无法站定，登时摔倒。顷刻之间，单刀、短枪、链子锤、长剑，诸般兵刃同时对准了他头脸喉胸诸处要害。

岳不群一声叹息，松手撒剑，闭目待死，只觉腰间、胁下、喉头、左乳各处，被人以重手点了穴道，跟着两个蒙面人拉着他站起。

一个苍老的声音说道："君子剑岳先生武功卓绝，果然名不虚传，我们合十五人之力对付你一人，还闹得四五人受伤，这才将你擒住，嘿嘿，佩服，佩服！老朽跟你单打独斗，那是斗不过你的了。不过话得说回来，我们有十五人，你们却有二十余人，比较起来，还是你华山派人多势众。我们今晚以少胜多，打垮了华山派，这一仗也算胜得不易，是不是？"其余蒙面人都道："是啊，胜来着实不易。"那老者道："岳先生，我们和你无冤无仇，今晚冒昧得罪，只不过想借那《辟邪剑谱》一观。这剑谱吗，本来也不是你华山派的，你千方百计的将福威镖局的林家少年收入门下，自然是在图谋这部剑谱了。这件事太也不够光明正大，武林同道听了，人人十分愤怒。老朽好言相劝，你还是献了出来罢！"

岳不群大怒，说道："岳某既然落入你手，要杀便杀，说这些废话作甚？岳不群为人如何，江湖上众皆知闻，你杀岳某容易，想要坏我名誉，却是作梦！"

一名蒙面人哈哈大笑，大声道："坏你名誉不容易么？你的夫人、女儿和几个女弟子都相貌不错，我们不如大伙儿分了，娶了作小老婆！哈哈，这一下，你岳先生在武林中可就大名鼎鼎了。"其余蒙面人都跟着大笑，笑声中充满了淫猥之意。

岳不群只气得全身发抖。只见几名蒙面人将一众男女弟子从庙中推了出来。众弟子都给点中了穴道，有的满脸鲜血，有的一到庙外便即跌倒，显是腿脚受伤。

那蒙面老者说道："岳先生，我们的来历，或许你已经猜到了三分，我们并不是武林中什么白道上的英雄好汉，没什么事做不出来。众兄弟有的好色成性，倘若得罪了尊夫人和令爱，于你面上可不大光采。"

岳不群叫道："罢了，罢了！阁下既然不信，尽管在我们身上搜索便是，且看有什么《辟邪剑谱》！"

一名蒙面人笑道："我劝你还是自己献出来的好。一个个搜将起来，搜到你老婆、闺女身上，未必有什么好看。"

林平之大声叫道："一切祸事，都是由我林平之身上而起。我跟你们说，我福建林家，压根儿便没什么《辟邪剑谱》，信与不信，全由你们了。"说着从地下拾起一根被震落的镔铁怀杖，猛力往自己额头击落。只是他双臂已被点了穴道，出手无力，嗒的一声，怀杖虽然击在头上，只擦损了一些油皮，连鲜血也无。但他此举的用意，旁人都十分明白，他意欲牺牲一己性命，表明并无什么剑谱落在华山派手中。

那蒙面老者笑道："林公子，你倒挺够义气。我们跟你死了的爹爹有交情，岳不群害死你爹爹，吞没你家传的《辟邪剑谱》，我们今天是打抱不平来啦。你师父徒有君子之名，却无君子之实。不如你改投在我门下，包你学成一身纵横江湖的好功夫。"

林平之叫道："我爹娘是给青城派余沧海与木高峰害死的，跟我师父有什么相干？我是堂堂华山派门徒，岂能临到危难，便贪生怕死？"

梁发叫道："说得好！我华山派……"一个蒙面人喝道："你华山派便怎样？"横挥一刀，将梁发的脑袋砍了下来，鲜血直喷。华山群弟子中，八九个人齐声惊呼。

岳不群脑海中种种念头此起彼落，却始终想不出这些人是什么来头，听那老者的话，多半是黑道上的强人，或是什么为非作歹的帮会匪首，可是秦晋川豫一带白道黑道上的成名人物，自己就算不识，也必早有所闻，绝无哪一个帮会、山寨拥有如此众多的好手。那人一刀便砍了梁发的脑袋，下手之狠，实是罕见。江湖上动武争斗，杀伤人命原是常事，但既已将对方擒住，绝少这般随手一刀，便斩人首级。

那人一刀砍死梁发后，纵声狂笑，走到岳夫人身前，将那柄染满鲜血的钢刀在半空中虚劈几刀，在岳夫人头顶掠过，相距不过半尺。岳灵珊尖声叫唤："别……别伤我妈！"便晕了过去。岳夫人却是女中豪杰，毫不畏惧，心想他若将我一刀杀了，免受其辱，正是求之不得之事，昂首骂道："脓包贼，有种便将我杀了。"

便在此时，东北角上马蹄声响，数十骑马奔驰而来。蒙面老者叫道："什么人？过去瞧瞧！"两名蒙面人应道："是！"一跃上马，迎了上去。却听得蹄声渐近，跟着乒乒乓乓几下兵刃碰撞，有人叫道："啊哟！"显是来人和那两名蒙面人交上了手，有人受伤。

岳不群夫妇和华山群弟子知是来了救星，无不大喜，模模糊糊的灯光之下，只见三四十骑马沿着大道，溅水冲泥，急奔而至，顷刻间在庙外勒马，团团站定。马上一人叫道："是华山派的朋友。咦！这不是岳兄么？"

岳不群往那说话之人脸上瞧去，不由得大是尴尬，原来此人便是数日前持了五岳令旗、来到华山绝顶的嵩山派第三太保仙鹤手陆柏。他右首一人高大魁伟，认得是嵩山派第二太保托塔手丁勉。站在他左首的，赫然是华山派弃徒剑宗的封不平。那日来到华山的泰山派和衡山派的好手也均在内，只是比之其时上山的更多了不少人。孔明灯的黯淡光芒之下，影影绰绰，一时也认不得那许多。只听陆柏道："岳兄，那天你不接左盟主的令旗，左盟主甚是不快，特令我丁师哥、汤师弟奉了今旗，再上华山奉访。不料深夜之中，竟会在这里相见，可真是料不到了。"岳不群默然不答。

那蒙面老者抱拳说道："原来是嵩山派丁二侠、陆三侠、汤七侠三位到了。当真幸会，幸会。"嵩山派第七太保汤英鹗道："不敢，阁下尊姓大名，如何不肯以真面目相示？"蒙面老者道："我们众兄弟都是黑道上的无名小卒，几个难听之极的匪号说将出来，没的污了各位武林高人的耳朵。冲着各位的金面，大伙儿对岳夫人和岳小姐是不敢无礼的了，只是有一件事，却要请各位主持武林公道。"

汤英鹗道："是什么事，不妨说出来大家听听。"

那老者道："这位岳不群先生，有个外号叫作君子剑，听说平日说话，向来满口仁义道德，最讲究武林规矩，可是最近的行为却有点儿大大的不对头了。福州福威镖局给人挑了，总镖头林震南夫妇给人害了，各位想必早已知闻。"

汤英鹗道："是啊，听说那是四川青城派干的。"那老者连连摇头，道："江湖上虽这般传言，实情却未必如此。咱们打开天窗说亮话，人人都知道，福威镖局林家有一部祖传的《辟邪剑谱》，载有精微奥妙的剑法，练得之后，可以天下无敌。林震南夫妇所以被害，便因于有人对这部《辟邪剑谱》眼红之故。"汤英鹗道："那又怎样？"

那老者道："林震南夫妇到底是给谁害死的，外人不知详情。咱们只听说，这位君子剑暗使诡计，骗得林震南的儿子死心塌地的投入了华山派门下，那部剑谱，自然也带入了华山派门中。大伙儿一推敲，都说岳不群工于心计，强夺不成，便使巧取之计。想那姓林的小子有多大的年纪？能有多大见识？投入华山派门中之后，还不是让那老狐狸玩弄于掌股之上，乖乖的将《辟邪剑谱》双手献上。"

汤英鹗道："那恐怕不见得罢。华山派剑法精妙，岳先生的紫霞神功更是独步武林，乃是最神奇的一门内功，如何会去贪图别派的剑法？"

那老者仰天打了个哈哈，说道："汤老英雄这是以君子之心，去度小人之腹了。岳不群有什么精妙剑法？他华山派气剑两宗分家之后，气宗霸占华山，只讲究练气，剑法平庸幼稚之极。江湖上震于'华山派'三字的虚名，还道他们真有本领，其实呢，嘿嘿，嘿嘿……"他冷笑了几声，继道："按理说，岳不群既是华山派掌门，剑术自必不差，可是众位亲眼目睹，眼下他是为我们几个无名小卒所擒。我们一不使毒药，二不用暗器，三不是以多胜少，乃是凭着真实本领，硬打硬拼，将华山派众师徒收拾了下来。华山派气宗的武功如何，那也可想而知了。岳不群当然有自知之明，他是急欲得到《辟邪剑谱》之后，精研剑法，以免徒负虚名，一到要紧关头，就此出丑露乖。"

汤英鹗点头道："这几句话倒也在理。"

那老者又道："我们这些黑道上的无名小卒，说到功夫，在众位名家眼中看来，原是不值一笑，对那《辟邪剑谱》，也不敢起什么贪心。不过以往十几年中，承蒙福威镖局的林总镖头瞧得起，每年都赠送厚礼，他的镖车经过我们山下，众兄弟冲着他的面子，谁也不去动他一动。这次听说林总镖头为了这部剑谱，闹得家破人亡，大伙儿不由得动了公愤，因此上要和岳不群算一算这个帐。"他说到这里，顿了一顿，环顾马上的众人，说道："今晚驾到的，个个都是武林中大名鼎鼎的英雄好汉，更有与华山结盟的五岳剑派高手在内，这件事到底如何处置，听凭众位吩咐，在下无有不遵。"

汤英鹗道："这位兄台很够朋友，我们领了这个交情。丁师哥、陆师哥，你们瞧这件事怎么办？"

丁勉道："华山派掌门人之位，依左盟主说，该当由封先生执掌，岳不群今日又做出这等无耻卑鄙的事来，便由封先生自行清理门户罢！"

马上众人齐声说道："丁二侠断得再明白也没有了。华山派之事，该由华山派掌门人自行处理，也免得江湖上朋友说咱们多管闲事。"

封不平一跃下马，向众人团团一揖，说道："众位给在下这个面子，当真感激不尽。敝派给岳不群窃居掌门之位，搞得天怒人怨，江湖上声名扫地，今日竟做出杀人之父、夺人剑谱、勒逼收徒，种种无法无天的事来。在下无德无能，本来不配居华山派掌门之位，只是念着敝派列祖列宗创业艰难，实不忍华山一派在岳不群这不肖门徒手中灰飞烟灭，只得勉为其难，还盼众位朋友今后时时指点督促。"说着又是抱拳作个四方揖。

这时马上乘客中已有七八人点燃了火把，雨尚未全歇，但已成为丝丝小雨。火把上光芒射到封不平脸上，显得神色得意非凡。只听他继续说道："岳不群罪大恶极，无可宽赦，须当执行门规，立即处死！丛师弟，你为本派清理门户，将叛徒岳不群夫妇杀了。"

一名五十来岁的汉子应道："是！"拔出长剑，走到岳不群身前，狞笑道："姓岳的，你败坏本派，今日当有此报。"

岳不群叹了口气，道："好，好！你剑宗为了争夺掌门之位，居然设下这条毒计。丛不弃，你今日杀我，日后在阴世有何面目去见华山派的列祖列宗？"

丛不弃哈哈一笑，道："多行不义必自毙，你自己干下了这许多罪行，我若不杀你，你势必死于外人之手，那反而不美了。"封不平喝道："丛师弟，多说无益，行刑！"

丛不弃应道："是！"提起长剑，手肘一缩，火把上红光照到剑刃之上，忽红忽碧。

岳夫人叫道："且慢！那《辟邪剑谱》到底是在何处？捉贼捉赃，你们如此含血喷人，如何能令人心服？"

丛不弃道："好一个捉贼捉赃！"向岳夫人走上两步，笑嘻嘻的道："那部《辟邪剑谱》，多半便藏在你身上，我可要搜上一搜了，也免得你说我们含血喷人。"说着伸出左手，便要往岳夫人怀中摸去。

岳夫人腿上受伤，又被点中了两处穴道，眼看丛不弃一只骨节棱棱的大手往自己身上摸来，若给他手指碰到了肌肤，实是奇耻大辱，大叫一声："嵩山派丁师兄！"

丁勉没料到她突然会呼叫自己，问道："怎样？"岳夫人道："令师兄左盟主是五岳剑派盟主，为武林表率，我华山派也托庇于左盟主旗下，你却任由这等无耻小人来辱我妇道人家，那是什么规矩？"丁勉道："这个？"沉吟不语。

岳夫人又道："那恶贼一派胡言，说什么并非以多胜少。这两个华山派的叛徒，倘若单打独斗能胜得我丈夫，咱们将掌门之位双手奉让，死而无怨，否则须难塞武林中千万英雄好汉的悠悠之口。"说到这里，突然呸的一声，一口唾沫向丛不弃脸上吐了过去。

丛不弃和她相距甚近，这一下又是来得突然，竟不及避让，正中在双目之间，大骂："你奶奶的！"

岳夫人怒道："你剑宗叛徒，武功低劣之极，不用我丈夫出手，便是我一个女流之辈，若不是给人暗算点了穴道，要杀你也易如反掌。”

丁勉道："好！"双腿一夹，胯下黑马向前迈步，绕到岳夫人身后。倒转马鞭，向前俯身戳出，鞭柄戳中了岳夫人背上三处穴道。她只觉全身一震，被点的两处穴道登时解了。

岳夫人四肢一得自由，知道丁勉是要自己与丛不弃比武，眼前这一战不但有关一家三口的生死，也将决定华山一派的盛衰兴亡，自己如能将丛不弃打败，虽然未必化险为夷，至少是个转机，倘若自己落败，那就连话也没的说了，当即从地下拾起自己先前被击落的长剑，横剑当胸，立个门户，便在此时，左腿一软，险些跪倒。她腿上受伤着实不轻，稍一用力，便难以支持。

丛不弃哈哈大笑，叫道："你又说是妇道人家，又假装腿上受伤，那还比什么剑？就算胜了你，也没什么光采！"岳夫人不愿跟他多说一句，叱道："看剑！"刷刷刷三剑，疾刺而出，剑刃上带着内力，嗤嗤有声，这三剑一剑快似一剑，全是指向对方的要害。丛不弃退了两步，叫道："好！"岳夫人本可乘势逼进，但她不敢移动腿脚，站着不动。丛不弃提剑又上，反击过去，铮铮铮三声，火光飞迸，这三剑攻得甚是狠辣。岳夫人一一挡开，第三剑随即转守为攻，疾刺敌人小腹。

岳不群站在一旁，眼见妻子腿伤之余，力抗强敌，丛不弃剑招精妙，灵动变化，显是远在妻子之上。二人拆到十余招后，岳夫人下盘呆滞，华山气宗本来擅于内力克敌，但她受伤后气息不匀，剑法上渐渐为丛不弃所制。岳不群心中大急，见妻子剑招越使越快，更是担忧："他剑宗所长者在剑法，你却以剑招与他相拆，以己之短，抗敌之长，非输不可。"

这中间的关窍，岳夫人又何尝不知，只是她腿上伤势着实不轻，而且中刀之后，不久便被点中穴道，始终没能缓出手来裹伤，此刻兀自流血不止，如何能运气克敌？这时全仗着一股精神支持，剑招上虽然丝毫不懈，劲力却已迅速减弱。十余招一过，丛不弃已觉察到对方弱点，心中大喜，当下并不急切求胜，只是严密守住门户。

令狐冲眼睁睁瞧着二人相斗，但见丛不弃剑路纵横，纯是使招不使力的打法，与师父所授全然不同，心道："怪不得本门分为气宗、剑宗，两宗武功所尚，果然完全相反。"他慢慢支撑着站起身来，伸手摸到地下一柄长剑，心想："今日我派一败涂地，但师娘和师妹清白的名声决不能为奸人所污，看来师娘非此人之敌，待会我先杀了师娘、师妹，然后自刎，以全华山派的声名。"

只见岳夫人剑法渐乱，突然之间长剑急转，呼的一声刺出，正是她那招"无双无对，宁氏一剑"。这一剑势道凌厉，虽然在重伤之余，刺出时仍然虎虎有威。

丛不弃吃了一惊，向后急纵，侥幸躲开。岳夫人倘若双腿完好，乘势追击，敌人必难幸免，此刻却是脸上全无血色，以剑拄地，喘息不已。

丛不弃笑道："怎么？岳夫人，你力气打完啦，可肯给我搜一搜么？"说着左掌箕张，一步步的逼近，岳夫人待要提剑而刺，但右臂便似有千斤之重，说什么也提不起来。

令狐冲叫道："且慢！"迈步走到岳夫人身前，叫道："师娘！"便欲出剑将她刺死，以保她的清白。

岳夫人目光中露出喜色，点头道："好孩子！"再也站立不住，一交坐倒在泥泞之中。

丛不弃喝道："滚开！"挺剑向令狐冲咽喉挑去。

令狐冲眼见剑到，自知手上无半分力气，倘若伸剑相格，立时会给他将长剑击飞，当下更不思索，提剑也向他喉头刺去，那是个同归于尽的打法，这一剑出招并不迅捷，但部位却妙到巅毫，正是"独孤九剑"中"破剑式"的绝招。

丛不弃大吃一惊，万不料这个满身泥污的少年突然会使出这一招来，情急之下，着地打了个滚，直滚出丈许之外，才得避过，但已惊险万分。

旁观众人见他狼狈不堪，跃起身来时，头上、脸上、手上、身上，全是泥水淋漓，有的人忍不住笑出声来，但稍加思索，都觉除了这么一滚之外，实无其他妙法可以拆解此招。

丛不弃听到笑声，羞怒更甚，连人带剑，向令狐冲直扑过去。

令狐冲已打定了主意："我不可运动丝毫内息，只以太师叔所授的剑法与他拆招。"那"独孤九剑"他本未练熟，原不敢贸然以之抗御强敌，但当此生死系于一线之际，脑筋突然清明异常，"破剑式"中种种繁复神奇的拆法，霎时间尽皆清清楚楚的涌现，眼见丛不弃势如疯虎的拼扑而前，早已看到他招式中的破绽，剑尖斜挑，指向他小腹。

丛不弃这般扑将过去，对方如不趋避，便须以兵刃挡架，因此自己小腹虽是空门，却不必守御。岂知令狐冲不避不格，只是剑尖斜指，候他自己将小腹撞到剑上去。丛不弃身子跃起，双足尚未着地，已然看到自己陷入险境，忙挥剑往令狐冲的长剑上斩去。令狐冲早料到此着，右臂轻提，长剑提起了两尺，剑尖一抬，指向丛不弃胸前。

丛不弃这一剑斩出，原盼与令狐冲长剑相交，便能借势跃避，万不料对方突然会在这要紧关头转剑上指，他一剑斩空，身子在半空中无可回旋，口中哇哇大叫，便向令狐冲剑尖上直撞过去。封不平纵身而起，伸手往丛不弃背心抓去，终于迟了一步，但听得扑的一声响，剑尖从丛不弃肩胛一穿而过。

封不平一抓不中，拔剑已斩向令狐冲后颈。按照剑理，令狐冲须得向后急跃，再乘机还招，但他体内真气杂沓，内息混乱，半分内劲也无法运使，绝难后跃相避，无可奈何之中，长剑从丛不弃肩头抽出，便又使出"独孤九剑"中的招式，反剑刺出，指向封不平的肚脐。这一招似乎又是同归于尽的拼命打法，但他的反手剑部位奇特，这一剑先刺入敌人肚脐，敌人的兵器才刺到他身上，相距虽不过瞬息之间，这中间毕竟有了先后之差。

封不平眼见自己这一剑敌人已绝难挡架，哪知这少年随手反剑，竟会刺向自己小腹，委实凶险之极，立即后退，吸一口气，登时连环七剑，一剑快似一剑，如风如雷般攻上。

令狐冲早将生死置之度外，心中所想，只是风清扬所指点的种种剑法，有时脑中一闪，想到了后洞石壁上的剑招，也即顺手使出，挥洒如意，与封不平片刻间便拆了七十余招，两人长剑始终没有相碰，攻击守御，全是精微奥妙之极的剑法。旁观众人瞧得目为之眩，无不暗暗喝采，各人都听到令狐冲喘息沉重，显然力气不支，但剑上的神妙招数始终层出不穷，变幻无方。封不平每逢招数上无法抵挡，便以长剑硬砍硬劈，知道对方不会与自己斗力而以剑挡剑，这么一来，便得解脱窘境。

旁观诸人中眼见封不平的打法迹近无赖，有的忍不住心中不满。泰山派的一个道士说道："气宗的徒儿剑法高，剑宗的师叔内力强，这到底怎么搞的？华山派的气宗、剑宗，这可不是颠倒来玩了么？"

封不平脸上一红，一柄长剑更使得犹如疾风骤雨一般。他是当今华山派剑宗第一高手，剑术确是了得。令狐冲无力移动身子，勉强支撑，方能站立，失却了许多可胜的良机，而初使"独孤九剑"，便即遭逢大敌，不免心有怯意，剑法又不纯熟，是以两人酣斗良久，一时仍胜败难分。

再拆三十余招后，令狐冲发觉自己倘若随手乱使一剑，对方往往难以抵挡，手忙脚乱；但如在剑招中用上了本门华山派剑法，或是后洞石壁上所刻的嵩山、衡山、泰山等派剑法，封不平却乘势反击，将自己剑招破去。有一次封不平长剑连划三个弧形，险些将自己右臂齐肩斩落，实在凶险之极。危急之中，风清扬的一句话突然在脑海中响起："你剑上无招，敌人便无法可破，无招胜有招，乃剑法之极诣。"

其时他与封不平拼斗已逾二百招，对"独孤九剑"中的精妙招式领悟越来越多，不论封不平以如何凌厉狠辣的剑法攻来，总是一眼便看到他招式中的破绽所在，随手出剑，便迫得他非回剑自保不可，再斗一会，信心渐增，待得突然间想到风清扬所说"以无招破有招"的要诀，轻吁一口长气，斜斜刺出一剑，这一剑不属于任何招式，甚至也不是独孤九剑中"破剑式"的剑法，出剑全然无力，但剑尖歪斜，连自己也不知指向何方。

封不平一呆，心想："这是什么招式？"一时不知如何拆解才好，只得舞剑护住了上盘。令狐冲出剑原无定法，见对方护住上盘，剑尖轻颤，便刺向他腰间。封不平料不到他变招如此奇特，大惊之下，向后跃开三步。令狐冲无力跟他纵跃，适才斗了良久，虽然不动用半分真气内息，但提剑劈刺，毕竟颇耗力气，不由得左手抚胸，喘息不已。

封不平见他并不追击，如何肯就此罢手？随即纵上，刷刷刷刷四剑，向令狐冲胸、腹、腰、肩四处连刺。令狐冲手腕一抖，挺剑向他左眼刺去。封不平惊叫一声，又向后跃开了三步。

泰山派那道人又道："奇怪，奇怪！这人的剑法，当真令人好生佩服。"旁观众人均有同感，都知他所佩服的"这人的剑法"，自不是封不平的剑法，必是令狐冲的剑法。

封不平听在耳里，心道："我以剑宗之长，图入掌华山一派，倘若在剑法上竟输了给气宗的一个徒儿，做华山派掌门的雄图固然从此成为泡影，势必又将入山隐居，再也没脸在江湖上行走了。"言念及此，暗叫："到这地步，我再能隐藏什么？"仰天一声清啸，斜行而前，长剑横削直击，迅捷无比，未到五六招，剑势中已发出隐隐风声。他出剑越来越快，风声也是渐响。这套"狂风快剑"，是封不平在中条山隐居十五年而创制出来的得意剑法，剑招一剑快似一剑，所激起的风声也越来越强。他胸怀大志，不但要执掌华山一派，还想成了华山派掌门人之后，更进而为五岳剑派盟主，所凭持的便是这套一百零八式"狂风快剑"。这项看家本领本不愿贸然显露，一显之后，便露了底，此后再和一流高手相斗，对方先已有备，便难收出奇制胜之效。但此刻势成骑虎，若不将令狐冲打败，当时便即颜面无存，实逼处此，也只好施展了。

这套"狂风快剑"果然威力奇大,剑锋上所发出的一股劲气渐渐扩展,旁观众人只觉寒气逼人,脸上、手上被疾风刮得隐隐生疼,不由自主的后退,围在相斗两人身周的圈子渐渐扩大,竟有了四五丈方圆。

此刻纵是嵩山、泰山、衡山诸派高手,以及岳不群夫妇,对封不平也已不敢再稍存轻视之心,均觉他剑法不但招数精奇,而且剑上气势凌厉,并非徒以剑招取胜,此人在江湖上无籍籍之名,不料剑法竟然这等了得。

马上众人所持火把的火头被剑气逼得向外飘扬,剑上所发的风声尚有渐渐增大之势。

在旁观众人的眼中看来,令狐冲便似是百丈洪涛中的一叶小舟,狂风怒号,骇浪如山,一个又一个的滔天白浪向小舟扑去,小舟随波上下,却始终未为波涛所吞没。

封不平攻得越急,令狐冲越领略到风清扬所指点的剑学精义,每斗一刻,便多了几分体会。他于剑法上种种招数明白得越透澈,自信越强,当下并不急于求胜,只是凝神观看对方剑招中的种种变化。

"狂风快剑"委实快极,一百零八招片刻间便已使完,封不平见始终奈何对方不得,心下焦躁,连声怒喝,长剑斜劈直斫,猛攻过去,非要对方出剑挡架不可。令狐冲眼见他势如拼命,倒也有些胆怯,不敢再斗下去,长剑抖动,嗤嗤嗤嗤四声轻响,封不平左臂、右臂、左腿、右腿上各已中剑,当的一声,长剑落地。令狐冲手上无力,这四剑刺得甚轻。

封不平霎时间脸色苍白,说道:"罢了,罢了!"回身向丁勉、陆柏、汤英鹗三人拱手道:"嵩山派三位师兄,请你们拜上左盟主,说在下对他老人家的盛意感激不尽。只是……只是技不如人,无颜……无颜……"又是一拱手,向外疾走,奔出十余步后,突然站定,叫道:"那位少年,你剑法好生了得,在下拜服。但这等剑法,谅来岳不群也不如你。请教阁下尊姓大名,剑法是哪一位高人所授？也好叫封不平输得心服。"

令狐冲道："在下令狐冲，是恩师岳先生座下大弟子。承蒙前辈相让，侥幸胜得一招半式，何足道哉！"

封不平一声长叹，声音中充满了凄凉落魄的况味，缓步走入了黑暗之中。

丁勉、陆柏和汤英鹗三人对望了一眼，均想："以剑法而论，自己多半及不上封不平，当然更非令狐冲之敌，倘若一拥而上，乱剑分尸，自是立即可以将他杀了。但此刻各派好手在场，说什么也不能干这等事。"三人心意相同，都点了点头。丁勉朗声道："令狐贤侄，阁下剑法高明，教人大开眼界，后会有期！"

汤英鹗道："大伙儿这就走罢！"左手一挥，勒转了马头，双腿一夹，纵马直驰而去，其余各人也都跟随其后，片刻间均已奔入黑暗之中，但听得蹄声渐远渐轻。药王庙外除了华山派众人，便是那些蒙面客了。

那蒙面老者干笑了两声，说道："令狐少侠，你剑术高明，大家都是很佩服的。岳不群的功夫和你差得太远，照理说，早就该由你来当华山派掌门人才是。"他顿了一顿，续道："今晚见识了阁下的精妙剑法，原当知难而退，只是我们得罪了贵派，日后祸患无穷，今日须得斩草除根，欺侮你身上有伤，只好以多为胜了。"说着一声呼啸，其余十四名蒙面人团团围了上来。

当丁勉等一行人离去时，火把随手抛在地下，一时未熄，但只照得各人下盘明亮，腰围以上便瞧不清楚，十五个蒙面客的兵刃闪闪生光，一步步向令狐冲逼近。

令狐冲适才酣斗封不平，虽未耗内力，亦已全身大汗淋漓。他所以得能胜过这华山派剑宗高手，全仗学过独孤九剑，在招数上着着占了先机。但这十五个蒙面客所持的是诸般不同兵刃，所使的是诸般不同招数，同时攻来，如何能一一拆解？他内力全无，便想直纵三尺，横跃半丈，也是无能为力，怎能在这十五名好手的分进合击之下突围而出？

　　他长叹一声，眼光向岳灵珊望去，知道这是临死时最后一眼，只盼能从岳灵珊的神色中得到一些慰藉，果见她一双妙目正凝视着自己，眼光中流露出十分焦虑关切之情。令狐冲心中一喜，火光中却见她一只纤纤素手垂在身边，竟是和一只男子的手相握，一瞥眼间，那男子正是林平之。令狐冲胸口一酸，更无斗志，当下便想抛下长剑，听由宰割。

　　那一十五名蒙面客惮于他适才恶斗封不平的威势，谁也不敢抢先发难，半步半步的慢慢逼近。

　　令狐冲缓缓转身，只见这一十五人三十只眼睛在面幕洞孔中炯炯生光，便如是一对对猛兽的眼睛，充满了凶恶残忍之意。突然之间，他心中如电光石火般闪过了一个念头："独孤九剑第七剑'破箭式'专破暗器。任凭敌人千箭万弩射将过来，或是数十人以各种各样暗器同时攒射，只须使出这一招，便能将千百件暗器同时击落。"

　　只听得那蒙面老者喝道："大伙齐上，乱刀分尸！"

　　令狐冲更无余暇再想，长剑倏出，使出"独孤九剑"的"破箭式"，剑尖颤动，向十五人的眼睛点去。

　　只听得"啊！""哎哟！""啊哟！"惨呼声不绝，跟着叮当、呛啷、乒乓，诸般兵刃纷纷堕地。十五名蒙面客的三十只眼睛，在一瞬之间被令狐冲以迅捷无伦的手法尽数刺中。

　　独孤九剑"破箭式"那一招击打千百件暗器，千点万点，本有先后之别，但出剑实在太快，便如同时发出一般。这路剑招须得每刺皆中，只消疏漏了一刺，敌人的暗器便中了自己。令狐冲这一式本未练熟，但刺人缓缓移近的眼珠，毕竟远较击打纷纷攒射的暗器为易，刺出三十剑，三十剑便刺中了三十只眼睛。

　　他一刺之后，立即从人丛中冲出，左手扶住了门框，脸色惨白，身子摇晃，跟着"当"的一声响，手中长剑落地。

　　但见那十五名蒙面客各以双手按住眼睛，手指缝中不住渗出鲜血。有的蹲在地下，有的大声号叫，更有的在泥泞中滚来滚去。

十五名蒙面客眼前突然漆黑，又觉疼痛难当，惊骇之下，只知按住眼睛，大声呼号，若能稍一镇定，继续群起而攻，令狐冲非给十五人的兵刃斩成肉酱不可。但任他武功再高，蓦然间双目被人刺瞎，又如何镇定得下来？又怎能继续向敌人进攻？这一十五人便似没头苍蝇一般，乱闯乱走，不知如何是好。

令狐冲在千钧一发之际，居然一击成功，大喜过望，但看到这十五人的惨状，却不禁又是害怕，又是恻然生悯。

岳不群惊喜交集，大声喝道："冲儿，将他们挑断了脚筋，慢慢拷问。"

令狐冲应道："是……是……"俯身捡拾长剑，哪知适才使这一招时牵动了内力，全身只是发战，说什么也无法抓起长剑，双腿一软，坐倒在地。

那蒙面老者叫道："大伙儿右手拾起兵刃，左手拉住同伴腰带，跟着我去！"

十四名蒙面客正自手足无措，听得那老者的呼喝，一齐俯身在地下摸索，不论碰到什么兵刃，便随手拾起，也有人摸到两件而有人一件也摸不到的，各人左手牵住同伴的腰带，连成一串，跟着那老者，七高八低，在大雨中践踏泥泞而去。

华山派众人除岳夫人和令狐冲外，个个被点中了穴道，动弹不得。岳夫人双腿受伤，难以移步。令狐冲又是全身脱力，软瘫在地。众人眼睁睁瞧着这一十五名蒙面客明明已全无还手之力，却无法将之留住。

令狐冲试奏《碧霄吟》，虽有数音不准，指法生涩，但琴韵中洋洋然有青天一碧、万里无云的空阔气象。

十三　学　琴

　　一片寂静中，惟闻众男女弟子粗重的喘息之声。岳不群忽然冷冷的道："令狐冲令狐大侠，你还不解开我的穴道，当真要大伙儿向你哀求不成？"

　　令狐冲大吃一惊，颤声道："师父，你……你怎地跟弟子说笑？我……我立即给师父解穴。"挣扎着爬起，摇摇晃晃的走到岳不群身前，问道："师……师父，解什么穴？"

　　岳不群恼怒之极，想起先前令狐冲在华山上装腔作势的自刺一剑，说什么也不肯杀田伯光，眼下自然又是老戏重演，既放走那十五名蒙面客，又故意拖延，不即替自己解穴，怕自己去追杀那些蒙面恶徒，怒道："不用你费心了！"继续暗运紫霞神功，冲荡被封的诸处穴道。他自被敌人点了穴道后，一直以强劲内力冲击不休，只是点他穴道之人所使劲力着实厉害，而被点的又是"玉枕"、"膻中"、"巨椎"、"肩贞"、"志堂"等几处要紧大穴，经脉运行在这几处要穴中被阻，紫霞神功威力大减，一时竟冲解不开。

　　令狐冲只想尽快替师父解穴，却半点力道也使不出来，数次勉力想提起手臂，总是眼前金星乱舞，耳中嗡嗡作响，差一点便即晕去，只得躺在岳不群身畔，静候他自解穴道。

　　岳夫人伏在地下，适才气恼中岔了真气，全身脱力，竟抬不起手来按住腿上伤口。

　　眼见天色微明，雨也渐渐住了，各人面目慢慢由朦胧变为清

·455·

楚。岳不群头顶白雾弥漫，脸上紫气大盛，忽然间一声长啸，全身穴道尽解。他一跃而起，双手或拍或打，或点或捏，顷刻间将各人被封的穴道都解开了，然后以内力输入岳夫人体内，助她顺气。岳灵珊忙给母亲包扎腿伤。

众弟子回思昨晚死里逃生的情景，当真恍如隔世。高根明、施戴子等看到梁发身首异处的惨状，都潜然落泪，几名女弟子更放声大哭。众人均道："幸亏大师哥击败了这批恶徒，否则委实不堪设想。"高根明见令狐冲兀自躺在泥泞之中，过去将他扶起。

岳不群淡淡的道："冲儿，那一十五个蒙面人是什么来历？"令狐冲道："弟子……弟子不知。"岳不群道："你识得他们吗？交情如何？"令狐冲骇然道："弟子在此以前，从未见过其中任何一人。"岳不群道："既然如此，那为什么我命你留他们下来仔细查问，你却听而不闻，置之不理？"令狐冲道："弟子……弟子……实在全身乏力，半点力气也没有了，此刻……此刻……"说着身子摇晃，显然单是站立也颇为艰难。

岳不群哼的一声，道："你做的好戏！"令狐冲额头汗水涔涔而下，双膝一曲，跪倒在地，说道："弟子自幼孤苦，承蒙师父师娘大恩大德，收留抚养，看待弟子便如亲生儿子一般。弟子虽然不肖，却也决不敢违背师父意旨，有意欺骗师父师娘。"岳不群道："你不敢欺骗我和你师娘？那你这些剑法，哼哼，是从哪里学来的？难道真是梦中神人所授，突然间从天上掉下来不成？"令狐冲叩头道："请师父恕罪，传授剑法这位前辈曾要弟子答应，无论如何不可向人吐露剑法的来历，即是对师父、师娘，也不得禀告。"

岳不群冷笑道："这个自然，你武功到了这地步，怎么还会将师父、师娘瞧在眼里？我们华山派这点点儿微末功力，如何能当你神剑之一击？那个蒙面老者不说过么？华山派掌门一席，早该由你接掌才是。"

令狐冲不敢答话，只是磕头，心中思潮起伏："我若不吐露风太师叔传授剑法的经过，师父师娘终究不能见谅。但男儿汉须当言而有信，田伯光一个采花淫贼，在身受桃谷六仙种种折磨之时，尚自决不泄漏风太师叔的行踪。令狐冲受人大恩，决不能有负于他。我对师父师娘之心，天日可表，暂受一时委屈，又算得什么？"说道："师父、师娘，不是弟子胆敢违抗师命，实是有难言的苦衷。日后弟子去求恳这位前辈，请他准许弟子向师父、师娘禀明经过，那时自然不敢有丝毫隐瞒。"

岳不群道："好，你起来罢！"令狐冲又叩两个头，待要站起，双膝一软，又即跪倒。林平之正在他的身畔，一伸手，将他拉了起来。

岳不群冷笑道："你剑法高明，做戏的本事更加高明。"令狐冲不敢回答，心想："师父待我恩重如山，今日错怪了我，日后终究会水落石出。此事太也蹊跷，那也难怪他老人家心中生疑。"他虽受委屈，倒无丝毫怨怼之意。

岳夫人温言道："昨晚若不是凭了冲儿的神妙剑法，华山派全军覆没，固然不用说了，我们娘儿们只怕还难免惨受凌辱。不管传授冲儿剑法那位前辈是谁，咱们所受恩德，总之是实在不浅。至于那一十五个恶徒的来历吗，日后总能打听得出。冲儿怎么跟他们会有交情？他们不是要将冲儿乱刀分尸、冲儿又都刺瞎了他们的眼睛？"

岳不群抬起了头呆呆出神，于岳夫人这番话似乎一句也没听进耳去。

众弟子有的生火做饭，有的就地掘坑，将梁发的尸首掩埋了。用过早饭后，各人从行李中取出干衣，换了身上湿衣。大家眼望岳不群，听他示下，均想："是不是还要到嵩山去跟左盟主评理？封不平既然败于大师哥剑底，再也没脸来争这华山派掌门人之位了。"

岳不群向岳夫人道："师妹，你说咱们到哪里去？"岳夫人道："嵩山是不必去了。但既然出来了，也不必急急的就回华山。"她害怕桃谷六仙，不敢便即回山。岳不群道："左右无事，四下走走那也不错，也好让弟子们增长些阅历见闻。"

岳灵珊大喜，拍手道："好极，爹爹……"但随即想到梁发师哥刚死，登时便如此欢喜，实是不合，只拍了一下手，便即停住。岳不群微笑道："提到游山玩水，你最高兴了。爹爹索性顺你的性，珊儿，你说咱们到哪里去玩的好?"一面说，一面瞧向林平之。

岳灵珊道："爹爹，既然说玩，那就得玩个痛快，走得越远越好，别要走出几百里路，又回家了。咱们到小林子家里玩儿去。我跟二师哥去过福州，只可惜那次扮了个丑丫头，不想在外面多走动，什么也没见到。福建龙眼又大又甜，又有福橘、榕树、水仙花……"

岳夫人摇摇头，说道："从这里到福建，万里迢迢，咱们哪有这许多盘缠? 莫不成华山派变了丐帮，一路乞食而去。"

林平之道："师父、师娘，咱们没几天便入河南省境，弟子外婆家在洛阳。"岳夫人道："嗯，你外祖父金刀无敌王元霸是洛阳人。"林平之道："弟子父母双亡，很想去拜见外公、外婆，禀告详情。师父、师娘和众位师哥、师姊如肯赏光，到弟子外祖家盘桓数日，我外公、外婆必定大感荣宠。然后咱们再慢慢游山玩水，到福建舍下去走走。弟子在长沙分局中，从青城派手里夺回了不少金银珠宝，盘缠一节……倒不必挂怀。"

岳夫人自刺了桃实仙一剑之后，每日里只是担心被桃谷四仙抓住四肢，登时全身麻木，无法动弹，更想到成不忧被撕成四块、遍地都是脏腑的惨状，当真心胆俱裂，已不知做了多少恶梦。这次下山虽以上嵩山评理为名，实则是逃难避祸。她见丈夫注目林平之后，林平之便邀请众人赴闽，心想逃难自然逃得越远越好，自己和丈夫生平从未去过南方，到福建一带走走倒也不错，便笑道："师哥，小林子管吃管住，咱们去不去吃他的白食啊?"

岳不群微笑道："平之的外公金刀无敌威震中原，我一直好生相敬，只是缘悭一面。福建莆田是南少林所在之地，自来便多武林高手。咱们便到洛阳、福建走一遭，如能结交到几位说得来的朋友，也就不虚此行了。"

众弟子听得师父答应去福建游玩，无不兴高采烈。林平之和岳灵珊相视而笑，都是心花怒放。

这中间只令狐冲一人黯然神伤，寻思："师父、师娘什么地方都不去，偏偏先要去洛阳会见林师弟的外祖父，再万里迢迢的去福建作客，不言而喻，自是要将小师妹许配给他。到洛阳是去见他家长辈，说定亲事；到了福建，多半便在他林家完婚。我是个没爹没娘、无亲无戚的孤儿，怎能和他分局遍天下的福威镖局相比？林师弟去洛阳叩见外公、外婆，我跟了去却又算什么？"眼见众师弟、师妹个个笑逐颜开，将梁发惨死一事丢到了九霄云外，更是不愉，寻思："今晚投宿之后，我不如黑夜里一个人悄悄走了。难道我竟能随着大家，吃林师弟的饭，使林师弟的钱？再强颜欢笑，恭贺他和小师妹举案齐眉，白头偕老？"

众人启程后，令狐冲跟随在后，神困力乏，越走越慢，和众人相距也越来越远。行到中午时分，他坐在路边一块石上喘气，却见劳德诺快步回来，道："大师哥，你身子怎样？走得很累罢？我等等你。"令狐冲道："好，有劳你了。"劳德诺道："师娘已在前边镇上雇了一辆大车，这就来接你。"令狐冲心中感到一阵暖意："师父虽然对我起疑，师母仍然待我极好。"过不多时，一辆大车由骡子拉着驰来。令狐冲上了大车，劳德诺在一旁相陪。

这日晚上，投店住宿，劳德诺便和他同房。如此一连两日，劳德诺竟和他寸步不离。令狐冲见他顾念同门义气，照料自己有病之身，颇为感激，心想："劳师弟是带艺投师，年纪比我大得多，平时跟我话也不多说几句，想不到我此番遭难，他竟如此尽心待我，当真是路遥知马力，日久见人心。别的师弟们见师父对我神色不善，便不敢来跟我多说话。"

第三日晚上，他正在炕上合眼养神，忽听得小师弟舒奇在房门口轻声说话："二师哥，师父问你，今日大师哥有什么异动？"劳德诺嘘的一声，低声道："别作声，出去！"只听了这两句话，令狐冲心下已是一片冰凉，才知师父对自己的疑忌实已非同小可，竟然派了劳德诺在暗中监视自己。

只听得舒奇蹑手蹑脚的走了开去。劳德诺来到炕前，察看他是否真的睡着。令狐冲心下大怒，登时便欲跳起身来，直斥其非，但转念一想："此事跟他又有什么相干？他是奉了师命办事，怎能违抗？"当下强忍怒气，假装睡熟。劳德诺轻步走出房去。

令狐冲知他必是去向师父禀报自己的动静，暗自冷笑："我又没做丝毫亏心之事，你们就有十个、一百个对我日夜监视，令狐冲光明磊落，又有何惧？"胸中愤激，牵动了内息，只感气血翻涌，极是难受，伏在枕上只大声喘息，隔了好半天，这才渐渐平静。坐起身来，披衣穿鞋，心道："师父既已不当我弟子看待，便似防贼一般提防，我留在华山派中还有什么意味，不如一走了之。将来师父明白我也罢，不明白也罢，一切由他去了。"

便在此时，只听得窗外有人低声说道："伏着别动！"另一人低声道："好像大师哥起身下地。"这二人说话声音极低，但这时夜阑人静，令狐冲耳音又好，竟听得清清楚楚，认出是两名年轻师弟，显是伏在院子之中，防备自己逃走。令狐冲双手抓拳，只捏得骨节格格直响，心道："我此刻倘若一走，反而显得作贼心虚，好，好！我偏不走，任凭你们如何对付我便了。"突然大叫："店小二，店小二，拿酒来。"

叫了好一会，店小二才答应了送上酒来。令狐冲喝了个酩酊大醉，不省人事。次日早晨由劳德诺扶入大车，还兀自叫道："拿酒来，我还要喝！"

数日后，华山派众人到了洛阳，在一家大客店投宿了。林平之单身到外祖父家去。岳不群等众人都换了干净衣衫。

令狐冲自那日药王庙外夜战后，穿的那件泥泞长衫始终没换，这日仍是满身污秽，醉眼乜斜。岳灵珊拿了一件长袍，走到他身前，道："大师哥，你换上这件袍子，好不好？"令狐冲道："师父的袍子，干么给我穿？"岳灵珊道："待会小林子请咱们到他家去，你换上爹爹的袍子罢。"令狐冲道："到他家去，就非穿漂亮衣服不可？"说着向她上下打量。

只见她上身穿一件翠绸缎子薄棉袄，下面是浅绿缎裙，脸上薄施脂粉，一头青丝梳得油光乌亮，鬓边插着一朵珠花，令狐冲记得往日只过年之时，她才如此刻意打扮，心中一酸，待要说几句负气之言，转念一想："男子汉大丈夫，何以如此小气？"当下忍住不说。

岳灵珊给他锐利的目光看得忸怩不安，说道："你不爱着，那也不用换了。"令狐冲道："我不惯穿新衣，还是别换了罢！"岳灵珊不再跟他多说，拿着长袍出房。

只听得门外一个洪亮的声音说道："岳大掌门远道光临，在下未曾远迎，可当真失礼之极哪！"

岳不群知是金刀无敌王元霸亲自来客店相会，和夫人对视一笑，心下甚喜，当即双双迎了出去。

只见那王元霸已有七十来岁，满面红光，颚下一丛长长的白须飘在胸前，精神矍铄，左手呛啷啷的玩着两枚鹅蛋大小的金胆。武林中人手玩铁胆，甚是寻常，但均是镔铁或纯钢所铸，王元霸手中所握的却是两枚黄澄澄的金胆，比之铁胆固重了一倍有余，而且大显华贵之气。他一见岳不群，便哈哈大笑，说道："幸会，幸会！岳大掌门名满武林，小老儿二十年来无日不在思念，今日来到洛阳，当真是中州武林的大喜事。"说着握住了岳不群的右手连连摇晃，欢喜之情，甚是真诚。

岳不群笑道："在下夫妇带了徒儿出外游历访友，以增见闻，第一位要拜访的，便是中州大侠、金刀无敌王老爷子。咱们这几十个不速之客，可来得卤莽了。"

王元霸大声道："'金刀无敌'这四个字，在岳大掌门面前谁也不许提。谁要提到了，那不是捧我，而是损我王元霸来着。岳先生，你收容我的外孙，恩同再造，咱们华山派和金刀门从此便是一家，哥儿俩再也休分彼此。来来来，大家到我家去，不住他一年半载的，谁也不许离开洛阳一步。岳大掌门，我老儿亲自给你背行李去。"

岳不群忙道："这个可不敢当。"

王元霸回头向身后两个儿子道："伯奋、仲强，快向岳师叔、岳师母叩头。"王伯奋、王仲强齐声答应，屈膝下拜。岳不群夫妇忙跪下还礼，说道："咱们平辈相称，'师叔'二字，如何克当？就从平之身上算来，咱们也是平辈。"王伯奋、王仲强二人在鄂豫一带武林中名头甚响，对岳不群虽然素来佩服，但向他叩头终究不愿，只是父命不可违，勉强跪倒，见岳不群夫妇叩头还礼，心下甚喜。当下四人交拜了站起。

岳不群看二人时，见兄弟俩都身材甚高，只王仲强要肥胖得多。两人太阳穴高高鼓起，手上筋骨突出，显然内外功造诣都甚了得。岳不群向众弟子道："大家过来拜见王老爷子和二位师叔。金刀门武功威震中原，咱们华山派的上代祖师，向来对金刀门便十分推崇。今后大家得干老爷子和二位师叔指点，一定大有进益。"

众弟子齐声应道："是！"登时在客店的大堂中跪满了一地。

王元霸笑道："不敢当，不敢当！"王伯奋、王仲强各还了半礼。

林平之站在一旁，将华山群弟子一一向外公通名。王元霸手面豪阔，早就备下每人一份四十两银子的见面礼，由王氏兄弟逐一分派。

林平之引见到岳灵珊时，王元霸笑嘻嘻的向岳不群道："岳老弟，你这位令爱真是一表人才，可对了婆家没有啊？"岳不群笑道："女孩儿年纪还小，再说，咱们学武功的人家，大姑娘家整日价也是动刀抢剑，什么女红烹饪可都不会，又有谁家要她这样的野丫头？"

王元霸笑道："老弟说得太谦了，将门虎女，寻常人家的子弟自是不敢高攀的了。不过女孩儿家，学些闺门之事也是好的。"说到这里，声音放低了，颇为喑然。岳不群知他是想起了在湖南逝世的女儿，当即收起了笑容，应道："是!"

王元霸为人爽朗，丧女之痛，随即克制，哈哈一笑，说道："令爱这么才貌双全，要找一位少年英雄来配对儿，可还真不容易。"

劳德诺到店房中扶了令狐冲出来。令狐冲脚步踉跄，见了王元霸与王氏兄弟也不叩头，只是深深作揖，说道："弟子令狐冲，拜见王老爷子、两位师叔。"

岳不群皱眉道："怎么不磕头?"王元霸早听得外孙禀告，知道令狐冲身上有伤，笑道："令狐贤侄身子不适，不用多礼了。岳老弟，你华山派内功向称五岳剑派中第一，酒量必定惊人，我和你喝十大碗去。"说着挽了他手，走出客店。

岳夫人、王伯奋、王仲强以及华山众弟子在后相随。

一出店门，外边车辆坐骑早已预备妥当。女眷坐车，男客乘马，每一匹牲口都是鞍辔鲜明。自林平之去报讯到王元霸客店迎宾，还不到一个时辰，仓卒之间，车马便已齐备，单此一节，便知金刀王家在洛阳的声势。

到得王家，但见房舍高大，朱红漆的大门，门上两个大铜环，擦得晶光雪亮，八名壮汉垂手在大门外侍候。一进大门，只见梁上悬着一块黑漆大匾，写着"见义勇为"四个金字，下面落款是河南省的巡抚某人。

这一晚王元霸大排筵席，宴请岳不群师徒，不但广请洛阳武林中知名之士相陪，宾客之中还有不少的士绅名流、富商大贾。

令狐冲是华山派大弟子，远来男宾之中，除岳不群外便以他居长。众人见他衣衫褴褛，神情萎靡，均是暗暗纳罕。但武林中独特异行之士甚多，丐帮中的侠士高手便都个个穿得破破烂烂，众宾客心想此人既是华山派首徒，自非寻常，谁也不敢瞧他不起。

令狐冲坐在第二席上，由王伯奋作主人相陪。酒过三巡，王伯奋见他神情冷漠，问他三句，往往只回答一句，显是对自己老大瞧不在眼里，又想起先前在客店之中，这人对自己父子连头也不曾磕一个，四十两银子的见面礼倒是老实不客气的收了，不由得暗暗生气，当下谈到武功上头，旁敲侧击，提了几个疑难请教。

令狐冲唯唯否否，全不置答。他倒不是对王伯奋有何恶感，只是眼见王家如此豪奢，自己一个穷小子和之相比，当真是一个天上，一个地下。林平之一到外公家，便即换上蜀锦长袍，他本来相貌十分俊美，这一穿戴，越发显得富贵都雅，丰神如玉。令狐冲一见之下，更不由得自惭形秽，寻思："莫说小师妹在山上时便已和他相好，就算她始终对我如昔，跟了我这穷光蛋又有什么出息？"他一颗心来来回回，尽是在岳灵珊身上缠绕，不论王伯奋跟他说什么话，自然都是听而不闻了。

王伯奋在中州一带武林之中，人人对他趋奉唯恐不及，这一晚却连碰了令狐冲这个年青人的几个钉子，依着他平时心性，早就要发作，只是一来念着死去了的姊姊，二来见父亲对华山派甚是尊重，当下强抑怒气，连连向令狐冲敬酒。令狐冲酒到杯干，不知不觉已喝了四十来杯。他本来酒量甚宏，便是百杯以上也不会醉，但此时内力已失，大大打了个折扣，兼之酒入愁肠，加倍易醉，喝到四十余杯时已大有醺醺之意。王伯奋心想："你这小子太也不通人情世故，我外甥是你师弟，你就该当称我一声师叔或是世叔。你一声不叫，那也罢了，对我竟然不理不睬。好，今日灌醉了你，叫你在众人之前大大出个丑。"

眼见令狐冲醉眼惺忪，酒意已有八分了，王伯奋笑道："令狐老弟华山首徒，果然是英雄出在少年，武功高，酒量也高。来人哪，换上大碗，给令狐少爷倒酒。"

王家家人轰声答应，上来倒酒。令狐冲一生之中，人家给他斟酒，那可从未拒却过，当下酒到碗干，又喝了五六大碗，酒气涌将上来，将身前的杯筷都拂到了地下。

同席的人都道："令狐少侠醉了。喝杯热茶醒醒酒。"王伯奋笑道："人家华山派掌门弟子，哪有这么容易醉的？令狐老弟，干了！"又跟他斟满了一碗酒。

令狐冲道："哪……哪里醉了？干了！"举起酒碗，骨嘟骨嘟的喝下，倒有半碗酒倒在衣襟之上，突然间身子一晃，张嘴大呕，腹中酒菜淋淋漓漓的吐满了一桌。同席之人一齐惊避，王伯奋却不住冷笑。令狐冲这么一呕，大厅上数百对眼光都向他射来。

岳不群夫妇皱起了眉头，心想："这孩子便是上不得台盘，在这许多贵宾之前出丑。"

劳德诺和林平之同时抢过来扶住令狐冲。林平之道："大师哥，我扶你歇歇去！"令狐冲道："我……我没醉，我还要喝酒，拿酒来。"林平之道："是，是，快拿酒来。"令狐冲醉眼斜睨，道："你……你……小林子，怎地不去陪小师妹？拉着我干么？"劳德诺低声道："大师哥，咱们歇歇去，这里人多，别乱说话！"令狐冲怒道："我乱说什么了？师父派你来监视我，你……你找到了什么凭据？"劳德诺生怕他醉后更加口不择言，和林平之二人左右扶持，硬生生将他架入后进厢房中休息。

岳不群听到他说"师父派你来监视我，你找到了什么凭据"这句话，饶是他修养极好，却也忍不住变色。王元霸笑道："岳老弟，后生家酒醉后胡言乱语，理他作甚？来来来，喝酒！"岳不群强笑道："乡下孩子没见过世面，倒教王老爷子见笑了。"

筵席散后，岳不群嘱咐劳德诺此后不可跟随令狐冲，只暗中留神便是。

令狐冲这一醉，直到次日午后才醒，当时自己说过些什么，却一句话也不记得了。只觉头痛欲裂，见自己独睡一房，卧具甚是精洁。他踱出房来，众师弟一个也不见，一问下人，原来是在后面讲武厅上，和金刀门王家的子侄、弟子切磋武艺。令狐冲心道："我跟他们混在一块干什么？不如到外面逛逛去。"当即扬长出门。

洛阳是历代皇帝之都，规模宏伟，市肆却不甚繁华。令狐冲识字不多，于古代史事所知有限，见到洛阳城内种种名胜古迹，茫然不明来历，看得毫无兴味。信步走进一条小巷，只见七八名无赖正在一家小酒店中赌骰子。他挤身进去，摸出王元霸昨日所给的见面礼封包，取出银子，便和他们呼幺喝六的赌了起来。到得傍晚，在这家小酒店中喝得醺醺而归。

一连数日，他便和这群无赖赌钱喝酒，头几日手气不错，赢了几两，第四日上却一败涂地，四十几两银子输得干干净净。那些无赖便不许他再赌。令狐冲怒火上冲，只管叫酒喝，喝得几壶，店小二道："小伙子，你输光了钱，这酒帐怎么还？"令狐冲道："欠一欠，明日来还。"店小二摇头道："小店本小利薄，至亲好友，概不赊欠！"令狐冲大怒，喝道："你欺侮小爷没钱么？"店小二笑道："不管你是小爷、老爷，有钱便卖，无钱不赊。"

令狐冲回顾自身，衣衫褴褛，原不似是个有钱人模样，除了腰间一口长剑，更无他物，当即解下剑来，往桌上一抛，说道："给我去当铺里当了。"

一名无赖还想赢他的钱，忙道："好！我给你去当。"捧剑而去。

店小二便又端了两壶酒上来。令狐冲喝干了一壶，那无赖已拿了几块碎银子回来，道："一共当了三两四钱银子。"将银子和当票都塞了给他。令狐冲一掂银子，连三两也不到，当下也不多说，又和众无赖赌了起来。赌到傍晚，连喝酒带输，三两银子又是不知去向。

令狐冲向身旁一名无赖陈歪嘴道："借三两银子来，赢了加倍还你。"陈歪嘴笑道："输了呢？"令狐冲道："输了？明天还你。"陈歪嘴道："谅你这小子家里也没银子，输了拿什么来还？卖老婆么？卖妹子么？"令狐冲大怒，反手便是一记耳光，这时酒意早已有了八九分，顺手便将他身前的几两银子都抢了过来。陈歪嘴叫道："反了，反了！这小子是强盗。"众无赖本是一伙，一拥而上，七八个拳头齐往令狐冲身上招呼。

令狐冲手中无剑，又是力气全失，给几名无赖按在地下，拳打足踢，片刻间便给打得鼻青目肿。忽听得马蹄声响，有几乘马经过身旁，马上有人喝道："闪开，闪开！"挥起马鞭，将众无赖赶散。令狐冲俯伏在地，再也爬不起来。

一个女子声音突然叫道："咦，这不是大师哥么？"正是岳灵珊。另一人道："我瞧瞧去！"却是林平之。他翻身下马，扳过令狐冲的身子，惊道："大师哥，你怎么啦？"令狐冲摇了摇头，苦笑道："喝醉啦！赌输啦！"林平之忙将他抱起，扶上马背。

除了林平之、岳灵珊二人外，另有四乘马，马上骑的是王伯奋的两个女儿和王仲强的两个儿子，是林平之的表兄姊妹。他六人一早便出来在洛阳各处寺观中游玩，直到此刻才尽兴而归，哪料到竟在这小巷之中见令狐冲给人打得如此狼狈。那四人都大为讶异："他华山派位列五岳剑派，爷爷平日提起，好生赞扬，前数日和他们众弟子切磋武功，也确是各有不凡功夫。这令狐冲是华山派首徒，怎地连几个流氓地痞也打不过？"眼见他给打得鼻孔流血，又不是假的，这可真奇了？

令狐冲回到王元霸府中，将养了数日，这才渐渐康复。岳不群夫妇听说他和无赖赌博，输了钱打架，甚是气恼，也不来看他。

到第五日上，王仲强的小儿子王家驹兴冲冲的走进房来，说道："令狐大哥，我今日给你出了一口恶气。那日打你的七个无赖，我都已找了来，狠狠的给抽了一顿鞭子。"

令狐冲对这件事其实并不介怀，淡淡的道："那也不必了。那日是我喝醉了酒，本来是我的不是。"

王家驹道："那怎么成？你是我家的客人，不看僧面看佛面，我金刀王家的客人，怎能在洛阳城中教人打了不找回场子？这口气倘若不出，人家还能把我金刀王家瞧在眼里么？"

令狐冲内心深处，对"金刀王家"本就颇有反感，又听他左一个"金刀王家"，右一个"金刀王家"，倒似"金刀王家"乃是武林权势薰天的大豪门一般，忍不住脱口而出："对付几个流氓混混，原是用得着金刀王家。"他话一出口，已然后悔，正想致歉，王家驹脸色已沉了下来，道："令狐兄，你这是什么话？那日若不是我和哥哥赶散了这七个流氓混混，你今日的性命还在么？"令狐冲淡淡一笑，道："原要多谢两位的救命之恩。"

王家驹听他语气，知他说的乃是反话，更加有气，大声道："你是华山派掌门大弟子，连洛阳城中几个流氓混混也对付不了，嘿嘿，旁人不知，岂不是要说你浪得虚名？"

令狐冲百无聊赖，什么事都不放在心上，说道："我本就连虚名也没有，'浪得虚名'四字，却也谈不上了。"

便在这时，房门外有人说道："兄弟，你跟令狐兄在说什么？"门帷一掀，走进一个人来，却是王仲强的长子王家骏。

王家驹气愤愤的道："哥哥，我好意替他出气，将那七个瘊子找齐了，每个人都狠狠给抽了一顿鞭子，不料这位令狐大侠却怪我多事呢。"王家骏道："兄弟，你有所不知，适才我听得岳师妹说道，这位令狐兄真人不露相，那日在陕西药王庙前，以一柄长剑，只一招便刺瞎了一十五位一流高手的双眼，当真是剑术如神，天下罕有，哈哈！"他这一笑神气间颇为轻浮，显然对岳灵珊之言全然不信。王家驹跟着也哈哈一笑，说道："想来那一十五位一流高手，比之咱们洛阳城中的流氓，武艺却还差了这么老大一截，哈哈，哈哈！"

令狐冲也不动怒，嘻嘻一笑，坐在椅上抱住了右膝，轻轻摇晃。

王家骏这一次奉了伯父和父亲之命，前来盘问令狐冲。王伯奋、仲强兄弟本来叫他善言套问，不可得罪了客人，但他见令狐冲神情傲慢，全不将自己兄弟瞧在眼里，渐渐的气往上冲，说道："令狐兄，小弟有一事请教。"声音说得甚响。令狐冲道："不敢。"王家骏道："听平之表弟言道，我姑丈姑母逝世之时，就只令狐兄一人在他二位身畔送终。"令狐冲道："正是。"王家骏道："我姑丈姑母的遗言，是令狐兄带给了我平之表弟？"令狐冲道："不错。"王家骏道："那么我姑丈的《辟邪剑谱》呢？"

令狐冲一听，霍地站起，大声道："你说什么？"

王家骏防他暴起动手，退了一步，道："我姑丈有一部《辟邪剑谱》，托你交给平之表弟，怎地你至今仍未交出？"令狐冲听他信口诬蔑，只气得全身发抖，颤声道："谁……谁说有一部辟……辟邪剑谱，托……托……托我交给林师弟？"王家骏笑道："倘若并无其事，你又何必作贼心虚，说起话来也是胆战心惊？"令狐冲强抑怒气，说道："两位王兄，令狐冲在府上是客，你说这等话，是令祖、令尊之意，还是两位自己的意思？"

王家骏道："我不过随口问问，又有什么大不了的事？跟我爷爷、爹爹可全不相干。不过福州林家的辟邪剑法威震天下，武林中众所知闻，林姑丈突然之间逝世，他随身珍藏的《辟邪剑谱》又不知去向，我们既是至亲，自不免要查问查问。"

令狐冲道："是小林子叫你问的，是不是？他自己为什么不来问我？"

王家驹嘿嘿嘿的笑了三声，说道："平之表弟是你师弟，他又怎敢开口问你？"令狐冲冷笑道："既有你洛阳金刀王家撑腰，嘿嘿，你们现下可以一起逼问我啦。那么去叫林平之来罢。"王家骏道："阁下是我家客人，'逼问'二字，那可担当不起。我兄弟只是心怀好奇，这么问上一句，令狐兄肯答固然甚好，不肯答呢，我们也是无法可施。"

令狐冲点头道："我不肯答！你们无法可施，这就请罢！"

王氏兄弟面面相觑，没料到他干净爽快，一句话就将门封住了。

王家骏咳嗽一声，另找话头，说道："令狐兄，你一剑刺瞎了一十五位高手的双眼，这手剑招如此神奇，多半是从《辟邪剑谱》中学来的罢？"

令狐冲大吃一惊，全身出了一阵冷汗，双手忍不住发颤，登时心下一片雪亮："师父、师娘和众师弟、师妹不感激我救了他们性命，反而人人大有疑忌之意，我始终不明白是什么缘故。原来如此，原来如此！原来他们都认定我吞没了林震南的《辟邪剑谱》。他们既从来没见过独孤九剑，我又不肯泄露风太师叔传剑的秘密，眼见我在思过崖上住了数月，突然之间，剑术大进，连剑宗封不平那样的高手都敌我不过，若不是从《辟邪剑谱》中学到了奇妙高招，这剑法又从何处学来？风太师叔传剑之事太过突兀，无人能料想得到，而林震南夫妇逝世之时又只我一人在侧，人人自然都会猜想，那部武林高手大生觊觎之心的《辟邪剑谱》，必定是落入了我的手中。旁人这般猜想，并不希奇。但师父师母抚养我长大，师妹和我情若兄妹，我令狐冲是何等样人，居然也信我不过？嘿嘿，可真将人瞧得小了！"思念及此，脸上自然而然露出了愤慨不平之意。

王家驹甚为得意，微笑道："我这句话猜对了，是不是？那《辟邪剑谱》呢？我们也不想瞧你的，只是物归原主，你将剑谱还了给林家表弟，也就是啦。"令狐冲摇头道："我从来没见过什么《辟邪剑谱》。林总镖头夫妇曾先后为青城派和塞北明驼木高峰所擒，他身上倘若有什么剑谱，旁人早已搜了出来。"王家骏道："照啊，那《辟邪剑谱》何等宝贵，我姑丈姑母怎会随身携带？自然是藏在一个万分隐秘的所在。他们临死之时，这才请你转告平之表弟，哪知道……哪知道……嘿嘿！"王家驹道："哪知道你悄悄去找了出来，就此吞没！"

令狐冲越听越怒，本来不愿多辩，但此事关连太过重大，不能蒙此污名，说道："林总镖头要是真有这么一部神妙剑谱，他自己该当无敌于世了，怎么连几个青城派的弟子也敌不过，竟然为他们所擒？"

王家驹道："这个……这个……"一时张口结舌，无言以对。王家骏却能言善辩，说道："天下之事，无独有偶。令狐兄学会了辟邪剑法，剑术通神，可是连几个流氓地痞也敌不过，竟然为他们所擒，那是什么缘故？哈哈，这叫做真人不露相。可惜哪，令狐兄，你做得未免也太过份了些，堂堂华山派掌门大弟子，给洛阳城几个流氓打得毫无招架之力。这番做作，任谁也难以相信。既是绝不可信，其中自然有诈。令狐兄，我劝你还是认了罢！"

按着令狐冲平日的性子，早就反唇相稽，只是此事太也凑巧，自己身处嫌疑之地，什么"金刀王家"，什么王氏兄弟，他半点也没放在心上，却不能让师父、师娘、师妹三人对自己起了疑忌之心，当即庄容说道："令狐冲生平从未见过什么《辟邪剑谱》。福州林总镖头的遗言，我也已一字不漏的传给了林师弟知晓。令狐冲若有欺骗隐瞒之事，罪该万死，不容于天地之间。"说着叉手而立，神色凛然。

王家骏微笑道："这等关涉武林秘笈的大事，假使随口发了一个誓，便能混蒙了过去，令狐兄未免把天下人都当作傻子啦。"令狐冲强忍怒气，道："依你说该当如何？"王家驹道："我兄弟斗胆，要在令狐兄身边搜上一搜。"他顿了一顿，笑嘻嘻的道："就算那日令狐兄给那七个流氓擒住了，动弹不得，他们也会在你身上里里外外的大搜一阵。"令狐冲冷笑道："你们要在我身上搜检，哼，当我令狐冲是小贼么？"王家骏道："不敢！令狐兄既说未取《辟邪剑谱》，又何必怕人搜检？搜上一搜，倘若身上并无剑谱，从此洗脱了嫌疑，岂不是好？"令狐冲点头道："好！你去叫林师弟和岳师妹来，好让他二人作个证人。"

王家骏生怕自己一走开，兄弟落了单，立刻便被令狐冲所乘，若二人同去，他自然会将《辟邪剑谱》收了起来，再也搜检不到，说道："要搜便搜，令狐兄若不是心虚，又何必这般诸多推搪？"

令狐冲心想："我容你们搜查身子，只不过要在师父、师娘、师妹三人面前证明自己清白，你二人信得过我也好，信不过也好，令狐冲理会作甚？小师妹若不在场，岂容你二人的狗爪子碰一碰我身子？"当下缓缓摇头，说道："凭你二位，只怕还不配搜我！"

王氏兄弟越是见他不让搜检，越认定他身上藏了《辟邪剑谱》，一来要在伯父与父亲面前领功，二来素闻辟邪剑法好生厉害，这剑谱既是自己兄弟搜查出来，林表弟不能不借给自己兄弟阅看。王家骏日前眼见他给几个无赖按在地下殴打，无力抗拒，料想他只不过剑法了得，拳脚功夫却甚平常，此刻他手中无剑，正好乘机动手，当下向兄弟使个眼色，说道："令狐兄，你可别敬酒不吃吃罚酒，大家破了脸，却没什么好看。"两兄弟说着便逼将过来。

王家驹挺起胸膛，直撞过去。令狐冲伸手一挡。王家驹大声道："啊哟，你打人么？"刁住他手腕，往下便是一压。他想令狐冲是华山派首徒，终究不可小觑了，这一刁一压，使上了家传的擒拿手法，更运上了十成力道。

令狐冲临敌应变经验极是丰富，眼见他挺胸上前，便知他不怀好意，右手这一挡，原是藏了不少后着，给对方刁住了手腕，本当转臂斜切，转守为攻，岂知自己内力全失之后，虽然照式转臂，却发不出半点力道，只听得喀喇一声响，右臂关节一麻，手肘已然被他压断，这才觉得彻骨之痛。

王家驹下手极是狠辣，一压断令狐冲右臂，跟着一抓一扭，将他左臂齐肩的关节扭脱了臼，说道："哥哥，快搜！"王家骏伸出左腿，拦在令狐冲双腿之前，防他飞腿伤人，伸手到他怀中，将各种零星物事一件件掏了出来，突然摸到一本薄薄的书册，当即取出。二人同声欢叫："在这里啦，在这里啦，搜到了林姑丈的《辟邪剑谱》！"

王氏兄弟忙不迭的揭开那本册子，只见第　页上写着"笑傲江湖之曲"六个篆字。王氏兄弟只粗通文墨，这六个字如是楷书，倒也认得，既作篆体，那便一个也不识得。再翻过一页，但见一个个均是奇文怪字，他二人不知这是琴箫曲谱，心中既已认定是《辟邪剑谱》，自是更无怀疑，齐声大叫："辟邪剑谱，辟邪剑谱！"

王家骏道："给爹爹瞧去。"拿了那部琴箫曲谱，急奔出房。王家驹在令狐冲腰里重重踢了一脚，骂道："不要脸的小贼！"又在他脸上吐了一口唾沫。

令狐冲初时气得几乎胸膛也要炸了，但转念一想："这两个小子无知无识，他祖父和父亲却不致如此粗鄙，待会得知这是琴谱箫谱，非来向我陪罪不可。"只是双臂脱臼，一阵阵疼痛难当，又想："我内功全失，遇到街上的流氓无赖也毫无抵抗之力，已成废人一个，活在世上，更有何用？"他躺在床上，额头不住冒汗，伤心之际，忍不住眼泪扑簌簌的流下，但想王氏兄弟定然转眼便回，不可示弱于人，当即拭干了眼泪。

过了好一会，只听得脚步声响，王氏兄弟快步回来。王家骏冷笑道："去见我爷爷。"

令狐冲怒道："不去！你爷爷不来向我陪罪，我去见他干么？"王氏兄弟哈哈大笑。王家驹道："我爷爷向你这小贼陪罪？发你的春秋大梦了！去，去！"两人抓住令狐冲腰间衣服，将他从床上提了起来，走出房外。令狐冲骂道："金刀王家还自夸侠义道呢，却如此狂妄欺人，当真卑鄙之极。"王家骏反手一掌，打得他满口是血。

令狐冲仍是骂声不绝，给王氏兄弟提到后面花厅之中。

只见岳不群夫妇和王元霸分宾主而坐，王伯奋、仲强二人坐在王元霸下首。令狐冲兀自大骂："金刀王家，卑鄙无耻，武林中从未见过这等污秽肮脏的人家！"

岳不群脸一沉，喝道："冲儿，住口！"

令狐冲听到师父喝斥，这才止声不骂，向着王元霸怒目而视。

王元霸手中拿着那部琴箫曲谱，淡淡的道："令狐贤侄，这部《辟邪剑谱》，你是从何处得来的？"

令狐冲仰天大笑，笑声半晌不止。岳不群斥道："冲儿，尊长问你，便当据实禀告，何以胆敢如此无礼？什么规矩？"令狐冲道："师父，弟子重伤之后，全身无力，你瞧这两个小子怎生对付我，嘿嘿，这是江湖上待客的规矩吗？"

王仲强道："倘若是朋友佳客，我们王家说什么也不敢得罪。但你负人所托，将这部《辟邪剑谱》据为己有，这是盗贼之行，我洛阳金刀王家是清白人家，岂能再当他是朋友？"令狐冲道："你祖孙三代，口口声声的说这是《辟邪剑谱》。你们见过《辟邪剑谱》没有？怎知这便是《辟邪剑谱》？"王仲强一怔，道："这部册子从你身上搜了出来，岳师兄又说这不是华山派的武功书谱，却不是《辟邪剑谱》是什么？"

令狐冲气极反笑，说道："你既说是《辟邪剑谱》，便算是《辟邪剑谱》好了。但愿你金刀王家依样照式，练成天下无敌的剑法，从此洛阳王家在武林中号称刀剑双绝，哈哈，哈哈！"

　　王元霸道："令狐贤侄，小孙一时得罪，你也不必介意。人孰无过，知过能改，善莫大焉。你既把剑谱交了出来，冲着你师父的面子，咱们还能追究么？这件事，大家此后谁也别提。我先给你接上了手膀再说。"说着下座走向令狐冲，伸手去抓他左掌。

　　令狐冲退后两步，厉声道："且慢！令狐冲可不受你买好。"

　　王元霸愕然道："我向你买什么好？"

　　令狐冲怒道："我令狐冲又不是木头人，我的手臂你们爱折便折，爱接便接！"向左两步，走到岳夫人面前，叫道："师娘！"

　　岳夫人叹了口气，将他双臂被扭脱的关节都给接上了。

　　令狐冲道："师娘，这明明是一本七弦琴的琴谱、洞箫的箫谱，他王家目不识丁，硬说是《辟邪剑谱》，天下居然有这等大笑话。"

　　岳夫人道："王老爷子，这本谱儿，给我瞧瞧成不成？"王元霸道："岳夫人请看。"将曲谱递了过去。岳夫人翻了几页，也是不明所以，说道："琴谱箫谱我是不懂，剑谱却曾见过一些，这部册子却不像是剑谱。王老爷子，府上可有什么人会奏琴吹箫？不妨请他来看看，便知端的。"

　　王元霸心下犹豫，只怕这真是琴谱箫谱，这个人可丢得够瞧的，一时沉吟不答。王家驹却是个草包，大声道："爷爷，咱们帐房里的易师爷会吹箫，去叫他来瞧瞧便是。这明明是《辟邪剑谱》，怎么会是什么琴谱箫谱？"王元霸道："武学秘笈的种类极多，有人为了守秘，怕人偷窥，故意将武功图谱写成曲谱模样，那也是有的。这并不足为奇。"

　　岳夫人道："府上既有一位师爷会得吹箫，那么这到底是剑谱，还是箫谱，请他来一看便知。"王元霸无奈，只得命王家驹去请易师爷来。

那易师爷是个瘦瘦小小、五十来岁的汉子，颏下留着一部稀稀疏疏的胡子，衣履甚是整洁。王元霸道："易师爷，请你瞧瞧，这是不是寻常的琴谱箫谱？"

易师爷打开琴谱，看了几页，摇头道："这个，晚生可不大懂了。"再看到后面的箫谱时，双目登时一亮，口中低声哼了起来，左手两根手指不住在桌上轻打节拍。哼了一会，却又摇头，道："不对，不对！"跟着又哼了下去，突然之间，声音拔高，忽又变哑，皱起了眉头，道："世上决无此事，这个……这个……晚生实在难以明白。"

王元霸脸有喜色，问道："这部书中是否大有可疑之处？是否与寻常箫谱大不相同？"

易师爷指着箫谱，说道："东翁请看，此处宫调，突转变徵，实在大违乐理，而且箫中也吹不出来。这里忽然又转为角调，再转羽调，那也是从所未见的曲调。洞箫之中，无论如何是奏不出这等曲子的。"

令狐冲冷笑道："是你不会吹，未见得别人也不会吹奏！"

易师爷点头道："那也说得是，不过世上如果当真有人能吹奏这样的调子，晚生佩服得五体投地，佩服得五体投地！除非是……除非是东城……"

王元霸打断他话头，问道："你说这不是寻常的箫谱？其中有些调子，压根儿无法在箫中吹奏出来？"

易师爷点头道："是啊，大非寻常，大非寻常，晚生是决计吹不出。除非是东城……"

岳夫人问道："东城有哪一位名师高手，能够吹这曲谱？"

易师爷道："这个……晚生可也不能担保，只是……只是东城的绿竹翁，他既会抚琴，又会吹箫，或许能吹得出也不一定。他吹奏的洞箫，可比晚生要高明得多，实在是高明得太多，不可同日而语，不可同日而语。"

王元霸道："既然不是寻常箫谱，这中间当然大有文章了。"

王伯奋在旁一直静听不语，忽然插口道："爹，郑州八卦刀的那套四门六合刀法，不也是记在一部曲谱之中么？"

王元霸一怔，随即会意，知道儿子是在信口开河，郑州八卦刀的掌门人莫星与洛阳金刀王家是数代姻亲，他八卦刀门中可并没什么四门六合刀法，但料想华山派只是专研剑法，别派中有没有这样一种刀法，岳不群纵然渊博，也未必尽晓，当即点头道："不错，不错，几年前莫亲家还提起过这件事。曲谱中记以刀法剑法，那是常有之事，一点也不足为奇。"

令狐冲冷笑道："既然不足为奇，那么请教王老爷子，这两部曲谱中所记的剑法，却是怎么一副样子。"

王元霸长叹一声，说道："这个……唉，我女婿既已逝世，这曲谱中的秘奥，世上除了老弟一人之外，只怕再也没第二人明白了。"

令狐冲若要辩白，原可说明《笑傲江湖》一曲的来历，但这一来可牵涉重大，不得不说到衡山派莫大先生如何杀死大嵩阳手费彬，师父知道此曲与魔教长老曲洋有关，势必将之毁去，那么自己受人之托，便不能忠人之事了，当下强忍怒气，说道："这位易师爷说道，东城有一位绿竹翁精于音律，何不拿这曲谱去请他品评一番。"

王元霸摇头道："这绿竹翁为人古怪之极，疯疯癫癫的，这种人的话，怎能信得？"

岳夫人道："此事终须问个水落石出，冲儿是我们弟子，平之也是我们弟子，我们不能有所偏袒，到底谁是谁非，不妨去请那绿竹翁评评这个道理。"她不便说这是令狐冲和金刀王家的争执，而将争端的一造换作了林平之，又道："易师爷，烦你派人用轿子去接了这位绿竹翁来如何？"

易师爷道："这老人家脾气古怪得紧，别人有事求他，倘若他不愿过问的，便是上门磕头，也休想他理睬，但如他要插手，便推也推不开。"

岳夫人点头道："这倒是我辈中人，想来这位绿竹翁是武林中的前辈了。师哥，咱们可孤陋寡闻得紧。"

王元霸笑道："那绿竹翁是个篾匠，只会编竹篮，打篾席，哪里是武林中人了？只是他弹得好琴，吹得好箫，又会画竹，很多人出钱来买他的画儿，算是个附庸风雅的老匠人，因此地方上对他倒也有几分看重。"

岳夫人道："如此人物，来到洛阳可不能不见。王老爷子，便请劳动你的大驾，咱们同去拜访一下这位风雅的篾匠如何？"

眼见岳夫人之意甚坚，王元霸不能不允，只得带同儿孙，和岳不群夫妇、令狐冲、林平之、岳灵珊等人同赴东城。

易师爷在前领路，经过几条小街，来到一条窄窄的巷子之中。巷子尽头，好大一片绿竹丛，迎风摇曳，雅致天然。

众人刚踏进巷子，便听得琴韵丁冬，有人正在抚琴，小巷中一片清凉宁静，和外面的洛阳城宛然是两个世界。岳夫人低声道："这位绿竹翁好会享清福啊！"

便在此时，铮的一声，一根琴弦忽尔断绝，琴声也便止歇。一个苍老的声音说道："贵客枉顾蜗居，不知有何见教。"易师爷道："竹翁，有一本奇怪的琴谱箫谱，要请你老人家的法眼鉴定鉴定。"绿竹翁道："有琴谱箫谱要我鉴定？嘿嘿，可太瞧得起老篾匠啦。"

易师爷还未答话，王家驹抢着朗声说道："金刀王家王老爷子过访。"他抬了爷爷的招牌出来，料想爷爷是洛阳城中响当当的脚色，一个老篾匠非立即出来迎接不可。哪知绿竹翁冷笑道："哼，金刀银刀，不如我老篾匠的烂铁刀有用。老篾匠不去拜访王老爷，王老爷也不用来拜访老篾匠。"王家驹大怒，大声道："爷爷，这老篾匠是个不明事理的浑人，见他作甚？咱们不如回去罢！"

岳夫人道："既然来了，请绿竹翁瞧瞧这部琴谱箫谱，却也不妨。"

王元霸"嘿"了一声，将曲谱递给易师爷。易师爷接过，走入了绿竹丛中。

只听绿竹翁道："好，你放下罢！"易师爷道："请问竹翁，这真的是曲谱，还是什么武功秘诀，故意写成了曲谱模样？"绿竹翁道："武功秘诀？亏你想得出！这当然是琴谱了！嗯。"接着只听得琴声响起，幽雅动听。

令狐冲听了片刻，记得这正是当日刘正风所奏的曲子，人亡曲在，不禁凄然。

弹不多久，突然间琴音高了上去，越响越高，声音尖锐之极，铮的一声响，断了一根琴弦，再高了几个音，铮的一声，琴弦又断了一根。绿竹翁"咦"的一声，道："这琴谱好生古怪，令人难以明白。"

王元霸祖孙五人你瞧瞧我，我瞧瞧你，脸上均有得色。

只听绿竹翁道："我试试这箫谱。"跟着箫声便从绿竹丛中传了出来，初时悠扬动听，情致缠绵，但后来箫声愈转愈低，几不可闻，再吹得几个音，箫声便即哑了，波波波的十分难听。绿竹翁叹了口气，说道："易老弟，你是会吹箫的，这样的低音如何能吹奏出来？这琴谱、箫谱未必是假，但撰曲之人却在故弄玄虚，跟人开玩笑。你且回去，让我仔细推敲推敲。"易师爷道："是。"从绿竹丛中退了出来。

王仲强道："那剑谱呢？"易师爷道："剑谱？啊！绿竹翁要留着，说是要仔细推敲推敲。"王仲强急道："快去拿回来，这是珍贵无比的剑谱，武林中不知有多少人想要抢夺，如何能留在不相干之人手中？"易师爷应道："是！"正要转身再入竹丛，忽听得绿竹翁叫道："姑姑，怎么你出来了？"

王元霸低声问道："绿竹翁多大年纪？"易师爷道："七十几岁，快八十了罢！"众人心想："一个八十老翁居然还有姑姑，这位老婆婆怕没一百多岁？"

只听得一个女子低低应了一声。绿竹翁道："姑姑请看，这部琴谱可有些古怪。"那女子又嗯了一声，琴音响起，调了调弦，停了一会，似是在将断了的琴弦换去，又调了调弦，便奏了起来。初时所奏和绿竹翁相同，到后来越转越高，那琴韵竟然履险如夷，举重若轻，毫不费力的便转了上去。

令狐冲又惊又喜，依稀记得便是那天晚上所听到曲洋所奏的琴韵。

这一曲时而慷慨激昂，时而温柔雅致，令狐冲虽不明乐理，但觉这位婆婆所奏，和曲洋所奏的曲调虽同，意趣却大有差别。这婆婆所奏的曲调平和中正，令人听着只觉音乐之美，却无曲洋所奏热血如沸的激奋。奏了良久，琴韵渐缓，似乎乐音在不住远去，倒像奏琴之人走出了数十丈之遥，又走到数里之外，细微几不再闻。

琴音似止未止之际，却有一二下极低极细的箫声在琴音旁响了起来。回旋婉转，箫声渐响，恰似吹箫人一面吹，一面慢慢走近，箫声清丽，忽高忽低，忽轻忽响，低到极处之际，几个盘旋之后，又再低沉下去，虽极低极细，每个音节仍清晰可闻。渐渐低音中偶有珠玉跳跃，清脆短促，此伏彼起，繁音渐增，先如鸣泉飞溅，继而如群卉争艳，花团锦簇，更夹着间关鸟语，彼鸣我和，渐渐的百鸟离去，春残花落，但闻雨声萧萧，一片凄凉肃杀之象，细雨绵绵，若有若无，终于万籁俱寂。

箫声停顿良久，众人这才如梦初醒。王元霸、岳不群等虽都不懂音律，却也不禁心驰神醉。易师爷更是犹如丧魂落魄一般。

岳夫人叹了一口气，衷心赞佩，道："佩服，佩服！冲儿，这是什么曲子？"令狐冲道："这叫做'笑傲江湖之曲'，这位婆婆当真神乎其技，难得是琴箫尽皆精通。"岳夫人道："这曲子谱得固然奇妙，但也须有这位婆婆那样的琴箫绝技，才奏得出来。如此美妙的音乐，想来你也是生平首次听见。"令狐冲道："不！弟子当日所闻，却比今日更为精采。"岳夫人奇道："那怎么会？难道世上更有比这位婆婆抚琴吹箫还要高明之人？"令狐冲道："比这位婆婆更加高明，倒不见得。只不过弟子听到的是两个人琴箫合奏，一人抚琴，一人吹箫，奏的便是这《笑傲江湖之曲》……"

他这句话未说完，绿竹丛中传出铮铮铮三响琴音，那婆婆的语音极低极低，隐隐约约的似乎听得她说："琴箫合奏，世上哪里去找这一个人去?"

只听绿竹翁朗声道："易师爷，这确是琴谱箫谱，我姑姑适才奏过了，你拿回去罢!"易师爷应道："是!"走入竹丛，双手捧着曲谱出来。绿竹翁又道："这曲谱中所记乐曲之妙，世上罕有，此乃神物，不可落入俗人手中。你不会吹奏，千万不得痴心妄想的硬学，否则于你无益有损。"易师爷道："是，是! 在下万万不敢!"将曲谱交给王元霸。

王元霸亲耳听了琴韵箫声，知道更无虚假，当即将曲谱还给令狐冲，讪讪的道："令狐贤侄，这可得罪了!"

令狐冲冷笑一声接过，待要说几句讥刺的言语，岳夫人向他摇了摇头，令狐冲便忍住不说。王元霸祖孙五人面目无光，首先离去。岳不群等跟着也去。

令狐冲却捧着曲谱，呆呆的站着不动。

岳夫人道："冲儿，你不回去吗?"令狐冲道："弟子多耽一会便回去。"岳夫人道："早些回去休息。你手臂刚脱过臼，不可使力。"令狐冲应道："是。"

一行人去后，小巷中静悄悄地一无声息，偶然间风动竹叶，发出沙沙之声。令狐冲看着手中那部曲谱，想起那日深夜刘正风和曲洋琴箫合奏，他二人得遇知音，创了这部神妙的曲谱出来。绿竹丛中这位婆婆虽能抚琴吹箫，曲尽其妙，可惜她只能分别吹奏，那绿竹翁便不能和她合奏，只怕这琴箫合奏的《笑傲江湖之曲》从此便音断响绝，更无第二次得闻了。

又想："刘正风师叔和曲长老，一是正派高手，一是魔教长老，两人一正一邪，势如水火，但论到音韵，却心意相通，结成知交，合创了这曲神妙绝伦的《笑傲江湖》出来。他二人携手同

480

死之时，显是心中绝无遗憾，远胜于我孤另另的在这世上，为师父所疑，为师妹所弃，而一个敬我爱我的师弟，却又为我亲手所杀。"不由得悲从中来，眼泪一滴滴的落在曲谱之上，忍不住哽咽出声。

绿竹翁的声音又从竹丛中传了出来："这位朋友，为何哭泣?"令狐冲道："晚辈自伤身世，又想起撰作此曲的两位前辈之死，不禁失态，打扰老先生了。"说着转身便行。绿竹翁道："小朋友，我有几句话请教，请进来谈谈如何?"

令狐冲适才听他对王元霸说话时傲慢无礼，不料对自己一个无名小卒却这等客气，倒大出意料之外，便道："不敢，前辈有何垂询，晚辈自当奉告。"缓步走进竹林。

只见前面有五间小舍，左二右三，均以粗竹子架成。一个老翁从右边小舍中走出来，笑道："小朋友，请进来喝茶。"

令狐冲见这绿竹翁身子略形佝偻，头顶稀稀疏疏的已无多少头发，大手大脚，精神却十分矍铄，当即躬身行礼，道："晚辈令狐冲，拜见前辈。"

绿竹翁呵呵笑道："老朽不过痴长几岁，不用多礼，请进来，请进来!"

令狐冲随着他走进小舍，见桌椅几榻，无一而非竹制，墙上悬着一幅墨竹，笔势纵横，墨迹淋漓，颇有森森之意。桌上放着一具瑶琴，一管洞箫。

绿竹翁从一把陶茶壶中倒出一碗碧绿清茶，说道："请用茶。"令狐冲双手接过，躬身谢了。绿竹翁道："小朋友，这部曲谱，不知你从何处得来，是否可以见告?"

令狐冲一怔，心想这部曲谱的来历之中包含着许多隐秘，是以连师父、师娘也未禀告。但当日刘正风和曲洋将曲谱交给自己，用意是要使此曲传之后世，不致湮没，这绿竹翁和他姑姑妙解音律，他姑姑更将这一曲奏得如此神韵俱显，他二人年纪虽老，可是除了他二人之外，世上又哪里再找得到第三个人来传授此曲? 就算世上另有精通音律的解人，自己命不久长，未必能有机缘遇到。他微一沉吟，便道："撰写此曲的两位前辈，一位精于抚琴，一位善于吹箫，这二人结成知交，共撰此曲，可惜遭逢大难，同时逝世。二位前辈临死之时，将此曲交于弟子，命弟子访觅传人，免使此曲湮没无闻。"顿了一顿，又道："适才弟子得聆前辈这位姑姑的琴箫妙技，深庆此曲已逢真主，便请前辈将此曲谱收下，奉交婆婆，弟子得以不负撰作此曲者的付托，完偿了一番心愿。"说着双手恭恭敬敬的将曲谱呈上。

绿竹翁却不便接，说道："我得先行请示姑姑，不知她肯不肯收。"

只听得左边小舍中传来那位婆婆的声音道："令狐先生高义，慨以妙曲见惠，咱们却之不恭，受之有愧。只不知那两位撰曲前辈的大名，可能见告否？"声音却也并不如何苍老。令狐冲道："前辈垂询，自当禀告。撰曲的两位前辈，一位是刘正风刘师叔，一位是曲洋曲长老。"那婆婆"啊"的一声，显得十分惊异，说道："原来是他二人。"

令狐冲道："前辈认得刘曲二位么？"那婆婆并不径答，沉吟半响，说道："刘正风是衡山派中高手，曲洋却是魔教长老，双方乃是世仇，如何会合撰此曲？此中原因，令人好生难以索解。"

令狐冲虽未见过那婆婆之面，但听了她弹琴吹箫之后，只觉她是个又清雅又慈和的前辈高人，决计不会欺骗出卖自己，听她言及刘曲来历，显是武林同道，当即源源本本的将刘正风如何金盆洗手，嵩山派左盟主如何下旗令阻止，刘曲二人如何中了嵩山派高手的掌力，如何荒郊合奏，二人临死时如何委托自己寻觅知音传曲等情，一一照实说了，只略去了莫大先生杀死费彬一节。那婆婆一言不发的倾听。

令狐冲说完，那婆婆问道："这明明是曲谱，那金刀王元霸却何以说是武功秘笈？"

令狐冲当下又将林震南夫妇如何为青城派及木高峰所伤，如何请其转嘱林平之，王氏兄弟如何起疑等情说了。

那婆婆道："原来如此。"她顿了一顿，说道："此中情由，你只消跟你师父、师娘说了，岂不免去许多无谓的疑忌？我是个素不相识的陌生人，何以你反而对我直言无隐？"

令狐冲道："弟子自己也不明白其中原因。想是听了前辈雅奏之后，对前辈高风大为倾慕，更无丝毫猜疑之意。"那婆婆道："那么你对你师父师娘，反而有猜疑之意么？"令狐冲心中一惊，道："弟子万万不敢。只是……恩师心中，对弟子却大有疑意，唉，这也怪恩师不得。"那婆婆道："我听你说话，中气大是不足，少年人不该如此，却是何故？最近是生了大病呢，还是曾受重伤？"令狐冲道："是受了极重的内伤。"

那婆婆道："竹贤侄，你带这位少年到我窗下，待我搭一搭脉。"绿竹翁道："是。"引令狐冲走到左边小舍窗边，命他将左手从细竹窗帘下伸将进去。那竹帘之内，又障了一层轻纱，令狐冲只隐隐约约的见到有个人影，五官面貌却一点也无法见到，只觉有三根冷冰冰的手指搭上了自己腕脉。

那婆婆只搭得片刻，便惊"噫"了一声，道："奇怪之极！"过了半晌，才道："请换右手。"她搭完两手脉搏后，良久无语。

令狐冲微微一笑，说道："前辈不必为弟子生死担忧。弟子自知命不久长，一切早已置之度外。"那婆婆道："你何以自知命不久长？"令狐冲道："弟子误杀师弟，遗失了师门的《紫霞秘笈》，我只盼早日找回秘笈，缴奉师父，便当自杀以谢师弟。"那婆婆道："《紫霞秘笈》？那也未必是什么了不起的物事。你又怎地误杀了师弟？"令狐冲当下又将桃谷六仙如何为自己治伤，如何六道真气在体内交战，如何师妹盗了师门秘笈来为自己治伤，如何自己拒绝而师弟陆大有强自诵读，如何自己将之点倒，如何下手太重而致其死命等情一一说了。

那婆婆听完，说道："你师弟不是你杀的。"令狐冲吃了一惊，道："不是我杀的？"那婆婆道："你真气不纯，点那两个穴道，决计杀不了他。你师弟是旁人杀的。"令狐冲喃喃的道："那是谁杀了陆师弟？"那婆婆道："偷盗秘笈之人，虽然不一定便是害你师弟之人，但两者多少会有些牵连。"

令狐冲吁了口长气，胸口登时移去了一块大石。他当时原也已经想到，自己轻轻点了陆大有两处穴道，怎能制其死命？只是内心深处隐隐觉得，就算陆大有不是自己点死，却也是为了自己而死，男子汉大丈夫岂可推卸罪责，寻些借口来为自己开脱？这些日子来岳灵珊和林平之亲密异常，他伤心失望之余，早感全无生趣，一心只往一个"死"字上去想，此刻经那婆婆一提，立时心生莫大愤慨："报仇！报仇！必当替陆师弟报仇！"

那婆婆又道："你说体内有六道真气相互交迸，可是我觉你脉象之中，却有八道真气，那是何故？"令狐冲哈哈大笑，将不戒和尚替自己治病的情由说了。

那婆婆微微一笑，说道："阁下性情开朗，脉息虽乱，并无衰歇之象。我再弹琴一曲，请阁下品评如何？"令狐冲道："前辈眷顾，弟子衷心铭感。"

那婆婆嗯了一声，琴韵又再响起。这一次的曲调却是柔和之至，宛如一人轻轻叹息，又似是朝露暗润花瓣，晓风低拂柳梢。

令狐冲听不多时，眼皮便越来越沉重，心中只道："睡不得，我在聆听前辈的抚琴，倘若睡着了，岂非大大的不敬？"但虽竭力凝神，却终是难以抗拒睡魔，不久眼皮合拢，再也睁不开来，身子软倒在地，便即睡着了。睡梦之中，仍隐隐约约听到柔和的琴声，似有一只温柔的手在抚摸自己头发，像是回到了童年，在师娘的怀抱之中，受她亲热怜惜一般。

过了良久良久，琴声止歇，令狐冲便即惊醒，忙爬起身来，不禁大是惭愧，说道："弟子该死，不专心聆听前辈雅奏，却竟尔睡着了，当真好生惶恐。"

那婆婆道："你不用自责。我适才奏曲，原有催眠之意，盼能为你调理体内真气。你倒试自运内息，烦恶之情，可减少了些么？"

令狐冲大喜，道："多谢前辈。"当即盘膝坐在地下，潜运内息，只觉那八股真气仍是相互冲突，但以前那股胸口立时热血上涌、便欲呕吐的情景却已大减，可是只运得片刻，又已头晕脑胀，身子一侧，倒在地下。

绿竹翁忙趋前扶起，将他扶入房中。

那婆婆道："桃谷六仙和不戒大师功力深厚，所种下的真气，非我浅薄琴音所能调理，反令阁下多受痛楚，甚是过意不去。"

令狐冲忙道："前辈说哪里话来？得闻此曲，弟子已大为受益。"

绿竹翁提起笔来，在砚池中蘸了些墨，在纸上写道："恳请传授此曲，终身受益。"令狐冲登时省悟，说道："弟子斗胆求请前辈传授此曲，以便弟子自行慢慢调理。"绿竹翁脸现喜色，连连点头。

那婆婆并不即答，过了片刻，才道："你琴艺如何？可否抚奏一曲？"

令狐冲脸上一红，说道："弟子从未学过，一窍不通，要从前辈学此高深琴技，实深冒昧，还请恕过弟子狂妄。"当下向绿竹翁长揖到地，说道："弟子这便告辞。"

那婆婆道："阁下慢走。承你慨赠妙曲，愧无以报，阁下伤重难愈，亦令人思之不安。竹侄，你明日以奏琴之法传授令狐少君，倘若他有耐心，能在洛阳久耽，那么……那么我这一曲《清心普善咒》，便传了给他，亦自不妨。"最后两句话语声细微，几不可闻。

次日清晨，令狐冲便来小巷竹舍中学琴。绿竹翁取出一张焦尾桐琴，授以音律，说道："乐律十二律，是为黄钟、大吕、太簇、夹钟、姑洗、中吕、蕤宾、林钟、夷则、南吕、无射、应钟。此是自古已有，据说当年黄帝命伶伦为律，闻凤凰之鸣而制十二律。瑶琴七弦，具宫、商、角、徵、羽五音，一弦为黄钟，三弦为宫调。五调为慢角、清商、宫调、慢宫及蕤宾调。"当下依次详加解释。

令狐冲虽于音律一窍不通，但天资聪明，一点便透。绿竹翁甚是欢喜，当即授以指法，教他试奏一曲极短的《碧霄吟》。令狐冲学得几遍，弹奏出来，虽有数音不准，指法生涩，却洋洋然颇有青天一碧、万里无云的空阔气象。

一曲既终，那婆婆在隔舍听了，轻叹一声，道："令狐少君，你学琴如此聪明，多半不久便能学《清心普善咒》了。"绿竹翁道："姑姑，令狐兄弟今日初学，但弹奏这曲《碧霄吟》，琴中意象已比侄儿为高。琴为心声，想是因他胸襟豁达之故。"令狐冲谦谢道："前辈过奖了，不知要到何年何月，弟子才能如前辈这般弹奏那《笑傲江湖之曲》。"

那婆婆失声道："你……你也想弹奏那《笑傲江湖之曲》么？"

令狐冲脸上一红，道："弟子昨日听得前辈琴箫雅奏，心下甚是羡慕，那当然是痴心妄想，连绿竹前辈尚且不能弹奏，弟子又哪里够得上？"

那婆婆不语，过了半晌，低声道："倘若你能弹琴，自是大佳……"语音渐低，随后是轻轻的一声叹息。

如此一连二十余日，令狐冲一早便到小巷竹舍中来学琴，直至傍晚始归，中饭也在绿竹翁处吃，虽是青菜豆腐，却比王家的大鱼大肉吃得更有滋味，更妙在每餐都有好酒。绿竹翁酒量虽不甚高，备的酒却是上佳精品。他于酒道所知极多，于天下美酒不但深明来历，而且年份产地，一尝即辨。令狐冲听来闻所未闻，不但跟他学琴，更向他学酒，深觉酒中学问，比之剑道琴理，似乎也不遑多让。

有几日绿竹翁出去贩卖竹器，便由那婆婆隔着竹帘教导。到得后来，令狐冲于琴中所提的种种疑难，绿竹翁常自无法解答，须得那婆婆亲自指点。

但令狐冲始终未见过那婆婆一面，只是听她语音轻柔，倒似是位大家的千金小姐，哪像陋巷贫居的一个老妇？料想她雅善音乐，自幼深受薰冶，因之连说话的声音也好听了，至老不变。

这日那婆婆传授了一曲《有所思》，这是汉时古曲，节奏宛转。令狐冲听了数遍，依法抚琴。他不知不觉想起当日和岳灵珊两小无猜、同游共乐的情景，又想到瀑布中练剑，思过崖上送饭，小师妹对自己的柔情密意，后来无端来了个林平之，小师妹对待自己竟一日冷淡过一日。他心中凄楚，突然之间，琴调一变，竟尔出现了几下福建山歌的曲调，正是岳灵珊那日下崖时所唱。他一惊之下，立时住手不弹。

那婆婆温言道："这一曲《有所思》，你本来奏得极好，意与情融，深得曲理，想必你心中想到了往昔之事。只是忽然出现闽音，曲调似是俚歌，令人大为不解，却是何故？"

令狐冲生性本来开朗，这番心事在胸中郁积已久，那婆婆这二十多天来又对他极好，忍不住便吐露自己苦恋岳灵珊的心情。他只说了个开头，便再难抑止，竟原原本本的将种种情由尽行说了，便将那婆婆当作自己的祖母、母亲，或是亲姊姊、妹妹一般，待得说完，这才大感惭愧，说道："婆婆，弟子的无聊心事，唠唠叨叨的说了这半天，真是……真是……"

那婆婆轻声道："'缘'之一事，不能强求。古人道得好：'各有因缘莫羡人'。令狐少君，你今日虽然失意，他日未始不能另有佳偶。"

令狐冲大声道："弟子也不知能再活得几日，室家之想，那是永远不会有的了。"

那婆婆不再说话，琴音轻轻，奏了起来，却是那曲《清心普善咒》。令狐冲听得片刻，便已昏昏欲睡。那婆婆止了琴音，说道："现下我起始授你此曲，大概有十日之功，便可学完。此后每日弹奏，往时功力虽然不能尽复，多少总会有些好处。"令狐冲应道："是。"

那婆婆当即传了曲谱指法，令狐冲用心记忆。

如此学了四日，第五日令狐冲又要到小巷去学琴，劳德诺忽然匆匆过来，说道："大师哥，师父吩咐，咱们明日要走了。"令狐冲一怔，道："明日便走了？我……我……"想要说"我的琴曲还没学全呢"，话到口边，却又缩回。劳德诺道："师娘叫你收拾收拾，明儿一早动身。"

　　令狐冲答应了，当下快步来到绿竹小舍，向婆婆道："弟子明日要告辞了。"那婆婆一怔，半晌不语，隔了良久，才轻轻道："去得这么急！你……你这一曲还没学全呢。"

　　令狐冲道："弟子也这么想。只是师命难违。再说，我们异乡为客，也不能在人家家中久居。"那婆婆道："那也说得是。"当下传授曲调指法，与往日无异。

　　令狐冲与那婆婆相处多日，虽然从未见过她一面，但从琴音说话之中，知她对自己颇为关怀，无异亲人。只是她性子淡泊，偶然说了一句关切的话，立即杂以他语，显是不想让他知道心意。这世上对令狐冲最关心的，本来是岳不群夫妇、岳灵珊与陆大有四人，现下陆大有已死，岳灵珊全心全意放在林平之身上，师父师母对他又有了疑忌之意，他觉得真正的亲人，倒是绿竹翁和那婆婆二人了。这一日中，他几次三番想跟绿竹翁陈说，要在这小巷中留居，既学琴箫，又学竹匠之艺，不再回归华山派，但一想到岳灵珊的倩影，终究割舍不下，心想："小师妹就算不理我，不睬我，我每日只见她一面，纵然只见到她的背影，听到一句她的说话声音，也是好的。何况她又没不睬我？"

　　傍晚临别之际，对绿竹翁和那婆婆甚有依恋之情，走到婆婆窗下，跪倒拜了几拜，依稀见竹帘之中，那婆婆却也跪倒还礼，听她说道："我虽传你琴技，但此是报答你赠曲之德，令狐少君为何行此大礼？"令狐冲道："今日一别，不知何日得能再聆前辈雅奏。令狐冲但教不死，定当再到洛阳，拜访婆婆和竹翁。"心中忽想："他二人年纪老迈，不知还有几年可活，下次我来洛阳，未必再能见到。"言下想到人生如梦如露，不由得声音便哽咽了。

那婆婆道："令狐少君，临别之际，我有一言相劝。"

令狐冲道："是，前辈教诲，令狐冲不敢或忘。"

但那婆婆始终不说话，过了良久良久，才轻声说道："江湖风波险恶，多多保重。"

令狐冲道："是。"心中一酸，躬身向绿竹翁告别。只听得左首小舍中琴声响起，奏的正是那《有所思》古曲。

次日岳不群等一行向王元霸父子告别，坐舟沿洛水北上。王元霸祖孙五人直送到船上，盘缠酒菜，致送得十分丰盛。

自从那日王家骏、王家驹兄弟折断了令狐冲的手臂，令狐冲和王家祖孙三代不再交言，此刻临别，他也是翻起了一双白眼，对他五人漠然而视，似乎眼前压根儿便没一个"金刀王家"一般。岳不群对这个大弟子甚感头痛，知他素来生性倔强，倘若硬要他向王元霸行礼告别，他当时师命难违，勉强顺从，事后多半会去向王家寻仇捣蛋，反而多生事端，是以他自行向王元霸一再称谢，于令狐冲的无礼神态，装作不见。

令狐冲冷眼旁观，见王家大箱小箱，大包小包，送给岳灵珊的礼物极多。一名名仆妇走上船来，呈上礼物，说道这是老太太送给岳姑娘路上吃的，又说这是大奶奶送给姑娘路上穿的，二奶奶送给姑娘船中戴的，简直便将岳灵珊当作了亲戚一般。岳灵珊欢然道谢，说道："啊哟，我哪里穿得了这许多，吃得了这许多！"

正热闹间，忽然一名敝衣老者走上船头，叫道："令狐少君！"令狐冲见是绿竹翁，不由得一怔，忙迎上躬身行礼。绿竹翁道："我姑姑命我将这件薄礼送给令狐少君。"说着双手奉上一个长长的包裹，包袱布是印以白花的蓝色粗布。令狐冲躬身接过，说道："前辈厚赐，弟子拜领。"说着连连作揖。

王家骏、王家驹兄弟见他对一个身穿粗布衣衫的老头儿如此恭敬，而对名满江湖的金刀无敌王家爷爷却连正眼也不瞧上一眼，自是心中十分有气，若不是碍着岳不群夫妇和华山派众师兄弟姊妹的面子，二人又要将令狐冲拉了出来，狠狠打他一顿，方出胸中恶气。

眼见绿竹翁交了那包裹后，从船头踏上跳板，要回到岸上，两兄弟使个眼色，分从左右向绿竹翁挤了过去。二人一挺左肩，一挺右肩，只消轻轻一撞，这糟老头儿还不摔下洛水之中？虽然岸边水浅淹不死他，却也大大削了令狐冲的面子。令狐冲一见，忙叫："小心！"正要伸手去抓二人，陡然想起自己功力全失，别说这一下抓不住王氏兄弟，就算抓上了，那也全无用处。他只一怔之间，眼见王氏兄弟已撞到了绿竹翁身上。

王元霸叫道："不可！"他在洛阳是有家有业之人，与寻常武人大不相同。他两个孙儿年青力壮，倘若将这个衰翁一下子撞死了，官府查究起来那可后患无穷。偏生他坐在船舱之中，正和岳不群说话，来不及出手阻止。

但听得波的一声响，两兄弟的肩头已撞上了绿竹翁，蓦地里两条人影飞起，扑通扑通两响，王氏兄弟分从左右摔入洛水之中。那老翁便如是个鼓足了气的大皮囊一般，王氏兄弟撞将上去，立即弹了出来。他自己却浑若无事，仍是颤巍巍的一步步从跳板走到岸上。

王氏兄弟一落水，船上登时一阵大乱，立时便有水手跳下水去，救了二人上来。此时方当春寒，洛水中虽已解冻，河水却仍极冷。王氏兄弟不识水性，早已喝了好几口河水，只冻得牙齿打战，狼狈之极。王元霸正惊奇间，一看之下，更加大吃一惊，只见两兄弟的四条胳臂，都是在肩关节和肘关节处脱了臼，便如当日二人折断令狐冲的胳臂一模一样。两人不停的破口大骂，四条手臂却软垂垂的悬在身边。

王仲强见二子吃亏，纵身跃上岸去，抢在绿竹翁面前，拦住了他去路。

绿竹翁仍是弓腰曲背，低着头慢慢走去。王仲强喝道："何方高人，到洛阳王家显身手来着？"绿竹翁便如不闻，继续前行，慢慢走到王仲强身前。

舟中众人的眼光都射在二人身上。但见绿竹翁一步步的上前，王仲强微张双臂，挡在路心。渐渐二人越来越近，相距自一丈而至五尺，自五尺而至三尺，绿竹翁又踏前一步，王仲强喝道："去罢！"伸出双手，往他背上猛力抓落。

眼见他双手手指刚要碰到绿竹翁背脊，突然之间，他一个高大的身形腾空而起，飞出数丈。众人惊呼声中，他在半空中翻了半个筋斗，稳稳落地。倘若二人分从远处急速奔至，相撞时有一人如此飞了出去，倒也不奇，奇在王仲强站着不动，而绿竹翁缓缓走近，却陡然间将他震飞，即连岳不群、王元霸这等高手，也瞧不出这老翁使了什么手法，竟这般将人震得飞出数丈之外。王仲强落下时身形稳实，绝无半分狼狈之态，不会武功之人还道他是自行跃起，显了一手轻功。众家丁轿夫拍手喝采，大赞王家二老爷武功了得。

王元霸初见绿竹翁不动声色的将两个孙儿震得四条手臂脱臼，心下已十分惊讶，自忖这等本事自己虽然也有，但使出之时定然十分威猛霸道，决不能如这老头儿那么举重若轻，也决不能如此迅捷，待见他将儿子震飞，心下已非惊异，而是大为骇然。他知自己次子已全得自己武功真传，一手单刀固然使得沉稳狠辣，而拳脚上功夫和内功修为，也已不弱于自己壮年之时，但二人一招未交，便给对方震飞，那是生平从所未见之事，眼见儿子吃了这亏，又欲奔上去动手，忙叫道："仲强，过来！"

王仲强转过身来，跃上船头，吐了口唾沫，悻悻骂道："这臭老儿，多半会使妖法！"王元霸低声问道："身上觉得怎样？没受伤么？"王仲强摇了摇头。王元霸心下盘算，凭着自己本事，未必对付得了这个老人，若要岳不群出手相助，胜了也不光采，索性不提此事，含糊过去，反正那老人手下留情，没将儿子震倒震伤，已然给了自己面子。眼见绿竹翁缓缓远去，心头实是一股说不出的滋味，寻思："这老儿自是令狐冲的朋友，只因孙儿折断了令狐冲两条胳臂，他便来震断他二人的胳臂还帐。我在洛阳称雄一世，难道到得老来，反要摔个大筋斗么？"

这时王伯奋已将两个侄儿关节脱臼处接上。两乘轿子将两个湿淋淋的少年抬回府去。

王元霸眼望岳不群，说道："岳先生，这人是什么来历？老朽老眼昏花，可认不出这位高人。"岳不群道："冲儿，他是谁？"令狐冲道："他便是绿竹翁。"

王元霸和岳不群同时"哦"的一声。那日他们虽曾同赴小巷，却未见绿竹翁之面，而唯一识得绿竹翁的易师爷，在府门口送别后没到码头来送行，是以谁都不识此人。

岳不群指着那蓝布包裹，问道："他给了你些什么？"令狐冲道："弟子不知。"打开包裹，露出一具短琴，琴身陈旧，显是古物，琴尾刻着两个篆字"燕语"；另有一本册子，封面上写着"清心普善咒"五字。令狐冲胸口一热，"啊"的一声，叫了出来。

岳不群凝视着他，问道："怎么？"令狐冲道："这位前辈不但给了我一张瑶琴，还抄了琴谱给我。"翻开琴谱，但见每一页都写满了簪花小楷，除了以琴字书明曲调之外，还详细列明指法、弦法，以及抚琴的种种关窍，纸张墨色，均是全新，显是那婆婆刚写就的。令狐冲想到这位前辈对自己如此眷顾，心下感动，眼中泪光莹然，差点便掉下泪来。

王元霸和岳不群见这册子上所书确然全是抚琴之法，其中有些怪字，显然也与那本《笑傲江湖之曲》中的怪字相似，虽然心下疑窦不解，却也无话可说。岳不群道："这位绿竹翁真人不露相，原来是武林中的一位高手。冲儿，你可知他是哪一家哪一派的？"他料想令狐冲纵然知道，也不会据实以答，只是这人武功太高，若不问明底细，心下终究不安。果然令狐冲说道："弟子只是跟随这位前辈学琴，实不知他身负武功。"

当下岳不群夫妇向王元霸和王伯奋、仲强兄弟拱手作别，起篙解缆，大船北驶。

那船驶出十余丈，众弟子便纷纷议论起来。有的说那绿竹翁武功深不可测，有的却说这老儿未必有什么本领，王氏兄弟自己不小心才摔入洛水之中，王仲强只是不愿跟这又老又贫的老头子一般见识，这才跃起相避。

令狐冲坐在后梢，也不去听众师弟师妹谈论，自行翻阅琴谱，按照书上所示，以指按捺琴弦，生怕惊吵了师父师娘，只是虚指作势，不敢弹奏出声。

岳夫人眼见坐船顺风顺水，行驶甚速，想到绿竹翁的诡异形貌，心中思潮起伏，走到船头，观赏风景。看了一会，忽听得丈夫的声音在耳畔说道："你瞧那绿竹翁是什么门道？"这句话正是她要问丈夫的，他虽先行问起，岳夫人仍然问道："你瞧他是什么门道？"岳不群道："这老儿行动诡异，手不动，足不抬，便将王家父子三人震得离身数丈，多半不是正派武功。"岳夫人道："不过他对冲儿似乎甚好，也不像真的要对金刀王家生事。"

岳不群叹了口气，说道："但愿此事就此了结，否则王老爷子一生英名，只怕未必有好结果呢。"隔了半晌，又道："咱们虽然走的是水道，大家仍是小心点的好。"

岳夫人道："你说会有人上船来生事？"

岳不群摇了摇头，说道："咱们一直给蒙在鼓里，到底那晚这一十五名蒙面客是什么路道，还是不明所以。咱们在明，而敌人在暗，前途未必会很太平呢。"他自执掌华山一派以来，从未遇到过什么重大挫折，近月来却深觉前途多艰，但到底敌人是谁，有什么图谋，却半点摸不着底细，正因为愈是无着力处，愈是心事重重。

他夫妇俩叮嘱弟子日夜严加提防，但坐船自巩县附近入河，顺流东下，竟没半点意外。离洛阳越远，众人越放心，提防之心也渐渐懈了。

祖千秋伸手入怀，掏了一只酒杯出来，光
润柔和，竟是一只羊脂白玉杯，只见他一只又
一只，不断从怀中取出酒杯。

十四　论　杯

　　这一日将到开封，岳不群夫妇和众弟子谈起开封府的武林人物。岳不群道："开封府虽是大都，但武风不盛，像华老镖头、海老拳师、豫中三英这些人，武功和声望都并没什么了不起。咱们在开封玩玩名胜古迹便是，不用拜客访友，免得惊动了人家。"

　　岳夫人微笑道："开封府有一位大大有名的人物，师哥怎地忘了？"岳不群道："大大有名？你说是……是谁？"岳夫人笑道："'医一人，杀一人。杀一人，医一人。医人杀人一样多，蚀本生意决不做。'那是谁啊？"岳不群微笑道："'杀人名医'平一指，那自是大大的有名。不过他脾气太怪，咱们便去拜访，他也未必肯见。"岳夫人道："是啊，否则冲儿一直内伤难愈，咱们又来到了开封，该当去求这位杀人名医瞧瞧才是。"

　　岳灵珊奇道："妈，什么叫做'杀人名医'？既会杀人，又怎会是名医？"岳夫人微笑道："这位平老先生，是武林中的一个怪……一位奇人，医道高明之极，当真是着手成春，据说不论多么重的疾病伤势，只要他答应医治，便决没治不好的。不过他有个古怪脾气。他说世上人多人少，老天爷和阎罗王心中自然有数。如果他医好许多人的伤病，死的人少了，难免活人太多而死人太少，对不起阎罗王。日后他自己死了之后，就算阎罗王不加理会，判官小鬼定要和他为难，只怕在阴间日子很不好过。"众弟子听着都笑了起来。

　　岳夫人续道："因此他立下誓愿，只要救活了一个人，便须杀一个人来抵数。又如他杀了一人，必定要救活一个人来补数。听说他医寓中挂着一幅大中堂，写明：'医一人，杀一人。杀一人，医一人。医人杀人一样多，蚀本生意决不做。'他说这么一来，老天爷不会怪他杀伤人命，阎罗王也不会怨他抢了阴世地府的生意。"众弟子又都大笑。

岳灵珊道："这位平一指大夫倒有趣得紧。怎么他又取了这样一个奇怪名字？他只有一根手指么？"岳夫人道："好像不是一根手指的。师哥，你可知他为什么取这名字？"

岳不群道："平大夫十指俱全，他自称'一指'，意思说：杀人医人，俱只一指。要杀人，点人一指便死了，要医人，也只用一根手指搭脉。"岳夫人道："啊，原来如此。那么他的点穴功夫定然厉害得了？"岳不群道："那就不大清楚了，当真和这位平大夫动过手的，只怕也没几个。武林中的好手都知他医道高明之极，人生在世，谁也难保没三长两短，说不定有一天会上门去求他，因此谁也不敢得罪他。但若不是迫不得已，也不敢贸然请他治病。"岳灵珊道："为什么？"岳不群道："武林中人请他治病疗伤，他定要那人先行立下重誓，病好伤愈之后，须得依他吩咐，去杀一个他所指定之人，这叫做一命抵一命。倘若他要杀的是个不相干之人，倒也罢了，要是他指定去杀的，竟是求治者的至亲好友，甚或是父兄妻儿，那岂不是为难之极？"众弟子均道："这位平大夫，那可邪门得紧了。"

岳灵珊道："大师哥，这么说来，你的伤是不能去求他医治的了。"

令狐冲一直倚在后梢舱门边，听师父师娘述说"杀人名医"平一指的怪癖，听小师妹这么说，淡淡一笑，说道："是啊！只怕他治好我伤之后，叫我来杀了我的小师妹。"

华山群弟子都笑了起来。

岳灵珊笑道："这位平大夫跟我无冤无仇，为什么要你杀我？"她转过头去，问父亲道："爹，这平大夫到底是好人呢还是坏人？"

岳不群道："听说他行事喜怒无常，亦正亦邪，说不上是好人，也不能算坏人。说得好些，是个奇人，说得坏些，便是个怪人了。"

岳灵珊道："只怕江湖上传言，夸大其事，也是有的。到得开封府，我倒想去拜访拜访这位平大夫。"岳不群和岳夫人齐声喝道："千万不可胡闹！"岳灵珊见父亲和母亲的脸色都十分郑重，微微一惊，问道："为什么？"岳不群道："你想惹祸上身么？这种人都见得的？"岳灵珊道："见上一见，也会惹祸上身了？我又不是去求他治病，怕什么？"岳不群脸一沉，说道："咱们出来是游山玩水，可不是惹事生非。"岳灵珊见父亲动怒，便不敢再说了，但对这个"杀人名医平一指"却充满了好奇之心。

次日辰牌时分，舟至开封，但到府城尚有一截路。

岳不群笑道："离这里不远有个地方，是咱岳家当年大出风头之所，倒是不可不去。"岳灵珊拍手笑道："好啊，知道啦，那是朱仙镇，是岳鹏举岳爷爷大破金兀术的地方。"凡学武之人，对抗金卫国的岳飞无不极为敬仰，朱仙镇是昔年岳飞大破金兵之地，自是谁都想去瞧瞧。岳灵珊第一个跃上码头，叫道："咱们快去朱仙镇，再赶到开封城中吃中饭。"

众人纷纷上岸，令狐冲却坐在后梢不动。岳灵珊叫道："大师哥，你不去么？"

令狐冲自失了内力之后，一直倦怠困乏，懒于走动，心想各人上岸游玩，自己正好乘机学弹《清心普善咒》，又见林平之站在岳灵珊身畔，神态亲热，更是心冷，便道："我没力气，走不快。"岳灵珊道："好罢，你在船里歇歇，我到开封给你打几斤好酒来。"

令狐冲见她和林平之并肩而行，快步走在众人前头，心中一酸，只觉那《清心普善咒》学会之后，即使真能治好自己内伤，却又何必去治？这琴又何必去学？望着黄河中浊流滚滚东去，一霎时间，只觉人生悲苦，亦如流水滔滔无尽，这一牵动内力，丹田中立时大痛。

岳灵珊和林平之并肩而行，指点风物，细语喁喁，却另是一般心情。

　　岳夫人扯了扯丈夫的衣袖，低声道："珊儿和平儿年轻，这般男女同行，在山野间浑没要紧，到了大城市中却是不妥，咱们二老陪陪他们罢。"岳不群一笑，道："你我年纪已经不轻，男女同行便浑没要紧了。"岳夫人哈哈一笑，抢上几步，走到女儿身畔。四人向行人问明途径，径向朱仙镇而去。

　　将到镇上，只见路旁有座大庙，庙额上写着"杨将军庙"四个金字。岳灵珊道："爹，我知道啦，这是杨再兴杨将军的庙，他误走小商河，给金兵射死的。"岳不群点头道："正是。杨将军为国捐躯，令人好生敬仰，咱们进庙去瞻仰遗容，跪拜英灵。"眼见其余众弟子相距尚远，四人不待等齐，先行进庙。

　　只见杨再兴的神像粉面银铠，英气勃勃，岳灵珊心道："这位杨将军生得好俊！"转头向林平之瞧了一眼，心下暗生比较之意。

　　便在此时，忽听得庙外有人说道："我说杨将军庙供的一定是杨再兴。"岳不群夫妇听得声音，脸色均是一变，同时伸手按住剑柄。却听得另一人道："天下姓杨的将军甚多，怎么一定是杨再兴？说不定是后山金刀杨老令公，又说不定是杨六郎、杨七郎？"又有一人道："单是杨家将，也未必是杨令公、杨六郎、杨七郎，或许是杨宗保、杨文广呢？"另一人道："为什么不能是杨四郎？"先一人道："杨四郎投降番邦，决不会起一座庙来供他。"另一人道："你讥刺我排行第四，就会投降番邦，是不是？"先一人道："你排行第四，跟杨四郎有什么相干？"另一人道："你排行第五，杨五郎五台山出家，你又为什么不去做和尚？"先一人道："我如做和尚，你便得投降番邦。"

　　岳不群夫妇听到最初一人说话，便知是桃谷诸怪到了，当即打个手势，和女儿及林平之一齐躲入神像之后。他夫妇躲在左首，岳灵珊和林平之躲在右首。

　　只听得桃谷诸怪在庙外不住口的争辩，却不进来看个明白。岳灵珊暗暗好笑："那有什么好争的，到底是杨再兴还是杨四郎，进来瞧瞧不就是了？"

岳夫人仔细分辨外面话声，只是五人，心想余下那人果然是给自己刺死了，自己和丈夫远离华山，躲避这五个怪物，防他们上山报仇，不料狭路相逢，还是在这里碰上了，虽然尚未见到，但别的弟子转眼便到，如何能逃得过？心下好生担忧。

只听五怪愈争愈烈，终于有一人道："咱们进去瞧瞧，到底这庙供的是什么臭菩萨。"五人一涌而进。一人大声叫了起来："啊哈，你瞧，这里不明明写着'杨公再兴之神'，这当然是杨再兴了。"说话的是桃枝仙。

桃干仙搔了搔头，说道："这里写的是'杨公再'，又不是'杨再兴'。原来这个杨将军姓杨，名字叫公再。唔，杨公再，杨公再，好名字啊，好名字。"桃枝仙大怒，大声道："这明明是杨再兴，你胡说八道，怎么叫做杨公再？"桃干仙道："这里写的明明是'杨公再'，可不是'杨再兴'。"桃根仙道："那么'兴之神'三个字是什么意思？"桃叶仙道："兴，就是高兴，兴之神，是精神很高兴的意思。杨公再这姓杨的小子，死了有人供他，精神当然很高兴了。"桃干仙道："很是，很是。"

桃花仙道："我说这里供的是杨七郎，果然不错，我桃花仙大有先见之明。"桃枝仙怒道："是杨再兴，怎么是杨七郎了？"桃干仙也怒道："是杨公再，又怎么是杨七郎了？"

桃花仙道："三哥，杨再兴排行第几？"桃枝仙摇头道："我不知道。"桃花仙道："杨再兴排行第七，是杨七郎。二哥，杨公再排行第几？"桃干仙道："从前我知道的，现下忘了。"桃花仙道："我倒记得，他排行也是第七，因此是杨七郎。"桃根仙道："这神像倘若是杨再兴，便不是杨公再；如果是杨公再，便不是杨再兴。怎么又是杨再兴，又是杨公再？"桃叶仙道："大哥你有所不知。这个'再'字，是什么意思？'再'，便是再来一个之意，一定是两个人而不是一个，因此既是杨公再，又是杨再兴。"余下四人都道："此言有理。"

突然之间，桃枝仙说道："你说名字中有个'再'字，便要再来一个，那么杨七郎有七个儿子，那是众所周知之事！"桃根仙道："然则名字中有个千字，便生一千个儿子，有个万字，便生一万个儿子？"五人越扯越远。岳灵珊几次要笑出声来，却都强自忍住。

桃谷五怪又争了一会，桃干仙忽道："杨七郎啊杨七郎，你只要保佑咱们六弟不死，老子向你磕几个头也是不妨。我这里先磕头了。"说着跪下磕头。

岳不群夫妇一听，互视一眼，脸上均有喜色，心想："听他言下之意，那怪人虽然中了一剑，却尚未死。"这桃谷六仙莫名其妙，他夫妇实不愿结上这不知所云的冤家。

桃枝仙道："倘若六弟死了呢？"桃干仙道："我便将神像打得稀巴烂，再在烂泥上撒泡尿。"桃花仙道："就算你把杨七郎的神像打得稀巴烂，又撒上一泡尿，就算再拉上一堆屎，却又怎地？六弟死都死了，你磕了头，总之是吃了亏啦！"桃枝仙道："言之有理，这头且不忙磕，咱们去问个清楚，到底六弟的伤治得好呢，还是治不好。治得好再来磕头，治不好便来拉尿。"桃根仙道："倘若治得好，不磕头也治得好，这头便不用磕了。倘若治不好，不拉尿也治不好，这尿便不用拉了。"桃叶仙道："六弟治不好，咱们大家便不拉尿？不拉尿，岂不是要胀死？"桃干仙突然放声大哭，道："六弟要是活不成，大伙儿不拉尿便不拉尿，胀死便胀死。"其余四人也都大哭起来。

桃枝仙忽然哈哈大笑，道："六弟倘若不死，咱们白哭一场，岂不吃亏？去去去，问个明白，再哭不迟。"桃花仙道："这句话大有语病。六弟倘若不死，'再哭不迟'这四字，便用不着了。"五人一面争辩，快步出庙。

岳不群道："那人到底死活如何，事关重大，我去探个虚实。师妹，你和珊儿他们在这里等我回来。"岳夫人道："你孤身犯险，没有救应，我和你同去。”说着抢先出庙。岳不群过去每逢大事，总是夫妻联手，此刻听妻子这么说，知道拗不过她，也不多言。

两人出庙后，遥遥望见桃谷五怪从一条小路转入一个山坳。两人不敢太过逼近，只远远跟着，好在五人争辩之声甚响，虽然相隔甚远，却听得五人的所在。沿着那条山道，经过十几株大柳树，只见一条小溪之畔有几间瓦屋，五怪的争辩声直响入瓦屋之中。

岳不群轻声道：“从屋后绕过去。”夫妇俩展开轻功，远远向右首奔出，又从里许之外兜了转来。瓦屋后又是一排柳树，两人隐身柳树之后。

猛听得桃谷五怪齐声怒叫：“你杀了六弟啦！”“怎……怎么剖开了他胸膛？”“要你这狗贼抵命。”“把你胸膛也剖了开来。”“啊哟，六弟，你死得这么惨，我……我们永远不拉尿，跟着你一齐胀死。”

岳不群夫妇大惊：“怎么有人剖了他们六弟的胸膛？”两人打个手势，弯腰走到窗下，从窗缝向屋内望去。

只见屋内明晃晃的点了七八盏灯，屋子中间放着一张大床。床上仰卧着一个全身赤裸的男子，胸口已被人剖开，鲜血直流，双目紧闭，似已死去多时，瞧他面容，正是那日在华山顶上身中岳夫人一剑的桃实仙。桃谷五怪围在床边，指着一个矮胖子大叫大嚷。

这矮胖子脑袋极大，生一撇鼠须，摇头晃脑，形相十分滑稽。他双手都是鲜血，右手持着一柄雪亮的短刀，刀上也染满了鲜血。他双目直瞪桃谷五怪，过了一会，才沉声道：“放屁放完了没有？”桃谷五怪齐声道：“放完了，你有什么屁放？”那矮胖子道：“这个活死人胸口中剑，你们给他敷了金创药，千里迢迢的抬来求我救命。你们路上走得太慢，创口结疤，经脉都对错了。要救他性命是可以的，不过经脉错乱，救活后武功全失，而且下半身瘫痪，无法行动。这样的废人，医好了又有什么用处？”桃根仙道：“虽是废人，总比死人好些。”那矮胖子怒道：“我要就不医，要就全部医好。医成一个废人，老子颜面何在？不医了，不医了！你们把这死尸抬去罢，老子决心不医了。气死我也，气死我也！”

503

桃根仙道："你说'气死我也'，怎么又不气死？"那矮胖子双目直瞪着他，冷冷的道："我早就给你气死了。你怎知我没死？"桃干仙道："你既没医好我六弟的本事，干么又剖开了他胸膛？"那矮胖子冷冷的道："我的外号叫作什么？"桃干仙道："你的狗屁外号有道是'杀人名医'！"

　　岳不群夫妇心中一凛，对望了一眼，均想："原来这个形相古怪的矮胖子，居然便是大名鼎鼎的'杀人名医'。不错，普天下医道之精，江湖上都说以这平一指为第一，那怪人身受重伤，他们来求他医治，原在情理之中。"

　　只听平一指冷冷的道："我既号称'杀人名医'，杀个把人，又有什么希奇？"桃花仙道："杀人有什么难？我难道不会？你只会杀人，不会医人，枉称了这'名医'二字。"平一指道："谁说我不会医人？我将这活死人的胸膛剖开，经脉重行接过，医好之后，内外武功和未受伤时一模一样，这才是杀人名医的手段。"

　　桃谷五怪大喜，齐声道："原来你能救活我们六弟，那可错怪你了。"桃根仙道："你怎……怎么还不动手医治？六弟的胸膛给你剖开了，一直流血不止，再不赶紧医治，便来不及了。"平一指道："杀人名医是你还是我？"桃根仙道："自然是你，那还用问？"平一指道："既然是我，你怎知来得及来不及？再说，我剖开他胸膛后，本来早就在医治，你们五个讨厌鬼来啰唆不休，我怎么医法？我叫你们去杨将军庙玩上半天，再到牛将军庙、张将军庙去玩玩，为什么这么快便回来了？"桃干仙道："快动手治伤罢，是你自己在啰唆，还说我们啰唆呢。"

　　平一指又瞪目向他凝视，突然大喝一声："拿针线来！"

　　他这么突如其来的一声大喝，桃谷五仙和岳不群夫妇都吃了一惊，只见一个高高瘦瘦的妇人走进房来，端着一只木盘，一言不发的放在桌上。这妇人四十来岁年纪，方面大耳，眼睛深陷，脸上全无血色。

　　平一指道："你们求我救活这人，我的规矩，早跟你们说过了，是不是?"桃根仙道:"是啊。我们也早答应了，誓也发过了。不论要杀什么人，你吩咐下来好了，我们六兄弟无不遵命。"平一指道:"那就是了，现下我还没想到要杀哪一个人，等得想到了，再跟你说。你们通统给我站在一旁，不许出一句声，只要发出半点声息，我立即停手，这人是死是活，我可再也不管了。"

桃谷六兄弟自幼同房而睡，同桌而食，从没片刻停嘴，在睡梦中也常自争辩不休。这时你看看我，我看看你，个个都是满腹言语，须得一吐方快，但想到只须说一个字，便送了六弟性命，唯有竭力忍住，连大气也不敢透一口，又唯恐一不小心，放一个屁。

平一指从盘里取过一口大针，穿上了透明的粗线，将桃实仙胸口的剖开处缝了起来。他十根手指又粗又短，便似十根胡萝卜一般，岂知动作竟灵巧之极，运针如飞，片刻间将一条九寸来长的伤口缝上了，随即反手从许多磁瓶中取出药粉、药水，纷纷敷上伤口，又撬开桃实仙的牙根，灌下几种药水，然后用湿布抹去他身上鲜血。那高瘦妇人一直在旁相助，递针递药，动作也极熟练。

平一指向桃谷五仙瞧了瞧，见五人唇动舌摇，个个急欲说话，便道:"此人还没活，等他活了过来，你们再说话罢。"五人张口结舌，神情尴尬之极。平一指"哼"了一声，坐在一旁。那妇人将针线刀圭等物移了出去。

岳不群夫妇躲在窗外，屏息凝气，此刻屋内鸦雀无声，窗外只须稍有动静，屋内诸人立时便会察觉。

过了良久，平一指站起身来，走到桃实仙身旁，突然伸掌在桃实仙头顶"百会穴"上重重一击。六个人"啊"的一声，同时惊呼出来。这六个人中五个是桃谷五仙，另一个竟是躺卧在床、一直昏迷不醒的桃实仙。

桃实仙一声呼叫，便即坐起，骂道:"你奶奶的，你为什么打我头顶?"平一指骂道:"你奶奶的，老子不用真气通你百会穴，你能好得这么快?"桃实仙道:"你奶奶的，老子好得快好得慢，跟你又有什么相干?"平一指道:"你奶奶的，你好得慢了，岂非显得我'杀人名医'的手段不够高明？你老是躺在我屋里，岂不讨厌？"桃实仙道："你奶奶的，你讨厌我，老子走好了，希罕么？"一骨碌站起身来，迈步便行。

桃谷五仙见他说走就走，好得如此迅速，都是又惊又喜，跟随其后，出门而去。

岳不群夫妇心下骇然，均想："平一指医术果然惊人，而他内力也非同小可，适才在桃实仙头顶百会穴上这一拍，定是以浑厚内力注入其体，这才能令他立时苏醒。"二人微一犹豫，只见桃谷六仙已去得远了，平一指站起身来，走向另一间屋中。

岳不群向妻子打个手势，两人立即轻手轻脚的走开，直到离那屋子数十丈处，这才快步疾行。岳夫人道："那杀人名医内功好生了得，瞧他行事，又委实邪门。"岳不群道："桃谷六怪既在这里，这开封府就势必是非甚多，咱们及早离去罢，不用跟他们歪缠了。"岳夫人哼的一声，毕生之中，近几个月来所受委屈特多，丈夫以五岳剑派一派掌门之尊，居然不得不东躲西避，天下虽大，竟似无容身之所。他大妇问无话不谈，话题　涉及此事，却都避了开去，以免同感尴尬。此刻想到桃实仙终得不死，心头都如放下了一块大石。

两人回到杨将军庙，只见岳灵珊、林平之和劳德诺等诸弟子均在后殿相候。岳不群道："回船去罢！"众人均已得知桃谷五怪便在当地，谁也没有多问，便即匆匆回舟。

正要吩咐船家开船，忽听得桃谷五仙齐声大叫："令狐冲，令狐冲，你在哪里？"

岳不群夫妇及华山群弟子脸色一齐大变，只见六个人匆匆奔到码头边，桃谷五仙之外，另一个便是平一指。

桃谷五仙认得岳不群夫妇，远远望见，便即大声欢呼，五人纵身跃起，齐向船上跳来。

岳夫人立即拔出长剑，运劲向桃根仙胸口刺去。岳不群也已长剑出手，当的一声，将妻子的剑刃压了下去，低声道："不可鲁莽!"只觉船头微微一沉,桃谷五仙已站在船头。

桃根仙大声道:"令狐冲,你躲在哪里?怎地不出来?"

令狐冲大怒,叫道:"我怕你们么?为什么要躲?"

便在这时,船身微晃,船头又多了一人,正是杀人名医平一指。岳不群暗自吃惊:"我和师妹刚回舟中,这矮子跟着也来了,莫非发现了我二人在窗外偷窥的踪迹?桃谷五怪已极难对付,再加上这个厉害人物,岳不群夫妇的性命,今日只怕要送在开封了。"

只听平一指道:"哪一位是令狐兄弟?"言辞居然甚为客气。令狐冲慢慢走到船头,道:"在下令狐冲,不知阁下尊姓大名,有何见教。"

平一指向他上下打量,说道:"有人托我来治你之伤。"伸手抓住他手腕,一根食指搭上他脉搏,突然双眉一轩,"咦"的一声,过了一会,眉头慢慢皱了拢来,又是"啊"的一声,仰头向天,左手不住搔头,喃喃的道:"奇怪,奇怪!"隔了良久,伸手去搭令狐冲另一只手的脉搏,突然打了个喷嚏,说道:"古怪得紧,老夫生平从所未遇。"

桃根仙忍不住道:"那有什么奇怪?他心经受伤,我早已用内力真气替他治了。"桃干仙道:"你还在说他心经受伤,明明是肺经不妥,若不是我用真气通他肺经诸穴,这小子又怎活得到今日?"桃枝仙、桃叶仙、桃花仙三人也纷纷大发谬论,各执一辞,自居大功。

平一指突然大喝:"放屁,放屁!"桃根仙怒道:"是你放屁,还是我五兄弟放屁?"平一指道:"自然是你们六兄弟放屁!令狐兄弟体内,有两道较强真气,似乎是不戒和尚所注,另有六道较弱真气,多半是你们六个大傻瓜的了。"

岳不群夫妇对望了一眼,均想:"这平一指果然了不起,他一搭脉搏,察觉冲儿体内有八道不同真气,那倒不奇,奇在他居然说得出来历,知道其中两道来自不戒和尚。"

桃干仙怒道:"为什么我们六人较弱,不戒贼秃的较强?明明是我们的强,他的弱!"

平一指冷笑道："好不要脸！他一个人的两道真气，压住了你们六个人的，难道还是你们较强？不戒和尚这老混蛋，武功虽强，却毫无见识，他妈的，老混蛋！"

桃花仙伸出一根手指，假意也去搭令狐冲右手的脉搏，道："以我搭脉所知，乃是桃谷六仙的真气，将不戒和尚的真气压得无法动……"突然间大叫一声，那根手指犹如被人咬了一口，急缩不迭，叫道："哎哟，他妈的！"

平一指哈哈大笑，十分得意。众人均知他是以上乘内功借着令狐冲的身子传力，狠狠的将桃花仙震了一下。

平一指笑了一会，脸色一沉，道："你们都给我在船舱里等着，谁都不许出声！"

桃叶仙道："我是我，你是你，我们为什么要听你的话？"平一指道："你们立过誓，要给我杀一个人，是不是？"桃枝仙道："是啊，我们只答应替你杀一个人，却没答应听你的话。"平一指道："听不听话，原在你们。但如我叫你们去杀了桃谷六仙中的桃实仙，你们意下如何？"桃谷五仙齐声大叫."岂有此理！你刚救活了他，怎么又叫我们去杀他？"

平一指道："你们五人，向我立过什么誓？"桃根仙道："我们答应了你，倘若你救活了我们的兄弟桃实仙，你吩咐我们去杀一个人，不论要杀的是谁，都须照办，不得推托。"平一指道："不错。我救活了你们的兄弟没有？"桃花仙道："救活了！"平一指道："桃实仙是不是人？"桃叶仙道："他当然是人，难道还是鬼？"平一指道："好了，我叫你们去杀一个人，这个人便是桃实仙！"

桃谷五仙你瞧瞧我，我瞧瞧你，均觉此事太也匪夷所思，却又难以辩驳。

平一指道："你们倘若真的不愿去杀桃实仙，那也可以通融。你们到底听不听我的话？我叫你们到船舱里去乖乖的坐着，谁都不许乱说乱动。"桃谷五仙连声答应，一晃眼间，五人均已双手按膝，端庄而坐，要有多规矩便有多规矩。

令狐冲道："平前辈，听说你给人治病救命，有个规矩，救活之后，要那人去代你杀一人。"平一指道："不错，确是有这规矩。"令狐冲道："晚辈不愿替你杀人，因此你也不用给我治病。"

平一指听了这话，"哈"的一声，又自头至脚的向令狐冲打量了一番，似乎在察看一件希奇古怪的物事一般，隔了半晌，才道："第一，你的病很重，我治不好。第二，就算治好了，自有人答应给我杀人，不用你亲自出手。"

令狐冲自从岳灵珊移情别恋之后，虽然已觉了无生趣，但忽然听得这位号称有再生之能的名医断定自己的病已无法治愈，心中却也不禁感到一阵凄凉。

岳不群夫妇又对望一眼，均想："什么人这么大的面子，居然请得动'杀人名医'到病人的住处来出诊？这人跟冲儿又有什么交情？"

平一指道："令狐兄弟，你体内有八道异种真气，驱不出、化不掉、降不服、压不住，是以为难。我受人之托，给你治病，不是我不肯尽力，实在你的病因与真气有关，非针灸药石所能奏效，在下行医以来，从未遇到过这等病象，无能为力，十分惭愧。"说着从怀中取出一个瓷瓶，倒出十粒朱红色的丸药，说道："这十粒'镇心理气丸'，多含名贵药材，制炼不易，你每十天服食一粒，可延百日之命。"

令狐冲双手接过，说道："多谢。"平一指转过身来，正欲上岸，忽然又回头道："瓶里还有两粒，索性都给了你罢。"令狐冲不接，说道："前辈如此珍视，这药丸自有奇效，不如留着救人。晚辈多活十日八日，于人于己，都没什么好处。"

平一指侧头又瞧了令狐冲一会，说道："生死置之度外，确是大丈夫本色。怪不得，怪不得！唉，可惜，可惜！惭愧，惭愧！"一颗大头摇了几摇，一跃上岸，快步而去。

他说来便来，说去便去，竟将华山派掌门人岳不群视若无物。

岳不群好生有气，只是船舱中还坐着五个要命的瘟神，如何打发，可煞费周章。只见五仙坐着一动也不动，眼观鼻，鼻观心，便似老僧入定一般。若命船家开船，势必将五个瘟神一齐带走，若不开船，不知他五人坐到什么时候，又不知是否会暴起伤人，以报岳夫人刺伤桃实仙的一剑之仇？

劳德诺、岳灵珊等都亲眼见过他们撕裂成不忧的凶状，此刻思之犹有余悸，各人面面相觑，谁都不敢向五人瞧去。

令狐冲回身走进船舱，说道："喂，你们在这里干什么？"桃根仙道："乖乖的坐着，什么也不干。"令狐冲道："我们要开船了，你们请上岸罢。"桃干仙道："平一指叫我们在船舱中乖乖的坐着，不许乱说乱动，否则便要我们去杀了我们兄弟。因此我们便乖乖的坐着，不敢乱说乱动。"令狐冲忍不住好笑，说道："平大夫早就上岸去了，你们可以乱说乱动了！"桃花仙摇头道："不行，不行！万一他瞧见我们乱说乱动，那可大事不妙。"

忽听得岸上有个嘶嗄的声音叫道："五个人不像人、鬼不像鬼的东西在哪里？"

桃根仙道："他是在叫我们。"桃干仙道："为什么是叫我们？我们怎会是人不像人、鬼不像鬼？"那人又叫道："这里又有一个人不像人、鬼不像鬼的东西，平大夫刚给他治好了伤，你们要不要？如果不要，我就丢下黄河里去喂大王八了。"

桃谷五仙一听，呼的一声，五个人并排从船舱中纵了出去，站在岸边。只见那个相助平一指缝伤的中年妇人笔挺站着，左手平伸，提着一个担架，桃实仙便躺在架上。这妇人满脸病容，力气却也真大，一只手提了个百来斤的桃实仙再加上木制担架，竟全没当一回事。

桃根仙忙道："当然要的，为什么不要？"桃干仙道："你为什么要说我们人不像人、鬼不像鬼？"

桃实仙躺在担架之上，说道："瞧你相貌，比我们更加人不像人、鬼不像鬼。"原来桃实仙经平一指缝好了伤口，服下灵丹妙药，又给他在顶门一拍，输入真气，立时起身行走，但毕竟失血太多，行不多时，便又晕倒，给那中年妇人提了转去。他受伤虽重，嘴头上仍是决不让人，忍不住要和那妇人顶撞几句。

那妇人冷冷的道："你们可知平大夫生平最怕的是什么？"桃谷六仙齐道："不知道，他怕什么？"那妇人道："他最怕老婆！"桃谷六仙哈哈大笑，齐声道："他这么一个天不怕、地不怕的人，居然怕老婆，哈哈，可笑啊可笑！"那妇人冷冷的道："有什么可笑？我就是他老婆！"桃谷六仙立时不作一声。那妇人道："我有什么吩咐，他不敢不听。我要杀什么人，他便会叫你们去杀。"桃谷六仙齐道："是，是！不知平夫人要杀什么人？"

那妇人的眼光向船舱中射去，从岳不群看到岳夫人，又从岳夫人看到岳灵珊，逐一瞧向华山派群弟子，每个人都给她看得心中发毛。各人都知道，只要这个形容丑陋、全无血色的妇人向谁一指，桃谷五仙立时便会将这人撕了，纵是岳不群这样的高手，只怕也难逃毒手。

那妇人的眼光慢慢收了回来，又转向桃谷六仙脸上瞧去，六兄弟也是心中怦怦乱跳。那妇人"哈"的一声，桃谷六仙齐道："是，是！"那妇人又"哼"的一声，桃谷六仙又一齐应道："是，是！"

那妇人道："此刻我还没想到要杀之人。不过平大夫说道，这船中有一位令狐冲令狐公子，是他十分敬重的。你们须得好好服侍他，直到他死为止。他说什么，你们便听什么，不得有违。"桃谷六仙皱眉道："服侍到他死为止？"平夫人道："不错，服侍他到死为止。不过他已不过百日之命，在这一百天中，你们须得事事听他吩咐。"

桃谷六仙听说令狐冲已不过再活一百日，登时都高兴起来，都道："服侍他一百天，倒也不是难事。"

令狐冲道："平前辈一番美意，晚辈感激不尽。只是晚辈不敢劳动桃谷六仙照顾，便请他们上岸，晚辈这可要告辞了。"

平夫人脸上冷冰冰的没半点喜怒之色，说道："平大夫言道，令狐公子的内伤，是这六个混蛋害的，不但送了令狐公子一条性命，而且使得平大夫无法医治，大失面子，不能向嘱托他的人交代，非重重责罚这六个混蛋不可。平大夫本来要他们依据誓言，杀死自己一个兄弟，现下从宽处罚，要他们服侍令狐公子。"她顿了一顿，又道："这六个混蛋倘若不听令狐公子的话，平大夫知道了，立即取他六人中一人的性命。"

桃花仙道："令狐兄的伤既是由我们而起，我们服侍他一下，何足道哉，这叫做大丈夫恩怨分明。"桃枝仙道："男儿汉为朋友双胁插刀，尚且不辞，何况照料一下他的伤势？"桃实仙道："我的伤势本来需人照料，我照料他，他照料我，有来有往，大家便宜。"桃干仙道："何况只服侍一百日，时日甚是有限。"桃根仙一拍大腿，说道："古人听得朋友有难，千里赴义，我六兄弟路见不平，拔刀相助……"平夫人白了白眼，径自去了。

桃枝仙和桃干仙抬了担架，跃入船中。桃根仙等跟着跃入，叫道："开船，开船！"

令狐冲见其势无论如何不能拒却他六人同行，便道："八位桃兄，你们要随我同行，那也未始不可，但对我师父师母，必须恭敬有礼，这是我第一句吩咐。你们倘若不听，我便不要你们服侍了。"桃叶仙道："桃谷六仙本来便是彬彬君子，天下知名，别说是你的师父师母，就算是你的徒子徒孙，我们也一般的礼敬有加。"

令狐冲听他居然自称是"彬彬君子"，忍不住好笑，向岳不群道："师父，这六位桃兄想乘咱们坐船东行，师父意下如何？"

岳不群心想，这六人目前已不致向华山派为难，虽然同处一舟，不免是心腹之患，但瞧情形也无法将他们赶走，好在这六人武功虽强，为人却是疯疯癫癫，若以智取，未始不能对付，便点头道："好，他们要乘船，那也不妨，只是我生性爱静，不喜听他们争辩不休。"

桃干仙道："岳先生此言错矣，人生在世，干什么有一张嘴巴？这张嘴除了吃饭之外，是还须说话的。又干什么有两只耳朵，那自是听人说话之用。你如生性爱静，便辜负了老天爷造你一张嘴巴、两只耳朵的美意。"

岳不群知道只须和他一接上口，他五兄弟的五张嘴巴一齐加入，不知要嘈到什么地步，打架固然打他们不过，辩论也辩他们不赢，当即微微一笑，说道："船家，开船！"

桃叶仙道："岳先生，你要船家开船，便须张口出声，倘若当真生性爱静，该当打手势叫他开船才是。"桃干仙道："船家在后梢，岳先生在中舱，他打手势，船家看不见，那也枉然。"桃根仙道："他难道不能到后梢去打手势？"桃花仙道："倘若船家不懂他的手势，将'开船'误作'翻船'，岂不糟糕？"

桃谷六仙争辩声中，船家已拔锚开船。

岳不群夫妇不约而同的向令狐冲望了一眼，向桃谷六仙瞧了一眼，又互相你瞧我，我瞧你，心中所想的是同一件事："平一指说受人之托来给冲儿治病，从他话中听来，那个托他之人在武林中地位甚高，以致他虽将华山派掌门人没瞧在眼里，对华山派的一个弟子却偏偏十分客气。到底是谁托了他给冲儿治病？他骂不戒和尚为'他妈的老混蛋'，自然不会是受了不戒和尚之托。"若在往日，他夫妇早就将令狐冲叫了过来，细问端详，但此刻师徒间不知不觉已生出许多隔阂，二人均知还不是向令狐冲探问的时候。

岳夫人想到江湖上第一名医平一指也治不了令狐冲的伤，说他已只有百日之命，心下难过，禁不住掉下泪来。

顺风顺水，舟行甚速，这晚停泊处离兰封已不甚远。船家做了饭菜，各人正要就食，忽听得岸上有人朗声说道："借问一声，华山派诸位英雄，是乘这艘船的么？"

岳不群还未答话，桃枝仙已抢着说道："桃谷六仙和华山派的诸位英雄好汉都在船上，有什么事？"

那人欢然道："这就好了，我们在这里已等了一日一夜。快，快，拿过来。"

十多名大汉分成两行，从岸旁的一个茅棚中走出，每人手中都捧着一只朱漆匣子。一个空手的蓝衫汉子走到船前，躬身说道："敝上得悉令狐少侠身子欠安，甚是挂念，本当亲来探候，只是实在来不及赶回，飞鸽传书，特命小人奉上一些菲礼，请令狐少侠赏收。"一众大汉走上船头，将十余只匣子放在船上。

令狐冲奇道："贵上不知是哪一位？如此厚赐，令狐冲愧不敢当。"那汉子道："令狐少侠福泽深厚，定可早日康复，还请多多保重。"说着躬身行礼，率领一众大汉径自去了。

令狐冲道："也不知是谁给我送礼，可真希奇古怪。"

桃谷五仙早就忍耐不住，齐声道："先打开瞧瞧。"五人七手八脚，将一只只朱漆匣子的匣盖揭开，只见有的匣中装满了精致点心，有的是薰鸡火腿之类的下酒物，更有人参、鹿茸、燕窝、银耳一类珍贵滋补的药材。最后两盒却装满了小小的金锭银锭，显是以备令狐冲路上花用，说是"菲礼"，为数可着实不菲。

桃谷五仙见到糖果蜜饯、水果点心，便抓起来塞入口中，大叫："好吃，好吃！"

令狐冲翻遍了十几只匣子，既无信件名刺，亦无花纹表记，到底送礼之人是谁，实无半分线索可寻，向岳不群道："师父，这件事弟子可真摸不着半点头脑。这送礼之人既不像是有恶意，也不似是开玩笑。"说着捧了点心，先敬师父师娘，再分给众师弟师妹。

岳不群见桃谷六仙吃了食物，一无异状，瞧模样这些食物也不似下了毒药，问令狐冲道："你有江湖上的朋友是住在这一带的么？"令狐冲沉吟半晌，摇头道："没有。"

只听得马蹄声响，八乘马沿河驰来，有人叫道："华山派令狐少侠是在这里么？"

桃谷六仙欢然大叫："在这里，在这里！有什么好东西送来？"

那人叫道："敝帮帮主得知令狐少侠来到兰封，又听说令狐少侠喜欢喝上几杯，命小人物色到十六坛陈年美酒，专程赶来，请令狐少侠船中饮用。"八乘马奔到近处，果见每一匹马的鞍上都挂着两坛酒。酒坛上有的写着"极品贡酒"，有的写着"三锅良汾"，更有的写着"绍兴状元红"，十六坛酒竟似各不相同。

令狐冲见了这许多美酒，那比送什么给他都欢喜，忙走上船头，拱手说道："恕在下眼拙，不知贵帮是哪一帮？兄台尊姓大名？"

那汉子笑道："敝帮帮主再三嘱咐，不得向令狐少侠提及敝帮之名。他老人家言道，这一点小小礼物，实在太过菲薄，再提出敝帮的名字来，实在不好意思。"他左手一挥，马上乘客便将一坛坛美酒搬了下来，放上船头。

岳不群在船舱中凝神看这八名汉子，只见个个身手矫捷，一手提一只酒坛，轻轻一跃，便上了船头，这八人都没什么了不起的武功，但显然八人并非同一门派，看来同是一帮的帮众，倒是不假。八人将十六坛酒送上船头后，躬身向令狐冲行礼，便即上马而去。

令狐冲笑道："师父，这件事可真奇怪了，不知是谁跟弟子开这个玩笑，送了这许多坛酒来。"岳不群沉吟道："莫非是田伯光？又莫非是不戒和尚？"令狐冲道："不错，这两人行事古里古怪，或许是他们也未可知。喂！桃谷六仙，有大批好酒在此，你们喝不喝？"

桃谷六仙笑道："喝啊！喝啊！岂有不喝之理？"桃根仙、桃干仙二人捧起两坛酒来，拍去泥封，倒在碗中，果然香气扑鼻。六人也不和令狐冲客气，便即骨嘟嘟的喝酒。

令狐冲也去倒了一碗，捧到岳不群面前，道："师父，你请尝尝，这酒着实不错。"岳不群微微皱眉，"嗯"的一声。劳德诺道："师父，防人之心不可无。这酒不知是谁送来，焉知酒中没有古怪。"岳不群点点头，道："冲儿，还是小心些儿的好。"

令狐冲一闻到醇美的酒香，哪里还忍耐得住，笑道："弟子已命不久长，这酒中有毒无毒，也没多大分别。"双手捧碗，几口喝了个干净，赞道："好酒，好酒！"

只听得岸上也有人大声赞道："好酒，好酒！"令狐冲举目往声音来处望去，只见柳树下有个衣衫褴褛的落魄书生，右手摇着一柄破扇，仰头用力嗅着从船上飘去的酒香，说道："果然是好酒！"

令狐冲笑道："这位兄台，你并没品尝，怎知此酒美恶？"那书生道："你一闻酒气，便该知道这是藏了六十二年的三锅头汾酒，岂有不好之理？"

令狐冲自得绿竹翁悉心指点，于酒道上的学问已着实不凡，早知这是六十年左右的三锅头汾酒，但要辨出不多不少恰好是六十二年，却所难能，料想这书生多半是夸张其辞，笑道："兄台若是不嫌，便请过来喝几杯如何？"

那书生摇头晃脑的道："你我素不相识，萍水相逢，一闻酒香，已是干扰，如何再敢叨兄美酒，那是万万不可，万万不可。"令狐冲笑道："四海之内，皆兄弟也。闻兄之言，知是酒国前辈，在下正要请教，便请下舟，不必客气。"

那书生慢慢踱将过来，深深一揖，说道："晚生姓祖，祖宗之祖。当年祖逖闻鸡起舞，那便是晚生的远祖了。晚生双名千秋，千秋者，百岁千秋之意。不敢请教兄台尊姓大名。"令狐冲道："在下复姓令狐，单名一个冲字。"那祖千秋道："姓得好，姓得好，这名字也好！"一面说，一面从跳板走上船头。

令狐冲微微一笑，心想："我请你喝酒，便什么都好了。"当即斟了一碗酒，递给祖千秋，道："请喝酒！"只见他五十来岁年纪，焦黄面皮，一个酒糟鼻，双眼无神，疏疏落落的几根胡子，衣襟上一片油光，两只手伸了出来，十根手指甲中都是黑黑的污泥。他身材瘦削，却挺着个大肚子。

祖千秋见令狐冲递过酒碗，却不便接，说道："令狐兄虽有好酒，却无好器皿，可惜啊可惜。"令狐冲道："旅途之中，只有些粗碗粗盏，祖先生将就着喝些。"祖千秋摇头道："万万不可，万万不可。你对酒具如此马虎，于饮酒之道，显是未明其中三昧。饮酒须得讲究酒具，喝什么酒，便用什么酒杯。喝汾酒当用玉杯，唐人有诗云：'玉碗盛来琥珀光。'可见玉碗玉杯，能增酒色。"令狐冲道："正是。"

祖千秋指着一坛酒，说道："这一坛关外白酒，酒味是极好的，只可惜少了一股芳洌之气，最好是用犀角杯盛之而饮，那就醇美无比，须知玉杯增酒之色，犀角杯增酒之香，古人诚不我欺。"

　　令狐冲在洛阳听绿竹翁谈论讲解，于天下美酒的来历、气味、酿酒之道、窖藏之法，已十知八九，但对酒具一道却一窍不通，此刻听得祖千秋侃侃而谈，大有茅塞顿开之感。

　　只听他又道："至于饮葡萄酒嘛，当然要用夜光杯了。古人诗云：'葡萄美酒夜光杯，欲饮琵琶马上催。'要知葡萄美酒作艳红之色，我辈须眉男儿饮之，未免豪气不足。葡萄美酒盛入夜光杯之后，酒色便与鲜血一般无异，饮酒有如饮血。岳武穆词云：'壮志饥餐胡虏肉，笑谈渴饮匈奴血'，岂不壮哉！"

　　令狐冲连连点头，他读书甚少，听得祖千秋引证诗词，于文义不甚了了，只是"笑谈渴饮匈奴血"一句，确是豪气干云，令人胸怀大畅。

　　祖千秋指着一坛酒道："至于这高粱美酒，乃是最古之酒。夏禹时仪狄作酒，禹饮而甘之，那便是高粱酒了。令狐兄，世人眼光短浅，只道大禹治水，造福后世，殊不知治水什么的，那也罢了，大禹真正的大功，你可知道么？"

　　令狐冲和桃谷六仙齐声道："造酒！"祖千秋道："正是！"八人一齐大笑。

　　祖千秋又道："饮这高粱酒，须用青铜酒爵，始有古意。至于那米酒呢，上佳米酒，其味虽美，失之于甘，略稍淡薄，当用大斗饮之，方显气概。"

　　令狐冲道："在下草莽之人，不明白这酒浆和酒具之间，竟有这许多讲究。"

　　祖千秋拍着一只写着"百草美酒"字样的酒坛，说道："这百草美酒，乃采集百草，浸入美酒，故酒气清香，如行春郊，令人未饮先醉。饮这百草酒须用古藤杯。百年古藤雕而成杯，以饮百草酒则大增芳香之气。"令狐冲道："百年古藤，倒是很难得的。"祖千秋正色道："令狐兄言之差矣，百年美酒比之百年古藤，可更为难得。你想，百年古藤，尽可求之于深山野岭，但百年美酒，人人想饮，一饮之后，就没有了。一只古藤杯，就算饮上千次万次，还是好端端地一只古藤杯。"令狐冲道："正是。在下无知，承先生指教。"

岳不群一直在留神听那祖千秋说话，听他言辞夸张，却又非无理，眼见桃枝仙、桃干仙等捧起了那坛百草美酒，倒得满桌淋漓，全没当是十分珍贵的美酒。岳不群虽不嗜饮，却闻到酒香扑鼻，甚是醇美，情知那确是上佳好酒，桃谷六仙如此糟蹋，未免可惜。

祖千秋又道："饮这绍兴状元红须用古瓷杯，最好是北宋瓷杯，南宋瓷杯勉强可用，但已有衰败气象，至于元瓷，则不免粗俗了。饮这坛梨花酒呢？那该当用翡翠杯。白乐天杭州春望诗云：'红袖织绫夸柿蒂，青旗沽酒趁梨花。'你想，杭州酒家卖这梨花酒，挂的是滴翠也似的青旗，映得那梨花酒分外精神，饮这梨花酒，自然也当是翡翠杯了。饮这玉露酒，当用琉璃杯。玉露酒中有如珠细泡，盛在透明的琉璃杯中而饮，方可见其佳处。"

忽听得一个女子声音说道："嘟嘟嘟，吹法螺！"说话之人正是岳灵珊，她伸着右手食指，刮自己右颊。岳不群道："珊儿不可无礼，这位祖先生说的，大有道理。"岳灵珊道："什么大有道理？喝几杯酒助助兴，那也罢了，成日成晚的喝酒，又有这许多讲究，岂是英雄好汉之所为？"

祖千秋摇头晃脑的道："这位姑娘，言之差矣。汉高祖刘邦，是不是英雄？当年他若不是大醉之后剑斩白蛇，如何能成汉家数百年基业？樊哙是不是好汉？那日鸿门宴上，樊将军盾上割肉，大斗喝酒，岂非壮士哉？"

令狐冲笑道："先生既知此是美酒，又说英雄好汉，非酒不欢，却何以不饮？"

祖千秋道："我早已说过，若无佳器，徒然糟蹋了美酒。"

桃干仙道："你胡吹大气，说什么翡翠杯、夜光杯，世上哪有这种酒杯？就算真的有，也不过一两只，又有谁能一起齐备了的?"祖千秋道:"讲究品酒的雅士,当然具备。似你们这等牛饮驴饮,自然什么粗杯粗碗都能用了。"桃叶仙道:"你是不是雅士?"祖千秋道:"说多不多,说少不少,三分风雅是有的。"桃叶仙哈哈大笑,问道:"那么喝这八种美酒的酒杯,你身上带了几只?"祖千秋道:"说多不多,说少不少,每样一只是有的。"

桃谷六仙齐声叫嚷:"牛皮大王,牛皮大王!"

桃根仙道:"我跟你打个赌,你如身上有这八只酒杯,我一只一只都吃下肚去。你要是没有,那又如何?"祖千秋道:"我就罚我将这些酒杯酒碗,也一只只都吃下肚去!"

桃谷六仙齐道:"妙极,妙极!且看他怎生……"

一句话没说完,只见祖千秋伸手入怀,掏了一只酒杯出来,光润柔和,竟是一只羊脂白玉杯。桃谷六仙吃了一惊,便不敢再说下去,只见他一只又一只,不断从怀中取出酒杯,果然是翡翠杯、犀角杯、古藤杯、青铜爵、夜光杯、琉璃杯、古瓷杯无不具备。他取出八只酒杯后,还继续不断取出,金光灿烂的金杯,镂刻精致的银杯,花纹斑斓的石杯,此外更有象牙杯、虎齿杯、牛皮杯、竹筒杯、紫檀杯等等,或大或小,种种不一。

众人只瞧得目瞪口呆,谁也料想不到这穷酸怀中,竟然会藏了这许多酒杯。

祖千秋得意洋洋的向桃根仙道:"怎样?"

桃根仙脸色惨然,道:"我输了,我吃八只酒杯便是。"拿起那只古藤杯,格的一声,咬成两截,将小半截塞入口中,咭咭咯咯的一阵咀嚼,便吞下肚中。

众人见他说吃当真便吃,将半只古藤杯嚼得稀烂,吞下肚去,无不骇然。

桃根仙一伸手,又去拿那只犀角杯,祖千秋左手撩出,去切他脉门。桃根仙右手一沉,反拿他手腕,祖千秋中指弹向他掌心,桃根仙愕然缩手,道:"你不给我吃了?"祖千秋道:"在下服了你啦,我这八只酒杯,就算你都已吃下了肚去便是。你有这股狠劲,我可舍不得了。"众人又都大笑。

岳灵珊初时对桃谷六仙甚是害怕，但相处时刻既久，见他们未露凶悍之气，而行事说话甚为滑稽可亲，便大着胆子向桃根仙道："喂，这只古藤杯的味道好不好？"

桃根仙舐唇咂舌，嗒嗒有声，说道："苦极了，有什么好吃？"

祖千秋皱起了眉头，道："给你吃了一只古藤杯，可坏了我的大事。唉，没了古藤杯，这百草酒用什么杯来喝才是？只好用一只木杯来将就将就了。"他从怀中掏出一块手巾，拿起半截给桃根仙咬断的古藤杯抹了一会，又取过檀木杯，里里外外的拭抹不已，只是那块手巾又黑又湿，不抹倒也罢了，这么一抹，显然越抹越脏。他抹了半天，才将木杯放在桌上，八只一列，将其余金杯、银杯等都收入怀中，然后将汾酒、葡萄酒、绍兴酒等八种美酒，分别斟入八只杯里，吁了一口长气，向令狐冲道："令狐仁兄，这八杯酒，你逐一喝下，然后我陪你喝八杯。咱们再来细细品评，且看和你以前所喝之酒，有何不同？"

令狐冲道："好！"端起木杯，将酒一口喝卜，只觉一股辛辣之气直钻入腹中，不由得心中一惊，寻思道："这酒味怎地如此古怪？"

祖千秋道："我这些酒杯，实是饮者至宝。只是胆小之徒，尝到酒味有异，喝了第一杯后，第二杯便不敢再喝了。古往今来，能够连饮八杯者，绝无仅有。"

令狐冲心想："就算酒中有毒，令狐冲早就命不久长，给他毒死便毒死了，何必输这口气？"当即端起酒杯，又连饮两杯，只觉一杯极苦而另一杯甚涩，决非美酒之味，再拿起第四杯酒时，桃根仙忽然叫道："啊哟，不好，我肚中发烧，有团炭火。"

祖千秋笑道："你将我半只古藤酒杯吃下肚中，岂有不肚痛之理？这古藤坚硬如铁，在肚子里是化不掉的，快些多吃泻药，泻了出来，倘若泻不出，只好去请杀人名医平大夫开肚剖肠取出来了。"

令狐冲心念一动："他这八只酒杯之中必有怪异。桃根仙吃了那只古藤杯，就算古藤坚硬不化，也不过肚中疼痛，哪有发烧之理？

嘿，大丈夫视死如归，他的毒药越毒越好。"一仰头，又喝了一杯。

岳灵珊忽道："大师哥，这酒别喝了，酒杯之中说不定有毒。你刺瞎了那些人的眼睛，可须防人暗算报仇。"

令狐冲凄然一笑，说道："这位祖先生是个豪爽汉子，谅来也不会暗算于我。"内心深处，似乎反而盼望酒中有毒，自己饮下即死，尸身躺在岳灵珊眼前，也不知她是否有点儿伤心？当即又喝了两杯。这第六杯酒又酸又咸，更有些臭味，别说当不得"美酒"两字，便连这"酒"字，也加不上去。他吞下肚中之时，不由得眉头微微一皱。

桃干仙见他喝了一杯又一杯，忍不住也要试试，说道："这两杯给我喝罢。"伸手去取第七杯酒。祖千秋挥扇往他手背击落，笑道："慢慢来，轮着喝，每个人须得连喝八杯，方知酒中真味。"桃干仙见他扇子一击之势极是沉重，倘若给击中了，只怕手骨也得折断，一翻手便去抓他扇子，喝道："我偏要先喝这杯，你待怎地？"

祖千秋的扇子本来折成一条短棍，为桃干仙手指抓到之时，突然之间呼的一声张开，扇缘便往他食指上弹去。这一下出其不意，桃干仙险被弹中，急忙缩手，食指上已微微一麻，啊啊大叫，向后退开。祖千秋道："令狐兄，你快些将这两杯酒喝了……"

令狐冲更不多想，将余下的两杯酒喝了。这两杯酒臭倒不臭，却是一杯刺喉有如刀割，一杯药气冲鼻，这哪里是酒，比之最浓冽的草药，药气还更重了三分。

桃谷六仙见他脸色怪异，都是极感好奇，问道："八杯酒喝下之后，味道怎样？"

祖千秋抢着道："八杯齐饮，甘美无穷。古书上是有得说的。"

桃干仙道："胡说八道，什么古书？"突然之间，也不知他使了什么古怪暗号，四人同时抢上，分别抓住了祖千秋的四肢。桃谷六仙抓人手足的手法既怪且快，突如其来，似鬼似魅，饶是祖千秋武功了得，还是给桃谷四仙抓住手足，提将起来。

华山派众人见过桃谷四仙手撕成不忧的惨状，忍不住齐声惊呼。

祖千秋心念电闪，立即大呼："酒中有毒，要不要解药？"

抓住祖千秋手足的桃谷四仙都已喝了不少酒，听得"酒中有毒"四字，都是一怔。

祖千秋所争的正是四人这片刻之间的犹豫，突然大叫："放屁，放屁！"桃谷四仙只觉手中一滑，登时便抓了个空，跟着"砰"的一声巨响，船篷顶上穿了个大孔，祖千秋破篷而逃，不知去向。桃根仙和桃枝仙双手空空，桃花仙和桃叶仙手中，却分别多了一只臭袜，一只沾满了烂泥的臭鞋。

桃谷五仙身法也是快极，一晃之下，齐到岸上，祖千秋却已影踪不见。五人正要展开轻功去追，忽听得长街尽头有人呼道："祖千秋你这坏蛋臭东西，快还我药丸来，少了一粒，我抽你的筋，剥你的皮！"那人大声呼叫，迅速奔来。桃谷五仙听到有人大骂祖千秋，深合我意，都要瞧瞧这位如此够朋友之人是怎样一号人物，当即停步不追，往那人瞧去。

但见一个肉球气喘吁吁的滚来，越滚越近，才看清楚这肉球居然是个活人。此人极矮极胖，说他是人，实在颇为勉强。此人头颈是决计没有，一颗既扁且阔的脑袋安在双肩之上，便似初生下地之时，给人重重当头一锤，打得他脑袋挤下，脸颊口鼻全都向横里扯了开去。众人一见，无不暗暗好笑，均想："那平一指也是矮胖子，但和此人相比，却是全然小巫见大巫了。"平一指不过矮而横阔，此人却腹背俱厚，兼之手足短到了极处，似乎只有前臂而无上臂，只有大腹而无小腹。

此人来到船前，双手一张，老气横秋的问道："祖千秋这臭贼躲到哪里去了？"桃根仙笑道："这臭贼逃走了，他脚程好快，你这么慢慢滚啊滚的，定然追他不上。"

那人睁着圆溜溜的小眼向他一瞪，哼了一声，突然大叫："我的药丸，我的药丸！"双足一弹，一个肉球冲入船舱，嗅了几嗅，抓起桌上一只空着的酒杯，移近鼻端闻了一下，登时脸色大变。他脸容本就十分难看，这一变脸，更是奇形怪状，难以形容，委实是伤心到了极处。他将余下七杯逐一拿起，嗅一下，说一句："我的药丸！"说了八句"我的药丸"，哀苦之情更是不忍卒睹，忽然往地下一坐，放声大哭。

桃谷五仙更是好奇，一齐围在身旁，问道："你为什么哭？""是祖千秋欺侮你吗？""不用难过，咱们找到这臭贼，把他撕成四块，给你出气。"

那人哭道："我的药丸给他和酒喝了，便杀……杀了这臭贼，也……也……没用啦。"

令狐冲心念一动，问道："那是什么药丸？"

那人垂泪道："我前后足足花了一十二年时光，采集千年人参、伏苓、灵芝、鹿茸、首乌、灵脂、熊胆、三七、麝香种种珍贵之极的药物，九蒸九晒，制成八颗起死回生的'续命八丸'，却给祖千秋这天杀的偷了去，混酒喝了。"

令狐冲大惊，问道："你这八颗药丸，味道可是相同？"那人道："当然不同。有的极臭，有的极苦，有的入口如刀割，有的辛辣如火炙。只要吞服了这'续命八丸'，不论多大的内伤外伤，定然起死回生。"令狐冲一拍大腿，叫道："糟了，糟了！这祖千秋将你的续命八丸偷了来，不是自己吃了，而是……而是……"那人问道："而是怎样？"令狐冲道："而是混在酒里，骗我吞下了肚中。我不知酒中有珍贵药丸，还道他是下毒呢。"

那人怒不可遏，骂道："下毒，下毒！下你奶奶个毒！当真是你吃了我这续命八丸？"令狐冲道："那祖千秋在八只酒杯之中，装了美酒给我饮下，确是有的极苦，有的甚臭，有的犹似刀割，有的好如火炙。什么药丸，我可没瞧见。"那人瞪眼向令狐冲凝视，一张胖脸上的肥肉不住跳动，突然一声大叫，身子弹起，便向令狐冲扑去。

桃谷五仙见他神色不善，早有提防，他身子刚纵起，桃谷四仙出手如电，已分别拉住他的四肢。

令狐冲忙叫："别伤他性命！"

可是说也奇怪，那人双手双足被桃谷四仙拉住了，四肢反而缩拢，更似一个圆球。桃谷四仙大奇，一声呼喝，将他四肢拉了开来，但见这人的四肢越拉越长，手臂大腿，都从身体中伸展出来，便如是一只乌龟的四只脚给人从壳里拉了出来一般。

令狐冲又叫："别伤他性命!"

桃谷四仙手劲稍松，那人四肢立时缩拢，又成了一个圆球。桃实仙躺在担架之上，大叫："有趣，有趣! 这是什么功夫?"桃谷四仙使劲向外一拉，那人的手足又长了尺许。岳灵珊等女弟子瞧着，无不失笑。桃根仙道："喂，我们将你身子手足拉长，可俊得多啦。"

那人大叫："啊哟，不好!"桃谷四仙一怔，齐道："怎么?"手上劲力略松。那人四肢猛地一缩，从桃谷四仙手中滑了出来，砰的一声响，船底已给他撞破一个大洞，从黄河中逃走了。

众人齐声惊呼，只见河水不绝从破洞中冒将上来。

岳不群叫道："各人取了行李物件，跃上岸去。"

船底撞破的大洞有四尺方圆，河水涌进极快，过不多时，船舱中水已齐膝。好在那船泊在岸边，各人都上了岸。船家愁眉苦脸，不知如何是好。

令狐冲道："你不用发愁，这船值得多少银子，加倍赔你便是。"心中好生奇怪："我和那祖千秋素不相识，为什么他要盗了如此珍贵的药物来骗我服下?"微一运气，只觉丹田中一团火热，但体内的八道真气仍是冲突来去，不能聚集。

当下劳德诺去另雇一船，将各物搬了上去。令狐冲拿了几锭不知是谁所送的银子，赔给那撞穿了船底的船家。岳不群觉得当地异人甚多，来意不明，希奇古怪之事层出不穷，以尽早离开这是非之地为宜，只是天色已黑，河水急湍，不便夜航，只得在船中歇了。

桃谷五仙两次失手，先后给祖千秋和那肉球人逃走，实是生平罕有之事，六兄弟自吹自擂，拼命往自己脸上贴金，说到后来，总觉有点不能自圆其说，喝了一会闷酒，也就睡了。

枕上躺着一张更无半点血色的脸蛋，一头三尺来长的头发散在布被之上。那姑娘约莫十七八岁年纪，低声叫道："爹!"却不睁眼。

十五　灌　药

　　岳不群躺在船舱中，耳听河水拍岸，思涌如潮。过了良久，迷迷糊糊中忽听得岸上脚步声响，由远而近，当即翻身坐起，从船窗缝中向外望去。月光下见两个人影迅速奔来，突然其中一人右手一举，两人都在数丈外站定。

　　岳不群知道这二人倘若说话，语音必低，当即运起"紫霞神功"，登时耳目加倍灵敏，听觉视力均可及远，只听一人说道："就是这艘船，日间华山派那老儿雇了船后，我已在船篷上做了记号，不会弄错的。"另一人道："好，咱们就去回报诸师伯。师哥，咱们'百药门'几时跟华山派结上了梁子啊？为什么诸师伯要这般大张旗鼓的截拦他们？"

　　岳不群听到"百药门"三字，吃了一惊，微微打个寒噤，略一疏神，紫霞神功的效力便减，只听得先一人说道："……不是截拦……诸师伯是受人之托，欠了人家的情，打听一个人……倒不是……"那人说话的语音极低，断断续续的听不明白，待得再运神功，却听得脚步声渐远，二人已然走了。

　　岳不群寻思："我华山派怎地会和'百药门'结下了梁子？那个什么诸师伯，多半便是'百药门'的掌门人了。此人外号'毒不死人'，据说他下毒的本领高明之极，下毒而毒死人，人人都会，毫不希奇，这人下毒之后，被毒者却并不毙命，只是身上或如千刀万剐，或如虫蚁攒啮，总之是生不如死，却又是求死不得，除了受

·527·

他摆布之外，更无别条道路可走。江湖上将'百药门'与云南'五仙教'并称为武林中两大毒门，虽然'百药门'比之'五仙教'听说还颇不如，究竟也非同小可。这姓诸的要大张旗鼓的来跟我为难，'受人之托'，受了谁的托啊？"想来想去，只有两个缘由：其一，百药门是由剑宗封不平等人邀了来和自己过不去；其二，令狐冲所刺瞎的一十五人之中，有百药门的朋友在内。

忽听得岸上有一个女子声音低声问道："到底你家有没有什么《辟邪剑谱》啊？"正是女儿岳灵珊，不必听第二人说话，另一人自然是林平之了，不知何时，他二人竟尔到了岸上。岳不群心下恍然，女儿和林平之近来情愫日增，白天为防旁人耻笑，不敢太露形迹，却在深宵之中到岸上相聚。只因发觉岸上来了敌人，这才运功侦查，否则运这紫霞功颇耗内力，等闲不轻运用，不料除了查知敌人来历之外，还发觉了女儿的秘密。

只听林平之道："辟邪剑法是有的，我早练给你瞧过了几次，剑谱却真的没有。"岳灵珊道："那为什么你外公和两个舅舅，总是疑心大师哥吞没了你的剑谱？"林平之道："这是他们疑心，我可没疑心。"岳灵珊道："哼，你倒是好人，让人家代你疑心，你自己一点也不疑心。"林平之叹道："倘若我家真有什么神妙剑谱，我福威镖局也不致给青城派如此欺侮，闹得家破人亡了。"岳灵珊道："这话也有道理。那么你外公、舅舅对大师哥起疑，你怎么又不替他分辩？"林平之道："到底爹爹妈妈说了什么遗言，我没亲耳听见，要分辩也无从辩起。"岳灵珊道："如此说来，你心中毕竟是有些疑心了。"

林平之道："千万别说这等话，要是给大师哥知道了，岂不伤了同门义气？"岳灵珊冷笑一声，道："偏你便有这许多做作！疑心便疑心，不疑心便不疑心，换作是我，早就当面去问大师哥了。"她顿了一顿，又道："你的脾气和爹爹倒也真像，两人心中都对大师哥犯疑，猜想他暗中拿了你家的剑谱……"林平之插口问道："师父也在犯疑？"岳灵珊嗤的一笑，道："你自己若不犯疑，何以用上这个'也'字？我说你和爹爹的性格儿一模一样，就只管肚子里做功夫，嘴上却一句不提。"

突然之间，华山派坐船旁的一艘船中传出一个破锣般的声音喝道："不要脸的狗男女！胡说八道。令狐冲是英雄好汉，要你们什么狗屁剑谱？你们背后说他坏话，老子第一个容不得。"他这几句话声闻十数丈外，不但河上各船乘客均从梦中惊醒，连岸上树顶宿鸟也都纷纷叫噪。跟着那船中跃起一个巨大人影，疾向林平之和岳灵珊处扑去。

林岳二人上岸时并未带剑，忙展开拳脚架式，以备抵御。

岳不群一听那人呼喝，便知此人内功了得，而他这一扑一跃，更显得外功也颇为深厚，眼见他向女儿攻去，情急之下，大叫："手下容情！"纵身破窗而出，也向岸上跃去，身在半空之时，见那巨人一手一个，已抓了林平之和岳灵珊，向前奔出。岳不群大惊，右足一落地，立即提气纵前，手中长剑一招"白虹贯日"，向那人背心刺去。

那人身材既极魁梧，脚步自也奇大，迈了一步，岳不群这剑便刺了个空，当即又是一招"中平剑"向前递出。那巨人正好大步向前，这一剑又刺了个空。岳不群一声清啸，叫道："留神了！"一招"清风送爽"，急刺而出。眼见剑尖离他背心已不过一尺，突然间劲风起处，有人自身旁抢近，两根手指向他双眼插将过来。

此处正是河街尽头，一排房屋遮住了月光，岳不群立即侧身避过，斜挥长剑削出，未见敌人，先已还招。敌人一低头，欺身直进，举手扣他肚腹的"中脘穴"。岳不群飞脚踢出，那人的溜溜打个转，攻他背心。岳不群更不回身，反手疾刺出。那人又已避开，纵身拳打胸膛。岳不群见这人好生无礼，竟敢以一双肉掌对他长剑，而且招招进攻，心下恼怒，长剑圈转，倏地挑上，刺向对方额头。那人急忙伸指在剑身上一弹。岳不群长剑微歪，乘势改刺为削，嗤的一声响，将那人头上帽子削落，露出个光头。那人竟是个和尚。他头顶鲜血直冒，已然受伤。

那和尚双足一登，向后疾射而出。岳不群见他去路恰和那掳去岳灵珊的巨人相反，便不追赶。岳夫人提剑赶到，忙问："珊儿呢?"岳不群左手一指，道："追!"夫妇二人向那巨人去路追了出去，不多时便见道路交叉，不知敌人走的是哪一条路。

　　岳夫人大急，连叫："怎么办?"岳不群道："掳劫珊儿那人是冲儿的朋友，想来不至于……不至于加害珊儿。咱们去问冲儿，便知端的。"岳夫人点头道："不错，那人大声叫嚷，说珊儿、平儿污蔑冲儿，不知是什么缘故。"岳不群道："还是跟《辟邪剑谱》有关。"

　　夫妇俩回到船边，见令狐冲和众弟子都站在岸上，神情甚是关切。岳不群和岳夫人走进中舱，正要叫令狐冲来问，只听得岸上远处有人叫道："有封信送给岳不群。"

　　劳德诺等几名男弟子拔剑上岸，过了一会，劳德诺回入舱中，说道："师父，这块布用石头压在地下，送信的人早已走了。"说着呈上一块布片。岳不群接过一看，见是从衣衫上撕下的一片碎布，用手指甲蘸了鲜血歪歪斜斜的写着："五霸冈上，还你的臭女儿。"

　　岳不群将布片交给夫人，淡淡的道："是那和尚写的。"岳夫人急问："他……他用谁的血写字?"岳不群道："别担心，是我削伤了他头皮。"问船家道："这里去五霸冈，有多少路?"那船家道："明儿一早开船，过铜瓦厢、九赫集，便到东明。五霸冈在东明集东面，挨近菏泽，是河南和山东两省交界之地。爷台若是要去，明日天黑，也就到了。"

　　岳不群嗯了一声，心想："对方约我到五霸冈相会，此约不能不去，可是前去赴会，对方不知有多少人，珊儿又在他们手中，那注定了是有败无胜的局面。"正自踌躇，忽听得岸上有人叫道："他妈巴羔子的桃谷六鬼，我锺馗爷爷捉鬼来啦。"

　　桃谷六仙一听之下，如何不怒?桃实仙躺着不能动弹，口中大呼小叫，其余五人一齐跃上岸去。只见说话之人头戴尖帽，手持白幡。那人转身便走，大叫："桃谷六鬼胆小如鼠，决计不敢跟来。"桃根仙等怒吼连连，快步急追。这人的轻功也甚了得，几个人顷刻间便隐入了黑暗之中。

岳不群等这时都已上岸。岳不群叫道："这是敌人调虎离山之计，大家上船。"

众人刚要上船，岸边一个圆圆的人形忽然滚将过来，一把抓住了令狐冲的胸口，叫道："跟我去！"正是那个肉球一般的矮胖子。令狐冲被他抓住，全无招架之力。

忽然呼的一声响，屋角边又有一人冲了出来，飞脚向肉球人踢去，却是桃枝仙。原来他追出十余丈，想到兄弟桃实仙留在船上，可别给那他妈的什么"锺馗爷爷"捉了去，当即奔回守护，待见肉球人擒了令狐冲，便挺身来救。

肉球人立即放下令狐冲，身子一晃，已钻入船舱，跃到桃实仙床前，右足伸出，作势往他胸膛上踏去。桃枝仙大惊，叫道："勿伤我兄弟。"肉球人道："老头子爱伤便伤，你管得着吗？"桃枝仙如飞般纵入船舱，连人带床板，将桃实仙抱在手中。

那肉球人其实只是要将他引开，反身上岸，又已将令狐冲抓住，抗在肩上，飞奔而去。

桃枝仙立即想到，平一指吩咐他们五兄弟照料令狐冲，他给人擒去，日后如何交代？平大夫非叫他们杀了桃实仙不可。但如放下桃实仙不顾，又怕他伤病之中无力抗御来袭敌人，当即双臂将他横抱，随后追去。

岳不群向妻子打个手势，说道："你照料众弟子，我瞧瞧去。"岳夫人点了点头。二人均知眼下强敌环伺，倘若夫妇同去追敌，只怕满船男女弟子都会伤于敌手。

肉球人的轻功本来远不如桃枝仙，但他将令狐冲抗在肩头，全力奔跑，桃枝仙却惟恐碰损桃实仙的伤口，双臂横抱了他，稳步疾行，便追赶不上。岳不群展开轻功，渐渐追上，只听得桃枝仙大呼小叫，要肉球人放下令狐冲，否则决计不和他善罢干休。

桃实仙身子虽动弹不得,一张口可不肯闲着,不断和桃枝仙争辩,说道:"大哥、二哥他们不在这里,你就是追上了这个肉球,也没法奈何得了他。既然奈何不了他,那么决不和他善罢干休什么的,那也不过虚声恫吓而已。"桃枝仙道:"就算虚声恫吓,也有吓阻敌人之效,总之比不吓为强。"桃实仙道:"我看这肉球奔跑迅速,脚下丝毫没慢了下来,'吓阻'二字中这个'阻'字,未免不大妥当。"桃枝仙道:"他眼下还没慢,过得一会,便慢下来啦。"他手中抱着人,嘴里争辩不休,脚下竟丝毫不缓。

三人一条线般向东北方奔跑,道路渐渐崎岖,走上了一条山道。岳不群突然想起:"别要这肉球人在山里埋伏高手,引我入伏,大举围攻,那可凶险得紧。"停步微一沉吟,只见肉球人已抱了令狐冲走向山坡上一间瓦屋,越墙而入。岳不群四下察看,又即追上。

桃枝仙抱着桃实仙也即越墙而入,蓦地里一声大叫,显是中计受陷。

岳不群掩到墙边,只听桃实仙道·"我早跟你说,叫你小心些,你瞧,现下给人家用渔网缚了起来,像是一条大鱼,有什么光采?"桃枝仙道:"第一,是两条大鱼,不是一条大鱼。第二,你几时叫过我小心些?"桃实仙道:"小时候我一起和你去偷人家院子里树上的石榴,我叫你小心些,难道你忘了?"桃枝仙道:"那是三十多年前的事了,跟眼前的事有什么相干?"桃实仙道:"当然有相干。那一次你不小心,摔了下去,给人家捉住了,揍了一顿,后来大哥、二哥、四哥他们赶到,才将那一家人杀得干干净净。这一次你又不小心,又给人家捉住了。"桃枝仙道:"那有什么要紧?最多大哥、二哥他们一齐赶到,又将这家人杀得干干净净。"

那肉球人冷冷的道:"你这桃谷二鬼转眼便死,还在这里想杀人。不许说话,好让我耳根清净些。"只听得桃枝仙和桃实仙都荷荷荷的响了几下,便不出声了,显是肉球人在他二人口中塞了麻核桃之类物事,令他们开口不得。

岳不群侧耳倾听，墙内好半天没有声息，绕到围墙之后，见墙外有株大枣树，于是轻轻跃上枣树，向墙内望去，见里面是间小小瓦屋，和围墙相距约有一丈。他想桃枝仙跃入墙内即被渔网缚住，多半这一丈的空地上装有机关埋伏，当下隐身在枣树的枝叶浓密之处，运起"紫霞神功"，凝神倾听。

那肉球人将令狐冲放在椅上，低沉着声音问道："你到底是祖千秋那老贼的什么人？"令狐冲道："祖千秋这人，今儿我还是第一次见到，他是我什么人了？"肉球人怒道："事到如今，还在撒谎！你已落入我的掌握，我要你死得惨不堪言。"

令狐冲笑道："你的灵丹妙药给我无意中吃在肚里，你自然要大发脾气。只不过你的丹药，实在也不见得有什么灵妙，我服了之后，不起半点效验。"肉球人怒道："见效哪有这样快的？常言道病来似山倒，病去如抽丝。这药力须得在十天半月之后，这才慢慢见效。"令狐冲道："那么咱们过得十天半月，再看情形罢！"肉球人怒道："看你妈的屁！你偷吃了我的'续命八丸'，老头子非立时杀了你不可。"令狐冲笑道："你即刻杀我，我的命便没有了，可见你的'续命八丸'毫无续命之功。"肉球人道："是我杀你，跟'续命八丸'毫不相干。"令狐冲叹道："你要杀我，尽管动手，反正我全身无力，毫无抗御之能。"

肉球人道："哼，你想痛痛快快的死，可没这么容易！我先得问个清楚。他奶奶的，祖千秋是我老头子几十年的老朋友，这一次居然卖友，其中定然别有原因。你华山派在我'黄河老祖'眼中，不值半文钱，他当然并非为了你是华山派的弟子，才盗了我的'续命八丸'给你。当真是奇哉怪也，奇哉怪也！"一面自言自语，一面顿足有声，十分生气。

令狐冲道："阁下的外号原来叫作'黄河老祖'，失敬啊失敬。"肉球人怒道："胡说八道！我一个人怎做得来'黄河老祖'？"令狐冲问道："为什么一个人做不来？"肉球人道："'黄河老祖'一个姓老，一个姓祖，当然是两个人了。连这个也不懂，真是蠢才。我老爷老头子，祖宗祖千秋。我们两人居于黄河沿岸，合称'黄河老祖'。"

令狐冲问道："怎么一个叫老爷，一个叫祖宗？"肉球人道："你孤陋寡闻，不知世上有姓老、姓祖之人。我姓老，单名一个'爷'字，字'头子'，人家不是叫我老爷，便叫我老头子……"令狐冲忍不住笑出声来，问道："那个祖千秋，便姓祖名宗了？"

肉球人老头子道："是啊。"他顿了一顿，奇道："咦！你不知祖千秋的名字，如此说来，或许真的跟他没什么相干。啊哟，不对，你是不是祖千秋的儿子？"令狐冲更是好笑，说道："我怎么会是他的儿子？他姓祖，我复姓令狐，怎拉扯得上一块？"

老头子喃喃自语："真是古怪。我费了无数心血，偷抢拐骗，这才配制成了这'续命八丸'，原是要用来治我宝贝乖女儿之病的，你既不是祖千秋的儿子，他干么要偷了我这丸药给你服下？"

令狐冲这才恍然，说道："原来老先生这些丸药，是用来治令爱之病的，却给在下误服了，当真万分过意不去。不知令爱患了什么病，何不请'杀人名医'平大夫设法医治？"

老头子呸呸连声，说道："有病难治，便得请教平一指。老头子身在开封，岂有不知？他有个规矩，治好一人，须得杀一人抵命。我怕他不肯治我女儿，先去将他老婆家中一家五口尽数杀了，他才不好意思，不得不悉心替我女儿诊断，查出我女儿在娘胎之中便已有了这怪病，于是开了这张'续命八丸'的药方出来。否则我怎懂得采药制炼的法子？"

令狐冲愈听愈奇，问道："前辈既去请平大夫医治令爱，又怎能杀了他岳家的全家？"

老头子道："你这人笨得要命，不点不透。平一指仇家本来不多，这几年来又早被他的病人杀得精光了。平一指生平最恨之人是他岳母，只因他怕老婆，不便亲自杀他岳母，也不好意思派人代杀。老头子跟他是乡邻，大家武林一脉，怎不明白他的心意？于是

534

由我出手代劳。我杀了他岳母全家之后，平一指十分欢喜，这才悉心诊治我女儿之病。”

令狐冲点头道：“原来如此。其实前辈的丹药虽灵，对我的疾病却不对症。不知令爱病势现下如何，重新再觅丹药，可来得及吗？”

老头子怒道：“我女儿最多再拖得一年半载，便一命呜呼了，哪里还来得及去再觅这等灵丹妙药？现下无可奈何，只有死马当作活马医了。”

他取出几根绳索，将令狐冲的手足牢牢缚在椅上，撕烂他衣衫，露出了胸口肌肤。令狐冲问道：“你要干什么？”老头子狞笑道：“不用心急，待会便知。”将他连人带椅抱起，穿过两间房，揭起棉帷，走进一间房中。

令狐冲一进房便觉闷热异常。但见那房的窗缝都用绵纸糊住，当真密不通风，房中生着两大盆炭火，床上布帐低垂，满房都是药气。

老头子将椅子在床前一放，揭开帐子，柔声道：“不死好孩儿，今天觉得怎样？”

令狐冲心下大奇：“什么？老头子的女儿芳名‘不死’，岂不叫作‘老不死’？啊，是了，他说他女儿在娘胎中便得了怪病，想来他生怕女儿死了，便给她取名‘不死’，到老不死，是大吉大利的好口彩。她是‘不’字辈，跟我师父是同辈。”越想越觉好笑。

只见枕上躺着一张更无半点血色的脸蛋，一头三尺来长的头发散在布被之上，头发也是黄黄的。那姑娘约莫十七八岁年纪，双眼紧闭，睫毛甚长，低声叫道：“爹！”却不睁眼。

老头子道：“不儿，爹爹给你炼制的‘续命八丸’已经大功告成，今日便可服用了，你吃了之后，毛病便好，就可起床玩耍。”那少女嗯的一声，似乎并不怎么关切。

令狐冲见到那少女病势如此沉重，心下更是过意不去，又想：“老头子对他女儿十分爱怜，无可奈何之中，只好骗骗她了。”

老头子扶着女儿上身，道："你坐起一些好吃药，这药得来不易，可别糟蹋了。"那少女慢慢坐起，老头子拿了两个枕头垫在她背后。那少女睁眼见到令狐冲，十分诧异，眼珠不住转动，瞧着令狐冲，问道："爹，他……他是谁？"

老头子微笑道："他么？他不是人，他是药。"那少女茫然不解，道："他是药？"老头子道："是啊，他是药。那'续命八丸'药性太过猛烈，我儿服食不宜，因此先让这人服了，再刺他之血供我儿服食，最为适当。"那少女道："刺他的血？他会痛的，那……那不大好。"老头子道："这人是个蠢才，不会痛的。"那少女"嗯"的一声，闭上了眼睛。

令狐冲又惊又怒，正欲破口大骂，转念一想："我吃了这姑娘的救命灵药，虽非有意，总之是我坏了大事，害了她性命。何况我本就不想活了，以我之血，救她性命，赎我罪愆，有何不可？"当下凄然一笑，并不说话。

老头子站在他身旁，只待他一出声叫骂，立即点他哑穴，岂知他竟是神色泰然，不以为意，倒也大出意料之外。他怎知令狐冲自岳灵珊移情别恋之后，本已心灰意懒，这晚听得那大汉大声斥责岳灵珊和林平之，骂他二人说自己坏话，又亲眼见到岳林二人在岸上树底密约相会，更觉了无生趣，于自己生死早已全不挂怀。

老头子问道："我要刺你心头热血，为我女儿治病了，你怕不怕？"令狐冲淡淡的道："那有什么可怕的？"老头子侧目凝视，见他果然毫无惧怕的神色，说道："刺出你心头之血，你便性命不保了，我有言在先，可别怪我没告知你。"令狐冲淡淡一笑，道："每个人到头来终于要死的，早死几年，迟死几年，也没多大分别？我的血能救得姑娘之命，那是再好不过，胜于我白白的死了，对谁都没有好处。"他猜想岳灵珊得知自己死讯，只怕非但毫不悲戚，说不定还要骂声："活该！"不禁大生自怜自伤之意。

老头子大拇指一翘，赞道："这等不怕死的好汉，老头子生平倒从来没见过。只可惜我女儿若不饮你的血，便难以活命，否则的话，真想就此饶了你。"

他到灶下端了一盆热气腾腾的沸水出来，右手执了一柄尖刀，左手用手巾在热水中浸湿了，敷在令狐冲心口。

正在这时，忽听得祖千秋在外面叫道："老头子，老头子，快开门，我有些好东西送给你的不死姑娘。"老头子眉头一皱，右手刀子一划，将那热手巾割成两半，将一半塞在令狐冲口中，说道："什么好东西了？"放下刀子和热水，出去开门，将祖千秋放进屋来。

祖千秋道："老头子，这一件事你如何谢我？当时事情紧急，又找你不到。我只好取了你的'续命八丸'，骗他服下。倘若你自己知道了，也必会将这些灵丹妙药送去，可是他就未必肯服。"老头子怒道："胡说八道……"

祖千秋将嘴巴凑到他的耳边，低声说了几句话。老头子突然跳起身来，大声道："有这等事？你……你……可不是骗我？"祖千秋道："骗你作甚？我打听得千真万确。老头子，咱们是几十年的交情了，知己之极，我办的这件事，可合了你心意罢？"老头子顿足叫道："不错，不错！该死，该死！"

祖千秋奇道："怎地又是不错，又是该死？"老头子道："你不错，我该死！"祖千秋更加奇了，道："你为什么该死？"

老头子一把拖了他手，直入女儿房中，向令狐冲纳头便拜，叫道："令狐公子，令狐爷爷，小人猪油蒙住了心，今日得罪了你。幸好天可怜见，祖千秋及时赶到，倘若我一刀刺死了你，便将老头子全身肥肉熬成脂膏，也赎不了我罪愆的万一。"说着连连叩头。

令狐冲口中塞着半截手巾，荷荷作声，说不出话来。

祖千秋忙将手巾从他口中挖了出来，问道："令狐公子，你怎地到了此处？"令狐冲忙道："老前辈快快请起，这等大礼，我可愧不敢当。"老头子道："小老儿不知令狐公子和我大恩人有这等渊源，多多冒犯，唉，唉，该死，该死！胡涂透顶，就算我有一百个女儿，个个都要死，也不敢让令狐公子流半点鲜血救她们的狗命。"

　　祖千秋睁大了眼，道："老头子，你将令狐公子绑在这里干什么？"老头子道："唉，总之是我倒行逆施，胡作非为，你少问一句行不行？"祖千秋又问："这盆热水，这把尖刀放在这里，又干什么来着？"只听得拍拍拍拍几声，老头子举起手来，力批自己双颊。他的脸颊本就肥得有如一只南瓜，这几下着力击打，登时更加肿胀不堪。

　　令狐冲道："种种情事，晚辈胡里胡涂，实不知半点因由，还望两位前辈明示。"老头子和祖千秋匆匆忙忙解开了他身上绑缚，说道："咱们一面喝酒，一面详谈。"令狐冲向床上的少女望了一眼，问道："令爱的病势，不致便有变化么？"

　　老头子道："没有，不会有变化。就算有变化，唉，这个……那也是……"他口中唠唠叨叨的，也不知说些什么，将令狐冲和祖千秋让到厅上，倒了三碗酒，又端出一大盘肥猪肉来下酒，恭恭敬敬的举起酒碗，敬了令狐冲一碗。令狐冲一口饮了，只觉酒味淡薄，平平无奇，但比之在祖千秋酒杯中盛过的酒味，却又好上十倍。

　　老头子说道："令狐公子，老朽胡涂透顶，得罪了公子，唉，这个……真是……"一脸惶恐之色，不知说什么话，才能表达心中歉意。祖千秋道："令狐公子大人大量，也不会怪你。再说，你这'续命八丸'倘若有些效验，对令狐公子的身子真有补益，那么你反有功劳了。"老头子道："这个……功劳是不敢当的，祖贤弟，还是你的功劳大。"祖千秋笑道："我取了你这八颗丸药，只怕于不死侄女身子有妨，这一些人参给她补一补罢。"说着俯身取过一只竹篓，打开盖子，掏出一把把人参来，有粗有细，看来没有十斤，也有八斤。

　　老头子道："从哪里弄了这许多人参来？"祖千秋笑道："自然是从药材铺中借来的了。"老头子哈哈大笑，道："刘备借荆州，不知何日还。"

令狐冲见老头子虽强作欢容，却掩不住眉间忧愁，说道："老先生，祖先生，你两位想要医我之病，虽然是一番好意，但一个欺骗在先，一个掳绑在后，未免太不将在下瞧在眼里了。"

老祖二人一听，当即站起，连连作揖，齐道："令狐公子，老朽罪该万死。不论公子如何处罚，老朽二人都是罪有应得。"令狐冲道："好，我有事不明，须请直言相告。请问二位到底是冲着谁的面子，才对我这等相敬？"

老祖二人相互瞧了一眼。老头子道："这个……这个……这个吗？"祖千秋道："公子爷当然知道。那一位的名字，恕我们不敢提及。"

令狐冲道："我的的确确不知。"暗自思忖："是风太师叔么？是不戒大师么？是田伯光么？是绿竹翁么？可是似乎都不像。风太师叔虽有这等本事面子，但他老人家隐居不出，不许我泄露行踪，他怎会下山来干这等事？"

祖千秋道："公子爷，你问这件事，我和老兄二人是决计不敢答的，你就杀了我们，也不会说。你公子爷心中自然知道，又何必定要我们说出口来？"

令狐冲听他语气坚决，显是不论如何逼问，都是决计不说的了，便道："好，你们既然不说，我心中怒气不消。老先生，你刚才将我绑在椅上，吓得我魂飞魄散，我也要绑你二人一绑，说不定我心中不开心，一尖刀把你们的心肝都挖了出来。"

老祖二人又是对望一眼，齐道："公子爷要绑，我们自然不敢反抗。"老头子端过两只椅子，又取了七八条粗索来。两人先用绳索将自己双足在椅脚上牢牢缚住，然后双手放在背后，说道："公子请绑。"均想："这位少年未必真要绑我们出气，多半是开开玩笑。"

哪知令狐冲取过绳索，当真将二人双手反背牢牢缚住，提起老头子的尖刀，说道："我内力已失，不能用手指点穴，又怕你们运力挣扎，只好用刀柄敲打，封了你二人的穴道。"当下倒转尖刀，用刀柄在二人的环跳、天柱、少海等处穴道中用力敲击，封住了二人穴道。老头子和祖千秋面面相觑，大是诧异，不自禁的生出恐惧之情，不知令狐冲用意何在。只听他说道："你们在这里等一会。"转身出厅。

令狐冲握着尖刀，走到那少女的房外，咳嗽一声，说道："老……唔，姑娘，你身子怎样？"他本待叫她"老姑娘"，但想这少女年纪轻轻，虽然姓老，称之为"老姑娘"总是不大妥当，如叫她为"老不死姑娘"，更有点匪夷所思。那少女"嗯"的一声，并不回答。

令狐冲掀开棉帷，走进房去，只见她兀自坐着，靠在枕垫之上，半睡半醒，双目微睁。令狐冲走近两步，见她脸上肌肤便如透明一般，淡黄的肌肉下现出一条条青筋，似乎可见到血管中血液隐隐流动。房中寂静无声，风息全无，好像她体内鲜血正在一滴滴的凝结成膏，她呼出来的气息，呼出一口便少了一口。

令狐冲心道："这姑娘本来可活，却给我误服丹药而害了她。我反正是要死了，多活几天，少活几天，又有什么分别？"取过一只瓷碗放在几上，伸出左腕，右手举刀在腕脉上横斩一刀，鲜血泉涌，流入碗中。他见老头子先前取来的那盆热水仍在冒气，当即放下尖刀，右手抓些热水淋在伤口上，使得伤口鲜血不致迅速凝结。顷刻间鲜血已注满了大半碗。

那少女迷迷糊糊中闻到一阵血腥气，睁开眼来，突然见到令狐冲手腕上鲜血直淋，一惊之下，大叫了一声。

令狐冲见碗中鲜血将满，端到那姑娘床前，就在她嘴边，柔声道："快喝了，血中含有灵药，能治你的病。"那姑娘道："我……我怕，我不喝。"令狐冲流了一碗血后，只觉脑中空荡荡地，四肢软弱无力，心想："她害怕不喝，这血岂不是白流了？"左手抓过尖刀，喝道："你不听话，我便一刀杀了你。"将尖刀刀尖直抵到她喉头。

那姑娘怕了起来，只得张嘴将一碗鲜血一口口的都喝了下去，几次烦恶欲呕，看到令狐冲的尖刀闪闪发光，竟吓得不敢作呕。

令狐冲见她喝干了一碗血，自己腕上伤口鲜血渐渐凝结，心想："我服了老头子的'续命八丸'，从血液中进入这姑娘腹内的，只怕还不到十分之一，待我大解小解之后，不免所失更多，须得尽早再喂她几碗鲜血，直到我不能动弹为止。"当下再割右手腕脉，放了大半碗鲜血，又去喂那姑娘。

那姑娘皱起了眉头，求道："你……你别迫我，我真的不行了。"令狐冲道："不行也得行，快喝，快。"那姑娘勉强喝了几口，喘了一会气，说道："你……你为什么这样？你这样做，好伤自己身子。"令狐冲苦笑道："我伤身子打什么紧，我只要你好。"

桃枝仙和桃实仙被老头子所装的渔网所缚，越是出力挣扎，渔网收得越紧，到得后来，两人手足便想移动数寸也已有所不能。两人身不能动，耳目却仍十分灵敏，口中更是争辩不休。当令狐冲将老祖二人缚住后，桃枝仙猜他定要将二人杀了，桃实仙则猜他一定先来释放自己兄弟。哪知二人白争了一场，所料全然不中，令狐冲却走进了那姑娘房中。

那姑娘的闺房密不通风，二人在房中说话，只隐隐约约的传了一些出来。桃枝仙、桃实仙、岳不群、老头子、祖千秋五人内力都甚了得，但令狐冲在那姑娘房中干什么，五人只好随意想像，突然间听得那姑娘尖声大叫，五人脸色登时都为之大变。

桃枝仙道："令狐冲一个大男人，走到人家闺女房中去干什么？"桃实仙道："你听！那姑娘害怕之极，说道：'我……我怕！'令狐冲说：'你不听话，我便一刀杀了你。'他说'你不听话'，令狐冲要那姑娘听什么话？"桃枝仙道："那还有什么好事？自然是逼迫那姑娘做他老婆。"桃实仙道："哈哈，可笑之极！那矮冬瓜胖皮球的女儿，当然也是矮冬瓜胖皮球，令狐冲为什么要逼她做老婆？"桃枝仙道："萝卜青菜，各人所爱！说不定令狐冲特别喜欢肥胖女子，一见肥女，便即魂飞天外。"桃实仙道："啊哟！你听，你听！那肥女求饶了，说什么'你别迫我，我真的不行了。'"桃枝仙道："不错。令狐冲这小子却是霸王硬上弓，说道：'不行也得行，快，快！'"

桃实仙道："为什么令狐冲叫她快些，快什么？"桃枝仙道："你没娶过老婆，是童男之身，自然不懂！"桃实仙道："难道你就娶过了，不害臊！"桃枝仙道："你明知我没娶过，干么又来问我？"桃实仙大叫："喂，喂，老头子，令狐冲在逼你女儿做老婆，你干么见死不救？"桃枝仙道："你管什么闲事？你又怎知那肥女要死，说什么见死不救？她女儿名叫'老不死'，怎么会死？"

老头子和祖千秋给缚在椅上，又给封了穴道，听得房中老姑娘惊呼和哀求之声，二人面面相觑，不知如何是好。二人心下本已起疑，听得桃谷二仙在院子中大声争辩，更无怀疑。

祖千秋道："老兄，这件事非阻止不可，没想到令狐公子如此好色，只怕要闯大祸。"老头子道："唉，糟蹋了我不死孩儿，那还罢了，却……却太也对不起人家。"祖千秋道："你听，你听。你的不死姑娘对他生了情意，她说道：'你这样做，好伤自己身子。'令狐冲说什么？你听到没有？"老头子道："他说：'我伤身子打什么紧？我只是要你好！'他奶奶的，这两个小家伙。"祖千秋哈哈大笑，说道："老兄，恭喜，恭喜！"老头子怒道："恭你奶奶个喜！"祖千秋笑道："你何必发怒？恭喜你得了个好女婿！"

老头子大叫一声，喝道："别再胡说！这件事传扬出去，你我还有命么？"他说这两句话时，声音中含着极大的惊恐。祖千秋道："是，是！"声音却也打颤了。

岳不群身在墙外树上，隔得更远，虽运起了"紫霞神功"，也只听到一鳞半爪，最初一听到令狐冲强迫那姑娘，便想冲入房中阻止，但转念一想，这些人连令狐冲在内，个个诡秘怪异，不知有什么图谋，还是不可鲁莽，以静观其变为是，当下运功继续倾听。桃谷二仙和老祖二人的说话不绝传入耳中，只道令狐冲当真乘人之危,对那姑娘大肆非礼,后来再听老祖二人的对答,心想令狐冲潇洒风流,那姑娘多半与乃父相像,是个胖皮球般的丑女,则失身之后对其倾倒爱慕,亦非奇事,不禁连连摇头。

忽听得那姑娘又尖叫道:"别……别……这么多血,求求你……"

突然墙外有人叫道:"老头子,桃谷四鬼给我撇掉啦。"波的一声轻响,有人从墙外跃入,推门进内,正是那个手持白幡去逗引桃谷四仙的汉子。

他见老头子和祖千秋都给绑在椅上,吃了一惊,叫道:"怎么啦?"右手一翻,掌中已多了一柄精光灿然的匕首,手臂几下挥舞,已将两人手足上所绑的绳索割断。

房中那姑娘又尖声惊叫:"你……你……求求你……不能再这样了。"

那汉子听她叫得紧急,惊道:"是老不死姑娘!"向房门冲去。

老头子一把拉住了他手臂,喝道:"不可进去!"那汉子一怔之下,停住了脚步。

只听得院子中桃枝仙道:"我想矮冬瓜得了令狐冲这样一个女婿,定是欢喜得紧。"桃实仙道:"令狐冲快要死了,一个半死半活的女婿,得了有什么欢喜?"桃枝仙道:"他女儿也快死了,一对夫妻一般的半死半活。"桃实仙问道:"哪个死?哪个活?"桃枝仙道:"那还用问?自然是令狐冲死。老不死姑娘名叫老不死,怎么会死?"桃实仙道:"这也未必。难道名字叫什么,便真的是什么?如果天下人个个叫老不死,便个个都老而不死了?咱们练武功还有什么用?"

两兄弟争辩声中,猛听得房中砰的一声,什么东西倒在地下。老姑娘又叫了起来,声音虽然微弱,却充满了惊惶之意,叫道:"爹,爹!快来!"

老头子听得女儿呼叫,抢进房去,只见令狐冲倒在地下,一只瓷碗合在胸口，上身全是鲜血，老姑娘斜倚在床，嘴边也都是血。祖千秋和那汉子站在老头子身后，望望令狐冲，望望老姑娘，满腹都是疑窦。

老姑娘道："爹，他……他割了许多血出来，逼我喝了两碗……他……他还要割……"

老头子这一惊更加非同小可，忙俯身扶起令狐冲，只见他双手腕脉处各有伤口，鲜血兀自汨汨流个不住。老头子急冲出房，取了金创药来，心慌意乱之下，虽在自己屋中，还是额头在门框边上撞得肿起了一个大瘤，门框却被他撞塌了半边。

桃枝仙听到碰撞声响，只道他在殴打令狐冲，叫道："喂，老头子，令狐冲是桃谷六仙的好朋友，你可不能再打。要是打死了他，桃谷六仙非将你全身肥肉撕成一条条不可。"桃实仙道："错了，错了！"桃枝仙道："什么错了？"桃实仙道："他若是全身瘦肉，自可撕成一条一条，但他全是肥肉，一撕便成一团一塌胡涂的膏油，如何撕成一条一条？"

老头子将金创药在令狐冲手腕上伤口外敷好，再在他胸腹间几处穴道上推拿良久，令狐冲这才悠悠醒转。老头子惊魂略定，心下感激无已，颤声道："令狐公子，你……这件事当真叫咱们粉身碎骨，也是……唉……也是……"祖千秋道："令狐公子，老头子刚才缚住了你，全是一场误会，你怎么当真了？岂不令他无地自容？"

令狐冲微微一笑，说道："在下的内伤非灵丹妙药所能医治，祖前辈一番好意，取了老前辈的'续命八丸'来给在下服食，实在是糟蹋了……但愿这位姑娘的病得能痊可……"他说到这里，只因失血过多，一阵晕眩，又昏了过去。

老头子将他抱起，走出女儿闺房，放在自己房中床上，愁眉苦脸的道："那怎么办？那怎么办？"祖千秋道："令狐公子失血极多，只怕性命已在顷刻之间，咱三人便以毕生修为，将内力注入他体内如何？"老头子道："自该如此。"轻轻扶起令狐冲，右掌心贴上他背心大椎穴，甫一运气，便全身一震，喀喇一声响，所坐的木椅给他压得稀烂。

桃枝仙哈哈大笑，大声道："令狐冲的内伤，便因咱六兄弟以内力给他疗伤而起，这矮冬瓜居然又来学样，令狐冲岂不是伤上加伤，伤之又伤，伤之不已！"桃实仙道："你听，这喀喇一声响，定是矮冬瓜给令狐冲的内力震了出来，撞坏了什么东西。令狐冲的内力，便是我们的内力，矮冬瓜又吃了桃谷六仙一次苦头！妙哉！妙哉！"

老头子叹了口气，道："唉，令狐公子倘若伤重不醒，我老头子只好自杀了。"

那汉子突然放大喉咙叫道："墙外枣树上的那一位，可是华山派掌门岳先生吗？"

岳不群大吃一惊，心道："原来我的行迹早就给他见到了。"只听那汉子又叫："岳先生，远来是客，何不进来见面？"岳不群极是尴尬，只觉进去固是不妙，其势又不能老是坐在树上不动。那汉子道："令高足令狐公子晕了过去，请你一起参详参详。"

岳不群咳嗽一声，纵身飞跃，越过了院子中丈余空地，落在滴水檐下的走廊之上。老头子已从房中走了出来，拱手道："岳先生，请进。"岳不群道："在下挂念小徒安危，可来得鲁莽了。"老头子道："那是在下该死。唉，倘若……倘若……"

桃枝仙大声道："你不用担心，令狐冲死不了的。"老头子大喜，问道："你怎知他不会死？"桃枝仙道："他年纪比你小得多，也比我小得多，是不是？"老头子道："是啊。那又怎样？"桃枝仙道："年纪老的人先死呢，还是年纪小的人先死？自然是老的先死了。你还没死，我也没有死，令狐冲又怎么会死？"老头子本道他有独得之见，岂知又来胡说一番，只有苦笑。桃实仙道："我倒有个挺高明的主意，咱们大伙儿齐心合力，给令狐冲改个名字，叫作'令狐不死'……"

岳不群走入房中，见令狐冲晕倒在床，心想："我若不露一手紫霞神功，可教这几人轻视我华山派了。"当下暗运神功，脸向里床，以便脸上紫气显现之时无人瞧见，伸掌按到令狐冲背心大椎穴上。他早知令狐冲体内真气运行的情状，当下并不用力，只以少些内力缓缓输入，觉到他体内真气生出反激，手掌便和他肌肤离开了半寸，停得片刻，又将手掌按了上去。果然过不多时，令狐冲便即悠悠醒转，叫道："师父，你……老人家来了。"

老头子等三人见岳不群毫不费力的便将令狐冲救转，都大为佩服。

岳不群寻思："此处是非之地，不能多耽，又不知舟中夫人和众弟子如何。"拱手说道："多承诸位对我师徒礼敬有加，愧不敢当，这就告辞。"老头子道："是，是！令狐公子身子违和，咱们本当好好接待才是，眼下却是不便，实在失礼之至，还请两位原恕。"

岳不群道："不用客气。"黯淡的灯光之下，见那汉子一双眸子炯炯发光，心念一动，拱手道："这位朋友尊姓大名？"祖千秋笑道："原来岳先生不识得咱们的夜猫子'无计可施'计无施。"岳不群心中一凛："夜猫子计无施？听说此人天赋异禀，目力特强，行事忽善忽恶，或邪或正，虽然名计无施，其实却是诡计多端，是个极厉害的人物。他竟也和老头子等人搅在一起。"忙拱手道："久仰计师傅大名，当真是如雷贯耳，今日有幸得见。"

计无施微微一笑，说道："咱们今日见了面，明日还要在五霸冈见面啊。"

岳不群又是一凛，虽觉初次见面，不便向人探询详情，但女儿被掳，甚是关心，说道："在下不知什么地方得罪了这里武林朋友，想必是路过贵地，未曾拜候，实是礼数不周。小女和一个姓林的小徒，不知给哪一位朋友召了去，计先生可能指点一二么？"

计无施微笑道："是么？这个可不大清楚了。"

岳不群向计无施探询女儿下落，本已大大委曲了自己掌门人的身份，听他不置可否，虽又恼又急，其势已不能再问，当下淡淡的道："深夜滋扰，甚以为歉，这就告辞了。"将令狐冲扶起，伸手欲抱。

老头子从他师徒之间探头上来，将令狐冲抢着抱了过去，道："令狐公子是在下请来，自当由在下恭送回去。"抓了张薄被盖在令狐冲身上，大踏步往门外走出。

桃枝仙叫道："喂，我们这两条大鱼，放在这里，成什么样子？"老头子沉吟道："这个……"心想缚虎容易纵虎难，倘若将他两兄弟放了，他桃谷六仙前来生事寻仇，可真难以抵挡。否则的话，有这两个人质在手，另外那四人便心有所忌。

令狐冲知他心意，道："老前辈，请你将他们二位放了。桃谷二仙，你们以后也不可向老祖二位寻仇生事，大家化敌为友如何？"桃枝仙道："单是我们二位，也无法向他们寻仇生事。"令狐冲道："那自是桃谷六仙一起在内了。"

桃实仙道："不向他们寻仇生事，那是可以的；说到化敌为友，却是不行，杀了我头也不行。"老头子和祖千秋都哼了一声，心下均想："我们不过冲着令狐公子的面子，才不来跟你们计较，难道当真怕了你桃谷六仙不成？"

令狐冲道："那为什么？"桃实仙道："桃谷六仙和他们黄河老祖本来无怨无仇，根本不是敌人，既非敌人，这'化敌'便如何化起？所以啊，要结成朋友，倒也不妨，要化敌为友，可无论如何化不来了。"众人一听，都哈哈大笑。

祖千秋俯下身去，解开了渔网的活结。这渔网乃人发、野蚕丝、纯金丝所绞成，坚韧异常，宝刀利剑亦不能断，陷身入内后若非得人解救，否则越是挣扎，勒得越紧。

桃枝仙站起身来，拉开裤子，便在渔网上撒尿。祖千秋惊问："你……你干什么？"桃枝仙道："不在这臭网上撒一泡尿，难消老子心头之气。"

当下七人回到河边码头。岳不群遥遥望见劳德诺和高根明二弟子仗剑守在船头，知道众人无恙，当即放心。老头子将令狐冲送入船舱，恭恭敬敬的一揖到地，说道："公子爷义薄云天，老朽感激不尽。此刻暂且告辞，不久便当再见。"

令狐冲在路上一震，迷迷糊糊的又欲晕去，也不知他说些什么话，只嗯了一声。

岳夫人等见这肉球人前倨后恭，对令狐冲如此恭谨，无不大为诧异。

老头子和祖千秋深怕桃根仙等回来，不敢多所逗留，向岳不群一拱手，便即告辞。

桃枝仙向祖千秋招招手，道："祖兄慢去。"祖千秋道："干什么？"桃枝仙道："干这个！"曲膝矮身，突然挺肩向他怀中猛力撞去。这一下出其不意，来势快极，祖千秋不及闪避，只得急运内劲，霎时间气充丹田，肚腹已是坚如铁石。只听得喀喇、辟拍、玎玎、铮铮十几种声音齐响，桃枝仙已倒退在数丈之外，哈哈大笑。

祖千秋大叫："啊唷！"探手入怀，摸出无数碎片来，或瓷或玉，或竹或木，他怀中所藏的二十余只珍贵酒杯，在这么一撞之下多数粉碎，金杯、银杯、青铜爵之类也都给压得扁了。他既痛惜，又恼怒，手一扬，数十片碎片向桃枝仙激射过去。

桃枝仙早就有备，闪身避开，叫道："令狐冲叫咱们化敌为友，他的话可不能不听。咱们须得先成敌人，再做朋友。"

祖千秋穷数十年心血搜罗来的这些酒杯，给桃枝仙一撞之下尽数损毁，如何不怒？本来还待追击，听他这么一说，当即止步，干笑几声，道："不错，化敌为友，化敌为友。"和老头子、计无施二人转身而行。

令狐冲迷迷糊糊之中，还是挂念着岳灵珊的安危，说道："桃枝仙，你请他们不可……不可害我岳师妹。"桃枝仙应道："是。"大声说道："喂！喂！老头子、夜猫子、祖千秋几个朋友听了，令狐冲说，叫你们不可伤害他的宝贝师妹。"

计无施等本已走远，听了此言，当即停步。老头子回头大声道："令狐公子有命，自当遵从。"三人低声商量了片刻，这才离去。

岳不群刚向夫人述说得几句在老头子家中的见闻，忽听得岸上大呼小叫，桃根仙等四人回来了。

桃谷四仙满嘴吹嘘，说那手持白幡之人给他们四兄弟擒住，已撕成了四块。桃实仙哈哈大笑，说道："厉害，厉害。四位哥哥端的了得。"桃枝仙道："你们将那人撕成了四块，可知他叫什么名字？"桃干仙道："他死都死了，管他叫什么名字？难道你便知道？"桃枝仙道："我自然知道。他姓计，名叫计无施，还有个外号，叫作夜猫子。"桃叶仙拍手道："这姓固是姓得好，名字也取得妙，原来他倒有先见之明，知道日后给桃谷六仙擒住之后，定是无计可施，逃不了被撕成四块的命运，因此上预先取下了这个名字。"

桃实仙道："这夜猫子计无施，功夫当真出类拔萃，世所罕有！"桃根仙道："是啊，他功夫实在了不起，倘若不是遇上桃谷六仙，凭他的轻身功夫，在武林中也可算得是一把好手。"桃实仙道："轻身功夫倒也罢了，给撕成四块之后，他居然能自行拼起，死后还魂，行动如常。刚才还到这里来说了一会子话呢。"

桃根仙等才知谎话拆穿，四人也不以为意，脸上都假装惊异之色。桃花仙道："原来计无施还有这等奇门功夫，那倒是人不可貌相，海水不可斗量，佩服啊，佩服。"桃干仙道："将撕成四块的身子自行拼凑，片刻间行动如常，听说叫做'化零为整大法'，这功夫失传已久，想不到这计无施居然学会了，确是武林异人，下次见到，可以跟他交个朋友。"

岳不群和岳夫人相对发愁，爱女被掳，连对头是谁也不知道，想不到华山派名震武林，却在黄河边上栽了这么个大筋斗，可是怕众弟子惊恐，还是半点不露声色。夫妇俩也不商量种种疑难不解之事，只心中暗自琢磨。大船之中，便是桃谷六仙胡说八道之声。

过了一个多时辰，天色将曙，忽听得岸上脚步声响，不多时有两乘轿子抬到岸边。当先一名轿夫朗声说道："令狐冲公子吩咐，不可惊吓了岳姑娘。敝上多有冒昧，还请令狐冲公子恕罪。"四名轿夫将轿子放下，转身向船上行了一礼，便即转身而去。

只听得轿中岳灵珊的声音叫道："爹，妈！"

岳不群夫妇又惊又喜，跃上岸去掀开轿帷，果见爱女好端端的坐在轿中，只是腿上被点了穴道，行动不得。另一顶轿中坐的，正是林平之。岳不群伸手在女儿环跳、脊中、委中几处穴道上拍了几下，解开了她被封的穴道，问道："那大个子是谁？"

岳灵珊道："那个又高又大的大个子。他……他……他……"小嘴一扁，忍不住要哭。岳夫人轻轻将她抱起，走入船舱，低声问道："可受了委曲吗？"岳灵珊给母亲一问，索性哇的一声哭了出来。岳夫人大惊，心想："那些人路道不正，珊儿落在他们手里，有好几个时辰，不知是否受了凌辱？"忙问："怎么了？跟妈说不要紧。"岳灵珊只哭个不停。

岳夫人更是惊惶，船中人多，不敢再问，将女儿横卧于榻，拉过被子，盖在她身上。

岳灵珊忽然大声哭道："妈，这大个子骂我，呜！呜！"

岳夫人一听，如释重负，微笑道："给人家骂几句，便这么伤心。"岳灵珊哭道："他举起手掌，还假装要打我、吓我。"岳夫人笑道："好啦，好啦！下次见到，咱们骂还他，吓还他。"岳灵珊道："我又没说大师哥坏话，小林子更加没说。那大个子强凶霸道，他说平生最不喜欢的事，便是听到有人说令狐冲的坏话。我说我也不喜欢。他说，他一不喜欢，便要把人煮来吃了。妈，他说到这里，便露出一口白森森的牙齿吓我。呜呜呜！"

岳夫人道："这人真坏。冲儿，那大个子是谁啊？"

令狐冲神智未曾十分清醒，迷迷糊糊的道："大个子吗？我……我……"

这时林平之也已得师父解开穴道，走入船舱，插口道："师娘，那大个子跟那和尚当真是吃人肉的，倒不是空言恫吓。"岳夫人一惊，问道："他二人都吃人肉？你怎知？"林平之道："那和尚问我《辟邪剑谱》的事，盘问了一会，从怀中取出一块东西来嚼，吃得津津有味，还拿到我嘴边，问我要不要咬一口尝尝滋味。却原来……却原来是一只人手。"岳灵珊惊叫一声，道："你先前怎地不说？"林平之道："我怕你受惊，不敢跟你说。"

岳不群忽道："啊，我想起来了。这是'漠北双熊'。那大个儿皮肤很白，那和尚却皮肤很黑，是不是？"岳灵珊道："是啊。爹，你认得他们？"岳不群摇头道："我不认得。只是听人说过，塞外漠北有两名剧盗，一个叫白熊，一个叫黑熊。倘若事主自己携货而行，漠北双熊不过抢了财物，也就算了，倘若有镖局子保镖，那么双熊往往将保镖的煮来吃了，还道练武之人，肌肉结实，吃起来加倍有咬口。"岳灵珊又是"啊"的一声尖叫。

岳夫人道："师哥你也真是的，什么'吃起来加倍的有咬口'，这种话也说得出口，不怕人作呕。"岳不群微微一笑，顿了一顿，才道："从没听说漠北双熊进过长城，怎地这一次到黄河边上来啦？冲儿，你怎会认得漠北双熊的？"

令狐冲道："漠北双雄？"他没听清楚师父前半截的话，只道"双雄"二字定是英雄之雄，却不料是熊罴之熊，呆了半晌，道："我不认得啊。"

岳灵珊忽道："小林子，那和尚要你咬那只手掌，你咬了没有？"林平之道："我自然没咬。"岳灵珊道："你不咬就罢了，倘若咬过一口，哼哼，瞧我以后还睬不睬你？"

桃干仙在外舱忽然说道："天下第一美味，莫过于人肉。小林子一定偷吃过了，只是不肯承认而已。"桃叶仙道："他倘若没吃，先前为什么不说，到这时候才拼命抵赖？"

林平之自遭大变后，行事言语均十分稳重，听他二人这么说，一怔之下，无以对答。

桃花仙道："这就是了。他不声不响，便是默认。岳姑娘，这种人吃了人肉不认，为人极不诚实，岂可嫁给他做老婆？"桃根仙道："你与他成婚之后，他日后必定与第二个女子勾勾搭搭，回家来你若问他，他定然死赖，决计不认。"桃叶仙道："更有一桩危险万分之事，他吃人肉吃出瘾来，他日你和他同床而卧，睡到半夜，忽然手指奇痛，又听得喀喇、喀喇的咀嚼之声，一查之下，你道是什么？却原来这小林子在吃你的手指。"桃实仙道："岳姑娘，一个人连脚趾在内，也不过二十根。这小林子今天吃几根，明天吃几根，好容易便将你十根手指、十根脚趾都吃了个精光。"

桃谷六仙自在华山绝顶与令狐冲结交，便已当他是好朋友。六兄弟虽然好辩成性，却也不是全无脑筋，令狐冲和岳灵珊之间落花有意、流水无情的情状，他六人早就瞧在眼里，此时捉到林平之的一点岔子，竟尔大肆挑拨离间。

岳灵珊伸手指塞在耳朵，叫道："你们胡说八道，我不要听，我不要听！"

桃根仙道："岳姑娘，你喜欢嫁给这小林子做老婆，倒也不妨，不过有一门功夫，却不可不学。这门功夫跟你一生干系极大，倘若错过了机会，日后定是追悔无及。"

岳灵珊听他说得郑重，问道："什么功夫，有这么要紧？"

桃根仙道："那个夜猫子计无施，有一门'化零为整大法'，日后你的耳朵、鼻子、手指、脚趾，都给小林子吃在肚里，只消你身具这门功夫，那也不惧，尽可剖开他肚子，取了出来，拼在身上，化零为整。"

小舟舱中跃出一个女子，站在船头，身穿蓝布印白花衫裤，一条绣花围裙，色彩灿烂，金碧辉煌。那女子脸带微笑，瞧她装束，绝非汉家女子。

十六　注　血

　　桃谷六仙胡说八道声中，坐船解缆拔锚，向黄河下游驶去。其时曙色初现，晓雾未散，河面上一团团白雾罩在滚滚浊流之上，放眼不尽，令人胸怀大畅。

　　过了小半个时辰，太阳渐渐升起，照得河水中金蛇乱舞。忽见一艘小舟张起风帆，迎面驶来。其时吹的正是东风，那小舟的青色布帆吃饱了风，溯河而上。青帆上绘着一只白色的人脚，再驶近时，但见帆上人脚纤纤美秀，显是一只女子的素足。

　　华山群弟子纷纷谈论："怎地在帆上画一只脚，这可奇怪之极了！"桃枝仙道："这多半是漠北双熊的船。啊唷，岳夫人、岳姑娘，你们娘儿们可得小心，这艘船上的人讲明要吃女人脚。"岳灵珊啐了一口，心中却也不由得有些惊惶。

　　小船片刻间便驶到面前，船中隐隐有歌声传出。歌声轻柔，曲意古怪，无一字可辨，但音调浓腻无方，简直不像是歌，既似叹息，又似呻吟。歌声一转，更像是男女欢合之音，喜乐无限，狂放不禁。华山派一众青年男女登时忍不住面红耳赤。

　　岳夫人骂道："那是什么妖魔鬼怪？"

　　小舟中忽有一个女子声音腻声道："华山派令狐冲公子可在船上？"岳夫人低声道："冲儿，别理她！"那女子说道："咱们好想见见令狐公子的模样，行不行呢？"声音娇柔宛转，荡人心魄。

　　只见小舟舱中跃出一个女子，站在船头，身穿蓝布印白花衫裤，自胸至膝围一条绣花围裙，色彩灿烂，金碧辉煌，耳上垂一对极大的黄金耳环，足有酒杯口大小。那女子约莫廿七八岁年纪，肌肤微黄，双眼极大，黑如点漆，腰中一根彩色腰带被疾风吹而向前，双脚却是赤足。这女子风韵虽也甚佳，但闻其音而见其人，却觉声音之娇美，远过于其容貌了。那女子脸带微笑，瞧她装束，绝非汉家女子。

顷刻之间，华山派坐船顺流而下，和那小舟便要撞上，那小舟一个转折，掉过头来，风帆跟着卸下，便和大船并肩顺流下驶。

岳不群陡然想起一事，问道："这位姑娘，可是云南五仙教蓝教主属下吗？"

那女子格格一笑，柔声道："你倒有眼光，只不过猜对了一半。我是云南五仙教的，却不是蓝教主属下。"

岳不群站到船头，拱手道："在下岳不群，请教姑娘贵姓，河上枉顾，有何见教？"那女子笑道："苗家女子，不懂你抛书袋的说话，你再说一遍。"岳不群道："请问姑娘，你姓什么？"那女子笑道："你早知道我姓什么了，又来问我。"岳不群道："在下不知姑娘姓什么，这才请教。"那女子笑道："你这么大年纪啦，胡子也这么长了，明明知道我姓什么，偏偏又要赖。"这几句话颇为无礼，只是言笑晏晏，神色可亲，不含丝毫敌意。岳不群道："姑娘取笑了。"那女子笑道："岳掌门，你姓什么啊？"

岳不群道："姑娘知道在下姓岳，却又明知故问。"岳夫人听那女子言语轻佻，低声道："别理睬她。"岳不群左手伸到自己背后，摇了几摇，示意岳夫人不可多言。

桃根仙道："岳先生在背后摇手，那是什么意思？嗯，岳夫人叫他不可理睬那个女子，岳先生却见那女子既美貌，又风骚，偏偏不听老婆的话，非理睬她不可。"

那女子笑道："多谢你啦！你说我既美貌，又风什么的，我们苗家女子，哪有你们汉人的小姐太太们生得好看？"似乎她不懂"风骚"二字中含有污蔑之意，听人赞她美貌，登时容光焕发，

556

十分欢喜，向岳不群道："你知道我姓什么了，为什么却又明知故问？"

桃干仙道："岳先生不听老婆的话，有什么后果？"桃花仙道："后果必定不妙。"桃干仙道："岳先生人称'君子剑'，原来也不是真的君子，早知道人家姓什么了，偏偏明知故问，没话找话，跟人家多对答几句也是好的。"

岳不群给桃谷六仙说得甚是尴尬，心想这六人口没遮拦，不知更将有多少难听的话说将出来，给一众男女弟子听在耳中，算什么样子？可又不能和他们当真，当即向那女子拱了拱手，道："便请拜上蓝教主，说道华山岳不群请问她老人家安好。"

那女子睁着一对圆圆的大眼，眼珠骨溜溜的转了几转，满脸诧异之色，问道："你为什么叫我'老人家'，难道我已经很老了么？"

岳不群大吃一惊，道："姑娘……你……你便是五仙教……蓝教主……"

他知五仙教是个极为阴险狠辣的教派，"五仙"云云，只是美称，江湖中人背后提起，都称之为五毒教。其实百余年前，这教派的真正名称便叫作五毒教，创教教祖和教中重要人物，都是云贵川湘一带的苗人。后来有几个汉人入了教，说起"五毒"二字不雅，这才改为"五仙"。这五仙教善于使瘴、使蛊、使毒，与"百药门"南北并称。五仙教中教众苗人为多，使毒的心计不及百药门，然而诡异古怪之处，却尤为匪夷所思。江湖中人传言，百药门使毒，虽然使人防不胜防，可是中毒之后，细推其理，终于能恍然大悟。但中了五毒教的毒后，即使下毒者细加解释，往往还是令人难以相信，其诡秘奇特，实非常理所能测度。

那女子笑道："我便是蓝凤凰，你不早知道了么？我跟你说，我是五仙教的，可不是蓝教主的属下。五仙教中，除了蓝凤凰自己，又有哪一个不是蓝凤凰的属下？"说着格格格的笑了起来。

桃谷六仙拊掌大笑，齐道："岳先生真笨，人家明明跟他说了，他还是缠夹不清。"

岳不群只知五仙教的教主姓蓝，听她这么说，才知叫做蓝凤凰，瞧她一身花花绿绿的打扮，的确便如是一头凤凰似的。其时汉人士族女子，闺名深加隐藏，直到结亲下聘，夫家行"问名"之礼，才能告知。武林中虽不如此拘泥，却也决没将姑娘家的名字随口乱叫的。这苗家女子竟在大河之上当众自呼，丝毫无忸怩之态。只是她神态虽落落大方，语音却仍娇媚之极。

岳不群拱手道："原来是蓝教主亲身驾临，岳某多有失敬，不知蓝教主有何见教？"

蓝凤凰笑道："我瞎字不识，教你什么啊？除非你来教我。瞧你这副打扮模样，倒真像是个教书先生，你想教我读书，是不是？我笨得很，你们汉人鬼心眼儿多，我可学不会。"

岳不群心道："不知她是装傻，还是真的不懂'见教'二字。瞧她神情，似乎不是装模作样。"便道："蓝教主，你有什么事？"

蓝凤凰笑道："令狐冲是你师弟呢，还是你徒弟？"岳不群道："是在下的弟子。"蓝凤凰道："嗯，我想瞧瞧他成不成？"岳不群道："小徒正在病中，神智未曾清醒，大河之上，不便拜见教主。"

蓝凤凰睁大了一双圆圆的眼睛，奇道："拜见？我不是要他拜见我啊，他又不是我五仙教属下，干么要他拜我？再说，他是人家……嘻嘻……人家的好朋友，他就是要拜我，我也不敢当啊。听说他割了自己的血，去给老头子的女儿喝，救那姑娘的性命。这样有情有义之人，咱们苗家女子最是佩服，因此我要见见。"

岳不群沉吟道："这个……这个……"蓝凤凰道："他身上有伤，我是知道的，又割出了这许多血。不用叫他出来了，我自己过来罢。"岳不群忙道："不敢劳动教主大驾。"

蓝凤凰格格一笑，说道："什么大驾小驾？"轻轻一跃，纵身上了华山派坐船的船头。

岳不群见她身法轻盈，却也不见得有如何了不起的武功，当即退后两步，挡住了船舱入口，心下好生为难。他素知五仙教十分难缠，跟这等邪教拼斗，又不能全仗真实武功，一上来他对蓝凤凰十分客气，便是为此；又想起昨晚那两名百药门门人的说话，说他们跟踪华山派是受人之托，物以类聚，多半便是受了五毒教之托。五毒教却为什么要跟华山派过不去？五毒教是江湖上一大帮会，教主亲临，在理不该阻挡，可是如让这样一个周身都是千奇百怪毒物之人进入船舱，可也真的放心不下。他并不让开，叫道："冲儿，蓝教主要见你，快出来见过。"心想叫令狐冲出来在船头一见，最为妥善。

但令狐冲大量失血，神智兀自未复，虽听得师父大声呼叫，只轻声答应："是！是！"身子动了几下，竟坐不起来。

蓝凤凰道："听说他受伤甚重，怎么出来？河上风大，再受了风寒可不是玩的。我进去瞧瞧他。"说着迈步便向舱门口走去。她走上几步，离岳不群已不过四尺。岳不群闻到一阵极浓冽的花香，只得身子微侧，蓝凤凰已走进船舱。

外舱中桃谷五仙盘膝而坐，桃实仙卧在床上。蓝凤凰笑道："你们是桃谷六仙吗？我是五仙教教主，你们是桃谷六仙。大家都是仙，是自家人啊。"桃根仙道："不见得，我们是真仙，你是假仙。"桃干仙道："就算你也是真仙。我们是六仙，比你多了一仙。"蓝凤凰笑道："要比你们多一仙，那也容易。"桃叶仙道："怎么能多上一仙？你的教改称七仙教么？"蓝凤凰道："我们只有五仙，没有七仙。可是叫你们桃谷六仙变成四仙，不就比你们多一仙了么？"桃花仙怒道："叫桃谷六仙变成四仙，你要杀死我们二人？"蓝凤凰笑道："杀也可以，不杀也可以。听说你们是令狐冲的朋友，那么就不杀好了，不过你们不能吹牛皮，说比我五仙教还多一仙。"桃干仙叫道："偏要吹牛皮，你又怎样？"

一瞬之间，桃根、桃干、桃叶、桃花四人已同时抓住了她手足，刚要提起，突然四人齐声惊呼，松手不迭。每人都摊开手掌，呆呆的瞧着掌中之物，脸上神情恐怖异常。

岳不群一眼看到，不由得全身发毛，背上登时出了一阵冷汗。但见桃根仙、桃干仙二人掌中各有一条绿色大蜈蚣，桃叶仙、桃花仙二人掌中各有一条花纹斑斓的大蜘蛛。四条毒虫身上都生满长毛，令人一见便欲作呕。这四条毒虫只微微抖动，并未咬啮桃谷四仙，倘若已经咬了，事已如此，倒也不再令人生惧，正因将咬未咬，却制得桃谷四仙不敢稍动。

蓝凤凰随手一拂，四只毒虫都被她收了去，霎时不见，也不知给她藏在身上何处。她不再理会桃谷六仙，又向前行。桃谷六仙吓得魂飞魄散，再也不敢多口。

令狐冲和华山派一众男弟子都在中舱。这时中舱和后舱之间的隔板已然拉上，岳夫人和众女弟子都回入了后舱。

蓝凤凰的眼光在各人脸上打了个转，走到令狐冲床前，低声叫道："令狐公子，令狐公子！"声音温柔之极，旁人听在耳里，只觉回肠荡气，似乎她叫的便是自己，忍不住便要出声答应。她这两声一叫，一众男弟子倒有一大半面红过耳，全身微颤。

令狐冲缓缓睁眼，低声道："你……你是谁？"蓝凤凰柔声说道："我是你好朋友的朋友，所以也是你的朋友。"令狐冲"嗯"的一声，又闭上了眼睛。蓝凤凰道："令狐公子，你失血虽多，但不用怕，不会死的。"令狐冲昏昏沉沉，并不答话。

蓝凤凰伸手到令狐冲被中，将他的右手拉了出来，搭他脉搏，皱了皱眉头，忽然探头出舱，一声嘁哨，叽哩咕噜的说了好几句话，舱中诸人均不明其意。

过不多时，四个苗女走了进来，都是十八九岁年纪，穿的一色是蓝布染花衣衫，腰中缚一条绣花腰带，手中都拿着一只八寸见方的竹织盒子。

岳不群微微皱眉，心想五仙教门下所持之物，哪里会有什么好东西，单是蓝凤凰一人，身上已是蜈蚣、蜘蛛，藏了不少，这四个苗女公然捧了盒子进船，只怕要天下大乱了，可是对方未曾露出敌意，却又不便出手阻拦。

四名苗女走到蓝凤凰身前，低声说了几句。蓝凤凰一点头，四名苗女便打开了盒子。众人心下都十分好奇，急欲瞧瞧盒中藏的是什么古怪物事，只有岳不群适才见过桃谷四仙掌中的生毛毒虫，心想这盒中物事，最好是今生永远不要见到。

便在顷刻之间，奇事陡生。

只见四个苗女各自卷起衣袖，露出雪白的手臂，跟着又卷起裤管，直至膝盖以上。华山派一众男弟子无不看得目瞪口呆，怦怦心跳。

岳不群暗叫："啊哟，不好！这些邪教女子要施邪术，以色欲引诱我门下弟子。这蓝凤凰的话声已如此淫邪，再施展妖法，众弟子定力不够，必难抵御。"不自禁的手按剑柄，心想这些五仙教教徒倘若解衣露体，施展邪法，说不得，只好出剑对付。

四名苗女卷起衣袖裤管后，蓝凤凰也慢慢卷起了裤管。

岳不群连使眼色，命众弟子退到舱外，以免为邪术所惑，但只有劳德诺和施戴子二人退了出去，其余各人或呆立不动，或退了几步，又再走回。岳不群气凝丹田，运起紫霞神功，脸上紫气大盛，心想五毒教盘踞天南垂二百年，恶名决非幸致，必有狠毒厉害之极的邪法，此时其教主亲身施法，更加非同小可，若不以神功护住心神，只怕稍有疏虞，便着了她的道儿。眼见这些苗女赤身露体，不知羞耻为何物，自己着邪中毒后丧了性命，也还罢了，怕的是心神被迷，当众出丑，华山派和君子剑声名扫地，可就陷于万劫不复之境了。

只见四名苗女各从竹盒之中取出一物，蠕蠕而动，果是毒虫。四名苗女将毒虫放在自己赤裸的臂上腿上，毒虫便即附着，并不跌落。岳不群定睛看去，认出原来并非毒虫，而是水中常见的吸血水蛭，只是比寻常水蛭大了一倍有余。四名苗女取了一只水蛭，又是一只。蓝凤凰也到苗女的竹盒中取了一只只水蛭出来，放在自己臂上腿上，不多一会，五个人臂上腿上爬满了水蛭，总数少说也有两百余条。

众人都看得呆了，不知这五人干的是什么古怪玩意。岳夫人本在后舱，听得中舱中众人你一声"啊"，他一声"噫"，充满了诧异之情，忍不住轻轻推开隔板，眼见这五个苗女如此情状，不由得也是"啊"的一声惊呼。

蓝凤凰微笑道："不用怕，咬不着你的。你……你是岳先生的老婆吗？听说你的剑法很好，是不是？"

岳夫人勉强笑了笑，并不答话，她问自己是不是岳先生的老婆，出言太过粗俗，又问自己是否剑法很好，此言若是另一人相询，对方纵含恶意，也当谦逊几句，可是这蓝凤凰显然不大懂得汉人习俗，如说自己剑法很好，未免自大，如说剑法不好，说不定她便信以为真，小觑了自己，还是以不答为上。

蓝凤凰也不再问，只安安静静的站着。岳不群全神戒备，只待这五个苗女一有异动，擒贼擒王，先制住了蓝凤凰再说。船舱中一时谁也不再说话。只闻到华山派众男弟子粗重的呼吸之声。过了良久，只见五个苗女臂上腿上的水蛭身体渐渐肿胀，隐隐现出红色。

岳不群知道水蛭一遇人兽肌肤，便以口上吸盘牢牢吸住，吮吸鲜血，非得吸饱，决不肯放。水蛭吸血之时，被吸者并无多大知觉，仅略感麻痒，农夫在水田中耕种，往往被水蛭钉在腿上，吸去不少鲜血而不自知。他暗自沉吟："这些妖女以水蛭吸血，不知是何用意？多半五仙教徒行使邪法，须用自己鲜血。看来这些水蛭一吸饱血，便是她们行法之时。"

却见蓝凤凰轻轻揭开盖在令狐冲身上的棉被，从自己手臂上拔下一只吸满了八九成鲜血的水蛭，放上令狐冲颈中的血管。

岳夫人生怕她伤害令狐冲，急道："喂，你干什么？"拔出长剑，跃入中舱。

岳不群摇摇头，道："不忙，等一下。"

岳夫人挺剑而立，目不转睛的瞧着蓝凤凰和令狐冲二人。

只见令狐冲颈上水蛭咬住了他血管，又再吮吸。蓝凤凰从怀中取出一个瓷瓶，拔开瓶塞，伸出右手小指的尖尖指甲，从瓶中挑了些白色粉末，洒了几滴在水蛭身上。四名苗女解开令狐冲衣襟，卷起他衣袖裤管，将自己身上的水蛭一只只拔下，转放在他胸腹臂腿各处血管上。片刻之间，两百余只水蛭尽已附着在令狐冲身上。蓝凤凰不断挑取药粉，在每只水蛭身上分别洒上少些。

说也奇怪，这些水蛭附在五名苗女身上时越吸越胀，这时却渐渐缩小。

岳不群恍然大悟，长长舒了口气，心道："原来她所行的是转血之法，以水蛭为媒介，将她们五人身上的鲜血转入冲儿血管。这些白色粉末不知是何物所制，竟然能逼令水蛭倒吐鲜血，当真神奇之极。"他想明白了这一点，缓缓放松了本来紧握着剑柄的手指。

岳夫人也轻轻还剑入鞘，本来绷紧着的脸上现出了笑容。

船舱中虽仍寂静无声，但和适才恶斗一触即发的气势却已大不相同。更加难得的是，居然连桃谷六仙也瞧得惊诧万分，张大了嘴巴，合不拢来。六张嘴巴既然都张大了合不拢，自然也无法议论争辩了。

又过了一会，只听得嗒的一声轻响，一条吐干了腹中血液的水蛭掉在船板上，扭曲了几下，便即僵死。一名苗女拾了起来，从窗口抛入河中。水蛭一条条投入河中，不到一顿饭时分，水蛭抛尽，令狐冲本来焦黄的脸孔上却微微有了些血色。那二百多条水蛭所吸而转注入令狐冲体内的鲜血，总数当逾一大碗，虽不能补足他所失之血，却已令他转危为安。

岳不群和夫人对望了一眼，均想："这苗家女子以一教之尊，居然不惜以自身鲜血补入冲儿体内。她和冲儿素不相识，决非对他有了情意。她自称是冲儿的好朋友的朋友，冲儿几时又结识下这样大有来头的一位朋友？"

蓝凤凰见令狐冲脸色好转，再搭他脉搏，察觉振动加强，心下甚喜，柔声问道："令狐公子，你觉得怎样？"

令狐冲于一切经过虽非全部明白，却也知这女子是在医治自己，但觉精神已好得多，说道："多谢姑娘，我……我好得多了。"

蓝凤凰道："你瞧我老不老？是不是很老了？"

令狐冲道："谁说你老了？你自然不老。要是你不生气，我就叫你一声妹子啦。"蓝凤凰大喜，脸色便如春花初绽，大增娇艳之色，微笑道："你真好。怪不得，怪不得，这个不把天下男子瞧在眼里的人，对你也会这样好，所以啦……唉……"令狐冲笑道："你倘若真的说我好，干么不叫我'令狐大哥'？"蓝凤凰脸上微微一红，叫道："令狐大哥。"令狐冲笑道："好妹子，乖妹子！"

他生性倜傥，不拘小节，与素以"君子"自命的岳不群大不相同。他神智略醒，便知蓝凤凰喜欢别人道她年轻美貌，听她直言相询，虽眼见她年纪比自己大，却也张口就叫她"妹子"，心想她出力相救自己，该当赞上几句，以资报答。果然蓝凤凰一听之下，十分开心。

岳不群和岳夫人都不禁皱起眉头，均想："冲儿这家伙浮滑无聊，当真难以救药。平一指说他已不过百日之命，此时连一百天也没有了，一只脚已踏进了棺材，刚清醒得片刻，便和这等淫邪女子胡言调笑。"

蓝凤凰笑道："大哥，你想吃什么？我去拿些点心给你吃，好不好？"令狐冲谔："点心倒不想吃，只是想喝酒。"蓝凤凰道："这个容易，我们有自酿的'五宝花蜜酒'，你倒试试看。"叽哩咕噜的说了几句苗语。

两名苗女应命而去，从小舟取过八瓶酒来，开了一瓶倒在碗中，登时满船花香酒香。

令狐冲道："好妹子，你这酒嘛，花香太重，盖住了酒味，那是女人家喝的酒。"蓝凤凰笑道："花香非重不可，否则有毒蛇的腥味。"令狐冲奇道："酒中有毒蛇腥味？"蓝凤凰道："是啊。我这酒叫作'五宝花蜜酒'，自然要用'五宝'了。"令狐冲问道："什么叫'五宝'？"蓝凤凰道："五宝是我们教里的五样宝贝，你瞧瞧罢。"说着端过两只空碗，倒转酒瓶，将瓶中的酒倒了出来，只听得咚咚轻响，有几条小小的物事随酒落入碗中。

好几名华山弟子见到，登时骇声而呼。

她将酒碗拿到令狐冲眼前，只见酒色极清，纯白如泉水，酒中浸着五条小小的毒虫，一是青蛇，一是蜈蚣，一是蜘蛛，一是蝎子，另有一只小蟾蜍。令狐冲吓了一跳，问道："酒中为什么放这……这种毒虫？"蓝凤凰呸了一声，说道："这是五宝，别毒虫……毒虫的乱叫。令狐大哥，你敢不敢喝？"令狐冲苦笑道："这……五宝，我可有些害怕。"

蓝凤凰拿起酒碗，喝了一大口，笑道："我们苗人的规矩，倘若请朋友喝酒吃肉，朋友不喝不吃，那朋友就不是朋友啦。"

令狐冲接过酒碗，骨嘟骨嘟的将一碗酒都喝下肚中，连那五条毒虫也一口吞下。他胆子虽大，却也不敢去咀嚼其味了。

蓝凤凰大喜，伸手搂住他头颈，便在他脸颊上亲了两亲，她嘴唇上搽的胭脂在令狐冲脸上印了两个红印，笑道："这才是好哥哥呢。"

令狐冲一笑，一瞥眼间见到师父严厉的眼色，心中一惊，暗道："糟糕，糟糕！我大胆妄为，在师父师娘跟前这般胡闹，非给师父痛骂一场不可。小师妹可又更加瞧我不起了。"

蓝凤凰又开了一瓶酒，斟在碗里，连着酒中所浸的五条小毒虫，送到岳不群面前，笑道："岳先生，我请你喝酒。"

岳不群见到酒中所浸蜈蚣、蜘蛛等一干毒虫，已然恶心，跟着便闻到浓冽的花香之中隐隐混着难以言宣的腥臭，忍不住便欲呕吐，左手伸出，便往蓝凤凰持着酒杯的手上推去。不料蓝凤凰竟然并不缩手，眼见自己手指便要碰到她手背，急忙缩回。蓝凤凰笑道："怎地做师父的反没徒儿大胆？华山派的众位朋友，哪一个喝了这碗酒？喝了可大有好处。"

霎时之间舟中寂静无声。蓝凤凰一手举着酒碗，却无人接口。蓝凤凰叹了口气道："华山派中除了令狐冲外，再没第二个英雄好汉了。"

忽听得一人大声道："给我喝！"却是林平之。他走上几步，伸手便要去接酒碗。

蓝凤凰双眉一轩，笑道："原来……"岳灵珊叫道："小林子，你吃了这脏东西，就算不毒死，以后也别想我再来睬你。"蓝凤凰将酒碗递到林平之面前，笑道："你喝了罢！"林平之嗫嚅道："我……我不喝了。"听得蓝凤凰长声大笑，不由得胀红了脸，道："我不喝这酒，可……可不是怕死。"

蓝凤凰笑道："我当然知道，你是怕这美貌姑娘从此不睬你。你不是胆小鬼，你是多情汉子，哈哈，哈哈。"走到令狐冲身前，说道："大哥，回头见。"将酒碗在桌上一放，一挥手。四个苗女拿了余下的六瓶酒，跟着她走出船舱，纵回小舟。

只听得甜腻的歌声飘在水面，顺流向东，渐远渐轻，那小舟抢在头里，远远的去了。

岳不群皱眉道："将这些酒瓶酒碗都摔入河中。"林平之应道："是！"走到桌边，手指刚碰到酒瓶，只闻奇腥冲鼻，身子一晃，站立不定，忙伸手扶住桌边。岳不群登时省悟，叫道："酒瓶上有毒！"衣袖拂出，劲风到处，将桌上的酒瓶酒碗，一古脑儿送出窗去，摔在河里；蓦地里胸口一阵烦恶，强自运气忍住，却听得哇的一声，林平之已大吐起来。

跟着这边厢哇的一声，那边厢又是哇的一响，人人都捧腹呕吐，连桃谷六仙和船梢的船公水手也均不免。岳不群强忍了半日，终于再也忍耐不住，也便呕吐起来。各人呕了良久，虽已将胃中食物吐了个干干净净，再无剩余，呕吐却仍不止，不住的呕出酸水。到后来连酸水也没有了，仍是喉痒心烦，难以止歇，均觉腹中倘若有物可吐，反比这等空呕舒服得多。

船中前前后后数十人，只令狐冲一人不呕。

桃实仙道："令狐冲，那妖女对你另眼相看，给你服了解药。"令狐冲道："我没服解药啊。难道那碗毒酒便是解药？"桃根仙道："谁说不是呢？那妖女见你生得俊，喜欢了你啦。"桃枝仙道："我说不是因为他生得俊，而是因为他赞那妖女年轻貌美。"桃花仙道："那也要他有胆量喝那毒酒，吞了那五条毒虫。"桃叶仙道：

"他虽然不呕，焉知不是腹中有了五条毒虫之后，中毒更深？"桃干仙道："啊哟，不得了！令狐冲喝那碗毒酒，咱们没加阻拦，倘若因此毙命，平一指追究起来，那便如何是好？"桃根仙道："平一指说他本来就快死的，早死了几天，有什么要紧？"桃花仙道："令狐冲不要紧，我们就要紧了。"桃实仙道："那也不要紧，咱们高飞远走，那平一指身矮腿短，谅他也追咱们不着。"桃谷六仙不住作呕，却也不舍得少说几句。

岳不群眼见驾船的水手作呕不止，座船在大河中东歪西斜，甚是危险，当即纵到后梢，把住了舵，将船向南岸驶去。他内功深厚，运了几次气，胸中烦恶之意渐消。

座船慢慢靠岸，岳不群纵到船头，提起铁锚摔到岸边。这只铁锚无虑二百来斤，要两名水手才抬得动。船夫见岳不群是个文弱书生，不但将这大铁锚一手提起，而且一抛数丈，不禁为之咋舌，不过咋舌也没多久，跟着又捧腹大呕。

众人纷纷上岸，跪在水边喝满了一腹河水，又呕将出来，如此数次，这才呕吐渐止。

这河岸是个荒僻所在，但遥见东边数里外屋宇鳞比，是个市镇。岳不群道："船中余毒未净，乘坐不得的了。咱们到那镇上再说。"桃干仙背着令狐冲、桃枝仙背着桃实仙，众人齐往那市镇行去。

到得镇上，桃干仙和桃枝仙当先走进一家饭店，将令狐冲和桃实仙往椅上一放，叫道："拿酒来，拿菜来，拿饭来！"

令狐冲一瞥间，见店堂中端坐着一个矮小道人，正是青城派掌门余沧海，不禁一怔。

这青城掌门显是身处重围。他坐在一张小桌旁，桌上放着酒壶筷子，三碟小菜，一柄闪闪发光的出鞘长剑。围着那张小桌的却是七条长凳，每条凳上坐着一人。这些人有男有女，貌相都颇凶恶，各人凳上均置有兵刃。七人一言不发，凝视余沧海。那青城掌门甚为镇定，左手端起酒杯饮酒，衣袖竟没丝毫颤动。

桃根仙道："这矮道人心中在害怕。"桃枝仙道："他当然在害怕，七个打一个，他非输不可。"桃干仙道："他倘若不怕，干么左手举杯，不用右手？当然是要空着右手，以备用剑。"余沧海哼了一声，将酒杯从左手交到右手。桃花仙道："他听到二哥的说话，可是眼睛不敢向二哥瞄上一瞄，那就是害怕。他倒不是怕二哥，而是怕一个疏神，七个敌人同时进攻，他就得给分成八块。"桃叶仙格的一笑，说道："这矮道人本就矮小，分成八块，岂不是更加矮小？"

令狐冲对余沧海虽大有芥蒂，但眼见他强敌环伺，不愿乘人之危，说道："六位桃兄，这位道长是青城派的掌门。"桃根仙道："是青城派掌门便怎样？是你的朋友么？"令狐冲道："在下不敢高攀，不是我的朋友。"桃干仙道："不是你朋友便好办。咱们有一场好戏看。"桃花仙拍桌叫道："快拿酒来！老子要一面喝酒，一面瞧人把矮道人切成九块。"桃叶仙道："为什么是九块？"桃花仙道："你瞧那头陀使两柄虎头弯刀，他一个人要多切一块。"桃叶仙道："也不见得，这些人有的使狼牙锤，有的使金拐杖，那又怎么切法？"

令狐冲道："大家别说话，咱们两不相帮，可是也别分散了青城掌门余观主的心神。"桃谷六仙不再说话，笑嘻嘻、眼睁睁的瞧着余沧海。令狐冲却逐一打量围住他的七人。

只见一个头陀长发垂肩，头上戴着一个闪闪发光的铜箍，束着长发，身边放着一对弯成半月形的虎头戒刀。他身旁是个五十来岁的妇人，头发花白，满脸晦气之色，身畔放的是一柄两尺来长的短刀。再过去是一僧一道，僧人身披血也似红的僧衣，身边放着一钵一钹，均是纯钢所铸，钢钹的边缘锋锐异常，显是一件厉害武器；那道人身材高大，长凳上放的是个八角狼牙锤，看上去斤两不轻。道人右侧的长凳上箕踞着一个中年化子，头颈和肩头盘了两条青蛇，蛇头作三角之形，长信伸缩不已。其余二人是一男一女，男的瞎了左眼，女的瞎了右眼，两人身边各倚一条拐杖，杖身灿然发出黄澄澄之色，杖身甚粗，倘若真是黄金所铸，份量着实沉重，这一男一女都是四十来岁年纪，情状便是江湖上寻常的落魄男女，却携了如此贵重的拐杖，透着说不出的诡异。

只见那头陀目露凶光，缓缓伸出双手，握住了一对戒刀的刀柄。那乞丐从颈中取下一条青蛇，盘在臂上，蛇头对准了余沧海。那和尚拿起了钢钹。那道人提起了狼牙锤。那中年妇人也将短刀拿在手中。眼见各人便要同时进袭。

余沧海哈哈一笑，说道：“倚多为胜，原是邪魔外道的惯技，我余沧海又有何惧？”

那眇目男子忽道：“姓余的，我们并不想杀你。”那眇目女子道：“不错，你只须将《辟邪剑谱》乖乖交了出来，我们便客客气气的放你走路。”

岳不群、令狐冲、林平之、岳灵珊等听她突然提到《辟邪剑谱》，都是一怔，没料想到这七人围住了余沧海，竟是要向他索取《辟邪剑谱》。四人你向我瞧一眼，我向你瞧一眼，均想：“难道这部《辟邪剑谱》当真是落在余沧海手中？”

那中年妇人冷冷的道：“跟这矮子多说什么，先宰了他，再搜他身上。”眇目女子道：“说不定他藏在什么隐僻之处，宰了他而搜不到，岂不糟糕。”那中年妇女嘴巴一扁，道：“搜不到便搜不到，也不见得有什么糟糕。”她说话时含糊不清，大为漏风，原来满口牙齿已落了大半。眇目女子道：“姓余的，我劝你好好的献了出来。这部剑谱又不是你的，在你手中已有这许多日子，你读也读熟了，背也背得出了，死死的霸着，又有何用？”

余沧海一言不发，气凝丹田，全神贯注。

便在此时，忽听得门外有人哈哈哈的笑了几声，走进一个眉花眼笑的人来。

这人身穿茧绸长袍，头顶半秃，一部黑须，肥肥胖胖，满脸红光，神情十分和蔼可亲，左手拿着个翡翠鼻烟壶，右手则是一柄尺来长的折扇，衣饰华贵，是个富商模样。他进店后见到众人，怔了一怔，笑容立敛，但立即哈哈哈的笑了起来，拱手道："幸会，幸会！想不到当世的英雄好汉，都聚集到这里了。当真是三生有幸。"

这人向余沧海道："什么好风把青城派余观主吹到河南来啊？久闻青城派'松风剑法'是武林中一绝，今日咱们多半可以大开眼界了。"余沧海全神运功，不加理睬。

这人向眇目的男女拱手笑道："好久没见'桐柏双奇'在江湖上行走了，这几年可发了大财哪。"那眇目男子微微一笑，说道："哪里有游大老板发的财大。"这人哈哈哈连笑三声，道："兄弟是空场面，左手来，右手去，单是兄弟的外号，便可知兄弟只不过面子上好看，内里却空虚得很。"

桃枝仙忍不住问道："你的外号叫什么？"那人向桃枝仙瞧去，见桃谷六仙形貌奇特，却认不出他六人的来历，嘻嘻一笑，道："兄弟有个难听的外号，叫作'滑不留手'，大家说兄弟爱结交朋友。为了朋友，兄弟是千金立尽，毫不吝惜，虽然赚得钱多，金银却是在手里留不住的。"那眇目男子道："这位游朋友，好像另外还有一个外号。"游迅笑道："是么？兄弟怎地不知？"

突然间有个冷冷的声音说道："油浸泥鳅，滑不留手。"声音漏风，自是那少了一半牙齿的妇人在说话了。

桃花仙叫道："不得了，了不得，泥鳅已是滑溜之极，再用油来一浸，又有谁能抓得他住？"

游迅笑道："这是江湖上朋友抬爱，称赞兄弟的轻功造诣不差，好像泥鳅一般敏捷，其实惭愧得紧，这一点微末功夫，实在不足挂齿。张夫人，你老人家近来清健。"说着深深一揖。那中年妇人张夫人白了他一眼，喝道："油腔滑调，给我走开些。"这游迅脾气极好，一点也不生气，向那乞丐道："双龙神丐严兄，你那两条青龙可越来越矫捷活泼了。"那乞丐名叫严三星，外号本来叫作"双蛇恶乞"，但游迅却随口将他叫作"双龙神丐"，严三星本来极为凶悍，一听之下，脸上也不由得露出了笑容。

570

游迅也认得长发头陀仇松年、僧人西宝、道人玉灵，随口捧了几句。他嘻嘻哈哈，片刻之间，便将剑拔弩张的局面弄得和缓了好多。

忽听得桃叶仙叫道："喂，油浸泥鳅，你却怎地不赞我六兄弟武功高强，本事了得？"游迅笑道："这个……这个自然要赞的……"岂知他一句话没说完，双手双脚已被桃根、桃干、桃枝、桃叶四仙抓在手中，将他提了起来，却没使劲拉扯。

游迅急忙赞道："好功夫，好本事，如此武功，古今罕有！"桃谷四仙听得游迅接连大赞三句，自不愿便将他撕成了四块。桃根仙、桃枝仙齐声问道："怎见得我们的武功古今罕有？"游迅道："兄弟的外号叫作'滑不留手'，老实说，本来是谁也抓不到兄弟的。可是四位一伸手，便将兄弟手到擒来，一点不滑，一点不溜，四位手上功夫之厉害，当真是古往今来，罕见罕闻。兄弟此后行走江湖，定要将六位高人的名号到处宣扬，以便武林中个个知道世上有如此了不起的人物。"桃根仙等大喜，当即将他放下。

张夫人冷冷的道："滑不留手，名不虚传。这一回，岂不是又叫人抓住再放了？"游迅道："这六位高人的武功太过了得，令人大为敬仰，只可惜兄弟孤陋寡闻，不知六位前辈名号如何称呼？"桃根仙道："我们兄弟六人，名叫'桃谷六仙'。我是桃根仙，他是桃干仙。"将六兄弟的名号逐一说了。游迅拍手道："妙极，妙极。这'仙'之一字，和六位的武功再配合没有，若非如此神乎其技、超凡入圣的功夫，哪有资格称到这一个'仙'字？"桃谷六仙大喜，齐道："你这人有脑筋，有眼光，是个大大的好人。"

张夫人瞪视余沧海，喝道："那《辟邪剑谱》，你到底交不交出来？"余沧海仍不理会。

游迅说道："啊哟，你们在争《辟邪剑谱》？据我所知，这剑谱可不在余观主手中啊。"张夫人问道："那你知道是在谁的手中？"游迅道："此人大大的有名，说将出来，只怕吓坏了你。"头陀仇松年大声喝道："快说！你倘若不知，便走开些，别在这里碍手碍脚!"游迅笑道:"这位师父遮莫多吃了些烧猪烤羊,偌大火气。兄弟武功平平,消息却十分灵通。江湖上有什么秘密讯息,要瞒过兄弟的千里眼、顺风耳,可不大容易。"

桐柏双奇、张夫人等均知此言倒是不假,这游迅好管闲事,无孔不入,武林中有什么他所不知道的事确是不多,当即齐声道:"你卖什么关子?《辟邪剑谱》到底是在谁的手中?"

游迅笑嘻嘻的道:"各位知道兄弟的外号叫作'滑不留手',钱财左手来,右手去,这几天实在穷得要命。各位都是大财主,拔一根寒毛,也比兄弟的腿子粗。兄弟好容易得到一个要紧消息,当真是千载难逢的良机。常言道得好,宝剑赠烈士,红粉赠佳人,好消息嘛,自当卖给财主。兄弟所卖的不是关子,而是消息。"

张夫人道:"好,咱们先把余沧海杀了,再逼这游泥鳅说话。动手!"她"动手"二字一出口,只听得叮叮当当几下兵刃迅速之极的相交。张夫人等七人一齐离开了长凳,各挺兵刃和余沧海拆了几招。七人一击即退,仍团团的将余沧海围住。只见西宝和尚与头陀仇松年腿上鲜血直流,余沧海长剑交在左手,右肩上道袍破碎,不知是给谁重重的击中了一下。

张夫人叫道:"再来!"七人又是一齐攻上,叮叮当当的响了一阵,七人又再后退,仍是将余沧海围在垓心。

只见张夫人脸上中剑,左边自眉心至下颏,划了一道长长的口子。余沧海左臂上却被砍了一刀,左手已无法使剑,将长剑又再交到右手。玉灵道人一扬狼牙锤,朗声说道:"余观主,咱二人是三清一派,劝你投降了罢!"余沧海哼了一声,低声咒骂。

张夫人也不去抹脸上的鲜血,提起短刀,对准了余沧海,叫道:"再……"

张夫人一个"上"字尚未出口,忽听得有人喝道:"且慢!"一人几步抢进圈中,站在余沧海身边,说道:"各位以七对一,未免太不公道,何况那位游老板说过,《辟邪剑谱》确是不在余沧海手中。"这人正是林平之。他自见到余沧海后,目光始终没离开过他片刻，眼见他双臂受伤，张夫人等七人这次再行攻上，定然将他乱刀分尸，自己与这人仇深似海，非得手刃此獠不可，决不容旁人将他杀了，当即挺身而出。

张夫人厉声问道："你是什么人？要陪他送死不成？"林平之道："陪他送死倒不想。我见这事太过不平，要出来说句公道话。大家不用打了罢。"仇松年道："将这小子一起宰了。"玉灵道人道："你是谁？如此胆大妄为，替人强行出头。"

林平之道："在下华山派林平之……"

桐柏双奇、双蛇恶乞、张夫人等齐声叫道："你是华山派的？令狐公子呢？"

令狐冲抱拳道："在下令狐冲，山野少年，怎称得上'公子'二字？各位识得我的一个朋友么？"一路之上，许多高人奇士对他尊敬讨好，都说是由于他的一个朋友之故，令狐冲始终猜想不出，到底什么时候交上了这样一位神通广大的朋友，听这七人如此说，料想又是冲着这位神奇朋友而卖他面子了。

果然张夫人等七人一齐转身，向令狐冲恭恭敬敬的行礼。玉灵道人说道："我们七人得到讯息，日夜不停的赶来，便是要想一识尊范。得在此处拜见，正是好极了。"

余沧海受伤着实不轻，眼见挺身而出替他解围的居然是林平之，不禁大是奇怪，但随即便明白了他的用意，见围住自己的七人都在跟令狐冲说话，此时不走，更待何时，他腿上并未受伤，突然倒纵而出，抢入小饭店后进，从后门飞也似的走了。

严三星和仇松年齐声呼叫，却显然已追赶不及。

"滑不留手"游迅走到令狐冲面前，笑道："兄弟从东方来，听得不少江湖朋友提到令狐公子的大名，心下好生仰慕。兄弟得知几十位教主、帮主、洞主、岛主要在五霸冈上和公子相会，这就忙不迭的赶来凑热闹，想不到运气真好，却抢先见到了公子。放心，不要紧，这次带到五霸冈上的灵丹妙药，没一百种也有九十九种，公子所患的小小疾患，何足道哉，何足道哉！哈哈哈，很好，很好。"拉住了令狐冲的手连连摇晃，显得亲热无比。

令狐冲吃了一惊，问道："什么数十位教主、帮主、洞主、岛主？又是什么一百种灵丹妙药？在下可全不明白了。"

游迅笑道："令狐公子不必过虑，这中间的原由，兄弟便有天大胆子，也不敢信口乱说。公子爷尽管放心，哈哈哈，兄弟要是胡说八道，就算公子爷不会见怪，落在旁人耳中，姓游的有几个脑袋？游迅再滑上十倍，这脑袋瓜子终于也非给人揪下来不可。"

张夫人阴沉沉的道："你说不敢胡说八道，却又尽提这事作甚？五霸冈上有什么动静，待会令狐公子自能亲眼见到，又何必要你先来多嘴？我问你，那《辟邪剑谱》，到底是在谁的手里？"

游迅佯作没听见，转头向着岳不群夫妇，笑嘻嘻的道："在下一进门来，见到两位，心中一直嘀咕：这位相公跟这位夫人相貌清雅，气度不凡，却是哪两位了不起的武林高人？两位跟令狐公子在一起，那必是华山派掌门、大名鼎鼎的'君子剑'岳先生夫妇了。"

岳不群微微一笑，说道："不敢。"

游迅道："常言道：有眼不识泰山。小人今日是有眼不识华山。最近岳先生一剑刺瞎一十五名强敌，当真名震江湖，小人佩服得五体投地。好剑法！好剑法！"他说得真切，如曾亲眼目睹一般。岳不群哼了声，脸上闪过了一阵阴云。游迅又道："岳夫人宁女侠……"

张夫人喝道："你啰里啰唆的，有个完没有？快说！是谁得了《辟邪剑谱》？"她听到岳不群夫妇的名字，竟似浑不在意下。

游迅笑嘻嘻的伸出手来，说道："给一百两银子，我便说给你听。"

张夫人呸的一声，道："你前世就没见过银子？什么都是要钱，要钱，要钱！"

桐柏双奇的眇目男子从怀中取出一锭银子，向游迅投了过去，道："一百两只多不少，快说！"游迅接过银子，在手中掂了掂，说道："这就多谢了。来，咱们到外边去，我跟你说。"那眇目男子道："为什么到外边去？你就在这里说好了，好让大家听听。"众人齐道："是啊，是啊！干么鬼鬼祟祟的？"游迅连连摇头，说道："不成，不成！我要一百两银子，是每人一百两，可不是将这个大消息只卖一百两银子。如此大贱卖，世上焉有此理？"

那眇目男子右手一摆，仇松年、张夫人、严三星、西宝僧等都围将上来，霎时间将他围在垓心，便如适才对付余沧海一般。张夫人冷冷的道："这人号称滑不留手，对付他可不能用手，大家使兵刃。"玉灵道人提起八角狼牙锤，在空中呼的一声响，划了个圈子，说道："不错，瞧他的脑袋是不是滑不留锤。"众人瞧瞧他锤上的狼牙尖锐锋利，闪闪生光，再瞧瞧游迅的脑袋细皮白肉、油滋乌亮，都觉他的脑袋不见得前程远大。

游迅道："令狐公子，适才贵派一位少年朋友，出言为余观主解围，公子却何以对游某人身遭大难，犹似不闻不见？"

令狐冲道："你如不说《辟邪剑谱》的所在，在下也只好插手要对老兄不大客气了。"说到这里，心中一酸，情不自禁的向岳灵珊瞧了一眼，心想："连你也冤枉我取了小林子的剑谱。"

张夫人等七人齐声欢呼，叫道："妙极，妙极！请令狐公子出手。"

游迅叹了口气，道："好，我说就是，你们各归各位啊，围着我干什么？"张夫人道："对付滑不留手，只好加倍小心些。"游迅叹道："这叫做自作孽，不可活。我游迅为什么不等在五霸冈上看热闹，却自己到这里送死？"张夫人道："你到底说不说？"

游迅道："我说，我说，我为什么不说？咦，东方教主，你老人家怎地大驾光临？"他最后这两句说得声音极响，同时目光向着店外西首直瞪，脸上充满了不胜骇异之情。

众人一惊之下，都顺着他眼光向西瞧去，只见长街上一人慢慢走近，手中提了一只菜篓子，乃是个市井菜贩，怎么会是威震天下的东方不败东方教主？众人回过头来，游迅却已不知去向，这才知道是上了他的大当。张夫人、仇松年、玉灵道人都破口大骂起来，情知他轻功了得，为人又精灵之极，既已脱身，就再难捉得他住。

令狐冲大声道："原来那《辟邪剑谱》是游迅得了去，真料不到是在他手中。"众人齐问："当真？是在游迅手中？"令狐冲道："那当然是在他手中了，否则他为什么坚不吐实，却又拼命逃走？"他说得声音极响，到后来已感气衰力竭。

忽听得游迅在门外大声道："令狐公子，你干么要冤枉我？"随即又走进门来。

张夫人等大喜，立即又将他围住。玉灵道人笑道："你中了令狐公子的计也！"游迅愁眉苦脸，道："不错，不错，倘若这句话传将出去，说道游迅得了《辟邪剑谱》，游某人今后哪里还有一天安宁的日子好过？江湖之上，不知有多少人要找游某的麻烦。我便有三头六臂，那也抵挡不住。令狐公子，你当真了得，只一句话，便将滑不留手捉了回来。"

令狐冲微微一笑，心道："我有什么了得？只不过我也曾给人这么冤枉过而已。"不禁眼光又向岳灵珊瞧去。岳灵珊也正在瞧他。两人目光相接，都是脸上一红，迅速转开了头。

张夫人道："游老兄，刚才你是去将《辟邪剑谱》藏了起来，免得给我们搜到，是不是？"游迅叫道："苦也，苦也！张夫人，你这么说，存心是要游迅的老命了。各位请想，那《辟邪剑谱》若是在我手中，游迅必定使剑，而且一定剑法极高，何以我身上一不带剑，二不使剑，三来武功又是奇差呢？"众人一想，此言倒也不错。

桃根仙道："你得到《辟邪剑谱》，未必便有时候去学；就算学了，也未必学得会。你身上没带剑，或许是给人偷了。"桃干仙道："你手中那柄扇子，便是一柄短剑，刚才你这么一指，就是《辟邪剑谱》中的剑招。"桃枝仙道："是啊，大家瞧，他折扇斜指，明是辟邪剑法第五十九招'指打奸邪'，剑尖指着谁，便是要取谁性命。"

这时游迅手中的折扇正好指着仇松年。这莽头陀虎吼一声，双手戒刀便向游迅砍过去。游迅身子一侧，叫道："他是说笑，喂！喂！喂！你可别当真！"当当当当四声响，仇松年左右双刀各砍了两刀，都给游迅拨开。听声音，他那柄折扇果然是纯钢所铸。他肥肥白白，一副养尊处优的模样，身法竟十分敏捷，而折扇轻轻一拨，仇松年的虎头弯刀便给荡开在数尺之外，足见武功在那长发头陀之上，只是身陷包围之中，不敢反击而已。

桃花仙叫道："这一招是辟邪剑法中第三十二招'乌龟放屁'，嗯，这一招架开一刀，是第二十五招'甲鱼翻身'。"

令狐冲道："游先生，那《辟邪剑谱》倘若确然不是在你手中，那么是在谁的手中？"

张夫人、玉灵道人等都道："是啊，快说。是在谁手中？"

游迅哈哈一笑，说道："我所以不说，只是想多卖几千两银子，你们这等小气，定要省钱，好，我便说了，只不过你们听在耳里，却是痒在心里，半点也无可奈何。那《辟邪剑谱》倘若为旁人所得，也还有几分指望，现下偏偏是在这一位主儿手中，那就……那就……咳咳，这个……"众人屏息凝气，听他述说剑谱得主的名字。忽听得马蹄声急，夹着车声辚辚，从街上疾驰而来，游迅乘机住口，侧耳倾听，道："咦，是谁来了？"玉灵道人道："快说，是谁得到了剑谱？"游迅道："我当然是要说的，却又何必性急？"

只听车马之声到得饭店之外，倏然而止，有个苍老的声音说道："令狐公子在这里吗？敝帮派遣车马，特来迎接大驾。"

令狐冲急欲知道《辟邪剑谱》的所在，以便消除师父、师娘、众师弟、师妹对自己的疑心，却不答覆外面的说话，继续向游迅道："有外人到来，快快说罢！"游迅道："公子鉴谅，有外人到来，这可不便说了。"

忽听得街上马蹄声急，又有七八骑疾驰而至，来到店前，也即止住，一个雄伟的声音道："黄老帮主，你是来迎接令狐公子的吗？"那老人道："不错。司马岛主怎地也来了？"那雄伟的声音哼了一声，接着脚步声沉重，一个魁梧之极的大汉走进店来，大声道："哪一位是令狐公子？小人司马大，前来迎接公子去五霸冈上和群雄相见。"

令狐冲只得拱手说道："在下令狐冲，不敢劳动司马岛主大驾。"那司马岛主道："小人名叫司马大，只因小人自幼生得身材高大，因此父母给取了这一个名字。令狐公子叫我司马大好了，要不然便叫阿大，什么岛主不岛主，阿大可不敢当。"

令狐冲道："不敢。"伸手向着岳不群夫妇道："这两位是我师父、师娘。"司马大抱拳道："久仰。"随即转过身来，说道："小人迎接来迟，公子勿怪。"

岳不群身为华山派掌门二十余年，向来极受江湖中人敬重，可是这司马大以及张夫人、仇松年、玉灵道人等一干人，全都对令狐冲十分恭敬，而对这位华山派掌门显然丝毫不以为意，就算略有敬意，也完全瞧在令狐冲脸上，这等神情流露得十分明显。这比之当面斥骂，令他尤为恚怒。但岳不群修养极好，没显出半分恼怒之色。

这时那姓黄的帮主也已走了进来。这人已有八十来岁年纪，一部白须，直垂至胸，精神却甚矍铄。他向令狐冲微微弯腰，说道："令狐公子，小人帮中的兄弟们，就在左近一带讨口饭吃，这次没好好接待公子，当真罪该万死。"

岳不群心头一震："莫非是他？"他早知黄河下游有个天河帮，帮主黄伯流是中原武林中的一位前辈耆宿，只是他帮规松懈，帮众良莠不齐，作奸犯科之事所在难免，这天河帮的声名就不见得怎么高明。但天河帮人多势众，帮中好手也着实不少，是齐鲁豫鄂之间的一大帮会，难道眼前这个老儿，便是号令万余帮众的"银髯蛟"黄伯流？假若是他，又怎会对令狐冲这个初出道的少年如此恭敬？

岳不群心中的疑团只存得片刻，便即打破，只听双蛇恶乞严三星道："银髯老蛟，你是地头蛇，对咱们这些外来朋友，可也得招呼招呼啊。"

这白须老者果然便是"银髯蛟"黄伯流，他哈哈一笑，说道："若不是托了令狐公子的福，又怎请得动这许多位英雄好汉的大驾？众位来到豫东鲁西，都是天河帮的嘉宾，那自然是要接待的。五霸冈上敝帮已备了酒席，令狐公子和众位朋友这就动身如何？"

令狐冲见小小一间饭店之中挤满了人，这般声音嘈杂，游迅决不会吐露机密，好在适才大家这么一闹，师父、师妹他们对自己的怀疑之意当会大减，日后终于会水落石出，倒也不急欲洗刷，便向岳不群道："师父，咱们去不去？请你示下。"

岳不群心想："聚集在五霸冈上的，显然没一个正派之士，如何可跟他们混在一起？这些人颇似欲以恭谨之礼，诱引冲儿入伙。衡山派刘正风前车之辙，一与邪徒接近，终不免身败名裂。可是在眼前情势之下，这'不去'二字，又如何说得出口？"

游迅道："岳先生，此刻五霸冈上可热闹得紧哩！好多位洞主、岛主，都是十几年、二三十年没在江湖上露脸了。大伙儿都是为令狐公子而来。你调教了这样一位文武全才、英雄了得的少侠出来，岳先生当真脸上大有光采。那五霸冈吗，当然是要去的啰。岳先生大驾不去，岂不叫众人大为扫兴？"

岳不群尚未答话，司马大和黄伯流二人已将令狐冲半扶半抱的拥了出去，扶入一辆大车之中。仇松年、严三星、桐柏双奇、桃谷六仙等纷纷一拥而出。

岳不群和夫人相对苦笑，均想："这一干人只是要冲儿去。咱们去不去，他们也不放在心上。"

岳灵珊甚是好奇，说道："爹，咱们也瞧瞧去，看那些怪人跟大师哥到底在要些什么花样。"她想到那吃人肉的黑白双熊，兀自心惊，但想他们既冲着大师哥的面子放了自己，总不会再来咬自己的手指头，不过到得五霸冈上，可别离开爹爹太远了。

岳不群点了点头，走出门外，适才大呕了一场，未进饮食，落足时竟然虚飘飘地，真气不纯，不由得暗惊："那五毒教蓝凤凰的毒药当真厉害。"

黄伯流和司马大等众人乘来许多马匹，当下让给岳不群、岳夫人、张夫人、仇松年、桃谷六仙等一干人乘坐。华山派的几名男弟子无马可骑，便与天河帮的帮众、长鲸岛司马大岛主的部属一同步行，向五霸冈进发。

看水中倒影，见到那姑娘的半边脸蛋，眼睛紧闭，睫毛甚长，容貌秀丽绝伦，不过十七八岁年纪。

十七　倾　心

　　五霸冈正当鲁豫两省交界处，东临山东菏泽定陶，西接河南东明。这一带地势平坦，甚多沼泽，远远望去，那五霸冈也不甚高，只略有山岭而已。一行车马向东疾驰，行不数里，便有数骑马迎来，驰到车前，翻身下马，高声向令狐冲致意，言语礼数，甚是恭敬。

　　将近五霸冈时，来迎的人愈多。这些人自报姓名，令狐冲也记不得这许多。大车停在一座高冈之前，只见冈上黑压压一片大松林，一条山路曲曲折折上去。

　　黄伯流将令狐冲从大车中扶了出来。早有两名大汉抬了一乘软轿，在道旁相候。令狐冲心想自己坐轿，而师父、师娘、师妹却都步行，心中不安，道："师娘，你坐轿罢，弟子自己能走。"岳夫人笑道："他们迎接的只是令狐冲公子，可不是你师娘。"展开轻功，抢步上冈。岳不群、岳灵珊父女也快步走上冈去。令狐冲无奈，只得坐入轿中。

　　轿子抬入冈上松林间的一片空地，但见东一簇，西一堆，人头涌涌，这些人形貌神情，都是三山五岳的草莽汉子。

　　众人一窝蜂般涌过来。有的道："这位便是令狐公子吗？"有的道："这是小人祖传的治伤灵药，颇有起死回生之功。"有的道："这是在下二十年前在长白山中挖到的老年人参，已然成形，请令狐公子收用。"有一人道："这七个是鲁东六府中最有本事的名医，在下都请了来，让他们给公子把把脉。"这七个名医都给粗绳缚住了手，连成一串，愁眉苦脸，神情憔悴，哪里有半分名医的模样？显是给这人硬捉来的，"请"之一字，只是说得好听而已。又有一人挑着两只大竹箩，说道："济南府城里的名贵药材，小人每样都拿了一些来。公子要用什么药材，小人这里备得都有，以免临时凑手不及。"

令狐冲见这些人大都装束奇特，神情悍恶，对自己却显是一片挚诚，绝无可疑，不由得大是感激。他近来迭遭挫折，死活难言，更是易受感触，胸口一热，竟尔流下泪来，抱拳说道："众位朋友，令狐冲一介无名小子，竟承各位……各位如此眷顾，当真……当真无……无法报答……"言语哽咽，难以卒辞，便即拜了下去。

群雄纷纷说道："这可不敢当！""快快请起。""折杀小人了！"也都跪倒还礼。

霎时之间，五霸冈上千余人一齐跪倒，便只余下华山派岳不群师徒与桃谷六仙。

岳不群师徒不便在群豪之前挺立，都侧身避开，免有受礼之嫌。桃谷六仙却指着群豪嘻嘻哈哈，胡言乱语。

令狐冲和群豪对拜了数拜，站起来时，脸上热泪纵横，心下暗道："不论这些朋友此来是何用意，令狐冲今后为他们粉身碎骨，万死不辞。"

天河帮帮主黄伯流道："令狐公子，请到前边草棚中休息。"引着他和岳不群夫妇走进一座草棚。那草棚乃是新搭，棚中桌椅俱全，桌上放了茶壶、茶杯。黄伯流一挥手，便有部属斟上酒来，又有人送上干牛肉、火腿等下酒之物。

令狐冲端起酒杯，走到棚外，朗声说道："众位朋友，令狐冲和各位初见，须当共饮结交。咱们此后有福同享，有难同当，这杯酒，算咱们好朋友大伙儿一齐喝了。"说着右手一扬，将一杯酒向天泼了上去，登时化作千万颗酒滴，四下飞溅。

群豪欢声雷动，都道："令狐公子说得不错，大伙儿此后跟你有福同享，有难同当。"

岳不群皱起了眉头，寻思："冲儿行事好生鲁莽任性，不顾前，不顾后，眼见这些人对他好，便跟他们说什么有福同享，有难同当。这些人中只怕没一个是规规矩矩的人物，尽是田伯光一类的家伙。他们奸淫掳掠，打家劫舍，你也跟他们有福同享？我正派之士要剿灭这些恶徒，你便跟他们有难同当？"

令狐冲又道："众位朋友何以对令狐冲如此眷顾，在下半点不知。不过知道也好，不知也好，众位有何为难之事，便请明示。大丈夫光明磊落，事无不可对人言。只须有用得着令狐冲处，在下刀山剑林，决不敢辞。"他想这些人素不相识，却对自己这等结交，自必有一件大事求己相助，反正总是要答允他们的，当真办不到，也不过一死而已。

黄伯流道："令狐公子说哪里话来？众位朋友得悉公子驾临，大家心中仰慕，都想瞻仰丰采，因此上不约而同的聚在这里。又听说公子身子不大舒服，这才或请名医，或觅药材，对公子却决无所求。咱们这些人并非一伙，相互间大都只是闻名，有的还不大和睦呢。只是公子既说今后有福同享，有难同当，大家就算不是好朋友，也要做好朋友了。"

群豪齐道："正是！黄帮主的话一点不错。"

那牵着七个名医之人走将过来，说道："公子请到草棚之中，由这七个名医诊一诊脉如何？"令狐冲心想："平一指先生如此大本领，尚且说我的伤患已无药可治，你这七个医生又瞧得出什么来？"碍于他一片好意，不便拒却，只得走入草棚。

那人将七个名医如一串田鸡般拉进棚来。令狐冲微微一笑，道："兄台便放了他们罢，谅他们也逃不了。"那人道："公子说放，就放了他们。"拍拍拍六声响过，拉断了麻绳，喝道："倘若治不好令狐公子，把你们的头颈也都这般拉断了。"一个医生道："小……小人尽力而为，不过天下……天下可没包医之事。"另一个道："瞧公子神完气足，那定是药到病除。"几个医生抢上前去，便替他搭脉。

忽然棚口有人喝道："都给我滚出去，这等庸医，有个屁用？"

令狐冲转过头来，见是"杀人名医"平一指到了，喜道："平先生，你也来啦，我本想这些医生没什么用。"

平一指走进草棚，左足一起，砰的一声，将一个医生踢出草棚，右足一起，砰的一声，又将一个医生踢出草棚。那捉了医生来的汉子对平一指甚是敬畏，喝道："当世第一大名医平大夫到了，你们这些家伙，还胆敢在这里献丑！"砰砰两声，也将两名医生踢了出去，余下三名医生连跌带爬的奔出草棚。那汉子躬身陪笑，说道："令狐公子，平大夫，在下多有冒昧，你老……"平一指左足一抬，砰的一声，又将那汉子踢出了草棚。这一下大出令狐冲的意料之外，不禁愕然。

平一指一言不发，坐了下来，伸手搭住他右手脉搏，再过良久，又去搭他左手脉搏，如此转换不休，皱起眉头，闭了双眼，苦苦思索。令狐冲说道："平先生，凡人生死有命，令狐冲伤重难治，先生已两番费心，在下感激不尽。先生也不须再劳心神了。"

只听得草棚外喧哗大作，斗酒猜拳之声此起彼伏，显是天河帮已然运到酒菜，供群豪畅饮。令狐冲神驰棚外，只盼去和群豪大大热闹一番，可是平一指交互搭他手上脉搏，似是永无尽止之时，他暗自寻思："这位平大夫名字叫做平一指，自称治人只用一指搭脉，杀人也只用一指点穴，可是他此刻和我搭脉，岂只一指？几乎连十根手指也都用上了。"

豁喇一声，一个人探头进来，正是桃干仙，说道："令狐冲，你怎地不来喝酒？"令狐冲道："这就来了，你等着我，可别自己抢着喝饱了。"桃干仙道："好！平大夫，你赶快些罢。"说着将头缩了出去。

平一指缓缓缩手，闭着眼睛，右手食指在桌上轻轻敲击，显是困惑难解，又过良久，睁开眼来，说道："令狐公子，你体内有七种真气，相互冲突，既不能宣泄，亦不能降服。这不是中毒受伤，更不是风寒湿热，因此非针灸药石之所能治。"令狐冲道："是。"平一指道："自从那日在朱仙镇上给公子瞧脉之后，在下已然思得一法，图个行险侥幸，要邀集七位内功深湛之士，同时施为，将公子体内这七道不同真气一举消除。今日在下已邀得三位同来，群豪中再请两位，毫不为难，加上尊师岳先生与在下自己，便可施治了。可是适才给公子搭脉，察觉情势又有变化，更加复杂异常。"令狐冲"嗯"了一声。

平一指道："过去数日之间，又生四种大变。第一，公子服食了数十种大补的燥药，其中有人参、首乌、芝草、伏苓等等珍奇药物。这些补药的制炼之法，却是用来给纯阴女子服食的。"令狐冲"啊"的一声，道："正是如此，前辈神技，当真古今罕有。"平一指道："公子何以去服食这些补药？想必是为庸医所误了，可恨可恼。"令狐冲心想："祖千秋偷了老头子的'续命八丸'来给我吃，原是一番好意，他哪里知道补药有男女之别？倘若说了出来，平大夫定然责怪于他，还是为他隐瞒的为是。"说道："那是晚辈自误，须怪不得别人。"平一指道："你身子并不气虚，恰恰相反，乃是真气太多，突然间又服了这许多补药下去，那可如何得了？便如长江水涨，本已成灾，治水之人不谋宣泄，反将洞庭、鄱阳之水倒灌入江，岂有不酿成大灾之理？只有先天不足、虚弱无力的少女服这等补药，才有益处。偏偏是公子服了，唉，大害，大害！"令狐冲心想："只盼老头子的女儿老不死姑娘喝了我的血后，身子能够痊可。"

平一指又道："第二个大变，是公子突然大量失血。依你目下的病体，怎可再和人争斗动武？如此好勇斗狠，岂是延年益寿之道？唉，人家对你这等看重，你却不知自爱。君子报仇，十年未晚，又何必逞快于一时？"说着连连摇头。他说这些话时，脸上现出大不以为然的神色，倘若他所治的病人不是令狐冲，纵然不是一巴掌打将过去，那也是声色俱厉、破口大骂了。令狐冲道："前辈指教得是。"

平一指道："单是失血，那也罢了，这也不难调治，偏偏你又去和云南五毒教的人混在一起，饮用了他们的五仙大补药酒。"令狐冲奇道："是五仙大补药酒？"平一指道："这五仙大补药酒，是五毒教祖传秘方所酿，所酿的五种小毒虫珍奇无匹，据说每一条小虫都要十多年才培养而成，酒中另外又有数十种奇花怪草，中间颇具生克之理。服了这药酒之人，百病不生，诸毒不侵，陡增十余年功力，原是当世最神奇的补药。老夫心慕已久，恨不得一见。听见蓝凤凰这女子守身如玉，从来不对任何男子假以辞色，偏偏将她教中如此珍贵的药酒给你服了。唉，风流少年，到处留情，岂不知反而自受其害！"

令狐冲只有苦笑，说道："蓝教主和晚辈只是在黄河舟中见过一次，蒙她以五仙药酒相赠，此外可更无其他瓜葛。"

平一指向他瞪视半晌，点了点头，说道："如此说来，蓝凤凰给你喝这五仙大补药酒，那也是冲着人家的面子了。可是这一来补上加补，那便是害上加害。又何况这酒虽能人补，却有大毒。哼，他妈的乱七八糟！他五毒教只不过仗着几张祖传的古怪药方，蓝凤凰这小妞儿又懂什么狗屁医理、药理了？他妈的搅得一塌胡涂！"

令狐冲听他如此乱骂，觉得此人性子太也暴躁，但见他脸色惨淡，胸口不住起伏，显是对自己伤势关切之极，心下又觉歉仄，说道："平前辈，蓝教主也是一番好意……"平一指怒道："好意，好意！哼，天下庸医杀人，又有哪一个不是好意？你知不知道，每天庸医害死的人数，比江湖上死于刀下的人可多得多了？"令狐冲道："这也大有可能。"平一指道："什么大有可能？确确实实是如此。我平一指医过的人，她蓝凤凰凭什么又来加一把手？你此刻血中含有剧毒，若要一一化解，便和那七道真气大起激撞，只怕三个时辰之内便送了你性命。"

令狐冲心想："我血中含有剧毒，倒不一定是饮了那五仙酒之故。蓝教主和那四名苗女给我注血，用的是她们身上之血。这些人日夕和奇毒之物为伍，饮食中也含有毒物，血中不免有毒，只是她们长期习惯了，不伤身体。这事可不能跟平前辈说，否则他脾气更大了。"说道："医道药理，精微深奥，原非常人所能通解。"

平一指叹了口气道："倘若只不过是误服补药，大量失血，误饮药酒，我还是有办法可治。这第四个大变，却当真令我束手无策了。唉，都是你自己不好！"令狐冲道："是，都是我自己不好。"平一指道："这数日之中，你何以心灰意懒，不想再活？到底受了什么重大委曲？上次在朱仙镇我跟你搭脉，察觉你伤势虽重，病况虽奇，但你心脉旺盛，有一股勃勃生机。我先延你百日之命，然后在这百日之中，无论如何要设法治愈你的怪病。当时我并无十足把握，也不忙给你明言，可是现下却连这一股生机也没有了，却是何故？"

听他问及此事，令狐冲不由得悲从中来，心想："先前师父疑心我吞没小林子的《辟邪剑谱》，那也没什么，大丈夫心中无愧，此事总有水落石出之时，可是……可是连小师妹竟也对我起疑，为了小林子，心中竟将我糟蹋得一钱不值，那我活在世上，更有什么乐趣？"

平一指不等他回答，接着道："搭你脉象，这又是情孽牵缠。其实天下女子言语无味，面目可憎，最好是远而避之，真正无法躲避，才只有极力容忍，虚与委蛇。你怎地如此想不通，反而对她们日夜想念？这可大大的不是了。虽然，虽然那……唉，可不知如何说起？"说着连连摇头。

令狐冲心想："你的夫人固然言语无味，面目可憎，但天下女子却并非个个如此。你以己之妻将天下女子一概论之，当真好笑。倘若小师妹确是言语无味，面目可憎……"

桃花仙双手拿了两大碗酒，走到竹棚口，说道："喂，平大夫，怎地还没治好？"平一指脸一沉，道："治不好的了！"桃花仙一怔："治不好，那你怎么办？"转头向令狐冲道："不如出来喝酒罢。"令狐冲道："好！"平一指怒道："不许去！"桃花仙吓了一跳，转身便走，两碗酒泼得满身都是。

平一指道："令狐公子，你这伤势要彻底治好，就算大罗金仙，只怕也是难以办到，但要延得数月以至数年之命，也未始不能。可是必须听我的话，第一须得戒酒；第二必须收拾起心猿意马，女色更是万万沾染不得，别说沾染不得，连想也不能想；第三不能和人动武。这戒酒、戒色、戒斗三件事若能做到，那么或许能多活一二年。"

令狐冲哈哈大笑。平一指怒道："有什么可笑？"令狐冲道："人生在世，会当畅情适意，连酒也不能喝，女人不能想，人家欺到头上不能还手，还做什么人？不如及早死了，来得爽快。"平一指厉声道："我一定要你戒，否则我治不好你的病，岂不声名扫地？"

令狐冲伸出手去，按住他右手手背，说道："平前辈，你一番美意，晚辈感激不尽。只是生死有命，前辈医道虽精，也难救必死之人，治不好我的病，于前辈声名丝毫无损。"

豁喇一声，又有一人探头进来，却是桃根仙，大声道："令狐冲，你的病治好了吗？"令狐冲道："平大夫医道精妙，已给我治好了。"桃根仙道："妙极，妙极。"进来拉住他袖子，说道："喝酒去，喝酒去！"令狐冲向平一指深深一揖，道："多谢前辈费心。"

平一指也不还礼，口中低声喃喃自语。

桃根仙道："我原说一定治得好的。他是'杀人名医'，他医好一人，要杀一人，倘若医不好一人，那又怎么办？岂不是搞不明白了？"令狐冲笑道："胡说八道！"两人手臂相挽，走出草棚。

四下里群豪聚集轰饮。令狐冲一路走过，有人斟酒过来，便即酒到杯干。

群豪见他逸兴遄飞，放量喝酒，谈笑风生，心下无不欢喜，都道："令狐公子果是豪气干云，令人心折。"

令狐冲接着连喝了十来碗酒，忽然想起平一指来，斟了一大碗酒，口中大声唱歌："今朝有酒今朝醉……"走进竹棚，说道："平前辈，我敬你一碗酒。"

烛光摇晃之下，只见平一指神色大变。令狐冲一惊，酒意登时醒了三分。细看他时，本来的一头乌发竟已变得雪白，脸上更是皱纹深陷，几个时辰之中，恰似老了一二十年。只听他喃喃说道："医好一人，要杀一人，医不好人，我怎么办？"

令狐冲热血上涌，大声道："令狐冲一条命又值得什么？前辈何必老是挂在心上？"

平一指道："医不好人，那便杀我自己，否则叫什么'杀人名医'？"突然站起身来，身子晃了几晃，喷出几口鲜血，扑地倒了。

令狐冲大惊，忙去扶他时，只觉他呼吸已停，竟然死了。令狐冲将他抱起，不知如何是好。耳听得竹棚外轰饮之声渐低，心下一片凄凉。悄立良久，不禁掉下泪来。平一指的尸身在手中越来越重，无力再抱，于是轻轻放在地下。

忽见一人悄步走进草棚，低声道："令狐公子！"令狐冲见是祖千秋，凄然道："祖前辈，平大夫死了。"祖千秋对这事竟不怎么在意，低声说道："令狐公子，我求你一件事。倘若有人问起，请你说从来没见过祖千秋之面，好不好？"令狐冲一怔，问道："那为什么？"祖千秋道："也没什么，只不过……只不过……咳，再见，再见。"

他前脚走出竹棚，跟着便走进一人，却是司马大，向令狐冲道："令狐公子，在下有个不大说得出口的……不大说得出口的这个……倘若有人问起，有哪些人在五霸冈上聚会，请公子别提在下的名字，那就感激不尽。"令狐冲道："是。这却是为何？"司马大神色忸怩，便如孩童做错了事，忽然给人捉住一般，嗫嚅道："这个……这个……"

令狐冲道："令狐冲既然不配做阁下的朋友，自是从此不敢高攀的了。"司马大脸色一变，突然双膝一屈，拜了下去，说道："公子说这等话，可坑杀俺了。俺求你别提来到五霸冈上的事，只是为免得惹人生气，公子忽然见疑，俺刚才说过的话，只当是司马大放屁。"令狐冲忙伸手扶起，道："司马岛主何以行此大礼？请问岛主，你到五霸冈上见我，何以会令人生气？此人既对令狐冲如此痛恨，尽管冲着在下一人来好了……"司马大连连摇手，微笑道："公子越说越不成话了。这人对公子疼爱还来不及，哪里有什么痛恨之理？唉，小人粗胚一个，实在不会说话，再见，再见。总而言之，司马大交了你这个朋友，以后你有什么差遣，只须传个讯来，火里火里去，水里水里去，司马大只要皱一皱眉，祖宗十八代都是乌龟王八蛋。"说着一拍胸口，大踏步走出草棚。

令狐冲好生奇怪，心想："此人对我一片血诚，绝无可疑。却何以他上五霸冈来见我，会令人生气？而生气之人偏偏又不恨我，居然还对我极好，天下哪有这等怪事？倘若当真对我极好，这许多朋友跟我结交，他该当喜欢才是。"突然想起一事，心道："啊，是了，此人定是正派中的前辈，对我甚为爱护，却不喜我结交这些旁门左道之辈。难道是风太师叔？其实像司马岛主这等人干脆爽快，什么地方不好了？"

只听得竹棚外一人轻轻咳嗽，低声叫道："令狐公子。"令狐冲听得是黄伯流的声音，说道："黄帮主，请进来。"黄伯流走进棚来，说道："令狐公子，有几位朋友要俺向公子转言，他们身有急事，须得立即赶回去料理，不及向公子亲自告辞，请你原谅。"令狐冲道："不用客气。"果然听得棚外喧声低沉，已走了不少人。

黄伯流吞吞吐吐的说道："这件事，咳，当真是我们做得鲁莽了，大伙儿一来是好奇，二来是想献殷勤，想不到……本来嘛，人家脸皮子薄，不愿张扬其事，我们这些莽汉粗人，谁都不懂。蓝教主又是苗家姑娘，这个……"

令狐冲听他前言不对后语，半点摸不着头脑，问道："黄帮主是不是要我不可对人提及五霸冈上之事？"黄伯流干笑几声，神色极是尴尬，说道："别人可以抵赖，黄伯流是赖不掉的了。天河帮在五霸冈上款待公子，说什么也只好承认。"令狐冲哼了一声，道："你请我喝一杯酒，也不见得是什么十恶不赦的大罪。男子汉大丈夫，有什么赖不赖的？"

黄伯流忙陪笑道："公子千万不可多心。唉，老黄生就副茅包脾气，倘若事先问问俺儿媳妇，要不然问问俺孙女，也不会得罪了人家，自家还不知道。唉，俺这粗人十七岁上就娶了媳妇，只怪俺媳妇命短，死得太早，连累俺对女人家的心事摸不上半点边儿。"

令狐冲心想："怪不得师父说他们旁门左道，这人说话当真颠三倒四。他请我喝酒，居然要问他儿媳妇、孙女儿，又怪他老婆死得太早。"

黄伯流又道："事已如此，也就是这样了。公子，你说早就认得老黄，跟我是几十年的老朋友，好不好？啊，不对，就说和我已有八九年交情，你十五六岁时就跟老黄一块儿赌钱喝酒。"令狐冲笑道："在下六岁那一年，就跟你赌过骰子，喝过老酒，你怎地忘了？到今日可不是整整二十年的交情？"

黄伯流一怔，随即明白他说的乃是反话，苦笑道："公子恁地说，自然是再好不过。只是……只是黄某二十年前打家劫舍，做的都是见不得人的勾当，公子又怎会跟俺交朋友？嘿嘿……这个……"令狐冲道："黄帮主直承其事，足见光明磊落，在下非在二十年前交上你这位好朋友不可。"黄伯流大喜，大声道："好好，咱们是二十年前的朋友。"回头一望，放低声音说道："公子保重，你良心好，眼前虽然有病，终能治好，何况圣……圣……神通广大……啊哟！"大叫一声，转头便走。

令狐冲心道："什么圣……圣……神通广大？当真莫名其妙。"

只听得马蹄声渐渐远去，喧哗声尽数止歇。他向平一指的尸体呆望半晌，走出棚来，猛地里吃了一惊，冈上静悄悄地，竟无一个人影。他本来只道群豪就算不再闹酒，又有人离冈他去，却也不会片刻间便走得干干净净。他提高嗓子叫道："师父，师娘！"却无人答应。他再叫："二师弟，三师弟，小师妹！"仍然无人答应。

眉月斜照，微风不起，偌大一座五霸冈上，竟便只他一人。眼见满地都是酒壶、碗碟，此外帽子、披风、外衣、衣带等四下散置，群豪去得匆匆，连东西也不及收拾。他更加奇怪："他们走得如此仓促，倒似有什么洪水猛兽突然掩来，非赶快逃走不可。这些汉子本来似乎都是天不怕、地不怕，忽然间变得胆小异常，当真令人难以索解。师父、师娘、小师妹他们，却又到哪里去了？要是此间真有什么凶险，怎地又不招呼我一声？"

蓦然间心中一阵凄凉，只觉天地虽大，却无一人关心自己的安危，便在不久之前，有这许多人竞相向他结纳讨好，此刻虽以师父、师娘之亲，也对他弃之如遗。

心口一酸，体内几道真气便涌将上来，身子晃了晃，一交摔倒。挣扎着要想爬起，呻吟了几声，半点使不出道力。他闭目养神，休息片刻，第二次又再支撑着想爬起身来，不料这一次使力太大，耳中嗡的一声，眼前一黑，便即晕去。

也不知道过了多少时候，迷迷糊糊中听到几下柔和的琴声，神智渐复，琴声优雅缓慢，入耳之后，激荡的心情便即平复，正是洛阳城那位婆婆所弹的《清心普善咒》。令狐冲恍如漂流于茫茫大海之中，忽然见到一座小岛，精神一振，便即站起，听琴声是从草棚中传出，当下一步一步的走过去，见草棚之门已然掩上。

他走到草棚前六七步处便即止步，心想："听这琴声，正是洛阳城绿竹巷中那位婆婆到了。在洛阳之时，她不愿我见她面目，此刻我若不得她许可，如何可以贸然推门进去？"当下躬身说道："令狐冲参见前辈。"

琴声丁丁东东的响了几下，戛然而止。令狐冲只觉这琴音中似乎充满了慰抚之意，听来说不出的舒服，明白世上毕竟还有一人关怀自己，感激之情霎时充塞胸臆。

忽听得远处有人说道："有人弹琴！那些旁门左道的邪贼还没走光。"

又听得一个十分宏亮的声音说道："这些妖邪淫魔居然敢到河

南来撒野，还把咱们瞧在眼里么？"他说到这里，更提高嗓子，喝道："是哪些混帐王八羔子，在五霸冈上胡闹，通统给我报上名来！"他中气充沛，声震四野，极具威势。

令狐冲心道："难怪司马大、黄伯流、祖千秋他们吓得立时逃走，确是有正派中的高手前来挑战。"隐隐觉得，司马大、黄伯流等人忽然溜得一干二净，未免太没男子汉气概，但来者既能震慑群豪，自必是武功异常高超的前辈，心想："他们问起我来，倒是难以对答，不如避一避的为是。"当即走到草棚之后，又想："棚中那位老婆婆，料他们也不会和她为难。"这时棚中琴声也已止歇。

脚步声响，三个人走上冈来。三人上得冈后，都是"咦"的一声，显是对冈上寂静无人的情景大为诧异。

那声音宏亮的人道："王八羔子们都到哪里去了？"一个细声细气的人道："他们听说少林派的二大高手上来除奸驱魔，自然都夹了尾巴逃走啦。"另一人笑道："好说，好说！那多半是仗了昆仑派谭兄的声威。"三人一齐大笑。

令狐冲心道："原来两个是少林派的，一个是昆仑派的。少林派自唐初以来，向是武林领袖，单是少林一派，声威便比我五岳剑派联盟为高，实力恐亦较强。少林派掌门人方证大师更是武林中众所钦佩。师父常说昆仑派剑法独树一帜，兼具沉雄轻灵之长。这两派联手，确是厉害，多半他们三人只是前锋，后面还有大援。可是师父、师娘却又何必避开？"转念一想，便即明白："是了，我师父是名门正派的掌门人，和黄伯流这些声名不佳之人混在一起，见到少林、昆仑的高手，未免尴尬。"

只听那昆仑派姓谭的说道："适才还听得冈上有弹琴之声，那人却又躲到哪里去了？辛兄、易兄，这中间只怕另有古怪。"那声音宏大的人道："正是，还是谭兄细心，咱们搜上一搜，揪他出来。"另一人道："辛师哥，我到草棚中去瞧瞧。"令狐冲听了这句话，知道这人姓易，那声音宏大之人姓辛，是他师兄。听得那姓易的向草棚走去。

棚中一个清亮的女子声音说道："贱妾一人独居，黉夜之间，男女不便相见。"

那姓辛的道："是个女的。"姓易的道："刚才是你弹琴么？"那婆婆道："正是。"那姓易的道："你再弹几下听听。"那婆婆道："素不相识，岂能径为阁下抚琴？"那姓辛的道："哼，有什么希罕？诸多推搪，草棚中定然另有古怪，咱们进去瞧瞧。"姓易的道："你说是孤身女子，半夜三更的，却在这五霸冈上干什么？十之八九，便跟那些左道妖邪是一路的。咱们进来搜了。"说着大踏步便向草棚门走去。

令狐冲从隐身处闪了出来，挡在草棚门口，喝道："且住！"

那三人没料到突然会有人闪出，都微微一惊，但见是个单身少年，亦不以为意。那姓辛的大声喝道："少年是谁？鬼鬼祟祟的躲在黑处，干什么来着？"

令狐冲道："在下华山派令狐冲，参见少林、昆仑派的前辈。"说着向三人深深一揖。

那姓易的哼了一声，道："是华山派的？你到这里干什么来啦？"令狐冲见这姓辛的身子倒不如何魁梧，只是胸口凸出，有如一鼓，无怪说话声音如此响亮。另一个中年汉子和他穿着一式的酱色长袍，自是他同门姓易之人。那昆仑派姓谭的背悬一剑，宽袍大袖，神态颇为潇洒。那姓易的不待他回答，又问："你既是正派中弟子，怎地会在五霸冈上？"

令狐冲先前听他们王八羔子的乱骂，心头早就有气，这时更听他言词颇不客气，说道："三位前辈也是正派中人，却不也在五霸冈上？"那姓谭的哈哈一笑，道："说得好，你可知草棚中弹琴的女子，却是何人？"令狐冲道："那是一位年高德劭、与世无争的婆婆。"那姓易的斥道："胡说八道！听这女子声音，显然年纪不大，什么婆婆不婆婆了？"令狐冲笑道："这位婆婆说话声音好听，那有什么希奇？她的侄儿也比你要老上二三十岁，别说婆婆自己了。"姓易的道："让开！我们自己进去瞧瞧。"

令狐冲双手一伸，道："婆婆说道，黄夜之间，男女不便相见。她跟你们素不相识，没来由的又见什么？"

姓易的袖子一拂，一股劲力疾卷过来，令狐冲内力全失，毫无抵御之能，扑地摔倒。姓易的没料到他竟全无武功，倒是一怔，冷笑道："你是华山派弟子？只怕吹牛！"说着走向草棚。

令狐冲站起身来，脸上已被地下石子擦出了一条血痕，说道："婆婆不愿跟你们相见，你怎可无礼？在洛阳城中，我曾跟婆婆说了好几日话，却也没见到她一面。"那姓易的道："这小子，说话没上没下，你再不让开，是不是想再摔一大交？"令狐冲道："少林派是武林中声望最高的名门大派，两位定是少林派中的俗家高手。这位想来也必是昆仑派中赫赫有名之辈，黑夜之中，却来欺侮一个年老婆婆，岂不教江湖上好汉笑话？"

那姓易的喝道："偏有你这么多废话！"左手突出，拍的一声，在令狐冲左颊上重重打了一掌。

令狐冲内力虽失，但一见他右肩微沉，便知他左手要出掌打人，急忙闪避，却是腰腿不由使唤，这一掌终于无法避开，身子打了两个转，眼前一黑，坐倒在地。

那姓辛的道："易师弟，这人不会武功，不必跟他一般见识，妖邪之徒早已逃光，咱们走罢！"那姓易的道："鲁豫之间的左道妖邪突然都聚集在五霸冈上，顷刻间又散得干干净净。聚得固然古怪，散得也是希奇。这件事非查个明白不可。在这草棚之中，多半能找到些端倪。"说着，伸手便去推草棚门。

令狐冲站起身来，手中已然多了一柄长剑，说道："易前辈，草棚中这位婆婆于在下有恩，我只须有一口气在，决不许你冒犯她老人家。"

那姓易的哈哈大笑，问道："你凭什么？便凭手中这口长剑么？"

令狐冲道："晚辈武艺低微，怎能是少林派高手之敌？只不过万事抬不过一个理字。你要进这草棚，先得杀了我。"

那姓辛的道："易师弟，这小子倒挺有骨气，是条汉子，由他去罢。"那姓易的笑道："听说你华山派剑法颇有独得之秘，还有什么剑宗、气宗之分。你是剑宗呢，还是气宗？又还是什么屁宗？哈哈，哈哈？"他这么一笑，那姓辛的、姓谭的跟着也大笑起来。

令狐冲朗声道："恃强逞暴，叫什么名门正派？你是少林派弟子？只怕吹牛！"

那姓易的大怒，右掌一立，便要向令狐冲胸口拍去。眼见这一掌拍落，令狐冲便要立毙当场，那姓辛的说道："且住！令狐冲，若是名门正派的弟子，便不能跟人动手吗？"令狐冲道："既是正派中人，每次出手，总得说出个名堂。"

那姓易的缓缓伸出手掌，道："我说一二三，数到三字，你再不让开，我便打断你三根肋骨。一！"令狐冲微微一笑，说道："打断三根肋骨，何足道哉！"那姓易的大声数道："二！"那姓辛的道："小朋友，我这位师弟，说过的话一定算数，你快快让开吧。"

令狐冲微笑道："我这张嘴巴，说过的话也一定算数。令狐冲既还没死，岂能让你们对婆婆无礼？"说了这句话后，知道那姓易的一掌便将击到，暗自运了口气，将力道贯到右臂之上，但胸口登感剧痛，眼前只见千千万万颗金星乱飞乱舞。

那姓易的喝道："三！"左足踏上一步，眼见令狐冲背靠草棚板门，嘴角边微微冷笑，毫无让开之意，右掌便即拍出。

令狐冲只感呼吸一窒，对方掌力已然袭体，手中长剑递出，对准了他掌心。这一剑方位时刻，拿捏得妙到颠毫，那姓易的右掌拍出，竟然来不及缩手，嗤的一声轻响，跟着"啊"的一声大叫，长剑剑尖已从他掌心直通而过。他急忙缩臂回掌，又是嗤的一声，将手掌从剑锋上拔了出去。这一下受伤极重，他急跃退开数丈，左手从腰间拔出长剑，惊怒交集，叫道："贼小子装傻，原来武功好得很啊。我……我跟你拼了。"

辛、易、谭三人都是使剑的好手，眼见令狐冲长剑一起，并未递剑出招，单是凭着方位和时刻的拿捏，即令对方手掌自行送到他剑尖之上，剑法上的造诣，实已到了高明之极的境界。那姓易的虽气恼之极，却也已不敢轻敌，左手持剑，刷刷刷连攻三剑，却都是试敌的虚招，每一招剑至中途，便即缩回。

那晚令狐冲在药王庙外连伤一十五名好手的双目，当时内力虽然亦已失却，终不如目前这般又连续受了几次大损，几乎抬臂举剑亦已有所不能。眼见那姓易的连发三下虚招，剑尖不绝颤抖，显是少林派上乘剑法，更不愿与他为敌，说道："在下绝无得罪三位前辈之意，只须三位离此他去，在下……在下愿意诚心陪罪。"

那姓易的哼了一声，道："此刻求饶，已然迟了。"长剑疾刺，直指令狐冲的咽喉。

令狐冲行动不便，知道这一剑无可躲避，当即挺剑刺出，后发先至，噗的一声响，正中他左手手腕要穴。

那姓易的五指一张，长剑掉在地下。其时东方曙光已现，他眼见自己手腕上鲜血一点点的滴在地下绿草之上，竟不信世间有这等事，过了半晌，才长叹一声，掉头便走。

那姓辛的本就不想与华山派结仇，又见令狐冲这一剑精妙绝伦，自己也决非对手，挂念师弟伤势，叫道："易师弟！"随后赶去。

那姓谭的侧目向令狐冲凝视片刻，问道："阁下当真是华山弟子？"令狐冲身子摇摇欲坠，道："正是！"那姓谭的瞧出他已身受重伤，虽然剑法精妙，但只须再挨得片刻，不用相攻，他自己便会支持不住，眼前正有个大便宜可捡，心想："适才少林派的两名好手一伤一走，栽在华山派这少年手下。我如将他打倒，擒去少林寺，交给掌门方丈发落，不但给了少林派一个极大人情，而且昆仑派在中原也大大露脸。"当即踏上一步，微笑道："少年，你剑法不错，跟我比一下拳掌上的功夫，你瞧怎样？"

令狐冲一见他神情，便已测知他的心思，心想这人好生奸猾，比少林派那姓易的更加可恶，挺剑便往他肩头刺去。岂知剑到中途，手臂已然无力，当的一声响，长剑落地。那姓谭的大喜，呼的一掌，重重拍正在令狐冲胸口。令狐冲哇的一声，喷出一大口鲜血。

两人相距甚近，这口鲜血对准了这姓谭的，直喷在他脸上，更有数滴溅入了他口中。那姓谭的嘴里尝到一股血腥味，也不在意，深恐令狐冲拾剑反击，右掌一起，又欲拍出，突然间一阵昏晕，摔倒在地。

令狐冲见他忽在自己垂危之时摔倒，既感奇怪，又自庆幸，见他脸上显出一层黑气，肌肉不住扭曲颤抖，模样诡异可怖，说道："你用错了真力，只好怪自己了！"

游目四顾，五霸冈上更无一个人影，树梢百鸟声喧，地下散满了酒肴兵刃，种种情状，说不出的古怪。他伸袖抹拭口边血迹，说道："婆婆，别来福体安康。"那婆婆道："公子此刻不可劳神，请坐下休息。"令狐冲已全身更无半分力气，当即依言坐下。

只听得草棚内琴声轻轻响起，宛如一股清泉在身上缓缓流过，又缓缓注入了四肢百骸，令狐冲全身轻飘飘地，更无半分着力处，便似飘上了云端，置身于棉絮般的白云之上。

过了良久良久，琴声越来越低，终于细不可闻而止。令狐冲精神一振，站起身来，深深一揖，说道："多谢婆婆雅奏，令晚辈大得补益。"那婆婆道："你舍命力抗强敌，让我不致受辱于伧徒，该我谢你才是。"令狐冲道："婆婆说哪里话来？此是晚辈义所当为。"

那婆婆半晌不语，琴上发出轻轻的仙翁、仙翁之声，似是手拨琴弦，暗自沉吟，有什么事好生难以委决，过了一会，问道："你……你这要上哪里去？"

令狐冲登时胸口热血上涌，只觉天地虽大，却无容身之所，不由得连声咳嗽，好容易咳嗽止息，才道："我……我无处可去。"

那婆婆道："你不去寻你师父、师娘？不去寻你的师弟、师……师妹他们了？"令狐冲道："他们……他们不知到哪里去了，我伤势沉重，寻不着他们。就算寻着了，唉！"一声长叹，心道："就算寻着了，却又怎地？他们也不要我了。"

那婆婆道："你受伤不轻，何不去风物佳胜之处，登临山水，以遣襟怀？却也强于徒自悲苦。"令狐冲哈哈一笑，说道："婆婆说得是，令狐冲于生死之事，本来也不怎么放在心上。晚辈这就别过，下山游玩去也！"说着向草棚一揖，转身便走。

他走出三步，只听那婆婆道："你……你这便去了吗？"令狐冲站住了道："是。"那婆婆道："你伤势不轻，孤身行走，旅途之中，乏人照料，可不大妥当。"令狐冲听得那婆婆言语之中颇为关切，心头又是一热，说道："多谢婆婆挂怀。我的伤是治不好的了，早死迟死，死在哪里，也没多大分别。"

那婆婆道："嗯，原来如此。只不过……只不过……"隔了好一会，才道："你走了之后，倘若那两个少林派的恶徒又来啰唣，却不知如何是好？这昆仑派的谭迪人一时昏晕，醒来之后，只怕又会找我的麻烦。"令狐冲道："婆婆，你要去哪里？我护送你一程如何？"那婆婆道："本来甚好，只是中间有个极大难处，生怕连累了你。"令狐冲道："令狐冲的性命是婆婆所救，哪有什么连累不连累的？"那婆婆叹了口气，说道："我有个厉害对头，寻到洛阳绿竹巷来跟我为难，我避到了这里，但朝夕之间，他又会追踪而来。你伤势未愈，不能跟他动手，我只想找个隐僻所在暂避，等约齐了帮手再跟他算帐。要你护送我罢，一来你身上有伤，二来你一个鲜龙活跳的少年，陪着我这老太婆，岂不闷坏了你？"

令狐冲哈哈大笑，说道："我道婆婆有什么事难以委决，却原来是如此区区小事。你要去哪里，我送你到哪里便是，不论天涯海角，只要我还没死，总是护送婆婆前往。"那婆婆道："如此生受你了。当真是天涯海角，你都送我去？"语音中大有欢喜之意。令狐冲道："不错，不论天涯海角，令狐冲都随婆婆前往。"

那婆婆道："这可另有一个难处。"令狐冲道："却是什么？"那婆婆道："我的相貌十分丑陋，不管是谁见了，都会吓坏了他，因此我说什么也不愿给人见到。否则的话，刚才那三人要进草棚来，见他们一见又有何妨？你得答应我一件事，不论在何等情景之下，都不许向我看上一眼，不能瞧我的脸，不能瞧我身子手足，也不能瞧我的衣服鞋袜。"令狐冲道："晚辈尊敬婆婆，感激婆婆对我关怀，至于婆婆容貌如何，那有什么干系？"

那婆婆道："你既不能答应此事，那你便自行去罢。"令狐冲忙道："好，好！我答应就是，不论在何等情景之下，决不正眼向婆婆看上一眼。"那婆婆道："连我的背影也不许看。"令狐冲心想："难道连你的背影也是丑陋不堪？世上最难看的背影，若非侏儒，便是驼背，那也没有什么。我和你一同长途跋涉，连背影也不许看，只怕有些不易。"

那婆婆听他迟疑不答，问道："你办不到么？"

令狐冲道："办得到，办得到。要是我瞧了婆婆一眼，我剜了自己眼睛。"

那婆婆道："你可要记着才好。你先走，我跟在你后面。"

令狐冲道："是！"迈步向冈下走去，只听得脚步之声细碎，那婆婆在后面跟了上来。走了数丈，那婆婆递了一根树枝过来，说道："你把这树枝当作拐杖撑着走。"

令狐冲道："是。"撑着树枝，慢慢下冈。走了一程，忽然想起一事，问道："婆婆，那昆仑派这姓谭的，你知道他名字？"那婆婆道："嗯，这谭迪人是昆仑派第二代弟子中的好手，剑法上学到了他师父的六七成功夫，比起他大师兄、二师兄来，却还差得远。那少林派的大个子辛国梁，剑法还比他强些。"

令狐冲道："原来那大喉咙汉子叫做辛国梁，这人倒似乎还讲道理。"那婆婆道："他师弟叫做易国梓，那就无赖得紧了。你一剑穿过他右掌，一剑刺伤他左腕，这两剑可帅得很哪。"令狐冲道："那是出于无奈，唉，这一下跟少林派结了梁子，可是后患无穷。"那婆婆道："少林派便怎样？咱们未必便斗他们不过。我可没想到那谭迪人会用掌打你，更没想到你会吐血。"令狐冲道："婆婆，你都瞧见了？那谭迪人不知如何会突然晕倒？"那婆婆道："你不知道么？蓝凤凰和手下的四名苗女给你注血，她们日日夜夜跟毒物为伍，血中含毒，那不用说了。那五仙酒更是剧毒无比。谭迪人口中溅到你的毒血，自然抵受不住。"

令狐冲恍然大悟，"哦"了一声，道："我反而抵受得住，也真奇怪。我跟那蓝教主无冤无仇，不知她何以要下毒害我？"那婆婆说道："谁说她要害你了？她是对你一片好心，哼，妄想治你的伤来着。要你血中有毒而你性命无碍，原是她五毒教的拿手好戏。"令狐冲道："是，我原想蓝教主并无害我之意。平一指大夫说她的药酒是大补之物。"那婆婆道："她当然不会害你，要对你好也来不及呢。"令狐冲微微一笑，又问："不知那谭迪人会不会死？"那婆婆道："那要瞧他的功力如何了。不知有多少毒血溅入了他口中。"

令狐冲想起谭迪人中毒后脸上的神情，不由得打了个寒噤，又走出十余丈后，突然想起一事，叫道："啊哟，婆婆，请你在这儿等我一等，我得回上冈去。"那婆婆问道："干什么？"令狐冲道："平大夫的遗体在冈上尚未掩埋。"那婆婆道："不用回去啦，我已把他尸体化了，埋了。"令狐冲道："啊，原来婆婆已将平大夫安葬了。"那婆婆道："也不是什么安葬。我是用药将他尸体化了。在那草棚之中，难道叫我整晚对着一具尸首？平一指活的时候已没什么好看，变了尸首，这副模样，你自己想想罢。"

令狐冲"嗯"了一声，只觉这位婆婆行事在在出人意表，平一指对自己有恩，他身死之后，该当好好将他入土安葬才是，但这婆婆却用药化去他的尸体，越想越是不安，可是用药化去尸体有什么不对，却又说不上来。

行出数里，已到了冈下平阳之地。那婆婆道："你张开手掌！"令狐冲应道："是！"心下奇怪，不知她又有什么花样，当即依言伸出手掌，张了开来，只听得噗的一声轻响，一件细物从背后抛将过来，投入掌中，乃是一颗黄色药丸，约有小指头大小。

那婆婆道："你吞了下去，到那棵大树下坐着歇歇。"令狐冲道："是。"将药丸放入口中，吞了下去。那婆婆道："我是要仗着你的神妙剑法护送脱险，这才用药物延你性命，免得你突然身死，

603

我便少了个卫护之人。可不是对你……对你有什么好心，更不是想要救你性命，你记住了。"

令狐冲又应了一声，走到树下，倚树而坐，只觉丹田中一股热气暖烘烘的涌将上来，似有无数精力送入全身各处脏腑经脉，寻思："这颗药丸明明于我身子大有补益，那婆婆偏不承认对我有什么好心，只说不过是利用我而已。世上只有利用别人而不肯承认的，她却为什么要说这等反话？"又想："适才她将药丸掷入我手掌，能使药丸入掌而不弹起，显是使上了极高内功中的一股沉劲。她武功比我强得多，又何必要我卫护？唉，她爱这么说，我便听她这么办就是。"

他坐得片刻，便站起身来，道："咱们走罢。婆婆，你累不累？"那婆婆道："我倦得紧，再歇一忽儿。"令狐冲道："是。"心想："上了年纪之人，凭他多高的武功，精力总是不如少年。我只顾自己，可太不体恤婆婆了。"当下重行坐倒。

又过了好半晌，那婆婆才道："走罢！"令狐冲应了，当先而行，那婆婆跟在后面。

令狐冲服了药丸，步履登觉轻快得多，依着那婆婆的指示，尽往荒僻的小路上走。行了将近十里，山道渐觉崎岖，行走时已有些气喘。那婆婆道："我走得倦了，要歇一忽儿。"

令狐冲应道："是。"坐了下来，心想："听她气息沉稳，一点也不累，明明是要我休息，却说是她自己倦了。"

歇了一盏茶时分，起身又行，转过了一个山坳，忽听得有人大声说道："大伙儿赶紧吃饭，尽快离开这是非之地。"数十人齐声答应。令狐冲停住脚步，只见山涧边的一片草地之上，数十条汉子围坐着正自饮食。便在此时，那些汉子也已见到了令狐冲，有人说道："是令狐公子！"令狐冲依稀认了出来，这些人昨晚都曾到过五霸冈上，正要出声招呼，突然之间，数十人鸦雀无声，一齐瞪眼瞧着他身后。

这些人的脸色都古怪之极，有的显然甚是惊惧，有的则是惶惑失措，似乎蓦地遇上了一件难以形容、无法应付的怪事一般。令狐冲一见这等情状，登时便想转头，瞧瞧自己身后到底有什么事端，令得这数十人在霎时之间便变得泥塑木雕一般，但立即惊觉：这些人所以如此，是由于见到了那位婆婆，自己曾答应过她，决计不向她瞧上一眼。

他急忙扭过头来，使力过巨，连头颈也扭得痛了，好奇之心大起："为什么他们一见婆婆，便这般惊惶？难道婆婆当真形相怪异之极，人世所无？"

忽见一名汉子提起割肉的匕首，对准自己双眼刺了两下，登时鲜血长流。令狐冲大吃一惊，叫道："你干什么？"那汉子大声道："小人三天之前便瞎了眼睛，早已什么东西也瞧不见。"又有两名汉子拔出短刀，自行刺瞎了双眼，都道："小人瞎眼已久，什么都瞧不见了。"令狐冲惊奇万状，眼见其余的汉子纷纷拔出匕首铁锥之属，要刺瞎自己眼睛，忙叫："喂，喂！且慢。有话好说，可不用刺瞎自己啊，那……那到底是什么缘故？"

一名汉子惨然道："小人本想立誓，决不敢有半句多口，只是生怕难以取信。"

令狐冲叫道："婆婆，你救救他们，叫他们别刺瞎自己眼睛了。"

那婆婆道："好，我信得过你们。东海中有座蟠龙岛，可有人知道么？"一个老者道："福建泉州东南五百多里海中，有座蟠龙岛，听说人迹不至，极是荒凉。"那婆婆道："正是这座小岛，你们立即动身，到蟠龙岛上去玩玩罢。这一辈子也不用回中原来啦。"

数十名汉子齐声答应，脸上均现喜色，说道："咱们即刻便走。"有人又道："咱们一路之上，决不跟外人说半句话。"那婆婆冷冷的道："你们说不说话，关我什么事？"那人道："是，是！小人胡说八道。"提起手来，在自己脸上用力击打。那婆婆道："去罢！"数十名大汉发足狂奔。三名刺瞎了眼的汉子则由旁人搀扶，顷刻之间，走得一个不剩。

令狐冲心下骇然："这婆婆单凭一句话，便将他们发配去东海荒岛，一辈子不许回来。这些人反而欢天喜地，如得大赦，可真教人不懂了。"他默不作声的行走，心头思潮起伏，只觉身后跟随着的那位婆婆实是生平从所未闻的怪人，思忖："只盼一路前去，别再遇见五霸冈上的朋友。他们一番热心，为治我的病而来，倘若给婆婆撞见了，不是刺瞎双目，便得罚去荒岛充军，岂不冤枉？这样看来，黄帮主、司马岛主、祖千秋要我说从来没见过他们，五霸冈上群豪片刻间散得干干净净，都是因为怕了这婆婆。她……她到底是怎么一个可怖的大魔头？"想到此处，不由自主的连打两个寒噤。

又行得七八里，忽听得背后有人大声叫道："前面那人便是令狐冲。"这人叫声响亮之极，一听便知是少林派那辛国梁到了。那婆婆道："我不想见他，你跟他敷衍一番。"令狐冲应道："是。"只听得簌的一声响，身旁灌木一阵摇晃，那婆婆钻入了树丛之中。

只听辛国梁说道："师叔，那令狐冲身上有伤，走不快的。"其时相隔尚远，但辛国梁的话声实在太过宏亮，虽是随口一句话，令狐冲也听得清清楚楚，心道："原来他还有个师叔同来。"当下索性不走，坐在道旁相候。

过了一会，来路上脚步声响，几人快步走来，辛国梁和易国梓都在其中，另有两个僧人，一个中年汉子。两个僧人一个年纪甚老，满脸皱纹，另一个三十来岁，手持方便铲。

令狐冲站起身来，深深一揖，说道："华山派晚辈令狐冲，参见少林派诸位前辈，请教前辈上下怎生称呼。"易国梓喝道："小子……"那老僧道："老衲法名方生。"那老僧一说话，易国梓立时住口，但怒容满脸，显是对适才受挫之事气愤已极。令狐冲躬身道："参见大师。"方生点了点头，和颜悦色的道："少侠不用多礼。尊师岳先生可好？"

令狐冲初时听到他们来势汹汹的追到，心下甚是惴惴，待见方生和尚说话神情是个有道高僧模样，又知"方"字辈僧人是当今少林寺的第一代人物，与方丈方证大师是师兄弟，料想他不会如易国梓这般蛮不讲理，心中登时一宽，恭恭敬敬的道："多谢大师垂询，敝业师安好。"

方生道："这四个都是我师侄。这僧人法名觉月，这是黄国柏师侄，这是辛国梁师侄，这是易国梓师侄。辛易二人，你们曾会过面的。"令狐冲道："是。令狐冲参见四位前辈。晚辈身受重伤，行动不便，礼数不周，请众位前辈原谅。"易国梓哼了一声，道："你身受重伤!"方生道："你当真身上有伤? 国梓，是你打伤他的吗?"

令狐冲道："一时误会，算不了什么。易前辈以袖风摔了晚辈一交，又击了晚辈一掌，好在晚辈一时也不会便死，大师却也不用深责易前辈了。"他一上来便说自己身受重伤，又将全部责任推在易国梓身上，料想方生是位前辈高僧，决不能再容这四个师侄跟自己为难，又道："种种情事，辛前辈在五霸冈上都亲眼目睹。既是大师佛驾亲临，晚辈已有了好大面子，决不在敝业师面前提起便是。大师放心，晚辈虽然伤重难愈，此事却不致引起五岳剑派和少林派的纠纷。"这么一说，倒像自己伤重难愈，全是易国梓的过失。

易国梓怒道："你……你……你胡说八道，你本来就已身受重伤，跟我有什么干系?"

令狐冲叹了口气，淡淡的道："这件事，易前辈，你可是说不得的。倘若传了出去，岂不于少林派清誉大大有损。"

辛国梁、黄国柏和觉月三人都微微点了点头。各人心下明白，少林派"方"字辈的僧人辈份甚尊，虽说与五岳剑派门户各别，但上辈叙将起来，比之五岳剑派各派的掌门人还长了一辈，因此辛国梁、易国梓等人的辈份也高于令狐冲。易国梓和令狐冲动手，本已有以大压小之嫌，何况他少林派有师兄弟二人在场? 更何况令狐冲在动手之前已然受伤? 少林派门规綦严，易国梓倘若真的将华山派一个后辈打死，纵不处死抵命，那也是非废去武功、逐出门墙不可。易国梓念及此节，不由得脸都白了。

方生道："少侠，你过来，我瞧瞧你的伤势。"令狐冲走近身去。方生伸出右手，握住令狐冲的手腕，手指在他"大渊"、"经渠"两处穴道上一搭，登时觉得他体内生出一股希奇古怪的内力，一震之下，便将手指弹开。方生心中一凛，他是当今少林寺第一代高僧中有数的好手，竟会给这少年的内力弹开手指，实是匪夷所思。他哪知令狐冲体内已蓄有桃谷六仙和不戒和尚七人的真气，他武功虽强，但在绝无防范之下，究竟也挡不住这七个高手的合力。他"哦"的一声，双目向令狐冲瞪视，缓缓的道："少侠，你不是华山派的。"

令狐冲道："晚辈确是华山派弟子，是敝业师岳先生所收的第一个门徒。"方生问道："那么后来你又怎地跟从旁门左道之士，练了一身邪派武功？"

易国梓插口道："师叔，这小子使的确是邪派武功，半点不错，他赖也赖不掉。刚才咱们还见到他身后跟着 个女了，怎么躲将起来了？鬼鬼祟祟的，多半不是好东西。"

令狐冲听他出言辱及那婆婆，怒道："你是名门弟子，怎地出言无礼？婆婆她老人家就是不愿见你，免得生气。"易国梓道："你叫她出来，是正是邪，我师叔法眼无讹，一望而知。"令狐冲道："你我争吵，便是因你对我婆婆无礼而起，这当儿还在胡说八道。"

觉月接口道："令狐少侠，适才我在山冈之上，望见跟在你身后的那女子步履轻捷，不似是年迈之人。"令狐冲道："我婆婆是武林中人，自然步履轻捷，那有什么希奇？"

方生摇了摇头，说道："觉月，咱们是出家人，怎能强要拜见人家的长辈女眷？令狐少侠，此事中间疑窦甚多，老衲一时也参详不透。你果然身负重伤，但内伤怪异，决不是我易师侄出手所致。咱们今日在此一会，也是有缘，盼你早日痊愈，后会有期。你身上的内伤着实不轻，我这里有两颗药丸，给你服了罢，就只怕治不了……"说着伸手入怀。

令狐冲心下敬佩:"少林高僧,果然气度不凡。"躬身道:"晚辈有幸得见大师……"

一语未毕,突然间刷的一声响,易国梓长剑出鞘,喝道:"在这里了!"连人带剑,扑入那婆婆藏身的灌木之中。方生叫道:"易师侄,休得无礼!"只听得呼的一声,易国梓从灌木丛中又飞身出来,一跃数丈,拍的一声响,直挺挺的摔在地下,仰面向天,手足抽搐了几下,便不再动了。方生等都大吃一惊,只见他额头一个伤口,鲜血汩汩流出,手中兀自抓着那柄长剑,却早已气绝。

辛国梁、黄国柏、觉月三人齐声怒喝,各挺兵刃,纵身扑向灌木丛去。方生双手一张,僧袍肥大的衣袖伸展开来,一股柔和的劲风将三人一齐挡住,向着灌木丛朗声说道:"是黑木崖哪一位道兄在此?"但见数百株灌木中一无动静,更无半点声息。方生又道:"敝派跟黑木崖素无纠葛,道兄何以对敝派易师侄骤施毒手?"灌木中仍然无人答话。

令狐冲大吃一惊:"黑木崖?黑木崖是魔教总舵的所在,难道……难道这位婆婆竟是魔教中的前辈?"

方生大师又道:"老衲昔年和东方教主也曾有一面之缘。道友既然出手杀了人,双方是非,今日须作了断。道友何不现身相见?"令狐冲又是心头一震:"东方教主?他说的是魔教的教主东方不败?此人号称当世第一高手,那么……那么这位婆婆果然是魔教中人?"

那婆婆藏身灌木丛中,始终不理。方生道:"道友一定不肯赐见,恕老衲无礼了!"说着双手向后一伸,两只袍袖中登时鼓起一股劲气,跟着向前推出,只听得喀喇喇一声响,数十株灌木从中折断,枝叶纷飞。便在此时,呼的一声响,一个人影从灌木中跃将出来。

令狐冲虽然满心想瞧瞧那婆婆的模样,总是记着诺言,急忙转身,只听得辛国梁和觉月齐声呼叱,兵刃撞击之声如暴雨洒窗,既密且疾，显是那婆婆与方生等已斗了起来。

其时正当巳牌时分，日光斜照，令狐冲为守信约，心下虽然又焦虑，又好奇，却也不敢回头去瞧四人相斗的情景，只见地下黑影晃动，方生等四人将那婆婆围在垓心。方生手中并无兵刃，觉月使的是方便铲，黄国柏使刀，辛国梁使剑，那婆婆使的是一对极短的兵刃，似是匕首，又似是蛾眉刺，那兵刃既短且薄，又似透明，单凭日影，认不出是何种兵器。那婆婆和方生都不出声，辛国梁等三人却大声吆喝，声势威猛。

令狐冲叫道："有话好说，你们四个大男人，围攻一位年老婆婆，成什么样子？"

黄国柏冷笑道："年老婆婆！嘿嘿，这小子睁着眼睛说梦话。她……"一语未毕，只听得方生叫道："黄……留神！"黄国柏"啊"的一声大叫，似是受伤不轻。

令狐冲心下骇然："这婆婆好厉害的武功！适才方生大师以袖风击断树木，内力强极，可是那婆婆以一敌四，居然还占到上风。"跟着觉月也一声大叫，方便铲脱手飞出，越过令狐冲头顶，落在数丈之外。地下晃动的黑影这时已少了两个，黄国柏和觉月都已倒下，只有方生和辛国梁二人仍在和那婆婆相斗。

方生说道："善哉！善哉！你下手如此狠毒，连杀我师侄三人。老衲不能再手下留情，只好全力和你周旋一番了。"拍拍拍几下急响，显是方生大师已使上了兵刃，但他的兵刃似是木棒木棍之属。令狐冲觉得背后的劲风越来越凌厉，逼得他不断向前迈步。

方生大师一用到兵刃，果然是少林高僧，非同小可，战局当即改观。令狐冲隐隐听到那婆婆的喘息之声，似乎已有些内力不济。方生大师道："抛下兵刃！我也不来难为你，你随我去少林寺，禀明方丈师兄，请他发落便是。"那婆婆不答，向辛国梁急攻数招。辛国梁抵挡不住，跳出圈子，待方生大师接过。辛国梁定了定神，舞动长剑，又攻了上去。

又斗片刻，但听得兵刃撞击之声渐缓，但劲风却越来越响。

方生大师说道："你内力非我之敌，我劝你快快抛下兵刃，跟我去少林寺，否则再支持得一会，非受沉重内伤不可。"那婆婆哼了一声，突然间"啊"的一声呼叫，令狐冲后颈中觉得有些水点溅了过来，伸手一摸，只见手掌中血色殷然，溅到头颈中的竟是血滴。方生大师又道："善哉，善哉！你已受了伤，更加支撑不住了。我一直手下留情，你该当知道。"辛国梁怒道："这婆娘是邪魔妖女，师叔快下手斩妖，给三位师弟报仇。对付妖邪，岂能慈悲？"

　　耳听得那婆婆呼吸急促，脚步踉跄，随时都能倒下，令狐冲心道："婆婆叫我随伴，原是要我保护她，此时她身遭大难，我岂可不理？虽然方生大师是位有道高僧，那姓辛的也是个直爽汉子，终不成让婆婆伤在他们的手下？"刷的一声，抽出了长剑，朗声说道："方生大师，辛前辈，请你们住手，否则晚辈可要得罪了。"

　　辛国梁喝道："妖邪之辈，一并诛却。"呼的一剑，向令狐冲背后刺来。令狐冲生怕见到婆婆，不敢转身，只是往旁一让。那婆婆叫道："小心！"令狐冲这么一侧身，辛国梁的长剑跟着也斜着刺至。猛听得辛国梁"啊"的一声大叫，身子飞了起来，从令狐冲左肩外斜斜向外飞出，摔在地下，也是一阵抽搐，便即毙命，不知如何，竟遭了那婆婆的毒手。

　　便在此时，砰的一声响，那婆婆中了方生大师一掌，向后摔入灌木丛中。

　　令狐冲大惊，叫道："婆婆，婆婆，你怎么了？"那婆婆在灌木丛中低声呻吟。令狐冲知她未死，稍觉放心，侧身挺剑向方生刺去，这一剑去势的方位巧妙已极，逼得方生向后跃开。令狐冲跟着又是一剑，方生举兵刃一挡，令狐冲缩回长剑，已和方生大师面对着面，见他所用兵刃原来是根三尺来长的旧木棒。他心头一怔："没想到他的兵刃只是这么一根短木棒。这位少林高僧内力太强，我若不以剑术将他制住，婆婆无法活命。"当即上刺一剑，下刺一剑，跟着又是上刺两剑，都是风清扬所授的剑招。

方生大师登时脸色大变，说道："你……你……"令狐冲不敢稍有停留，自己没丝毫内力，只要有半点空隙给对方的内力攻来，自己固然立毙，那婆婆也会给他擒回少林寺处死，当下心中一片空明，将"独孤九剑"诸般奥妙变式，任意所之的使了出来。

这"独孤九剑"剑法精妙无比，令狐冲虽内力已失，而剑法中的种种精微之处亦尚未全部领悟，但饶是如此，也已逼得方生大师不住倒退。令狐冲只觉胸口热血上涌，手臂酸软难当，使出去的剑招越来越弱。

方生猛地里大喝一声："撤剑！"左掌按向令狐冲胸口。

令狐冲此时精疲力竭，一剑刺出，剑到中途，手臂便沉了下去。他长剑下沉，仍是刺了出去，去势却已略慢，方生大师左掌飞出，已按中他胸口，劲力不吐，问道："你这独孤九剑……"便在此时，令狐冲长剑剑尖也已刺入他胸口。

令狐冲对这少林高僧甚是敬仰，但觉剑尖和对方肌肤相触，急忙用力一收，将剑缩回，这一下用力过巨，身子后仰，坐倒在地，口中喷出鲜血。

方生大师按住胸膛伤口，微笑道："好剑法！少侠如不是剑下留情，老衲的性命早已不在了。"他却不提自己掌下留情，说了这句话后不住咳嗽。令狐冲虽及时收剑，长剑终于还是刺入了他胸膛寸许，受伤不轻。令狐冲道："冒……冒犯了……前辈。"

方生大师道："没想到华山风清扬前辈的剑法，居然世上尚有传人。老衲当年曾受过风前辈的大恩，今日之事，老衲……老衲无法自作主张。"慢慢伸手到僧袍中摸出一个纸包，打了开来，里面有两颗龙眼大小的丸药，说道："这是少林寺的疗伤灵药，你服下一丸。"微一迟疑，又道："另一丸给了那女子。"

令狐冲道："晚辈的伤治不好啦，还服什么药！另一颗大师你自己服罢。"

方生大师摇了摇头，道："不用。"将两颗药丸放在令狐冲身前，瞧着觉月、辛国梁等四具尸体，神色凄然，举起手掌，轻声诵念经文，渐渐的容色转和，到后来脸上竟似笼罩了一层圣光，当真唯有"大慈大悲"四字，方足形容。

令狐冲只觉头晕眼花，实难支持，于是拾起两颗药丸，服了一颗。

方生大师念毕经文，向令狐冲道："少侠，风前辈'独孤九剑'的传人，决不会是妖邪一派，你侠义心肠，按理不应横死。只是你身上所受的内伤十分怪异，非药石可治，须当修习高深内功，方能保命。依老衲之见，你随我去少林寺，由老衲恳求掌门师兄，将少林派至高无上的内功心法相授，当能疗你内伤。"他咳嗽了几声，又道："修习这门内功，讲究缘法，老衲却于此无缘。少林派掌门师兄胸襟广大，或能与少侠有缘，传此心法。"

令狐冲道："多谢大师好意，待晚辈护送婆婆到达平安的所在，倘若侥幸未死，当来少林寺拜见大师和掌门方丈。"方生脸现诧色，道："你……你叫她婆婆？少侠，你是名门正派的弟子，不可和妖邪一流为伍。老衲好言相劝，少侠还须三思。"令狐冲道："男子汉一言既出，岂能失信于人？"

方生大师叹道："好！老衲在少林寺等候少侠到来。"向地下四具尸体看了一眼，说道："四具臭皮囊，葬也罢，不葬也罢，离此尘世，一了百了。"转身缓缓迈步而去。

令狐冲坐在地下只是喘息，全身酸痛，动弹不得，问道："婆婆，你……你还好罢？"

只听得身后簌簌声响，那婆婆从灌木丛中出来，说道："死不了！你跟这老和尚去罢。他说能疗你内伤，少林派内功心法当世无匹，你为什么不去？"

令狐冲道："我说过护送婆婆，自然护送到底。"那婆婆道："你身上有伤，还护送什么？"令狐冲笑道："你也有伤，大家走着瞧罢！"那婆婆道："我是妖邪外道，你是名门弟子，跟我混在一起，没的败坏了你名门弟子的名誉。"令狐冲道："我本来就没名誉，管他旁人说其短长？婆婆，你待我极好，令狐冲可不是不知好歹之人。你此刻身受重伤，我倘若舍你而去，还算是人么？"

那婆婆道："倘若我此刻身上无伤，你便舍我而去了，是不是？"令狐冲一怔，笑道："婆婆倘若不嫌我后生无知，要我相伴，令狐冲便在你身畔谈谈说说。就只怕我这人生性粗鲁，任意妄为，过不了几天，婆婆便不愿跟我说话了。"那婆婆嗯了一声。

令狐冲回过手臂，将方生大师所给的那颗药丸递了过去，说道："这位少林高僧当真了不起，婆婆，你杀他门下弟子四人，他反而省下治伤灵药给你，宁可自己不服，他刚才跟你相斗，只怕也未出全力。"那婆婆怒道："呸！他未出全力，怎地又将我打伤了？这些人自居名门正派，假惺惺的冒充好人，我才不瞧在眼里呢。"令狐冲道："婆婆，你把这颗药服下罢。我服了之后，确是觉得胸腹间舒服些。"那婆婆应了一声，却不来取。

令狐冲道："婆婆……"那婆婆道："眼前只有你我二人，怎地'婆婆，婆婆'的叫个不休？少叫几句成不成？"令狐冲笑道："是。少叫几句，有什么不成？你怎么不把这颗药服了？"那婆婆道："你既说少林派的疗伤灵丹好，说我给你的伤药不好，那你何不将老和尚这颗药一并吃了？"令狐冲道："啊哟，我几时说过你的伤药不好，那不是冤枉人吗？再说，少林派的伤药好，正是要你服了，可以早些有力气走路。"那婆婆道："你嫌陪着我气闷，是不是？那你自己尽管走啊，我又没留着你。"

令狐冲心想："怎地婆婆此刻脾气这样大，老是跟我闹别扭？是了，她受伤不轻，身子不适，脾气自然大了，原也怪她不得。"笑道："我此刻是半步也走不动了，就算想走，也走不了。何况……何况……哈哈……"那婆婆怒道："何况什么？又哈哈什么？"

令狐冲笑道："哈哈就是哈哈，何况，我就算能走，也不想走，除非你跟我一起走。"他本来对那婆婆说话甚是恭谨有礼，但她乱发脾气，不讲道理，他也就放肆起来。岂知那婆婆却不生气，突然一言不发，不知在想什么心事。令狐冲道："婆婆……"

那婆婆道："又是婆婆！你一辈子没叫过人'婆婆'，是不是？这等叫不厌？"

令狐冲笑道："从此之后，我不叫你婆婆了，那我叫你什么？"

那婆婆不语，过了一会，道："便只咱二人在此，又叫什么了？你一开口，自然就是跟我说话，难道还会跟第二人说话不成？"令狐冲笑道："有时候我喜欢自言自语，你可别误会。"那婆婆哼了一声，道："说话没点正经，难怪你小师妹不要你。"

这句话可刺中了令狐冲心中的创伤，他胸口一酸，不自禁的想道："小师妹不喜欢我而喜欢林师弟，只怕当真为了我说话行事没点正经，以致她不愿以终身相托？是了，林师弟循规蹈矩，确是个正人君子，跟我师父再像也没有了。别说小师妹，倘若我是女子，也会喜欢他而不要我这无行浪子令狐冲。唉，令狐冲啊令狐冲，你喝酒胡闹，不守门规，委实不可救药。我跟采花大盗田伯光结交，在衡阳妓院中睡觉，小师妹一定大大的不高兴。"

那婆婆听他不说话了，问道："怎么？我这句话伤了你吗？你生气了，是不是？"令狐冲道："没生气。你说得对，我说话没点正经，行事也没点正经，难怪小师妹不喜欢我，师父、师娘也都不喜欢我。"那婆婆道："你不用难过，你师父、师娘、小师妹不喜欢你，难道……难道世上便没旁人喜欢你了？"这句话说得甚是温柔，充满了慰藉之意。

令狐冲大是感激，胸口一热，喉头似是塞住了，说道："婆婆，你待我这么好，就算世上再没别人喜欢我，也……也没有什么。"

那婆婆道："你就是一张嘴甜，说话教人高兴。难怪连五毒教蓝凤凰那样的人物，也对你赞不绝口。好啦，你走不动，我也走不动，今天只好在那边山崖之下歇宿，也不知今日会不会死。"令狐冲微笑道："今日不死，也不知明日会不会死，明日不死，也不知后日会不会死。"那婆婆道："少说废话。你慢慢爬过去，我随后过来。"

令狐冲道："你如不服老和尚这颗药丸，我恐怕一步也爬不动。"

那婆婆道："又来胡说八道了。我不服药丸，为什么你便爬不动?"令狐冲道："半点也不是胡说。你不服药，身上的伤就不易好，没精神弹琴，我心中一急，哪里还会有力气爬过去? 别说爬过去，连躺在这里也没力气。"那婆婆嗤的一声笑，说道："躺在这里也得有力气?"令狐冲道："这个自然。这里是一片斜坡，我若不使力气，登时滚了下去，摔入下面的山涧，就不摔死，也淹死了。"

那婆婆叹道："你身受重伤，朝不保夕，偏偏还有这么好兴致来说笑。如此愈懒家伙，世所罕有。"令狐冲将药丸轻轻向后一抛，道："你快吃了罢。"那婆婆道："哼，凡是自居名门正派之徒，就没一个好东西，我吃了少林派的药丸，没的污了我嘴。"

令狐冲"啊哟"一声大叫，身子向左一侧，顺着斜坡，骨碌碌的便向山涧滚了下去。那婆婆大吃一惊，叫道："小心!"令狐冲继续向下滚动，这斜坡并不甚陡，却是极长，令狐冲滚了好一会才滚到涧边，手脚力撑，便止住了。

那婆婆叫道："喂，喂，你怎么啦?"令狐冲脸上、手上给地下尖石割得鲜血淋漓，忍痛不作声。那婆婆叫道："好啦，我吃老和尚的臭药丸便了，你……你上来罢。"

令狐冲道："说过了的话，可不能不算。"其时二人相距已远，令狐冲中气不足，话声不能及远。那婆婆隐隐约约的只听到那些声音，却不知他说些什么，问道："你说什么?"令狐冲道："我……我……"气喘不已。那婆婆道："快上来! 我答应你吃药丸便是。"

令狐冲颤巍巍的站起身来，想要爬上斜坡，但顺势下滚甚易，再爬将上去，委实难如登天，只走得两步，腿上一软，一个踉跄，扑通一声，当真摔入了山涧。

那婆婆在高处见到他摔入山涧，心中一急，便也顺着斜坡滚落，滚到令狐冲身畔，左手抓住了他的左足踝。她喘息几下，伸右手抓住他背心，将他湿淋淋的提了起来。

令狐冲已喝了好几口涧水，眼前金星乱舞，定了定神，只见清澈的涧水之中，映上来两个倒影，一个妙龄姑娘正抓着自己背心。

他一呆之下，突然听得身后那姑娘"哇"的一声，吐出一大口鲜血，热烘烘的都吐在他颈中，同时伏在他的背上，便如瘫痪了一般。

令狐冲感到那姑娘柔软的躯体，又觉她一头长发拂在自己脸上，不由得心下一片茫然。再看水中倒影时，见到那姑娘的半边脸蛋，眼睛紧闭，睫毛甚长，虽然倒影瞧不清楚，但显然容貌秀丽绝伦，不过十七八岁年纪。

他奇怪之极："这姑娘是谁？怎地忽然有这样一位姑娘前来救我？"

水中倒影，背心感觉，都在跟他说这姑娘已然晕了过去，令狐冲想要转过身来，将她扶起，但全身软绵绵地，连抬一根手指也无力气。他犹似身入梦境，看到清溪中秀美的容颜，恰又如似在仙境中一般，心中只想："我是死了吗？这已经升了天吗？"

过了良久，只听得背后那姑娘嘤咛一声，说道："你到底是吓我呢，还是真的……真的不想活了？"

令狐冲一听到她说话之声，不禁大吃一惊，这声音便和那婆婆一模一样，他骇异之下，身子发颤，道："你……你……你……"那姑娘道："你什么？我偏不吃老和尚的臭药丸，你寻死给我看啊。"令狐冲道："婆婆，原来你是一个……一个美丽的小……小姑娘。"

那姑娘惊道："你怎么知道？你……你这说话不算数的小子，你偷看过了？"一低头，见到山涧中自己清清楚楚的倒影，正依偎在令狐冲的背上，登时羞不可抑，忙挣扎着站起，刚站直身子，膝间一软，又摔在他怀中，支撑了几下，又欲晕倒，只得不动。

令狐冲心中奇怪之极，说道："你为什么装成个老婆婆来骗我？冒充长辈，害得我……害得我……"那姑娘道："害得你什么？"

令狐冲的目光和她脸颊相距不到一尺，只见她肌肤白得便如透明一般，隐隐透出来一层晕红，说道："害得我婆婆长、婆婆短的一路叫你。哼，真不害羞，你做我妹子也还嫌小，偏想做人家婆婆！要做婆婆，再过八十年啦！"

那姑娘噗嗤一笑，说道："我几时说过自己是婆婆了？一直是你自己叫的。你不住口的叫'婆婆'，刚才我还生气呢，叫你不要叫，你偏要叫，是不是？"

令狐冲心想这话倒也不假，但给她骗了这么久，自己成了个大傻瓜，心下总是不忿，道："你不许我看你的脸，就是存心骗人。倘若我跟你面对面，难道我还会叫你婆婆不成？你在洛阳就在骗我啦，串通了绿竹翁那老头子，要他叫你姑姑。他都这么老了，你既是他的姑姑，我岂不是非叫你婆婆不可？"那姑娘笑道："绿竹翁的师父，叫我爸爸做师叔，那么绿竹翁该叫我什么？"令狐冲一怔，迟迟疑疑的道："你当真是绿竹翁的姑姑？"那姑娘道："绿竹翁这小子又不是什么了不起的人物，我为什么要冒充他姑姑？做姑姑有什么好？"

令狐冲叹了一口气，说道："唉，我真傻，其实早该知道了。"

那姑娘笑问："早该知道什么？"令狐冲道："你说话声音这样好听，世上哪有八十岁的婆婆，话声是这般清脆娇嫩的？"那姑娘笑道："我声音又粗糙，又嘶嗄，就像是乌鸦一般，难怪你当我是个老太婆。"令狐冲道："你的声音像乌鸦？唉，时世不大同了，今日世上的乌鸦，原来叫声比黄莺儿还好听。"

那姑娘听他称赞自己，脸上一红，心中大乐，笑道："好啦，令狐公公，令狐爷爷。你叫了我这么久婆婆，我也叫还你几声。这可不吃亏、不生气了罢？"

令狐冲笑道："你是婆婆，我是公公，咱两个公公婆婆，岂不是……"他生性不羁，口没遮拦，正要说"岂不是一对儿"，突见那姑娘双眉一蹙，脸有怒色，急忙住口。

那姑娘怒道："你胡说八道些什么？"令狐冲道："我说咱两个做了公公婆婆，岂不是……岂不是都成为武林中的前辈高人？"

那姑娘明知他是故意改口，却也不便相驳，只怕他越说越难听。她倚在令狐冲怀中，闻到他身上强烈的男子气息，心中烦乱已极，要想挣扎着站起身来，说什么也没力气，红着脸道："喂，你推我一把！"令狐冲道："推你一把干什么？"那姑娘道："咱们这样子……这样子……成什么样子？"令狐冲笑道："公公婆婆，那便是这个样子了。"

那姑娘哼的一声，厉声道："你再胡言乱语，瞧我不杀了你！"

令狐冲一凛，想起她迫令数十名大汉自刎双目、往东海蟠龙岛上充军之事，不敢再跟她说笑，随即想起："她小小年纪，一举手间便杀了少林派的四名弟子，武功如此高强，行事又这等狠辣，真令人难信就是眼前这个娇滴滴的姑娘。"

那姑娘听他不出声，说道："你又生气了，是不是？堂堂男子汉，气量怎地窄小。"令狐冲道："我不是生气，我是心中害怕，怕给你杀了。"那姑娘笑道："你以后说话规规矩矩，谁来杀你了？"令狐冲叹了口气，道："我生来就是个不能规规矩矩的脾气，这叫做无可奈何，看来命中注定，非给你杀了不可。"那姑娘一笑，道："你本来叫我婆婆，对我恭恭敬敬地，那就很乖很好，以后仍是那样便了。"令狐冲摇头道："不成！我既知你是个小姑娘，便不能再当你是婆婆了。"那姑娘道："你……你……"说了两个"你"字，忽然脸上一红，不知心中想到了什么，便住口不说了。

令狐冲低下头来，见到她娇羞之态，娇美不可方物，心中一荡，便凑过去在她脸颊上吻了一下。那姑娘吃了一惊，突然生出一股力气，反过手来，拍的一声，在令狐冲脸上重重打了个巴掌，跟着跃起身来。但她这一跃之力甚是有限，身在半空，力道已泄，随即摔下，又跌在令狐冲怀中，全身瘫软，再也无法动弹了。

她只怕令狐冲再肆轻薄，心下甚是焦急，说道："你再这样……这样无礼，我立刻……立刻宰了你。"令狐冲笑道："你宰我也好，不宰我也好，反正我命不长了。我偏偏再要无礼。"那姑娘大急，道："我……我……我……"却是无法可施。

令狐冲奋起力气，轻轻扶起她肩头，自己侧身向旁滚了开去，笑道："你便怎样？"说了这句话，连连咳嗽，咳出好几口血来。他一时情动，吻了那姑娘一下，心中便即后悔，给她打了一掌后，更加自知不该，虽然仍旧嘴硬，却再也不敢和她相偎相依了。

那姑娘见他自行滚远，倒大出意料之外，见他用力之后又再吐血，内心暗暗歉仄，只是脸嫩，难以开口说几句道歉的话，柔声问道："你……你胸口很痛，是不是？"

令狐冲道："胸口倒不痛，另一处却痛得厉害。"那姑娘问道："什么地方很痛？"语气甚是关怀。令狐冲抚着刚才被她打过的脸颊，道："这里。"那姑娘微微一笑，道："你要我陪不是，我就向你陪个不是好了。"令狐冲道："是我不好，婆婆，你别见怪。"

那姑娘听他又叫自己"婆婆"，忍不住格格娇笑。

令狐冲问道："老和尚那颗臭药丸呢？你始终没吃，是不是？"那姑娘道："来不及捡了。"伸指向斜坡上一指，道："还在上面。"顿了一顿道："我依你的。待会上去拾来吃下便是，不管他臭不臭的了。"

两人躺在斜坡上，若在平时，飞身即上，此刻却如是万仞险峰一般，高不可攀。两人向斜坡瞧了一眼，低下头来，你瞧瞧我，我瞧瞧你，同声叹了口气。

那姑娘道："我静坐片刻，你莫来吵我。"令狐冲道："是。"只见她斜倚洞边，闭上双目，右手拇指、食指、中指三根手指捏了个法诀，定在那里便一动也不动了，心道："她这静坐的方法也是与众不同，并非盘膝而坐。"

待要定下心来也休息片刻，却是气息翻涌，说什么也静不下来，忽听得阁阁阁几声叫，一只肥大的青蛙从洞畔跳了过来。令狐冲大喜，心想折腾了这半日，早就饿得很了，这送到口边来的美食，当真再好不过，伸手便向青蛙抓去，岂知手上酸软无力，一抓之下，竟抓了个空。那青蛙嗒的一声，跳了开去，阁阁大叫，似是十分得意，又似嘲笑令狐冲无用。令狐冲叹了口气，偏生涧边青蛙甚多，跟着又过来两只，令狐冲仍无法捉住。忽然腰旁伸过来一只纤纤素手，轻轻一夹，便捉住了一只青蛙，却是那姑娘静坐半晌，便能行动，虽仍乏力，捉几只青蛙可轻而易举。令狐冲喜道："妙极！咱们有一顿蛙肉吃了。"

那姑娘微微一笑，一伸手便是一只，顷刻间捕了二十余只。令狐冲道："够啦！请你去拾些枯枝来生火，我来洗剥青蛙。"那姑娘依言去拾枯枝，令狐冲拔剑将群蛙斩首除肠。

那姑娘道："古人杀鸡用牛刀，今日令狐大侠以独孤九剑杀青蛙。"令狐冲哈哈大笑，说道："独孤大侠九泉有灵，得知传人如此不肖，当真要活活气……"说到这个"气"字立即住口，心想独孤求败逝世已久，怎说得上"气死"二字？

那姑娘道："令狐大侠……"令狐冲手中拿着一只死蛙，连连摇晃，说道："大侠二字，万万不敢当。天下哪有杀青蛙的大侠？"那姑娘笑道："古时有屠狗英雄，今日岂可无杀蛙大侠？你这独孤九剑神妙得很哪，连那少林派的老和尚也斗你不过。他说传你这剑法之人姓风那位前辈，是他的恩人，到底是怎么回事？"

令狐冲道："传我剑法那位师长，是我华山派的前辈。"那姑娘道："这位前辈剑术通神，怎地江湖上不闻他的名头？"令狐冲道："这……这……我答应过他老人家，决不泄漏他的行迹。"那姑娘道："哼，希罕么？你就跟我说，我还不爱听呢。你可知我是什么人？是什么来头？"令狐冲摇头道："我不知道。我连姑娘叫什么名字也不知道。"那姑娘道："你把事情隐瞒了不跟我说，我也不跟你说。"令狐冲道："我虽不知道，却也猜到了八九成。"那姑娘脸上微微变色，道："你猜到了？怎么猜到的？"

令狐冲道："现在还不知道，到得晚上，那便清清楚楚啦。"那姑娘更是惊奇，问道："怎地到得晚上便清清楚楚？"令狐冲道：

"我抬起头来看天，看天上少了哪一颗星，便知姑娘是什么星宿下凡了。姑娘生得像天仙一般，凡间哪有这样的人物？"

那姑娘脸上一红，"呸"的一声，心下却十分喜欢，低声道："又来胡说八道了。"

这时她已将枯枝生了火，把洗剥了的青蛙串在一根树枝之上，在火堆上烧烤，蛙油落在火堆之中，发出嗤嗤之声，香气一阵阵的冒出。她望着火堆中冒起的青烟，轻轻的道："我叫做'盈盈'。说给你听了，也不知你以后会不会记得。"

令狐冲道："盈盈，这名字好听得很哪。我要是早知道你叫作盈盈，便决不会叫你婆婆了。"盈盈道："为什么？"令狐冲道："盈盈二字，明明是个小姑娘的名字，自然不是老婆婆。"盈盈笑道："我将来真的成为老婆婆，又不会改名，仍旧叫作盈盈。"令狐冲道："你不会成为老婆婆的，你这样美丽，到了八十岁，仍然是个美得不得了的小姑娘。"

盈盈笑道："那不变成了妖怪吗？"隔了一会，正色道："我把名字跟你说了，可不许你随便乱叫。"令狐冲道："为什么？"盈盈道："不许就不许，我不喜欢。"

令狐冲伸了伸舌头，说道："这个也不许，那个也不许，将来谁做了你的……"说到这里，见她沉下脸来，当即住口。

盈盈哼的一声。令狐冲道："你为什么生气？我说将来谁做了你的徒弟，可有得苦头吃了。"他本来想说"丈夫"，但一见情势不对，忙改说"徒弟"。盈盈自然知道原意，说道："你这人既不正经，又不老实，三句话中，倒有两句颠三倒四。我……我不会强要人家怎么样，人家爱听我的话就听，不爱听呢，也由得他。"令狐冲笑道："我爱听你的话。"这句话中也带有三分调笑之意。盈盈秀眉一蹙，似要发作，但随即满脸晕红，转过了头。

一时之间，两人谁也不作声。忽然闻到一阵焦臭，盈盈一声"啊哟"，却原来手中一串青蛙烧得焦了，嗔道："都是你不好。"

令狐冲笑道："你该说亏得我逗你生气，才烤了这样精采的焦蛙出来。"取下一只烧焦了的青蛙，撕下一条腿，放入口中一阵咀嚼，连声赞道："好极，好极！如此火候，才恰到好处，甜中带苦，苦尽甘来，世上更无这般美味。"盈盈给他逗得格格而笑，也吃了起来。令狐冲抢着将最焦的蛙肉自己吃了，把并不甚焦的部分都留了给她。

二人吃完了烤蛙，和暖的太阳照在身上，大感困倦，不知不觉间都合上眼睛睡着了。

二人一晚未睡，又受了伤，这一觉睡得甚是沉酣。令狐冲在睡梦之中，忽觉正和岳灵珊在瀑布中练剑，突然多了一人，却是林平之，跟着便和林平之斗剑。但手上没半点力气，拼命想使独孤九剑，偏偏一招也想不起来，林平之一剑又一剑的刺在自己心口、腹上、头上、肩上，又见岳灵珊在哈哈大笑。他又惊又怒，大叫："小师妹，小师妹！"

叫了几声，便惊醒过来，听得一个温柔的声音道："你梦见小师妹了？她对你怎样？"令狐冲兀自心中酸苦，说道："有人要杀我，小师妹不睬我，还……还笑呢！"盈盈叹了口气，轻轻的道："你额头上都是汗水。"

令狐冲伸袖拂拭，忽然一阵凉风吹来，不禁打了个寒噤，但见繁星满天，已是中夜。

令狐冲神智一清，便即坦然，正要说话，突然盈盈伸手按住了他嘴，低声道："有人来了。"令狐冲凝神倾听，果然听得远处有三人的脚步声传来。

又过一会，听得一人说道："这里还有两个死尸。"令狐冲认出说话的是祖千秋。另一人道："啊，这是少林派中的和尚。"却是老头子发现了觉月的尸身。

盈盈慢慢缩转了手，只听得计无施道："这三人也都是少林派的俗家弟子，怎地都死在这里？咦，这人是辛国梁，他是少林派的好手。"祖千秋道："是谁这样厉害，一举将少林派的四名好手杀了？"老头子嗫嚅道："莫非……莫非是黑木崖上的人物？甚至是东方教主自己？"计无施道："瞧来倒也甚像。咱们赶紧把这四具尸体埋了，免得给少林派中人瞧出踪迹。"祖千秋道："倘若真是黑木崖人物下的手，他们也就不怕给少林派知道。说不定故意遗尸于此，向少林派示威。"计无施道："若要示威，不会将尸首留在这荒野之地。咱们若非凑巧经过，这尸首给鸟兽吃了，就也未必会发现。日月神教如要示威，多半便将尸首悬在通都大邑，写明是少林派的弟子，这才教少林派面上无光。"祖千秋道："不错，多半是黑木崖人物杀了这四人后，又去追敌，来不及掩埋尸首。"

跟着便听得一阵挖地之声，三人用兵刃掘地，掩埋尸体。令狐冲寻思："这三人和黑木崖东方教主定然大有渊源，否则不会费这力气。"

忽听得祖千秋"咦"的一声，道："这是什么，一颗丸药。"计无施嗅了几嗅，说道："这是少林派的治伤灵药，大有起死回生之功，定是这几个少林弟子的衣袋里掉出来的。"祖千秋道："你怎知道？"计无施道："许多年前，我曾在一个少林老和尚处见过。"祖千秋道："既是治伤灵药，那可妙极。老兄，你拿去给你那不死姑娘服了，治她的病。"老头子道："我女儿的死活，也管不了这许多，咱们赶紧去找令狐公子，送给他服。"

令狐冲心头一阵感激，寻思："这是盈盈掉下的药丸。怎地去向老头子要回来，给她服下？"一转头，淡淡月光下只见盈盈微微一笑，扮个鬼脸，一副天真烂漫的模样，笑容说不出的动人，真不信她便在不多久之前，曾连杀四名少林好手。

但听得一阵抛石搬土之声，三人将死尸埋好。老头子道："眼下有个难题，夜猫子，你帮我想想。"计无施道："什么难题？"老头子道："这当儿令狐公子一定是和……和圣姑她在一起。我送这颗药丸去，非撞到圣姑不可。圣姑生气把我杀了，也没什么，只是这么一来，定要冲撞了她，惹得她生气，那可大大的不妙。"

令狐冲向盈盈瞧了一眼，心道："原来他们叫你圣姑，又对你

· 624 ·

怕成这个样子。你为什么动不动便杀人？”

计无施道：“今日咱们在道上见到的那三个瞎子，倒有用处。咱们明日一早追到那三个瞎子，要他们将药丸送去给令狐公子。他们眼睛是盲的，就算见到圣姑和令狐公子在一起，也无杀身之祸。”祖千秋道：“我却在疑心，只怕这三人所以剜去眼睛，便是因为见到圣姑和令狐公子在一起之故。”老头子一拍大腿，道：“不错！若非如此，怎地三个人好端端地都坏了眼睛？这四名少林弟子只怕也是运气不好，无意中撞见了圣姑和令狐公子。”

三人半晌不语。令狐冲心中疑团愈多，只听得祖千秋叹了口气，道：“只盼令狐公子伤势早愈，圣姑尽早和他成为神仙眷属。他二人一日不成亲，江湖上总是难得安宁。”

令狐冲大吃一惊，偷眼向盈盈瞧去，夜色朦胧中隐隐可见她脸上晕红，目光中却射出了恼怒之意。令狐冲生怕她跃出去伤害了老头子等三人，伸出右手，轻轻握住她左手，但觉她全身都在颤抖，也不知是气恼，还是害羞。

祖千秋道：“咱们在五霸冈上聚集，圣姑竟然会生这么大的气。其实男欢女爱，理所当然。像令狐公子那样潇洒仁侠的豪杰，也只有圣姑那样美貌的姑娘才配得上。为什么圣姑如此了不起的人物，却也像世俗女子那般扭扭捏捏？她明明心中喜欢令狐公子，却不许旁人提起，更不许人家见到，这不是……不是有点不近情理吗？”

令狐冲心道：“原来如此。却不知此言是真是假？”突然觉得掌中盈盈那只小手一挣，要将自己手掌甩脱，急忙用力握住，生怕她一怒之下，立时便将祖千秋等三人杀了。

计无施道：“圣姑虽是黑木崖上了不起的人物，便东方教主，也从来对她没半点违拗，但她毕竟是个年轻姑娘。世上的年轻姑娘初次喜欢了一个男人，纵然心中爱煞，脸皮子总是薄的。咱们这次拍马屁拍在马脚上，虽是一番好意，还是惹得圣姑发恼，只怪大伙儿都是粗鲁汉子，不懂得女孩儿家的心事。来到五霸冈上的姑娘大嫂，本来也有这么几十个，偏偏她们的性子，跟男子汉可也没多大分别。五霸冈群豪聚会，拍马屁圣姑生气。这一回书传了出去，可笑坏了名门正派中那些狗崽子们。"

老头子朗声道："圣姑于大伙儿有恩，众兄弟感恩报德，只盼能治好了她心上人的伤。大丈夫恩怨分明，有恩报恩，有仇报仇，有什么错了？哪一个狗崽子敢笑话咱们，老子抽他的筋，剥他的皮。"

令狐冲这时方才明白：一路上群豪如此奉承自己，原来都是为了这个闺名叫作盈盈的圣姑，而群豪突然在五霸冈上一哄而散，也为了圣姑不愿旁人猜知她的心事，在江湖上大肆张扬，因而生气。他转念又想：圣姑以一个年轻姑娘，能令这许多英雄豪杰来讨好自己，自是魔教中一位惊天动地的人物，听计无施说，连号称"天下武功第一"的东方不败，对她也是从不违拗。我令狐冲只是武林中一个无名小卒，和她相识，只不过在洛阳小巷中隔帘传琴，说不上有半点情愫，是不是绿竹翁误会其意，传言出去，以致让圣姑大大的生气呢？

只听祖千秋道："老头子的话不错，圣姑于咱们有大恩大德，只要能成就这段姻缘，让她一生快乐，大家就算粉身碎骨，那也是死而无悔。在五霸冈上碰一鼻子灰，又算得什么？只是……只是令狐公子乃华山派首徒，和黑木崖势不两立，要结成这段美满姻缘，恐怕这中间阻难重重。"

计无施道："我倒有一计在此。咱们何不将华山派的掌门人岳不群抓了来，以死相胁，命他主持这桩婚姻？"祖千秋和老头子齐声道："夜猫子此计大妙！事不宜迟，咱们立即动身，去抓岳不群。"计无施道："只是那岳先生乃一派掌门，内功剑法俱有极高造诣。咱们对他动粗，第一难操必胜，第二就算擒住了他，他宁死不屈，却又如何？"老头子道："那么咱们只好绑架他老婆、女儿，加以威逼。"祖千秋道："不错！但此事须当做得隐秘，不可令人知晓，扫了华山派的颜面。令狐公子如得知咱们得罪了他师父，定然不快。"三人当下计议如何去擒拿岳夫人和岳灵珊。

盈盈突然朗声道："喂，三个胆大妄为的家伙，快滚得远远地，别惹姑娘生气!"

令狐冲听她忽然开口说话，吓了一跳，使力抓住她手。

计无施等三人自是更加吃惊。老头子道："是，是……小人……小人……小人……"连说了三声"小人"，惊慌过度，再也接不下去。计无施道："是，是! 咱们胡说八道，圣姑可别当真。咱们明日便远赴西域，再也不回中原来了。"

令狐冲心想："这一来，又是三个人给充了军。"

盈盈站起身来，说道："谁要你们到西域去? 我有一件事，你们三个给我办一办。"计无施等三人大喜，齐声应道："圣姑但请吩咐，小人自当尽心竭力。"盈盈道："我要杀一个人，一时却找他不到。你们传下话去，哪一位江湖上的朋友杀了此人，我重重酬谢。"祖千秋道："酬谢是决不敢当，圣姑要取此人性命，我兄弟三人便追到天涯海角，也要寻到了他。只不知这贼子是谁，竟敢得罪了圣姑?"盈盈道："单凭你们三人，耳目不广，须当立即传言出去。"三人齐声道："是! 是!"盈盈道："你们去罢!"祖千秋道："是。请问圣姑要杀的，是哪一个大胆恶贼。"

盈盈哼了一声，道："此人复姓令狐，单名一个冲字，乃华山派门下的弟子。"

此言一出，令狐冲、计无施、祖千秋、老头子四人都大吃一惊，谁都不作声。

过了好半天，老头子道："这个……这个……"盈盈厉声道："这个什么? 你们怕五岳剑派，不敢动华山门下的弟子，是不是?"计无施道："给圣姑办事，别说五岳剑派，便是玉皇大帝、阎罗老子，也敢得罪了。咱们设法去把令狐……令狐冲擒了来，交给圣姑发落。老头子，祖千秋，咱们去罢。"老头子心想："定是令狐公子在言语上得罪了圣姑，年轻人越相好，越易闹别扭，当年我跟不死她妈好得蜜里调油，可又不是天天吵嘴打架? 唉，不死这孩子胎里带病，还不是因为她妈怀着她时，我在她肚子上狠狠打了一拳，伤了胎气？说不得，只好去将令狐公子请了来，由圣姑自己对付他。"

他正在胡思乱想，哪知听得盈盈怒道："谁叫你们去擒他了？这令狐冲倘若活在世上，于我清白的名声有损。早一刻杀了他，我便早一刻出了心中的恶气。"祖千秋吞吞吐吐的道："圣姑……"盈盈道："好，你们跟令狐冲有交情，不愿替我办这件事，那也不妨，我另行遣人传言便是。"三人听她说得认真，只得一齐躬身说道："谨遵圣姑台命。"

老头子却想："令狐公子是个仁义之人，老头子今日奉圣姑之命，不得不去杀他，杀了他后，老头子也当自刎以殉。"从怀中取出那颗伤药，放在地下。

三人转身离去，渐渐走远。

令狐冲向盈盈瞧去，见她低了头沉思，心想："她为保全自己名声，要取我性命，那又是什么难事了？"说道："你要杀我，自己动手便是，又何必劳师动众？"缓缓拔出长剑，倒转剑柄，递了过去。

盈盈接过长剑，微微侧头，凝视着他。令狐冲哈哈一笑，将胸膛挺了挺。盈盈道："你死在临头，还笑什么？"令狐冲道："正因为死在临头，所以要笑。"

盈盈提起长剑，手臂一缩，作势便欲刺落，突然转过身去，用力一挥，将剑掷了出去。长剑在黑暗中闪出一道寒光，当的一声，落在远处地下。

盈盈顿足道："都是你不好，教江湖上这许多人都笑话于我。倒似我一辈子……一辈子没人要了，千方百计的要跟你相好。你……你有什么了不起？累得我此后再也没脸见人。"令狐冲又哈哈一笑。盈盈怒道："你还要笑我？还要笑我？"忽然哇的一声哭了出来。

她这么一哭，令狐冲心下登感歉然，柔情一起，蓦然间恍然大悟："她在江湖上位望甚尊，这许多豪杰汉子都对她十分敬畏，自必向来十分骄傲，又是女孩儿家，天生的腼腆，忽然间人人都说她喜欢了我，也真难免令她不快。她叫老头子他们如此传言，未必真要杀我，只不过是为了辟谣。她既这么说，自是谁也不会疑心我跟她在一起了。"柔声道："果然是我不好，累得损及姑娘清名。在下这就告辞。"

盈盈伸袖拭了拭眼泪，道："你到哪里去?"令狐冲道："信步所之，到哪里都好。"盈盈道："你答允过要保护我的，怎地自行去了?"令狐冲微笑道："在下不知天高地厚，说这些话，可教姑娘笑话了。姑娘武功如此高强，又怎需人保护? 便有一百个令狐冲，也及不上姑娘。"说着转身便走。

盈盈急道："你不能走。"令狐冲道："为什么?"盈盈道："祖千秋他们已传了话出去，数日之间，江湖上便无人不知，那时人人都要杀你，这般步步荆棘，别说你身受重伤，就是完好无恙，也难逃杀身之祸。"

令狐冲淡然一笑，道："令狐冲死在姑娘的言语之下，那也不错啊。"走过去拾起长剑插入剑鞘，自忖无力走上斜坡，便顺着山涧走去。

盈盈眼见他越走越远，追了上来，叫道："喂，你别走!"令狐冲道："令狐冲跟姑娘在一起，只有累你，还是独自去了的好。"盈盈道："你……你……"咬着嘴唇，心头烦乱之极，见他始终不肯停步，又奔近几步，说道："令狐冲，你定要迫我亲口说了出来，这才快意，是不是?"令狐冲奇道："什么啊? 我可不懂了。"

盈盈又咬了咬口唇，说道："我叫祖千秋他们传言，是要你……要你永远在我身边，不离开我一步。"说了这句话后，身子发颤，站立不稳。

令狐冲大是惊奇，道："你……你要我陪伴?"

盈盈道："不错! 祖千秋他们把话传出之后，你只有陪在我身边，才能保全性命。没想到你这不顾死活的小子，竟一点不怕，那不是……那不是反而害了你么?"

令狐冲心下感激,寻思:"原来你当真是对我好,但对着那些汉子,却又死也不认。"转身走到她身前,伸手握住她双手,入掌冰凉,只觉她两只掌心都是冷汗,低声道:"你何苦如此?"盈盈道:"我怕。"令狐冲道:"怕什么?"盈盈道:"怕你这傻小子不听我话,当真要去江湖涉险,只怕过不了明天,便死在那些不值一文钱的臭家伙手下。"令狐冲叹道:"那些人都是血性汉子,对你又是极好,你为什么对他们如此轻贱?"

盈盈道:"他们在背后笑我,又想杀你,还不是该死的臭汉子?"令狐冲忍不住失笑,道:"是你叫他们杀我的,怎能怪他们了?再说,他们也没在背后笑你。你听计无施、老头子、祖千秋三人谈到你时,语气何等恭谨?哪里有丝毫笑话你了?"盈盈道:"他们口里没笑,肚子里在笑。"

令狐冲觉得这姑娘蛮不讲理,无法跟她辩驳,只得道:"好,你不许我走,我便在这里陪你便是。唉,给人家斩成十七八块,滋味恐怕也不大好受。"

盈盈听他答允不走,登时心花怒放,答道:"什么滋味不大好受?简直是难受之极。"

她说这话时,将脸侧了过来。星月微光照映之下,雪白的脸庞似乎发射出柔和的光芒,令狐冲心中一动:"这姑娘其实比小师妹美貌得多,待我又这样好,可是……可是……我心中怎地还是对小师妹念念不忘?"

盈盈却不知他正在想到岳灵珊,道:"我给你的那张琴呢?不见了,是不是?"令狐冲道:"是啊,路上没钱使,我将琴拿到典当店里去押了。"一面说,一面取下背囊,打了开来,捧出了短琴。

盈盈见他包裹严密,足见对自己所赠之物极是重视,心下甚喜,道:"你一天要说几句谎话,心里才舒服?"接过琴来,轻轻拨弄,随即奏起那曲《清心普善咒》来,问道:"你都学会了没有?"令狐冲道:"差得远呢。"静听她指下优雅的琴音,甚是愉悦。

听了一会，觉得琴音与她以前在洛阳城绿竹巷中所奏的颇为不同，犹如枝头鸟喧，清泉迸发，丁丁东东的十分动听，心想："曲调虽同，音节却异，原来这《清心普善咒》尚有这许多变化。"

忽然间铮的一声，最短的一根琴弦断了。盈盈皱了皱眉头，继续弹奏，过不多时，又断了一根琴弦。令狐冲听得琴曲中颇有烦躁之意，和《清心普善咒》的琴旨殊异其趣，正讶异间，琴弦拍的一下，又断了一根。

盈盈一怔，将瑶琴推开，嗔道："你坐在人家身边，只是捣乱，这琴哪里还弹得成？"

令狐冲心道："我安安静静的坐着，几时捣乱过了？"随即明白："你自己心神不定，便来怪我。"却也不去跟她争辩，卧在草地上闭目养神，疲累之余，竟不知不觉的睡着了。

次日醒转，见盈盈正坐在涧畔洗脸，又见她洗罢脸，用一只梳子梳头，皓臂如玉，长发委地，不禁看得痴了。盈盈一回头，见他怔怔的呆望自己，脸上一红，笑道："瞌睡鬼，这时候才醒来。"令狐冲也有些不好意思，讪讪的道："我再去捉青蛙，且看有没有力气。"盈盈道："你躺着多歇一会儿，我去捉。"

令狐冲挣扎着想要站起，却是手足酸软，稍一用力，胸口又是气血翻腾，心下好生烦恼："死就死，活就活，这般不死不活，废人一个，别说人家瞧着累赘，自己也是讨厌。"

盈盈见他脸色不愉，安慰他道："你这内伤未必当真难治。这里甚是僻静，左右无事，慢慢养伤，又何必性急？"

山涧之畔地处偏僻，自从计无施等三人那晚经过，此后更无人来。二人一住十余日。盈盈的内伤早就好了，每日采摘野果、捕捉青蛙为食，却见令狐冲一日消瘦一日。她硬逼他服了方生大师留下的药丸，弹奏琴曲抚其入睡，于他伤势也已无半分好处。

令狐冲自知大限将届，好在他生性豁达，也不以为忧，每日里仍与盈盈说笑。

盈盈本来自大任性，但想到令狐冲每一刻都会突然死去，对他便加意温柔，千依百顺的服侍，偶尔忍不住使些小性儿，也是立即懊悔，向他陪话。

　　这一日令狐冲吃了两个桃子，即感困顿，迷迷糊糊的便睡着了。睡梦中听到一阵哭泣之声，他微微睁眼，见盈盈伏在他脚边，不住啜泣。令狐冲一惊，正要问她为何伤心，突然心下明白："她知道我快死了，是以难过。"伸出左手，轻轻抚摸她的秀发，强笑道："别哭，别哭！我还有八十年好活呢，哪有这么快便去西天。"

　　盈盈哭道："你一天比一天瘦，我……我……我也不想活了……"

　　令狐冲听她说得又是诚挚，又是伤心，不由得大为感激，胸口一热，只觉得天旋地转，喉头不住有血狂涌，便此人事不知。

那老者转过头来，两道冷电似的目光向令狐冲一扫，脸上微现诧色，哼了一声。令狐冲举杯说道："请!"

十八　联　手

　　令狐冲这一番昏迷，实不知过了多少时日，有时微有知觉，身子也如在云端飘飘荡荡，过不多时，又晕了过去。如此时晕时醒，有时似乎有人在他口中灌水，有时又似有人用火在他周身烧炙，手足固然无法动弹，连眼皮也睁不开来。

　　这一日神智略清，只觉双手手腕的脉门给人抓住了，各有一股炙热之气分从两手脉门中注入，登时和体内所蓄真气激荡冲突。

　　他全身说不出的难受，只想张口呼喊，却叫不出半点声音，真如身受千般折磨、万种煎熬的酷刑。

　　如此昏昏沉沉的又不知过了多少日子，只觉每一次真气入体，均比前一次苦楚略减，心下也明白了些，知道有一位内功极高之人在给自己治伤，心道："难道是师父、师娘请了前辈高人来救我性命？盈盈却到哪里去了？师父、师娘呢？小师妹又怎地不见？"一想到岳灵珊，胸口气血翻涌，便又人事不知。

　　如此每日有人来给他输送内力。这一日输了真气后，令狐冲神智比前大为清醒，说道："多……多谢前辈，我……我是在哪里？"缓缓睁开眼来，见到一张满是皱纹的脸，露着温和的笑容。

　　令狐冲觉得这张脸好生熟悉，迷迷惘惘的看了他一会，见这人头上无发，烧有香疤，是个和尚，隐隐约约想了起来，说道："你……你是方……方……大师……"

　　那老僧神色甚是欣慰，微笑道："很好，很好！你认得我了，我是方生。"令狐冲道："是，是。你是方生大师。"这时他察觉处身于一间斗室之中，桌上一灯如豆，发出淡淡黄光，自己睡在榻上，身上盖了棉被。

方生道："你觉得怎样？"令狐冲道："我好些了。我……我在哪里？"方生道："你是在少林寺中。"令狐冲大为惊奇，问道："我……我在少林寺中？盈盈呢？我怎么会到少林寺来？"方生微笑道："你神智刚清醒了些，不可多耗心神，以免伤势更有反覆。一切以后慢慢再说。"

此后朝晚一次，方生来到斗室，以内力助他疗伤。过了十余日，令狐冲已能坐起，自用饮食，但每次问及盈盈的所在，以及自己何以能来到寺中，方生总是微笑不答。

这一日，方生又替令狐冲输了真气，说道："令狐少侠，现下你这条命暂且算保住了。但老衲功夫有限，始终无法化去你体内的异种真气，眼前只能拖得一日算一日，只怕过不了一年，你内伤又会大发，那时纵有大罗金仙，也难救你性命了。"令狐冲点头道："当日平一指平大夫对晚辈也这么说。大师尽心竭力相救，晚辈已感激不尽。一个人寿算长短，各有天命，大师功力再高，也不能逆天行事。"方生摇头道："我佛家不信天命，只讲缘法。当日我曾跟你说过，本寺住持方证师兄内功渊深，倘若和你有缘，能传你'易筋经'秘术，则筋骨尚能转移，何况化去内息异气？我这就带你去拜见方丈，盼你好好对答。"

令狐冲素闻少林寺方丈方证大师的声名，心下甚喜，道："有劳大师引见。就算晚辈无缘，不蒙方丈大师垂青，但能拜见这位当世高僧，也是十分难得的机遇。"当下慢慢起床，穿好衣衫，随着方生大师走出斗室。

一到室外，阳光耀眼，竟如进入了另一个天地，精神为之一爽。

他移步之际，双腿酸软，只得慢慢行走，但见寺中一座座殿堂构筑宏伟。一路上遇到许多僧人，都是远远便避在一旁，向方生合什低首，执礼甚恭。

穿过了三条长廊，来到一间石屋之外。方生向屋外的小沙弥道："方生有事求见方丈师兄。"小沙弥进去禀报了，随即转身出来，合什道："方丈有请。"

　　令狐冲跟在方生之后，走进室去，只见一个身材矮小的老僧坐在中间一个蒲团之上。方生躬身行礼，说道："方生拜见方丈师兄，引见华山派首徒令狐冲令狐少侠。"令狐冲当即跪了下去，叩首礼拜。方证方丈微微欠身，右手一举，说道："少侠少礼，请坐。"

　　令狐冲拜毕，在方生下首的蒲团上坐了，只见那方证方丈容颜瘦削，神色慈和，也瞧不出有多少年纪，心下暗暗纳罕："想不到这位名震当世的高僧，竟然如此貌不惊人，若非事先得知，有谁会料得到他是武林中第一大派的掌门。"

　　方生大师道："令狐少侠经过三个多月来调养，已好得多了。"令狐冲又是一惊："原来我昏迷不醒，已有三个多月，我还道只是二十多天的事。"

　　方证道："很好。"转头向令狐冲道："少侠，尊师岳先生执掌华山一派，为人严正不阿，清名播于江湖，老衲向来是十分佩服的。"令狐冲站起身来，说道："不敢。晚辈身受重伤，不知人事，多蒙方生大师相救，原来已三月有余。我师父、师娘想必平安？"自己师父、师娘是否平安，本不该去问旁人，只是他心下挂念，忍不住脱口相询。

　　方证道："听说岳先生、岳夫人和华山派群弟子，眼下都在福建。"

　　令狐冲当即放宽了心，道："多谢方丈大师示知。"随即不禁心头一酸："师父、师娘终于带着小师妹，到了林师弟家里。"

　　方证道："少侠请坐。听方生师弟说道，少侠剑术精绝，已深得华山前辈风老先生的真传，实乃可喜可贺。"令狐冲道："不敢。"方证道："风老先生归隐已久，老衲只道他老人家已然谢世，原来尚在人间，令人闻之不胜之喜。"令狐冲道："是。"

方证缓缓说道："少侠受伤之后，为人所误，以致体内注有多种真气，难以化去，方生师弟已为老衲详告。老衲仔细参详，唯有修习敝派内功秘要'易筋经'，方能以本身功力，逐步化去，若以外力强加少侠之体，虽能延得一时之命，实则乃饮鸩止渴，为患更深。方生师弟三月来以内功延你性命，可是他的真气注入你体内之后，你身体之中可又多了一道异种真气了。少侠试一运气，便当自知。"令狐冲微一运气，果觉丹田中内息澎湃，难以抑制，剧痛攻心，登时身子摇晃，额头汗水涔涔而下。

方生合什道："老衲无能，致增少侠病苦。"令狐冲道："大师说哪里话来？大师为晚辈尽心竭力，大耗清修之功。晚辈二世为人，实拜大师再造之恩。"方生道："不敢。风老先生昔年于老衲有大恩大德，老衲此举，亦不过报答风老先生之恩德于万一。"

方证抬起头来，说道："说什么大恩大德，深仇大恨？恩德是缘，冤仇亦是缘，仇恨不可执着，恩德亦不必执着。尘世之事，皆如过眼云烟，百岁之后，更有什么恩德仇怨？"

方生应道："是，多谢师兄指点。"

方证缓缓说道："佛门子弟，慈悲为本，既知少侠负此内伤，自当尽心救解。那'易筋经'神功，乃东土禅宗初祖达摩老祖所创，禅宗二祖慧可大师得之于老祖。慧可大师本来法名神光，是洛阳人氏，幼通孔老之学，尤精玄理。达摩老祖驻锡本寺之时，神光大师来寺请益。达摩老祖见他所学驳杂，先入之见甚深，自恃聪明，难悟禅理，当下拒不收纳。神光大师苦求良久，始终未得其门而入，当即提起剑来，将自己左臂砍断了。"

令狐冲"啊"的一声，心道："这位神光大师求法学道，竟如此坚毅。"

方证说道："达摩老祖见他这等诚心，这才将他收为弟子，改名慧可，终得承受达摩老祖的衣钵，传禅宗法统。二祖跟着达摩老祖所学的，乃是佛法大道，依'楞伽经'而明心见性。我宗武功之名虽然流传天下，实则那是末学，殊不足道。达摩老祖当年只是传授弟子们一些强身健体的法门而已。身健则心灵，心灵则易悟。但后世门下弟子，往往迷于武学，以致舍本逐末，不体老祖当年传授武功的宗旨，可叹，可叹。"说着连连摇头。

过了一会，方证又道："老祖圆寂之后，二祖在老祖的蒲团之旁见到一卷经文，那便是《易筋经》了。这卷经文义理深奥，二祖苦读钻研，不可得解，心想达摩老祖面壁九年，在石壁畔遗留此经，虽然经文寥寥，必定非同小可，于是遍历名山，访寻高僧，求解妙谛。但二祖其时已是得道高僧，他老人家苦思深虑而不可解，世上欲求智慧深湛更胜于他的大德，那也难得很了。因此历时二十余载，经文秘义，终未能彰。一日，二祖以绝大法缘，在四川峨嵋山得晤梵僧般剌密谛，讲谈佛学，大相投机。二祖取出《易筋经》来，和般剌密谛共同研读。二位高僧在峨嵋金顶互相启发，经七七四十九日，终于豁然贯通。"

方生合什赞道："阿弥陀佛，善哉善哉。"

方证方丈续道："但那般剌密谛大师所阐发的，大抵是禅宗佛学。直至十二年后，二祖在长安道上遇上一位精通武功的年青人，谈论三日三晚，才将《易筋经》中的武学秘奥，尽数领悟。"他顿了一顿，说道："那位年青人，便是唐朝开国大功臣，后来辅佐太宗，平定突厥，出将入相，爵封卫公的李靖。李卫公建不世奇功，想来也是从《易筋经》中得到了不少教益。"

令狐冲"哦"了一声，心想："原来《易筋经》有这等大来头。"

方证又道："易筋经的功夫圜一身之脉络，系五脏之精神，周而不散，行而不断，气自内生，血从外润。练成此经后，心动而力发，一攒一放，自然而施，不觉其出而自出，如潮之涨，似雷之发。少侠，练那易筋经，便如一叶小舟于大海巨涛之中，怒浪澎湃之际，小舟自然抛高伏低，何尝用力？若要用力，又哪有力道可用？又从何处用起？"

令狐冲连连点头，觉得这道理果是博大精深，和风清扬所说的剑理颇有相通处。

方证又道："只因这易筋经具如此威力，是以数百年来非其人不传，非有缘不传，纵然是本派出类拔萃的弟子，如无福缘，也不获传授。便如方生师弟，他武功既高，持戒亦复精严，乃是本寺了不起的人物，却未获上代师父传授此经。"

　　令狐冲道："是。晚辈无此福缘，不敢妄自干求。"

　　方证摇头道："不然。少侠是有缘人。"

　　令狐冲惊喜交集，心中怦怦乱跳，没想到这项少林秘技，连方生大师这样的少林高僧也未蒙传授，自己却是有缘。

　　方证缓缓的道："佛门广大，只渡有缘。少侠是风老先生的传人，此是一缘；少侠来到我少林寺中，此又是一缘；少侠不习易筋经便须丧命，方生师弟习之固为有益，不习亦无所害，这中间的分别又是一缘。"

　　方生合什道："令狐少侠福缘深厚，方生亦代为欣慰。"

　　方证道："师弟，你天性执着，于'空、无相、无作'这三解脱门的至理，始终未曾参透，了生死这一关，也就勘不破。不是我不肯传你'易筋经'，实是怕你研习这门上乘武学之后，沉迷其中，于参禅的正业不免荒废。"

　　方生神色惶然，站起身来，恭恭敬敬的道："师兄教诲得是。"

　　方证微微点头，意示激励，过了半晌，见方生脸现微笑，这才脸现喜色，又点了点头，转头向令狐冲道："这中间本来尚有一重大障碍，此刻却也跨过去了。自达摩老祖以来，这易筋经只传本寺弟子，不传外人，此例不能自老衲手中而破。因此少侠须得投我嵩山少林寺门下，为少林派俗家弟子。"顿了一顿，又道："少侠若不嫌弃，便属老衲门下，为'国'字辈弟子，可更名为令狐国冲。"

　　方生喜道："恭喜少侠。我方丈师兄生平只收过两名弟子，那都是三十年前的事了。少侠为我方丈师兄的关门弟子，不但得窥易筋经的高深武学，而我方丈师兄所精通的一十二般少林绝艺，亦可量才而授，那时少侠定可光大我门，在武林中放一异采。"

　　令狐冲站起身来，说道："多承方丈大师美意，晚辈感激不尽，只是晚辈身属华山派门下，不便改投明师。"方证微微一笑，说道："我所说的大障碍，便是指此而言。少侠，你眼下已不是华山弟子了，你自己只怕还不知道。"

令狐冲吃了一惊，颤声道："我……我……怎么已不是华山派门下？"

方证从衣袖中取出一封信来，道："请少侠过目。"手掌轻轻一送，那信便向令狐冲身前平平飞来。

令狐冲双手接住，只觉得全身一震，不禁骇然："这位方丈大师果然内功深不可测，单凭这薄薄一封信，居然便能传过来这等浑厚内力。"见信封上盖着"华山派掌门之印"的朱钤，上书"谨呈少林派掌门大师"，九个字间架端正，笔致凝重，正是师父岳不群的亲笔。令狐冲隐隐感到大事不妙，双手发颤，抽出信纸，看了一遍，真难相信世上竟有此事，又看了一遍，登觉天旋地转，咕咚一声，摔倒在地。

待得醒转，只见身在方生大师怀中，令狐冲支撑着站起，忍不住放声大哭。方生问道："少侠何故悲伤？难道尊师有甚不测么？"令狐冲将书函递过，哽咽道："大师请看。"

方生接了过来，只见信上写道：

"华山派掌门岳不群顿首，书呈少林派掌门大师座前：猥以不德，执掌华山门户。久疏问候，乃阕清音。顷以敝派逆徒令狐冲，秉性顽劣，屡犯门规，比来更结交妖孽，与匪人为伍。不群无能，虽加严训痛惩，迄无显效。为维系武林正气，正派清誉，兹将逆徒令狐冲逐出本派门户。自今而后，该逆徒非复敝派弟子，若再有勾结淫邪、为祸江湖之举，祈我正派诸友共诛之。临书惶愧，言不尽意，祈大师谅之。"

方生看后，也大出意料之外，想不出什么言语来安慰令狐冲，当下将书信交还方证，见令狐冲泪流满脸，叹道："少侠，你与黑木崖上的人交往，原是不该。"

方证道："诸家正派掌门人想必都已接到尊师此信，传谕门

641

下。你就算身上无伤，只须出得此门，江湖之上，步步荆棘，诸凡正派门下弟子，无不以你为敌。"

令狐冲一怔，想起在那山涧之旁，盈盈也说过这么一番话。此刻不但旁门左道之士要杀自己，而正派门下也是人人以己为敌，当真天下虽大，却无容身之所；又想起师恩深重，师父师娘于自己向来便如父母一般，不仅有传艺之德，更兼有养育之恩，不料自己任性妄为，竟给逐出师门，料想师父写这些书信时，心中伤痛恐怕更在自己之上。一时又是伤心，又是惭愧，恨不得一头便即撞死。

他泪眼模糊中，只见方证、方生二僧脸上均有怜悯之色，忽然想起刘正风要金盆洗手，退出武林，只因结交了魔教长老曲洋，终于命丧嵩山派之手，可见正邪不两立，连刘正风如此艺高势大之人，尚且不免，何况自己这样一个孤立无援、卑不足道的少年？更何况五霸冈上群邪聚会，闹出这样大的事来？

方证缓缓的道："苦海无边，回头是岸。纵是十恶不赦的奸人，只须心存悔悟，佛门亦是来者不拒。你年纪尚轻，一时失足，误交匪人，难道就此便无自新之路？你与华山派的关连已然一刀两断，今后在我少林门下，痛改前非，再世为人，武林之中，谅来也不见得有什么人能与你为难。"他这几句话说得轻描淡写，却自有一股威严气象。

令狐冲心想："此时我已无路可走，倘若托庇于少林派门下，不但能学到神妙内功，救得性命，而且以少林派的威名，江湖上确是无人敢向方证大师的弟子生事。"

但便在此时，胸中一股倔强之气，勃然而兴，心道："大丈夫不能自立于天地之间，腼颜向别派托庇求生，算什么英雄好汉？江湖上千千万万人要杀我，就让他们来杀好了。师父不要我，将我逐出了华山派，我便独来独往，却又怎地？"言念及此，不由得热血上涌，口中干渴，只想喝他几十碗烈酒，什么生死门派，尽数置之脑后，霎时之间，连心中一直念念不忘的岳灵珊，也变得如同陌路人一般。

他站起身来，向方证及方生跪拜下去，恭恭敬敬的磕了几个头。

二僧只道他已决意投入少林派，脸上都露出了笑容。

令狐冲站起身来，朗声说道："晚辈既不容于师门，亦无颜改投别派。两位大师慈悲，晚辈感激不尽，就此拜别。"

方证愕然，没想到这少年竟然如此的泯不畏死。

方生劝道："少侠，此事有关你生死大事，千万不可意气用事。"

令狐冲嘿嘿一笑，转过身来，走出了室门。他胸中充满了一股不平之气，步履竟然十分轻捷，大踏步走出了少林寺。

令狐冲出得寺来，心中一股苍苍凉凉，仰天长笑，心想："正派中人以我为敌，左道之士人人要想杀我，令狐冲多半难以活过今日，且看是谁取了我的性命。"

一摸之下，囊底无钱，腰间无剑，连盈盈所赠的那具短琴也已不知去向，当真是一无所有，了无挂碍，便即走下嵩山。

行到傍晚时分，眼看离少林寺已远，人既疲累，腹中也甚饥饿，寻思："却到哪里去找些吃的？"忽听得脚步声响，七八人自西方奔来，都是劲装结束，身负兵刃，奔行甚急。令狐冲心想："你们要杀我，那就动手，免得我又麻烦去找饭吃。吃饱了反正也是死，又何必多此一举？"当即在道中一站，双手叉腰，大声道："令狐冲在此。要杀我的便上罢！"

哪知这几名汉子奔到他身前时，只向他瞧了一眼，便即绕身而过。一人道："这人是个疯子。"又一人道："是，别要多生事端，耽误了大事。"另一人道："若给那厮逃了，可糟糕之极。"霎时间便奔得远了。令狐冲心道："原来他们去追拿另一个人。"

这几人脚步声方歇，西首传来一阵蹄声，五乘马如风般驰至，从他身旁掠过。驰出十余丈后，忽然一乘马兜了转来，马上是个中年妇人，说道："客官，借问一声，你可见到一个身穿白袍的老头子吗？这人身材瘦长，腰间佩一柄弯刀。"令狐冲摇头道："没瞧见。"那妇人更不打话，圈转马头，追赶另外四骑而去。

令狐冲心想："他们去追拿这个身穿白袍的老头子？左右无事，去瞧瞧热闹也好。"当下折而东行。走不到一顿饭时分，身后又有十余人追了上来。一行人越过他身畔后，一个五十来岁的老者回头问道："兄弟，你可见到一个身穿白袍的老头么？这人身材高瘦，腰挂弯刀。"令狐冲道："没瞧见。"

又走了一会，来到一处三岔路口，西北角上鸾铃声响，三骑马疾奔而至，乘者都是二十来岁的青年。当先一人手扬马鞭，说道："喂，借问一声，你可见到一个……"令狐冲接口道："你要问一个身材高瘦，腰悬弯刀，穿一件白色长袍的老头儿，是不是？"三人脸露喜色，齐声道："是啊，这人在哪里？"令狐冲叹道："我没见过。"当先那青年大怒，喝道："没的来消遣老子！你既没见过，怎么知道？"令狐冲微笑道："没见过的，便不能知道么？"那青年提起马鞭，便要向令狐冲头顶劈落。另一个青年道："二弟，别多生枝节，咱们快追。"那手扬马鞭的青年哼的一声，将鞭子在空中虚挥一记，纵马奔驰而去。

令狐冲心想："这些人一起去追寻一个白衣老者，不知为了何事？去瞧瞧热闹，固然有趣，但如他们知道我便是令狐冲，定然当场便将我杀了。"言念及此，不由得有些害怕，但转念又想："眼下正邪双方都要取我性命，我躲躲闪闪的，纵然苟延残喘，多活得几日，最后终究难逃这一刀之厄。这等怕得要死的日子，多过一天又有什么好处？反不如随遇而安，且看是撞在谁的手下送命便了。"当即随着那三匹马激起的烟尘，向前行去。

其后又有几批人赶来，都向他探询那"身穿白袍，身材高瘦，腰悬弯刀"的老者。令狐冲心想："这些人追赶那白衣老者，都不知他在何处，走的却是同一方向，倒也奇怪。"

又行出里许，穿过一片松林，眼前突然出现一片平野，黑压压的站着许多人，少说也有六七百人，只是旷野实在太大，那六七百人置身其间，也不过占了中间小小的一点。一条笔直的大道通向人群，令狐冲便沿着大路向前。

行到近处，见人群之中有一座小小凉亭，那是旷野中供行旅憩息之用，构筑颇为简陋。那群人围着凉亭，相距约有数丈，却不逼近。

令狐冲再走近十余丈，只见亭中赫然有个白衣老者，孤身一人，坐在一张板桌旁饮酒，他是否腰悬弯刀，一时无法见到。此人虽然坐着，几乎仍有常人高矮。

令狐冲见他在群敌围困之下，居然仍是好整以暇的饮酒，不由得心生敬仰，生平所见所闻的英雄人物，极少有人如此这般豪气干云。他慢慢行前，挤入了人群。

那些人个个都目不转睛的瞧着那白衣老者，对令狐冲的过来丝毫没加留神。

令狐冲凝神向那老者瞧去，只见他容貌清癯，颔下疏疏朗朗一丛花白长须，垂在胸前，手持酒杯，眼望远处黄土大地和青天相接之所，对围着他的众人竟正眼也不瞧上一眼。他背上负着一个包袱，再看他腰间时，却无弯刀。原来他竟连兵刃也未携带。

令狐冲不知这老者姓名来历，不知何以有这许多武林中人要和他为难，更不知他是正是邪，只是钦佩他这般旁若无人的豪气，又不知不觉间起了一番同病相怜、惺惺相惜之意，当下大踏步上前，朗声说道："前辈请了，你独酌无伴，未免寂寞，我来陪你喝酒。"走入凉亭，向他一揖，便坐了下来。

那老者转过头来，两道冷电似的目光向令狐冲一扫，见他不持兵刃，脸有病容，是个素不相识的少年，脸上微现诧色，哼了一声，也不回答。令狐冲提起酒壶，先在老者面前的酒杯中斟了酒，又在另一只杯中斟了酒，举杯说道："请！"咕的一声，将酒喝干了，那酒极烈，入口有如刀割，便似无数火炭般流入腹中，大声赞道："好酒！"

只听得凉亭外一条大汉粗声喝道："兀那小子，快快出来。咱们要跟向老头拼命，别在这里碍手碍脚。"令狐冲笑道："我自和向老前辈喝酒，碍你什么事了？"又斟了一杯酒，咕的一声，仰脖子倒入口中，大拇指一翘，说道："好酒！"

左首有个冷冷的声音说道："小子走开，别在这里枉送了性命。咱们奉东方教主之命，擒拿叛徒向问天。旁人若来滋扰干挠，教他死得惨不堪言。"

令狐冲向话声来处瞧去，见说话的是个脸如金纸的瘦小汉子，身穿黑衣，腰系黄带。他身旁站着二三百人，衣衫也都是黑色，腰间带子却各种颜色均有。令狐冲蓦地想起，那日在衡山城外见到魔教长老曲洋，他便身穿这样的黑衣，依稀记得腰间所系也是黄带。那瘦子说奉了东方教主之命追拿叛徒，那么这些人都是魔教教众了，莫非这瘦子也是魔教长老？

他又斟一杯酒，仰脖子干了，赞道："好酒！"向那白衣老者向问天道："向老前辈，在下喝了你三杯酒，多谢，多谢！"

忽听得东首有人喝道："这小子是华山派弃徒令狐冲。"令狐冲晃眼瞧去，认出说话的是青城派弟子侯人英。这时看得仔细了，在他身旁的竟有不少是五岳剑派中的人物。

一名道士朗声道："令狐冲，你师父说你和妖邪为伍，果然不错。这向问天双手染满了英雄侠士的鲜血，你跟他在一起干什么？再不给我快滚，大伙儿把你一起斩成了肉酱。"令狐冲道："这位是泰山派的师叔么？在下跟这位向前辈素不相识，只是见你们几百人围住了他一人，那算什么样子？五岳剑派几时又跟魔教联手了？正邪双方一起来对付向前辈一人，岂不教天下英雄笑话？"那道士怒道："我们几时跟魔教联手了？魔教追拿他们教下叛徒，我们却是替命丧在这恶贼手下的朋友们复仇。各干各的，毫无关连！"令狐冲道："好好好，只须你们单打独斗，我便坐着喝酒看热闹。"

侯人英喝道："你是什么东西？大伙儿先将这小子毙了，再找姓向的算帐。"令狐冲笑道："要毙我令狐冲一人，又怎用得着大伙儿动手？侯兄自己请上来便是。"侯人英曾给令狐冲一脚踢下酒楼，知道自己武功不如，还真不敢上前动手，他却不知令狐冲内力已失，已然远非昔比了。旁人似乎忌惮向问天了得，也不敢便此冲入凉亭。

那魔教的瘦小汉子叫道："姓向的，事已如此，快跟我们去见教主，请他老人家发落，未必便无生路。你也是本教的英雄，难道大家真要斗个血肉横飞，好教旁人笑话么？"

向问天嘿的一声，举杯喝了一口酒，却发出呛啷一声响。

令狐冲见他双手之间竟系着一根铁链，大为惊诧："原来他是从囚牢中逃出来的，连手上的束缚也尚未去掉。"对他同情之心更盛，心想："这人已无抗御之能，我便助他抵挡一会，胡里胡涂的在这里送了性命便是。"当即站起身来，双手在腰间一叉，朗声道："这位向前辈手上系着铁链，怎能跟你们动手？我喝了他老人家三杯好酒，说不得，只好助他抵御强敌。谁要动姓向的，非得先杀了令狐冲不可。"

向问天见令狐冲疯疯癫癫，毫没来由的强自出头，不由得大为诧异，低声道："小子，你为什么要帮我？"令狐冲道："路见不平，拔刀相助。"向问天道："你的刀呢？"令狐冲道："在下使剑，就可惜没剑。"向问天道："你剑法怎样？你是华山派的，剑法恐怕也不怎么高明。"令狐冲笑道："原本不怎么高明，加之在下身受重伤，内力全失，更是糟糕之至。"向问天道："你这人莫名其妙。好，我去给你弄把剑来。"只见白影一晃，他已向群豪冲了过去。

霎时间刀光耀眼，十余件兵刃齐向他砍去。向问天斜刺穿出，向那泰山派的道士欺近。那道士挺剑刺出，向问天身形一晃，闪到了他背后，左肘反撞，噗的一声，撞中了那道士后心，双手轻挥，已将他手中长剑卷在铁链之中，右足一点，跃回凉亭。这几下兔起鹘落，迅捷无比，正派群豪待要阻截，哪里还来得及？一名汉子追得最快，逼近凉亭不逾数尺，提起单刀砍落，向问天背后如生眼睛，竟不回头，左脚反足踢出，脚底踹中那人胸膛。那人大叫一声，直飞出去，右手单刀这一砍之势力道正猛，擦的一响，竟将自己右腿砍了下来。

泰山派那道人晃了几下，软软的瘫倒，口中鲜血不住涌出。

魔教人丛中采声如雷，数十人大叫："向右使好俊的身手。"

向问天微微一笑，举起双手向魔教诸人一抱拳，答谢采声，手下铁链呛啷啷直响。他一甩手，那剑嗒的一声，插入了板桌，说道："拿去使罢！"

令狐冲好生钦佩，心道："这人睥睨群豪，果然身有惊人艺业。"却不伸手拔剑，说道："向前辈武功如此了得，又何必晚辈再来出丑。"一抱拳，说道："告辞了。"向问天尚未回答，只见剑光闪烁，三柄长剑指向凉亭，却是青城派中侯人英等三名弟子攻了过来。三人三剑都是指向令狐冲，一剑指住他背心，两剑指住他后腰，相距均不到一尺。侯人英喝道："令狐冲，给我跪下！"这一声喝过，长剑挺前，已刺到了令狐冲肌肤。

令狐冲心道："令狐冲堂堂男子，今日虽无幸理，却也不甘死在你青城派这些卑鄙之徒的剑下。"此刻自身已在三剑笼罩之下，只须一转身，那便一剑插入胸膛，二剑插入小腹，当即哈哈一笑，道："跪下便跪下！"右膝微屈，右手已拔起桌上长剑，回手一挥，青城派弟子三只手掌齐腕而断，连着三柄长剑一齐掉在地下。侯人英等三人脸上登无血色，真难相信世上居然会有此事，惶然失措片刻，这才向后跃开。其中一名青城弟子只有十八九岁，痛得大声号哭起来。令狐冲歉然道："兄弟，是你先要杀我！"

向问天喝采道："好剑法！"接着又道："剑上无劲，内力太差！"

令狐冲笑道："岂但内力太差，简直毫无内力。"

突然听得向问天一声呼叱，跟着呛啷啷铁链声响，只见两名黑衣汉子已扑入凉亭，疾攻向问天。这二人一个手执镶铁双怀杖，另一手持双铁牌，都是沉重兵器，四件兵刃和向问天的铁链相撞，火星四溅。向问天连闪几闪，欲待抢到那怀杖之人身后，那人双杖严密守卫，护住了周身要害。向问天双手给铁链缚住了，运转不灵。

魔教中连声呼叱，又有二人抢入凉亭。这二人均使八角铜锤，直上直下的猛砸。二人四锤一到，那使双怀杖的便转守为攻。向问天穿来插去，身法灵动之极，却也无法伤到对手。每当有隙可乘，铁链攻向一人，其余三人便奋不顾身的扑上，打法凶悍之极。

堪堪斗了十余招，魔教人众的首领喝道："八枪齐上。"八名黑衣汉子手提长枪，分从凉亭四面抢上，东南西北每一方均有两杆长枪，朝向问天攒刺。

向问天向令狐冲叫道："小朋友，你快走罢！"喝声未绝，八根长枪已同时向他刺去。便在此时，四柄铜锤砸他胸腹，双怀杖掠地击他胫骨，两块铁牌向他脸面击到，四面八方，无处不是杀手。这十二个魔教好手各奋平生之力，下手毫不容情。看来人人均知和向问天交手，那是世间最凶险之事，多挨一刻，便是向鬼门关走近了一步。

令狐冲眼见众人如此狠打，向问天势难脱险，叫道："好不要脸！"

向问天突然迅速无比的旋转身子，甩起手上铁链，撞得一众兵刃叮叮当当直响。他身子便如一个陀螺，转得各人眼也花了，只听得当当两声大响，两块铁牌撞上他的铁链，穿破凉亭顶，飞了出去。向问天更不去瞧对方来招，越转越快，将八根长枪都荡了开去。魔教那首领喝道："缓攻游斗，耗他力气！"使枪的八人齐声应道："是！"各退了两步，只待向问天力气稍衰，铁链中露出空隙，再行抢攻。

旁观众人稍有阅历的都看了出来，向问天武功再高，也决难长久旋转不休，如此打法，终究会力气耗尽，束手就擒。

向问天哈哈一笑，突然间左腿微蹲，铁链呼的甩出，打在一名使铜锤之人的腰间。那人"啊"的一声大叫，左手铜锤反撞过来，打中自己头顶，登时脑浆迸裂。八名使枪之人八枪齐出，分刺向问天前后左右。向问天甩铁链荡开了两杆枪，其余六人的钢枪不约而同的刺向他左胁。当此情景，向问天避得开一杆枪，避不开第二杆，避得开第二杆，避不开第三杆，更何况六枪齐发？

令狐冲一瞥之下，看到这六枪攒刺，向问天势无可避，脑中灵光一闪，想起了独孤九剑的第四式"破枪式"，当这间不容发之际，哪里还能多想？长剑闪出，只听得当啷一声响，八杆长枪一齐跌落，八枪跌落，却只发出当啷一响，几乎是同时落地。令狐冲一剑分刺八人手腕，自有先后之别，只是剑势实在太快，八人便似同时中剑一般。

　　他长剑既发，势难中断，跟着第五式"破鞭式"又再使出。这"破鞭式"只是个总名，其中变化多端，举凡钢鞭、铁锏、点穴橛、判官笔、拐子、蛾眉刺、匕首、板斧、铁牌、八角锤、铁椎等等短兵刀皆能破解。但见剑光连闪，两根怀杖、两柄铜锤又皆跌落。十二名攻入凉亭的魔教教众之中，除了一人为向问天所杀、一人铁牌已然脱手之外，其余十人皆是手腕中剑，兵刃脱落。十一人发一声喊，狼狈逃归本阵。

　　正派群豪情不自禁的大声喝采："好剑法！""华山派剑法，教人大开眼界！"

　　那魔教首领发了句号令，立时便有五人攻入凉亭。一个中年妇人手持双刀，向令狐冲杀来。四名大汉围攻向问天。那妇人刀法极快，一刀护身，一刀疾攻，左手刀攻敌时右手刀守御，右手刀攻敌时左手刀守御，双刀连使，每一招均在攻击，同时也是每一招均在守御，守是守得牢固严密，攻亦攻得淋漓酣畅。令狐冲看不清来路，连退了四步。

　　便在这时，只听呼呼风响，似是有人用软兵刃和向问天相斗，令狐冲百忙中斜眼一瞥，却见二人使链子锤，二人使软鞭，和向问天手上的铁链斗得正烈。链子锤上的钢链甚长，甩将开来，横及丈余，好几次从令狐冲头顶掠过。只听得向问天骂道："你奶奶的！"一名汉子叫道："向右使，得罪！"原来一根链子锤上的钢链已和向问天手上的铁链缠住。便在这一瞬之间，其余三人三般兵刃，同时往向问天身上击来。

　　向问天"嘿"的一声，运劲猛拉，将使链子锤的拉了过来，正好挡在他的身前。两根软鞭、一枚钢锤尽数击上那人背心。

　　令狐冲斜刺里刺出一剑，剑势飘忽，正中那妇人的左腕，却听得当的一声，长剑一弯，那妇人手中柳叶刀竟不跌落，反而一刀横扫过来。令狐冲一惊，随即省悟："她腕上有钢制护腕，剑刺不入。"手腕微翻，长剑挑上，噗的一声，刺入她左肩"肩贞穴"。那妇人一怔，但她极是勇悍，左肩虽然剧痛，右手刀仍是奋力砍出。令狐冲长剑闪处，那妇人右肩的"肩贞穴"又再中剑。她兵刃再也拿捏不住，使劲将双刀向令狐冲掷出，但双臂使不出力道，两柄刀只掷出一尺，便即落地。

　　令狐冲刚将那妇人制服，右首正派群豪中一名道人挺剑而上，铁青着脸喝道："华山派中，只怕没这等妖邪剑法。"令狐冲见他装束，知是泰山派的长辈，想是他不忿同门为向问天所伤，上来找还场子。令狐冲虽为师父革逐，但自幼便在华山派门下，五岳剑派，同气连枝，见到这位泰山派前辈，自然而然有恭敬之意，倒转长剑，剑尖指地，抱拳说道："弟子没敢得罪了泰山派的师伯。"

　　那道人道号天乙，和天门、天松等道人乃是同辈，冷冷的道："你使的是什么剑法？"令狐冲道："弟子所使剑法，乃华山派长辈所传。"天乙道人哼了一声道："胡说八道，不知到哪里去拜了个妖魔为师，看剑！"挺剑向令狐冲当胸刺到，剑光闪烁，长剑发出嗡嗡之声，单只这一剑，便罩住了他胸口"膻中"、"神藏"、"灵墟"、"神封"、"步廊"、"幽门"、"通谷"七处大穴，不论他闪向何处，总有一穴会被剑尖刺中。这一剑叫做"七星落长空"，是泰山派剑法的精要所在。

　　这一招刺出，对方须得轻功高强，立即倒纵出丈许之外，方可避过，但也必须识得这一招"七星落长空"，当他剑招甫发，立即毫不犹豫的飞快倒跃，方能免去剑尖穿胸之祸，而落地之后，又必须应付跟着而来的三招凌厉后着，这三招一着狠似一着，连环相生，实所难当。天乙道人眼见令狐冲剑法厉害，出手第一剑便使上了。自从泰山派前辈创了这招剑招以来，与人动手第一招便即使用，只怕从所未有。

令狐冲一惊之下，猛地想起在思过崖后洞的石壁之上见过这招，当日自己学了来对付田伯光，只是学得不像，未能取胜，但于这招剑法的势路却了然于胸。这时剑气森森，将及于体，更无思索余暇，登时挺剑直刺天乙道人小腹。这一剑正是石壁上的图形，魔教长老用以破解此招，粗看似是与敌人斗个两败俱伤，同归于尽。其实泰山派这招"七星落长空"分为两节，第一节以剑气罩住敌人胸口七大要穴，当敌人惊慌失措之际，再以第二节中的剑法择一穴而刺。剑气所罩虽是七穴，致敌死命，却只一剑。这一剑不论刺在哪一穴中，都可克敌取胜，是以既不须同时刺中七穴，也不可能同时刺中七穴。招分两节，本是这一招剑法的厉害之处，但当年魔教长老仔细推敲，正从这厉害之处找出了弱点，待对方第一节剑法使出之后，立时疾攻其小腹，这一招"七星落长空"便即从中断绝，招不成招。

天乙道人一见敌剑来势奥妙，绝无可能再行格架，大惊失色，纵声大叫，料想自己肚腹定然给长剑洞穿，惊惶中也不知痛楚，脑中一乱，只道自己已经死了，登时摔倒。其实令狐冲剑尖将及他小腹，便即凝招不发，不料天乙道人大惊之下，竟尔吓得晕了过去。

泰山派门下眼见天乙倒地，均道是为令狐冲所伤，纷纷叫骂，五名青年道人挺剑来攻。这五人都是天乙的门人，心急师仇，五柄长剑犹如狂风暴雨般急剑疾舞。令狐冲长剑连点，五名道士手腕中剑，长剑呛啷、呛啷落地。五人惊惶之下，各自跃开。只见天乙道人颤巍巍的站了起来，叫道："刺死我了，刺死我了！"

五弟子见他身上无伤，不住大叫，尽皆骇然，不知他是死是活。天乙道人叫了几声，身子一晃，又复摔倒。两名弟子抢过去扶起，狼狈退开。

群豪见令狐冲只使半招，便将泰山派高手天乙道人打得生死不知，无不心惊。

这时围攻向问天的又换了数人。两个使剑的汉子是衡山派中人，双剑起落迅速，找寻向问天铁链中的空隙。另一个左手持盾，右手使刀，却是魔教中的人物，这人以盾护体，展开地堂刀法，滚近向问天足边，以刀砍他下盘。向问天的铁链在盾牌上接连狠击两下，都伤他不到。盾牌下的钢刀陡伸陡缩，招数狠辣。

令狐冲心想："这人盾牌护身，防守严密，但他一出刀攻人，自身便露破绽，立时可断他手臂。"

忽听得身后有人喝道："小子，你还要不要性命？"这声音虽然不响，但相距极近，离他耳朵似不过一两尺。令狐冲一惊回头，已和一人面对面而立，两人鼻子几乎相触，急待闪避，那人双掌已按住他胸口，冷冷的道："我内力一吐，教你肋骨尽断。"

令狐冲心知他所说不虚，站定了不敢再动，连一颗心似也停止了跳动。那人双目凝视着令狐冲，只因相距太近，令狐冲反而无法见到他的容貌，但见他双目神光炯炯，凛然生威，心道："原来我死在此人手下。"想起生死大事终于有个了断，心下反而舒泰。

那人初见令狐冲眼色中大有惊惧之意，但片刻之间，便现出一般漫不在乎的神情，如此临死不惧，纵是武林中的前辈高人亦所难能，不由得起了钦佩之心，哈哈一笑，说道："我偷袭得手，制你要穴，虽然杀了你，谅你死得不服！"双掌一撤，退了三步。

令狐冲这才看清，这人矮矮胖胖，面皮黄肿，约莫五十来岁年纪，两只手掌肥肥的又小又厚，一掌高，一掌低，摆着"嵩阳手"的架式。令狐冲微笑道："这位嵩山派前辈，不知尊姓大名？多谢掌下留情。"

那人道："我是孝感乐厚。"他顿了一顿，又道："你剑法的确甚高，临敌经验却太也不足。"令狐冲道："惭愧。'大阴阳手'乐师伯，好快的身手。"乐厚道："师伯二字，可不敢当！"接着左掌一提，右掌一招便即劈出。他这人形相丑陋，但一掌出手，登时全身犹如渊渟岳峙，气度凝重，说不出的好看。

令狐冲见他周身竟无一处破绽，喝采道："好掌法！"长剑斜挑，因见乐厚掌法身形中全无破绽，这一剑便守中带攻，九分虚，一分实。乐厚见令狐冲长剑斜挑，自己双掌不论拍向他哪一个部位，掌心都会自行送到他剑尖之上，双掌只拍出尺许，立即收掌跃开，叫道："好剑法！"令狐冲道："晚辈无礼！"

乐厚喝道："小心了！"双掌凌空推出，一股猛烈的掌风逼体而至。令狐冲暗叫："不好！"此时乐厚和他相距甚远，双掌发力遥击，令狐冲无法以长剑挡架，刚要闪避，只觉一股寒气袭上身来，登时机伶伶打了个冷战。乐厚双掌掌力不同，一阴一阳，阳掌先出，阴力却先行着体。令狐冲只一呆，一股炙热的掌风跟着扑到，击得他几乎窒息，身子晃了几晃。

阴阳双掌掌力着体，本来更无幸理，但令狐冲内力虽失，体内真气却充沛欲溢，既有桃谷六仙的真气，又有不戒和尚的真气，在少林寺中养伤，又得了方生大师的真气，每一股都是浑厚之极。这一阴一阳两股掌力打在身上，他体内真气自然而然生出相应之力，护住心脉内脏，不受损伤。但霎时间全身剧震，说不出的难受，生怕乐厚再以掌力击来，当即提剑冲出凉亭，挺剑疾刺而出。

乐厚双掌得手，只道对方纵不立毙当场，也必重伤倒地，哪知他竟是安然无恙，跟着又见剑光点点，指向自己掌心，惊异之下，双掌交错，一拍令狐冲面门，一拍他的小腹。掌力甫吐，突然间一阵剧痛连心，只见自己两只手掌叠在一起，都已穿在对方长剑之上，不知是他用剑连刺自己双掌，还是自己将掌击到他的剑尖之上，但见左掌在前，右掌在后，剑尖从左掌的手背透入五寸有余。

令狐冲倘若顺势挺剑，立时便刺入了他胸膛，但念着他先前掌底留情之德，剑穿双掌后便即凝剑不动。

乐厚大叫一声，双掌回缩，拔离剑锋，倒跃而出。

令狐冲心下歉然，叫道："得罪了！"他所使这一招是"独孤九剑"中"破掌式"的绝招之一，自从风清扬归隐，从未一现于江湖。

猛听得砰蓬、喀喇之声大作，令狐冲回过头来，但见七八条汉子正在围攻向问天，其中二人掌力凌厉，将那凉亭打得柱断梁折，顶上椽子瓦片纷纷堕下。各人斗得兴发，瓦片落在头顶，都是置之不理。

他便这么望得一眼，乐厚倏地欺近身来，远远发出一掌，掌力击在令狐冲胸口，打得他身子飞了出去，长剑跟着脱手。他背心未曾着地，已有七八人追将过来，齐举兵刃，往他身上砸落。

令狐冲笑道："捡现成便宜吗？"忽觉腰间一紧，一根铁链飞过来卷住了他身子，便如腾云驾雾般给人拖着凌空而行。

救了令狐冲性命的正是那魔教高手向问天。他受魔教和正教双方围攻追击，势穷力竭之时，突然有这样一个天不怕、地不怕的少年出来打抱不平，自是大生知己之感。他一见令狐冲退敌的手段，便知这少年剑法极高，内力却是极差，当此强敌环攻，凶险殊甚，是以一面和敌人周旋，却时时留心令狐冲的战况，眼见他被击飞出，当即飞出铁链，卷了他狂奔。向问天这一展开轻功，当真是疾逾奔马，瞬息之间便已在数十丈外。

后面数十人飞步赶来，只听得数十人大声呼叫："向问天逃了，向问天逃了！"

向问天大怒，突然回身，向前冲了几步。追赶之人都大吃一惊，急忙停步。一人下盘功夫较浮，奔得势急，收足不住，直冲过来。向问天飞起左足，将他踢得向人丛中蹩了过去，当即转身又奔。众人又随后追来，但这时谁也不敢发力狂追，和他相距越来越远。

向问天脚下疾奔，心头盘算："这少年和我素不相识，居然肯为我卖命，这样的朋友，天下到哪里找去？这些兔崽子阴魂不散，怎生摆脱他们才好？"

奔了一阵，忽然想起一处所在，心头登时一喜："那地方极好！"转念又想："只是相去甚远，不知有没力气奔得到那里。不妨，我若无力气，那些兔崽子们更无力气。"抬头一望太阳，辨明方向，斜刺里横越麦田，径向东北角上奔去。

奔出十余里后，又来到大路，忽有三匹快马从身旁掠过，向问天骂道："你奶奶的！"提气疾冲，追到马匹身后，纵身跃在半空，飞脚将马上乘客踢落，跟着便落上马背。他将令狐冲横放在马鞍桥上，铁链横挥，将另外两匹马上的乘客也都击了下来。那二人筋折骨断，眼见不活了。三人都是寻常百姓，看装束不是武林中人，适逢其会，遇上这个煞星，无端送了性命。乘者落地，两匹马仍继续奔驰。向问天铁链挥出，卷住了缰绳，这铁链在他手中挥洒自如，倒似是一条极长的手臂一般。令狐冲见他滥杀无辜，不禁暗暗叹息。

向问天抢得三马，精神大振，仰天哈哈大笑，说道："小兄弟，那些兔崽子追咱们不上了。"令狐冲淡淡一笑，道："今日追不上，明日又追上了。"向问天骂道："他奶奶的，追他个屁！我将他们一个个杀得干干净净。"

向问天轮流乘坐三马，在大路上奔驰一阵，转入了一条山道，渐行渐高，到后来马匹已不能行。向问天道："你饿不饿？"令狐冲点头道："嗯，你有干粮么？"向问天道："没干粮，喝马血！"跳下马来，右手五指在马颈中一抓，登时穿了一洞，血如泉涌。向问天凑口过去，骨嘟骨嘟的喝了几口马血，道："你喝！"

令狐冲见到这等情景，甚是骇异。向问天道："不喝马血，怎有力气再战？"令狐冲道："还要再打？"向问天道："你怕了吗？"令狐冲豪气登生，哈哈一笑，道："你说我怕不怕？"就口马颈，只觉马血冲向喉头，当即咽了下去。

马血初入口时血腥刺鼻，但喝得几口，也已不觉如何难闻，令狐冲连喝了十几大口，直至腹中饱胀，这才离嘴。向问天跟着凑口上去喝血，喝不多时，那马支持不住，长声悲嘶，软倒在地。向问天飞起左腿，将马踢入山涧。令狐冲不禁骇然，这匹马如此庞然大物，少说也有五百来斤，他随意抬足，便踢了出去。向问天跟着又将第二匹马踢下，转过身来，呼的一掌，将第三匹马的后腿硬生生切了下来，随即又切了那马的另一条后腿。那马嘶叫得震天价响，中了向问天一腿后堕入山涧，兀自嘶声不绝。

向问天道："你拿一条腿！慢慢的吃，可作十日之粮。"令狐冲这才醒悟，原来他割切马腿是作粮食之用，倒不是一味的残忍好杀，当下依言取了一条马腿。见向问天提了马腿径向山岭上行去，便跟在后面。向问天放慢脚步，缓缓而行。令狐冲内力全失，行不到半里，已远远落在后面，赶得气喘吁吁，脸色发青。向问天只得停步等待。又行里许，令狐冲再也走不动了，坐在道旁歇足。

向问天道："小兄弟，你这人倒也奇怪，内力如此差劲，但身中乐厚这混蛋的两次大阴阳手掌力，居然若无其事，可叫人弄不明白。"令狐冲苦笑道："哪里是若无其事了？我五脏六腑早给震得颠三倒四，已不知受了几十样内伤。我自己也在奇怪，怎地这时候居然还不死？只怕随时随刻就会倒了下来，再也爬不起身。"向问天道："既是如此，咱们便多歇一会。"令狐冲本想对他说明，自己命不长久，不必相候自己，致为敌人追上，但转念一想，此人甚是豪迈，决不肯抛下自己独自逃生，倘若说这等话，不免将他看得小了。

向问天坐在山石之上，问道："小兄弟，你内力是怎生失去的？"

令狐冲微微一笑，道："此事说来当真好笑。"当下将自己如何受伤、桃谷六仙如何为自己输气疗伤、后来不戒和尚又如何再在自己体内输入真气等情简略说了。

向问天哈哈大笑，声震山谷，说道："这等怪事，我老向今日还是第一次听见。"

大笑声中，忽听得远处传来呼喝："向问天，你逃不掉的，还是乖乖的投降罢。"

向问天仍然哈哈大笑，说道："好笑，好笑！这桃谷六仙跟不戒和尚，都是天下一等一的胡涂蛋。"又再笑了三声，双眉一竖，骂道："他奶奶的，大批混蛋追来了。"双手一抄，将令狐冲抱在怀中，那只马腿不便再提，任其弃在道旁，便即提气疾奔。

这一下放足快跑，令狐冲便如腾云驾雾一般，不多时忽见眼前白茫茫一片，果真是钻入了浓雾，心道："妙极！这一上山，那数百人便无法一拥而上，只须一个个上来单打独斗，我和这位向先生定能对付得了。"可是后面呼叫声竟然越来越近，显然追来之人也均是轻功高手，虽和向问天相较容有不及，但他手中抱了人，奔驰既久，总不免慢了下来。

向问天奔到一处转角，将令狐冲放下，低声道："别作声。"两个人均贴着山壁而立，片刻之间，便听得脚步声响，有人追近。

追来的两人奔跑迅速，浓雾中没见到向问天和令狐冲，直至奔过二人身侧，这才察觉，待要停步转身，向问天双掌推出，既狠且准，那两人哼也没哼，便掉下了山涧，过了一会，才腾腾两下闷响，身子堕地。令狐冲心想："这两人堕下之时，怎地并不呼叫？是了，他两人中了掌力，尚未堕下，便早已死了。"

向问天嘿嘿一笑，道："这两个混蛋平日耀武扬威，说什么'点苍双剑，剑气冲天'，他奶奶的跌入山涧之中，烂个臭气冲天。"

令狐冲曾听到过"点苍双剑"的名头，听说他二人剑法着实了得，曾杀过不少黑道上的厉害人物，没想到莫名其妙的死在这里，连相貌如何也没见到。

向问天又抱起令狐冲，说道："此去仙愁峡，还有十来里路，一到了峡口，便不怕那些混蛋了。"他脚下越奔越快。却听得脚步声响，又有好几个人追了上来。这时所行的山道转而向东，其侧已无深涧，向问天不能重施故技，躲在山壁间偷袭，只有提气直奔。

只听得呼的一声响，一枚暗器飞了过来，破空声劲急，显然暗器份量甚重。向问天放下令狐冲，回过身来，伸手抄住，骂道："姓何的，你也来淌这浑水干什么？"

浓雾中传来一人声音叫道："你为祸武林，人人得而诛之，再接我一锥。"只听得呼呼呼呼响声不绝，他口说"一锥"，飞射而来的少说也有七八枚飞锥。

令狐冲听了这暗器破空的凄厉声响，心下暗暗发愁："风太师叔传我的剑法虽可击打任何暗器，但这飞锥上所带劲力如此厉害，我长剑纵然将其击中，但我内力全无，长剑势必给他震断。"

只见向问天双腿摆了马步，上身前俯，神情甚是紧张，反不如在凉亭中被群敌围困时那么漫不在乎。一枚枚飞锥飞到他身前，便都没了声息，想必都给他收了去。

突然响声大盛，不知有多少飞锥同时掷出，令狐冲知道这是"满天花雨"的暗器手法，本来以此手法发射暗器，所用的定是金钱镖、铁莲子等等细小暗器，这飞锥从破空之声中听来，每枚若无斤半，也有一斤，怎能数十枚同时发出？他听到这凌厉的破空之声，自然而然的身子往地下一伏，却听得向问天大叫一声："啊哟！"似是身受重伤。

令狐冲大惊，纵身过去，挡在他的前面，急问："向先生，你受了伤吗？"向问天道："我……我不成了，你……你……快走……"令狐冲大声道："咱二人同生共死，令狐冲决不舍你独生！"

只听得追敌大声呼叫："向问天中了飞锥！"白雾中影影绰绰，十几个人渐渐逼近。

便在此时，令狐冲猛觉一股劲风从身右掠过，向问天哈哈大笑，前面十余人纷纷倒地。原来他将数十枚飞锥都接在手中，却假装中锥受伤，令敌人不备，随即也以"满天花雨"手法射了出去。其时浓雾弥天，视界不明；而令狐冲惶急之声出于真诚，对方听了，尽皆深信不疑；再加向问天居然也能以"满天花雨"手法发射如此沉重暗器，大出追者意料之外，是以追在最前的十余人或死或伤，竟无一人幸免。

向问天抱起令狐冲，转身又奔，说道："不错，小兄弟，你很有义气。"他想令狐冲挺身而出，胡乱打抱不平，还不过是少年人的古怪脾气，可是自己适才假装身受重伤，装得极像，令狐冲竟不肯舍己逃生，决意同生共死，那实是江湖上最可宝贵的"义气"。

过得少时，敌人又渐渐追近，只听得飕飕之声不绝，暗器连续飞至。向问天审高伏低的闪避，追者更加迫近，他将令狐冲放下，一声大喝，回身冲入追敌人丛之中，乒乒乓乓几声响，又再奔回，背上已负了一人。他将那人双手用自己手腕上的铁链绕住，负在背上。这才将令狐冲抱起，继续奔跑，笑道："咱们多了块活盾牌。"

　　那人大叫："别放暗器！别放暗器！"可是追敌置之不理，暗器发之不已。那人突然大叫一声："哎唷！"背心上被暗器打中。向问天背负活盾牌，手抱令狐冲，仍是奔跃迅捷。背上那人大声叱骂："王崇古，他妈的你不讲义气，明知我……哎哟，是袖箭，你奶奶的，张芙蓉你这骚狐狸，你……你借刀杀人。"只听得噗噗噗之声连响，那人叫骂之声渐低，终于一声不响。向问天笑道："活盾牌变了死盾牌。"

　　他不须顾忌暗器，提气疾奔，转了两个山坳，说道："到了！"吁了一口长气，哈哈大笑，心怀大畅，最后这十里山道实是凶险万分，是否能摆脱追敌，当时实在殊无把握。

　　令狐冲放眼望去，心下微微一惊，眼前一条窄窄的石梁，通向一个万仞深谷，所见到的石梁不过八九尺长，再过去便云封雾锁，不知尽头。向问天低声道："白雾之中是条铁索，可别随便踏上去。"令狐冲道："是！"忍不住心惊："这石梁宽不逾尺，下临深谷，本已危险万状，再换作了铁索，以我眼前功力，绝难渡过。"

　　向问天放开了缠在"死盾牌"手上的铁链，从他腰间抽出一柄长剑，递给令狐冲，再将"盾牌"竖在身前，静待追敌。

　　等不到一盏茶时分，第一批追敌已然赶到，正魔双方的人物均有。众人见地形险恶，向问天作的是背水为阵之势，倒也不敢逼近。过了一会，追敌越来越多，均聚在五六丈外，大声喝骂，随即暗器、飞蝗石、袖箭等纷纷打了过来。向问天和令狐冲缩在"盾牌"之后，诸般暗器都打他们不到。

蓦地里一声大吼，声震山谷，一名莽头陀手舞禅杖冲来，一柄七八十斤的铁禅杖往向问天腰间砸到。向问天一低头，禅杖自头顶掠过，铁链着地挥出，抽他脚骨。那头陀这一杖用力极猛，无法收转挡架，当即上跃闪避。向问天铁链急转，已卷住他右踝，乘势向前一送，使上借力打力之法，那头陀立足不定，向前摔出，登时跌向深谷。向问天一抖一送，已将铁链从他足踝放开。那头陀惊吼声惨厉之极，一路自深谷中传上来。众人听了无不毛骨悚然，不自禁的都退开几步，似怕向问天将自己也摔下谷去。

僵持半晌，忽有二人越众而出。一人手挺双戟，另一个是个和尚，持一柄月牙铲。两人并肩齐上，双戟一上一下，戳往向问天面门与小腹，那月牙铲却往他左胁推到。这三件兵刃都斤两甚重，挟以浑厚内力，攻出时大具威势。二人看准了地形，教向问天无法向旁踏出，非以铁链硬接硬格不可。果然向问天铁链挥出，当当当三响，将双戟和月牙铲尽数砸开，四件兵刃上发出点点火花，那是硬碰硬的打法，更无取巧余地。对面人丛中采声大作。

那二人手中兵刃被铁链荡开，随即又攻了上去，当当当三响，四件兵刃再度相交。那和尚和那汉子都晃了几下，向问天却稳稳站住。他不等敌人缓过气来，大喝一声，疾挥铁链击出。二人分举兵刃挡住，又爆出当当当三声急响。那和尚大声吼叫，抛去月牙铲，口中鲜血狂喷。那汉子高举双戟，对准向问天刺去。向问天挺直胸膛，不挡不架，哈哈一笑，只见双戟刺到离他胸口半尺之处，忽然软软的垂了下来。那汉子顺着双戟落下之势，俯伏于地，就此一动不动，竟已被向问天的硬劲活生生震死。

聚在山峡前的群豪相顾失色，无人再敢上前。

向问天道："小兄弟，咱们跟他们耗上了，你坐下歇歇。"说着坐了下来，抱膝向天，对众人正眼也不瞧上一眼。

忽听得有人朗声说道："大胆妖邪，竟敢如此小视天下英雄。"四名道人挺剑而上，走到向问天面前，四剑一齐横转，说道："站起来交手。"向问天嘿嘿一笑，冷冷的道："姓向的惹了你们峨嵋派什么事了?"左首一名道士说道:"邪魔外道为害江湖,我辈修真之士伸张正义,除妖灭魔,责无旁贷。"向问天笑道:"好一个除妖灭魔,责无旁贷!你们身后这许多人中,有一半是魔教中人,怎地不去除妖灭魔?"那道人道:"先诛首恶!"

向问天仍是抱膝而坐,举头望着天上浮云,淡淡的道:"原来如此,不错,不错!"

突然间一声大喝,身子纵起,铁链如深渊腾蛟,疾向四人横扫而至。这一下奇袭来得突兀之至,总算四名道人都是峨嵋派好手,仓卒中三道长剑下竖,挡在腰间,站在最右的第四名道士长剑刺出,指向向问天咽喉。只听得拍的一声响,三柄长剑齐被铁链打弯,向问天一侧头,避开了这一剑。那道人剑势如风,连环三剑,逼得向问天无法缓手。其余三名道人退了开去,换了剑又再斗。四道剑势相互配合,宛似一个小小的剑阵。四柄长剑夭矫飞舞,忽分忽合。

令狐冲瞧得一会,见向问天挥舞铁链时必须双手齐动,远不及单手运使的灵便,时刻一长,难免落败,从向问天右侧踏上,长剑刺出,疾取一道的胁下。这一剑出招的方位古怪之极,那道士万难避开,噗的一声,胁下已然中剑。令狐冲心念电闪:"听说峨嵋派向来洁身自好,不理江湖上的闲事,声名极佳,我助向先生解围,却不可伤这道士性命。"剑尖甫刺入对方肌肤,立刻回剑,但临时强缩,剑招便不精纯。那道人手臂下压,竟然不顾痛楚,强行将他的长剑夹住。

令狐冲长剑回拖,登时将那道人的手臂和胁下都划出了一道长长的口子,便这么一缓,另一名中年道人的长剑击了过来,砸在令狐冲剑上。令狐冲手臂一麻,便欲放手撒剑,但想兵器一失,便成废人,拼命抓住剑柄,只觉剑上劲力一阵阵传来,疾攻自己心脉。

第一名道士胁下中剑,受伤不重,但他以手臂夹剑,给令狐冲长剑拖回时所划的口子却深及见骨,鲜血狂涌,无法再战。其余两名道人这时已在令狐冲背后，正和向问天激斗，二道剑法精奇，双剑联手，守得严谨异常。

向问天接斗数招，便退后一步，一连退了十余步，身入白雾之中。二道继续前攻，长剑前半截已没入雾中。石梁彼端突然有人大叫："小心，再过去便是铁索桥！"这"桥"字刚出口，只听得二道齐声惨呼，身子向前疾冲，钻入了白雾，显是身不由主，给向问天拖了过去。惨呼声迅速下沉，从桥上传入谷底，霎时之间便即无声无息。

向问天哈哈大笑，从白雾中走将出来，蓦见令狐冲身子摇摇欲坠，不禁吃了一惊。

令狐冲在凉亭中以"独孤九剑"连续伤人，四个峨嵋派道士眼见之下，自知剑法决非其敌，但都已瞧出他内力平平。此刻那道士便将内力源源不绝的攻将过去。别说令狐冲此时内力全失，即在往昔，究竟修为日浅，也非这个已练了三十余年峨嵋内家心法的道人之可比，幸好他体内真气充沛，一时倒也不致受伤，但气血狂翻乱涌，眼前金星飞舞。忽觉背心"大椎穴"上一股热气透入，手上的压力立时一轻，令狐冲精神一振，知道已得向问天之助，但随即察觉，向问天竟是将对方攻来的内力导引向下，自手臂传至腰胁，又传至腿脚，随即在地下消失得无影无踪。

那道人察觉到不妙，大喝一声，撤剑后跃，叫道："吸星妖法，吸星妖法！"

群豪听到"吸星妖法"四字，有不少人脸上便即变色。

向问天哈哈一笑，说道："不错，这是吸星大法，哪一位有兴致的便上来试试。"

魔教中那名黄带长老嘶声说道："难道那任……任……又出来了？咱们回去禀告教主，再行定夺。"魔教人众答应了一声，一齐转身，百余人中登时散去了一半。其余正教中人低声商议了一会，便有人陆陆续续的散去，到得后来，只剩下寥寥十余人。

只听得一个清朗的声音说道："向问天，令狐冲，你们竟使用吸星妖法，堕入万劫不复之境，此后武林朋友对付你们两个，更不必计较手段是否正当。这是你们自作自受，事到临头，可别后悔。"向问天笑道："姓向的做事，几时后悔过了？你们数百人围攻我等二人，难道便是正当手段了？嘿嘿，可笑啊可笑。"脚步声响，那十余人也都走了。

向问天侧耳倾听，察知来追之敌确已远去，低声说道："这批狗家伙必定去而复回。你伏在我背上。"令狐冲见他神情郑重，当下也不多问，便伏在他背上。向问天弯下腰来，左足慢慢伸落，竟向深谷中走去。令狐冲微微一惊，只见向问天铁链挥出，卷住了山壁旁伸出的一棵树，试了试那树甚是坚牢，吃得住两人身子的份量，这才轻轻向下纵落。两人身悬半空，向问天晃了几下，找到了踏脚之所，当即手腕回力，自相反方向甩去，铁链自树干上滑落。向问天双手在山壁上一按，略行凝定，铁链已卷向脚底一块凸出的大石，两人身子便又下降丈余。

如此不住下落，有时山壁光溜溜地既无树木，又无凸出石块，向问天便即行险，身贴山壁，径自向下滑溜，一溜十余丈，越滑越快，但只须稍有可资借力之处，便施展神功，或以掌拍，或以足踏，延缓下溜之势。

令狐冲身历如此大险，委实惊心动魄，这般滑下深谷，凶险处实不下于适才的激斗，但想这等平生罕历之奇，险固极险，若非遇上向问天这等奇人，只怕百世也是难逢，是以当向问天双足踏上谷底时，他反觉微微失望，恨不得这山谷更深数百丈才好，抬头上望，谷口尽是白云，石梁已成了极细的一条黑影。

令狐冲道："向先生……"向问天伸出手来，按住他嘴，左手食指向上一指。令狐冲随即醒悟，知道追敌果然去而复来，极目望去，看不到石梁上有何人影。

向问天放开了手，将耳贴山壁倾听，过了好一会，才微笑道："他奶奶的，有的守在上面，有的在四处找寻。"转头瞪着令狐冲，说道："你是名门正派的弟子，姓向的却是旁门妖邪，双方向来便是死敌。你为什么甘愿得罪正教朋友，这般奋不顾身的来救我性命？"

令狐冲道："晚辈适逢其会，和先生联手，跟正教魔教双方群豪周旋一场，居然得能不死，实是侥天之幸。向先生说什么救命不救命，当真……咳咳……当真是……"向问天接口道："当真是胡说八道之至，是也不是？"令狐冲道："晚辈可不敢说向先生胡说八道，但若说晚辈有救命之功，却是大大的不对了。"向问天道："姓向的说过了的话，从不改口。我说你于我有救命之恩，便有救命之恩。"令狐冲笑了笑，便不再辩。

向问天道："刚才那些狗娘养的大叫什么'吸星大法'，吓得一哄而散。你可知'吸星大法'是什么功夫？他们为什么这等害怕？"令狐冲道："晚辈正要请教。"向问天皱眉道："什么晚辈长辈、先生学生的，教人听了好不耐烦。干干脆脆，你叫我向兄，我叫你兄弟便了。"令狐冲道："这个晚辈却是不敢。"向问天怒道："好，你见我是魔教中人，瞧我不起。你救过我性命，老子这条命在与不在，那是稀松平常之至，你瞧我不起，咱们先来打上一架。"他话声虽低，却是怒容满面，显然甚是气恼。

令狐冲笑道："打架倒也不必，向兄既执意如此，小弟自当从命。"寻思："我连田伯光这等采花大盗也结交为友，多交一个向问天又有何妨？这人豪迈洒脱，真是一条好汉子，我本来就喜欢这等人物。"俯身下拜，说道："向兄在上，受小弟一礼。"

向问天大喜，说道："天下与向某义结金兰的，就只兄弟你一人，你可要记好了。"令狐冲笑道："小弟受宠若惊之至。"照江湖上惯例，二人结义为兄弟，至少也当撮土为香，立誓他日有福共享，有难同当，但他二人均是放荡不羁之人，经此一战，都觉意气相投，肝胆相照，这些磕头结拜的繁文缛节谁都不加理会，说是兄弟，便是兄弟了。

向问天身在魔教，但教中兄弟极少他瞧得上眼的，今日认了一个义兄弟，心下甚是欢喜，说道："可惜这里没好酒，否则咱们一口气喝他妈的几十杯，那才痛快。"令狐冲道："正是，小弟喉头早已馋得发痒，哥哥这一提，可更加不得了。"

向问天向上一指，道："那些狗崽子还没远去，咱们只好在这谷底熬上几日。兄弟，适才那峨嵋派的牛鼻子以内力攻你，我以内力相助，那牛鼻子的内力便怎样了？"令狐冲道："哥哥似是将那道人的内力都引入了地下。"向问天一拍大腿，喜道："不错，不错。兄弟的悟心真好。我这门功夫，是自己无意中想出来的，武林中无人得知，我给取个名字，叫做'吸功入地小法'。"令狐冲道："这名字倒也奇怪。"向问天道："我这门功夫，和那武林中人人闻之色变的'吸星大法'相比，真如小巫见大巫，因此只好称为'小法'。我这功夫只是移花接木、借力打力的小技，将对方的内力导入地下，使之不能为害，于自己可半点也没好处。再者，这功夫只有当对方相攻之时方能使用，却不能拿来攻敌伤人，对方当时但觉内力源源外泄，不免大惊失色，过不多时，便即复元。我料到他们必定去而复回，因那峨嵋派的牛鼻子功力一复，便知我这'吸功入地小法'只是个唬人的玩意儿，其实不足为惧。你哥哥素来不喜搞这些骗人的技俩，因此从来没有用过。"

令狐冲笑道："向问天从不骗人，今日为了小弟，却破了戒。"向问天嘿嘿一笑，说道："从不骗人，却也未必，只是像峨嵋派松纹道人这等小脚色，你哥哥可还真不屑骗他。要骗人，就得拣件大事，骗得惊天动地，天下皆知。"

两人相对大笑，生怕给上面的敌人听见了，虽然压低了笑声，却笑得甚为欢畅。

黑白子待长剑刺到，左手食中二指陡地伸出，往剑刃上夹去。旁观五人见他行此险着，都不禁"咦"的一声。

十九　打　赌

这时两人都已甚为疲累，分别倚在山石旁闭目养神。

令狐冲不久便睡着了。睡梦之中，忽见盈盈手持三只烤熟了的青蛙，递在他手里，问道："你忘了我么？"令狐冲大声道："没有忘，没有忘！你……你到哪里去了？"见盈盈的影子忽然隐去，忙叫："你别去！我有很多话跟你说。"却见刀枪剑戟，纷纷杀来，他大叫一声，醒了过来。向问天笑嘻嘻的道："梦见了情人么？要说很多话？"

令狐冲脸上一红，也不知说了什么梦话给他听了去。向问天道："兄弟，你要见情人，只有养好了伤，治好了病，才能去找她。"令狐冲黯然道："我……我没情人。再说，我的伤是治不好的。"向问天道："我欠了你一命，虽是自己兄弟，总是心中不舒服，非还你一条命不可。我带你去一个地方，定可治好你的伤。"

令狐冲虽说早将生死置之度外，毕竟是出于无奈，只好淡然处之，听向问天说自己之伤可治，此言若从旁人口中说出，未必能信，但向问天实有过人之能，武功之高，除了太师叔风清扬外，生平从所未睹，他轻描淡写的一句话，份量之重，无可言喻，心头登时涌起一股喜悦之情，道："我……我……"说了两个"我"字，却接不下话去。这时一弯冷月，从谷口照射下来，清光遍地，谷中虽仍是阴森森地，但在令狐冲眼中瞧出来，便如是满眼阳光。

向问天道："咱们去见一个人。这人脾气十分古怪，事先不能让他知情。兄弟，你如信得过我，一切便由我安排。"令狐冲道："那有什么信不过的？哥哥是要设法治我之伤，这是死马当活马医，本来是没有指望之事。治得好是谢天谢地，治不好是理所当然。"

向问天伸舌头舐了舐嘴唇，道："那条马腿不知丢到哪里去了？他妈的，杀了这许多兔崽子，山谷里却一个也不见。"

令狐冲见他这副神情，知他是想寻死尸来吃，心下骇然，不敢多说，又即闭眼入睡。

第二日早晨，向问天道："兄弟，这里除了青草苔藓，什么也没有，咱们在这里挨下去，非去找死尸来吃不可，可是昨天跌在这山谷中的，个个又老又韧，我猜你吃起来胃口不会太好。"

令狐冲忙道："简直半点胃口也没有。"

向问天笑道："咱们只好觅路出去。我先给你的相貌改上一改。"到山谷底去抓了些烂泥，涂在他脸上，随即伸手在自己下巴上揉了一会，神力到处，长须尽脱，双手再在自己头上一阵搓揉，满头花白头发脱得干干净净，变成了一个油光精滑的秃头。令狐冲见他顷刻之间，相貌便全然不同，又是好笑，又是佩服。向问天又去抓些烂泥来，加大自己鼻子，敷肿双颊，此时便是对面细看，也不易辨认。

向问天在前觅路而行，他双手拢在袖中，遮住了系在腕上的铁链，只要不出手，谁也认不出这秃头胖子便是那矍铄潇洒的向问天。

二人在山谷中穿来穿去，到得午间，在山坳里见到一株毛桃，桃子尚青，入口酸涩，两人却也顾不得这许多，采来饱餐了一顿。休息了一个多时辰，又再前行。到黄昏时，向问天终于寻到了出谷的方位，但须翻越一个数百尺的峭壁。他将令狐冲负于背上，腾越而上。

登上峭壁，放眼一条小道蜿蜒于长草之间，虽然景物荒凉，总是出了那连鸟兽之迹也丝毫不见的绝地，两人都长长吁了口气。

次日清晨，两人径向东行，到得一处大市镇，向问天从怀中取出一片金叶子，要令狐冲去一家银铺兑成了银子，然后投店借宿。向问天叫了一桌酒席，命店小二送来一大坛酒，和令狐冲二人痛饮了半坛，饭也不吃了，一个伏案睡去，一个烂醉于床。直到次日红日满窗，这才先后醒转。两人相对一笑，回想前日凉亭中、石梁上的恶斗，直如隔世。

向问天道："兄弟，你在此稍候，我出去一会。"这一去竟是一个多时辰。令狐冲正自担忧，生怕他遇上了敌人，却见他双手大包小包，挟了许多东西回来，手腕间的铁链也已不知去向，想是叫铁匠给凿开了。向问天打开包裹，一包包都是华贵衣饰，说道："咱二人都扮成大富商的模样，越阔绰越好。"当下和令狐冲二人里里外外换得焕然一新。出得店时，店小二牵过两匹鞍辔鲜明的高头大马过来，也是向问天买来的。

二人乘马而行，缓缓向东。行得两日，令狐冲感到累了，向问天便雇了大车给他乘坐，到得运河边上，索性弃车乘船，折而南行。一路之上，向问天花钱如流水，身边的金叶子似乎永远用不完。过了长江，运河两岸市肆繁华，向问天所买的衣饰也越来越华贵。

舟中长日，向问天谈些江湖上的轶闻趣事。许多事情令狐冲都是闻所未闻，听得津津有味。但涉及黑木崖上魔教之事，向问天却绝口不提，令狐冲也就不问。

这一天将到杭州，向问天在舟中又替令狐冲及自己刻意化装了一会，这才舍舟登陆，买了两匹骏马，乘马进了杭州城。

杭州古称临安，南宋时建为都城，向来是个好去处。进得城来，一路上行人比肩，笙歌处处。令狐冲跟着向问天来到西湖之畔，但见碧波如镜，垂柳拂水，景物之美，直如神仙境地。令狐冲道："常听人言道：上有天堂，下有苏杭。苏州没去过，不知端的，今日亲见西湖，这天堂之誉，确是不虚了。"

向问天一笑，纵马来到一个所在，一边倚着小山，和外边湖水相隔着一条长堤，更是幽静。两人下了马，将坐骑系在湖边的柳树之上，向山边的石级上行去。向问天似是到了旧游之地，路径甚是熟悉。转了几个弯，遍地都是梅树，老干横斜，枝叶茂密，想像初春梅花盛开之日，香雪如海，定然观赏不尽。

穿过一大片梅林，走上一条青石板大路，来到一座朱门白墙的大庄院外，行到近处，见大门外写着"梅庄"两个大字，旁边署着"虞允文题"四字。令狐冲读书不多，不知虞允文是南宋破金的大功臣，但觉这几个字儒雅之中透着勃勃英气。

向问天走上前去，抓住门上擦得精光雪亮的大铜环，回头低声道："一切听我安排。"令狐冲点了点头，心想："这座梅庄，显是杭州城大富之家的寓所，莫非所住的是一位当世名医么？"只听得向问天将铜环敲了四下，停一停，再敲两下，停一停，敲了五下，又停一停，再敲三下，然后放下铜环，退在一旁。

过了半晌，大门缓缓打开，并肩走出两个家人装束的老者。令狐冲微微一惊，这二人目光炯炯，步履稳重，显是武功不低，却如何在这里干这仆从厮养的贱役？左首那人躬身说道："两位驾临敝庄，有何贵干？"向问天道："嵩山门下、华山门下弟子，有事求见江南四友四位前辈。"那人道："我家主人向不见客。"说着便欲关门。

向问天从怀中取出一物，展了开来，令狐冲又是一惊，只见他手中之物宝光四耀，乃是一面五色锦旗，上面镶满了珍珠宝石。令狐冲知道是嵩山派左盟主的五岳令旗，令旗所至之处，犹如左盟主亲到，五岳剑派门下，无不凛遵持旗者的号令。令狐冲隐隐觉得不妥，猜想向问天此旗定是来历不正，说不定还是杀了嵩山派中重要人物而抢来的，又想正教中人追杀于他，或许便因此旗而起，他自称是嵩山派弟子，又不知有何图谋？自己答应过一切听他安排，只好一言不发，静观其变。

那两名家人见了此旗，神色微变，齐声道："嵩山派左盟主的令旗？"向问天道："正是。"右首那家人道："江南四友和五岳剑派素不往来，便是嵩山左盟主亲到，我家主人也未必……未必……嘿嘿。"下面的话没说下去，意思却甚明显："便是左盟主亲到，我家主人也未必接见。"嵩山派左盟主毕竟位高望重，这人不愿口出轻侮之言，但他显然认为"江南四友"的身份地位，比之左盟主又高得多了。

令狐冲心道："这'江南四友'是何等样人物？倘若他们在武林之中真有这等大来头，怎地从没听师父、师娘提过他四人名字？我在江湖上行走，多听人讲到当世武林中的前辈高人，却也不曾听到有人提及'江南四友'四字。"

向问天微微一笑，将令旗收入怀中，说道："我左师侄这面令旗，不过是拿来唬人的。江南四位前辈是何等样人，自不会将这令旗放在眼里……"令狐冲心道："你说'左师侄'？居然冒充左盟主的师叔，越来越不成话了。"只听向问天续道："只是在下一直无缘拜见江南四位前辈，拿这面令旗出来，不过作为信物而已。"

两名家人"哦"了一声，听他话中将江南四友的身份抬得甚高，脸色便和缓了下来。一人道："阁下是左盟主的师叔？"

向问天又是一笑，说道："正是。在下是武林中的无名小卒，两位自是不识了。想当年丁兄在祁连山下单掌劈四霸，一剑伏双雄；施兄在湖北横江救孤，一柄紫金八卦刀杀得青龙帮一十三名大头子血溅汉水江头，这等威风，在下却常在心头。"

那两个家人打扮之人，一个叫丁坚，一个叫施令威，归隐梅庄之前，是江湖上两个行事十分辣手的半正半邪人物。他二人一般的脾气，做了事后，绝少留名，是以武功虽高，名字却少有人知。向问天所说那两件事，正是他二人生平的得意杰作。一来对手甚强，而他二人以寡敌众，胜得干净利落；二来这两件事都是曲在对方，二人所作的乃是行侠仗义的好事，这等义举他二人生平所为者甚是寥寥。大凡做了好事，虽不想故意宣扬，为人所知，但若给人无意中知道，毕竟心中窃喜。丁施二人听了向问天这一番话，不由得都脸露喜色。丁坚微微一笑，说道："小事一件，何足挂齿？阁下见闻倒广博得很。"

向问天道:"武林中沽名钓誉之徒甚众,而身怀真材实学、做了大事而不愿宣扬的清高之士,却十分难得。'一字电剑'丁大哥和'五路神'施九哥的名头,在下仰慕已久。左师侄说起,有事须来杭州向江南四友请教。在下归隐已久,心想江南四友未必见得着,但如能见到'一字电剑'和'五路神'二位,便算不虚此行,因此上便答允到杭州来走一趟。左师侄说道:倘若他自己亲来,只怕四位前辈不肯接见,因他近年来在江湖上太过张扬,恐怕前辈们瞧他不起,倒是在下素来不在外走动,说不定还不怎么惹厌。哈哈,哈哈。"

丁施二人听他既捧江南四友,又大大的捧了自己二人,也是甚为高兴,陪他哈哈哈的笑了几声,见这秃头胖子虽然面目可憎,但言谈举止,颇具器度,确然不是寻常人物,他既是左冷禅的师叔,武功自必不低,心下也多了几分敬意。

施令威心下已决定代他传报,转头向令狐冲道:"这一位是华山派门下?"

向问天抢着道:"这一位风兄弟,是当今华山掌门岳不群的师叔。"

令狐冲听他信口胡言,早已猜到他要给自己捏造一个名字和身份,却决计料不到他竟说自己是师父的师叔。令狐冲虽然诸事漫不在乎,但要他冒认是恩师的长辈,究竟心中不安,忍不住身子一震,幸好他脸上涂了厚厚的黄粉,震惊之情丝毫不露。

丁坚和施令威相互瞧了一眼,心下均有些起疑:"这人真实年纪虽瞧不出来,多半未过四十,怎能是岳不群的师叔?"

向问天虽已将令狐冲的面貌扮得大为苍老,但毕竟难以使他变成一个老者,倘若强加化装,难免露出马脚,当即接口道:"这位风兄弟年纪比岳不群还小了几岁,却是风清扬风师兄独门剑法的唯一传人,剑术之精,华山派中少有人能及。"

令狐冲又是大吃一惊:"向大哥怎地知道我是风太师叔的传

人?"随即省悟:"风太师叔剑法如此了得,当年必定威震江湖。向大哥见识不凡,见了我的剑法后自能推想得到。方生大师既看得出,向大哥自也看得出。"

丁坚"啊"的一声,他是使剑的名家,听得令狐冲精于剑法,忍不住技痒,可是见这人满脸黄肿,形貌猥琐,实不像是个精擅剑法之人,问道:"不知二位大名如何称呼。"

向问天道:"在下姓童,名叫童化金。这位风兄弟,大名是上二下中。"

丁施二人都拱了拱手,说道:"久仰,久仰。"

向问天暗暗好笑,自己叫"童化金",便是"铜化金"之意,以铜化金,自然是假货了,这"二中"二字却是将"冲"字拆开来的。武林中并没这样两个人,他二人居然说"久仰,久仰",不知从何"仰"起?更不用说"久仰"了。

丁坚说道:"两位请进厅上用茶,待在下去禀告敝上,见与不见,却是难言。"向问天笑道:"两位和江南四友名虽主仆,情若兄弟。四位前辈可不会不给丁施二兄的面子。"丁坚微微一笑,让在一旁。向问天便即迈步入内,令狐冲跟了进去。

走过一个大天井,天井左右各植一棵老梅,枝干如铁,极是苍劲。来到大厅,施令威请二人就座,自己站着相陪,丁坚进内禀报。

向问天见施令威站着,自己踞坐,未免对他不敬,但他在梅庄身为仆役,却不能请他也坐,说道:"风兄弟,你瞧这一幅画,虽只寥寥数笔,气势可着实不凡。"一面说,一面站起身来,走到悬在厅中的那幅大中堂之前。

令狐冲和他同行多日,知他虽十分聪明机智,于文墨书画却并不擅长,这时忽然赞起画来,自是另有深意,当即应了一声,走到画前。见画中所绘是一个仙人的背面,墨意淋漓,笔力雄健,令狐冲虽不懂画,却也知确是力作,又见画上题款是"丹青生大醉后泼墨"八字,笔法森严,一笔笔便如长剑的刺划。令狐冲看了一会,说道："童兄，我一见画上这个'醉'字，便十分喜欢。这字中画中，更似乎蕴藏着一套极高明的剑术。"他见到这八个字的笔法，以及画中仙人的手势衣折，想到了思过崖后洞石壁上所刻的剑法。

向问天尚未答话，施令威在他二人身后说道："这位风爷果然是剑术名家。我家四庄主丹青先生说道：那日他大醉后绘此一画，无意中将剑法蕴蓄于内，那是他生平最得意之作，酒醒之后再也绘不出来了。风爷居然能从此画中看出剑意，四庄主定当引为知己。我进去告知。"说着喜孜孜的走了进去。

向问天咳嗽一声，说道："风兄弟，原来你懂得书画。"令狐冲道："我什么也不懂，胡诌几句，碰巧撞中。这位丹青先生倘若和我谈书论画，可要我大大出丑了。"

忽听得门外一人大声道："他从我画中看出了剑法？这人的眼光可了不起啊。"叫嚷声中，走进一个人来，髯长及腹，左手拿着一只酒杯，脸上醺醺然大有醉意。

施令威跟在其后，说道："这两位是嵩山派童爷、华山派风爷。这位是梅庄四庄主丹青先生。四庄主，这位风爷一见庄主的泼墨笔法，便说其中含有一套高明剑术。"

那四庄主丹青生斜着一双醉眼，向令狐冲端相一会，问道："你懂得画？会使剑？"这两句话问得甚是无礼。

令狐冲见他手中拿的是一只翠绿欲滴的翡翠杯，又闻到杯中所盛是梨花酒，猛地里想起祖千秋在黄河舟中所说的话来，说道："白乐天《杭州春望》诗云：'红袖织绫夸柿蒂，青旗沽酒趁梨花。'饮梨花酒当用翡翠杯，四庄主果然是喝酒的大行家。"他没读过多少书，什么诗词歌赋，全然不懂，但生性聪明，于别人说过的话，却有过耳不忘之才，这时径将祖千秋的话搬了过来。

丹青生一听，双眼睁得大大的，突然一把抱住令狐冲，大叫："啊哈，好朋友到了。来来来，咱们喝他三百杯去。风兄弟，老夫好酒、好画、好剑，人称三绝。三绝之中，以酒为首，丹青次之，剑道居末。"

令狐冲大喜，心想："丹青我是一窍不通，我是来求医治伤，终不成跟人家比剑动手。这喝酒吗，却是求之不得。"当即跟着丹青生向内进走去，向问天和施令威跟随在后。穿过一道回廊，来到西首一间房中。门帷掀开，便是一阵扑鼻酒香。

令狐冲自幼嗜酒，只是师父、师娘没给他多少钱零花，自来有酒便喝，也不容他辨选好恶，自从在洛阳听绿竹翁细论酒道，又得他示以各种各样美酒，一来天性相投，二来得了名师指点，此后便赏鉴甚精，一闻到这酒香，便道："好啊，这儿有三锅头的陈年汾酒。唔，这百草酒只怕已有七十五年，那猴儿酒更是难得。"他闻到猴儿酒的酒香，登时想起六师弟陆大有来，忍不住心中一酸。

丹青生拊掌大笑，叫道："妙极，妙极！风兄弟一进我酒室，便将我所藏三种最佳名酿报了出来，当真是大名家，了不起！了不起！"

令狐冲见室中琳琅满目，到处都是酒坛、酒瓶、酒葫芦、酒杯，说道："前辈所藏，岂止名酿三种而已。这绍兴女儿红固是极品，这西域吐鲁番的葡萄酒，四蒸四酿，在当世也是首屈一指的了。"丹青生又惊又喜，问道："我这吐鲁番四蒸四酿葡萄酒密封于木桶之中，老弟怎地也嗅得出来？"令狐冲微笑道："这等好酒，即使是藏于地下数丈的地窖之中，也掩不住它的酒香。"

丹青生叫道："来来来，咱们便来喝这四蒸四酿葡萄酒。"将屋角落中一只大木桶搬了出来。那木桶已然旧得发黑，上面弯弯曲曲的写着许多西域文字，木塞上用火漆封住，火漆上盖了印，显得极为郑重。丹青生握住木塞，轻轻拔开，登时满室酒香。

施令威向来滴酒不沾唇，闻到这股浓冽的酒气，不禁便有醺醺之意。

丹青生挥手笑道："你出去，你出去，可别醉倒了你。"将三只酒杯并排放了，抱起酒桶往杯中斟去。那酒殷红如血，酒高于杯缘，却不溢出半点。令狐冲心中喝一声采："此人武功了得，抱住这百来斤的大木桶向小小酒杯中倒酒，居然齐口而止，实是难能。"

丹青生将木桶挟在胁下，左手举杯，道："请，请！"双目凝视令狐冲的脸色，瞧他尝酒之后的神情。令狐冲举杯喝了半杯，大声辨味，只是他脸上涂了厚粉，瞧上去一片漠然，似乎不甚喜欢。丹青生神色惴惴，似乎生怕这位酒中行家觉得他这桶酒平平无奇。

令狐冲闭目半晌，睁开眼来，说道："奇怪，奇怪！"丹青生问道："什么奇怪？"令狐冲道："此事难以索解，晚辈可当真不明白了。"丹青生眼中闪动着十分喜悦的光芒，道："你问的是……"令狐冲道："这酒晚辈生平只在洛阳城中喝过一次，虽然醇美之极，酒中却有微微的酸味。据一位酒国前辈言道，那是由于运来之时沿途颠动之故。这四蒸四酿的吐鲁番葡萄酒，多搬一次，便减色一次。从吐鲁番来到杭州，不知有几万里路，可是前辈此酒，竟然绝无酸味，这个……"

丹青生哈哈大笑，得意之极，说道："这是我的不传之秘。我是用三招剑法向西域剑豪莫花尔彻换来的秘诀，你想不想知道？"

令狐冲摇头道："晚辈得尝此酒，已是心满意足，前辈这秘诀，却不敢多问了。"

丹青生道："喝酒，喝酒。"又倒了三杯，他见令狐冲不问这秘诀，不禁心痒难搔，说道："其实这秘诀说出来不值一文，可说毫不希奇。"令狐冲知道自己越不想听，他越是要说，忙摇手道："前辈千万别说，你这三招剑招，定然非同小可。以如此重大代价换来的秘诀，晚辈轻轻易易的便学了去，于心何安？常言道：无功不受禄……"丹青生道："你陪我喝酒，说得出此酒的来历，便是大大的功劳了。这秘诀你非听不可。"

令狐冲道："晚辈蒙前辈接见，又赐以极品美酒，已是感激之至，怎可……"丹青生道："我愿意说，你就听好了。"向问天劝道："四庄主一番美意，风兄弟不用推辞了。"

丹青生道："对，对！"笑咪咪的道："我再考你一考，你可知这酒已有多少年份？"

令狐冲将杯中酒喝干，辨味多时，说道："这酒另有一个怪处，似乎已有一百二十年，又似只有十二三年。新中有陈，陈中有新，比之寻常百年以上的美酒，另有一股风味。"

向问天眉头微蹙，心道："这一下可献丑了。一百二十年和十二三年相差百年以上，怎可相提并论。"他生怕丹青生听了不愉，却见这老儿哈哈大笑，一部大胡子吹得笔直，笑道："好兄弟，果然厉害。我这秘诀便在于此。我跟你说，那西域剑豪莫花尔彻送了我十桶三蒸三酿的一百二十年吐鲁番美酒，用五匹大宛良马驮到杭州来，然后我依法再加一蒸一酿，十桶美酒，酿成一桶。屈指算来，正是十二年半以前之事。这美酒历关山万里而不酸，酒味陈中有新，新中有陈，便在于此。"

向问天和令狐冲一齐鼓掌，道："原来如此。"令狐冲道："能酿成这等好酒，便是以十招剑法去换，也是值得。前辈只用三招去换，那是占了天大的便宜了。"

丹青生更是欢喜，说道："老弟真是我的知己。当日大哥、三哥都埋怨我以剑招换酒，令我中原绝招传入了西域。二哥虽然笑而不言，心中恐怕也是不以为然。只有老弟才明白我是占了大便宜，咱们再喝一杯。"他见向问天显然不懂酒道，对之便不加理睬。

令狐冲又喝了一杯，说道："四庄主，此酒另有一个喝法，可惜眼下无法办到。"丹青生忙问："怎么个喝法？为什么办不到？"令狐冲道："吐鲁番是天下最热之地，听说当年玄奘大师到天竺取经，途经火焰山，便是吐鲁番了。"丹青生道："是啊，那地方当真热得可以。一到夏天，整日浸在冷水桶中，还是难熬，到得冬天，却又奇寒彻骨。正因如此，所产葡萄才与众不同。"令狐冲道："晚辈在洛阳城中喝此酒之时，天时尚寒，那位酒国前辈拿了一大块冰来，将酒杯放于冰上。这美酒一经冰镇，另有一番滋味。此刻正当初夏，这冰镇美酒的奇味，便品尝不到了。"

丹青生道："我在西域之时，不巧也正是夏天，那莫花尔彻也说过冰镇美酒的妙处。老弟，那容易，你就在我这里住上大半年，到得冬天，咱们同来品尝。"他顿了一顿，皱眉道："只是要人等上这许多时候，实是心焦。"

向问天道："可惜江南一带，并无练'寒冰掌'、'阴风爪'一类纯阴功夫的人物，否则……"他一言未毕，丹青生喜叫："有了，有了！"说着放下酒桶，兴冲冲的走了出去。

令狐冲朝向问天瞧去，满腹疑窦。向问天含笑不语。

过不多时，丹青生拉了一个极高极瘦的黑衣老者进来，说道："二哥，这一次无论如何要你帮帮忙。"令狐冲见这人眉清目秀，只是脸色泛白，似乎是一具僵尸模样，令人一见之下，心中便感到一阵凉意。丹青生给二人引见了，原来这老者是梅庄二庄主黑白子，他头发极黑而皮肤极白，果然是黑白分明。黑白子冷冷的道："帮什么忙？"丹青生道："请你露一手化水成冰的功夫，给我这两位好朋友瞧瞧。"

黑白子翻着一双黑白分明的怪眼，冷冷的道："雕虫小技，何足挂齿？没的让大行家笑话。"丹青生道："二哥，不瞒你说，这位风兄弟说道，吐鲁番葡萄酒以冰镇之，饮来别有奇趣。这大热天却到哪里找冰去？"黑白子道："这酒香醇之极，何必更用冰镇？"

令狐冲道："吐鲁番是酷热之地……"丹青生道："是啊，热得紧！"令狐冲道："当地所产的葡萄虽佳，却不免有些暑气。"丹青生道："是啊，那是理所当然。"令狐冲道："这暑气带入了酒中，过得百年，虽已大减，但微微一股辛辣之意，终究难免。"丹青生道："是极，是极！老弟不说，我还道是我蒸酒之时火头太旺，可错怪了那个御厨了。"令狐冲问道："什么御厨？"丹青生笑道："我只怕蒸酒时火候不对，糟蹋了这十桶美酒，特地到北京皇宫之中，将皇帝老儿的御厨抓了来生火蒸酒。"

黑白子摇头道："当真是小题大做。"

向问天道："原来如此。若是寻常的英雄侠士，喝这酒时多一些辛辣之气，原亦不妨。但二庄主、四庄主隐居于这风景秀丽的西湖边上，何等清高，和武林中的粗人大不相同。这酒一经冰镇，去其火气，便和二位高人的身份相配了。好比下棋，力斗搏杀，那是第九流的棋品，一二品的高棋却是入神坐照……"

黑白子怪眼一翻，抓住他肩头，急问："你也会下棋？"向问天道："在下生平最喜下棋，只可惜棋力不高，于是走遍大江南北、黄河上下，访寻棋谱。三十年来，古往今来的名局，胸中倒记得不少。"黑白子忙问："记得哪些名局？"向问天道："比如王质在烂柯山遇仙所见的棋局，刘仲甫在骊山遇仙对弈的棋局，王积薪遇狐仙婆媳的对局……"

他话未说完，黑白子已连连摇头，道："这些神话，焉能信得？更哪里真有棋谱了？"说着松手放开了他肩头。

向问天道："在下初时也道这是好事之徒编造的故事，但二十五年前见到了刘仲甫和骊山仙姥的对弈图谱，着着精警，实非常人所能，这才死心塌地，相信确非虚言。前辈于此道也有所好么？"

丹青生哈哈大笑，一部大胡子又直飘起来。向问天问道："前辈如何发笑？"丹青生道："你问我二哥喜不喜欢下棋？哈哈哈，我二哥道号黑白子，你说他喜不喜欢下棋？二哥之爱棋，便如我爱酒。"向问天道："在下胡说八道，当真是班门弄斧了，二庄主莫怪。"

黑白子道："你当真见过刘仲甫和骊山仙姥对弈的图谱？我在前人笔记之中，见过这则记载，说刘仲甫是当时国手，却在骊山之麓给一个乡下老妪杀得大败，登时呕血数升，这局棋谱便称为'呕血谱'。难道世上真有这局呕血谱？"他进室来时，神情冷漠，此刻却是十分的热切。

向问天道："在下廿五年之前，曾在四川成都一处世家旧宅之中见过，只因这一局实在杀得太过惊心动魄，虽然事隔廿五年，全数一百一十二着，至今倒还着着记得。"

黑白子道："一共一百一十二着？你倒摆来给我瞧瞧。来来，到我棋室中去摆局。"

丹青生伸手拦住，道："且慢！二哥，你不给我制冰，说什么也不放你走。"说着捧过一只白瓷盆，盆中盛满了清水。

黑白子叹道："四兄弟各有所痴，那也叫无可如何。"伸出右手食指，插入瓷盆。片刻间水面便浮起一丝丝白气，过不多时，瓷盆边上起了一层白霜，跟着水面结成一片片薄冰，冰越结越厚，只一盏茶时分，一瓷盆清水都化成了寒冰。

向问天和令狐冲都大声喝采。向问天道："这'黑风指'的功夫，听说武林失传已久，却原来二庄主……"丹青生抢道："这不是'黑风指'，叫做'玄天指'，和'黑风指'的霸道功夫，大有上下床之别。"一面说，一面将四只酒杯放在冰上，在杯中倒了葡萄酒，不久酒面上便冒出丝丝白气。令狐冲道："行了!"

丹青生拿起酒杯，一饮而尽，果觉既厚且醇，更无半分异味，再加一股清凉之意，沁人心脾，大声赞道："妙极! 我这酒酿得好，风兄弟品得好，二哥的冰制得好。你呢?"向着向问天笑道："你在旁一搭一档，搭档得好。"

黑白子将酒随口饮了，也不理会酒味好坏，拉着向问天的手，道："去，去! 摆刘仲甫的'呕血谱'给我看。"向问天一扯令狐冲的袖子，令狐冲会意，道："在下也去瞧瞧。"丹青生道："那有什么好看? 我跟你不如在这里喝酒。"令狐冲道："咱们一面喝酒，一面看棋。"说着跟了黑白子和向问天而去。丹青生无奈，只得挟着那只大酒桶跟入棋室。

只见好大一间房中，除了一张石几、两只软椅之外，空荡荡地一无所有，石几上刻着纵横十九道棋路，对放着一盒黑子、一盒白子。这棋室中除了几椅棋子之外不设一物，当是免得对局者分心。

向问天走到石几前，在棋盘的"平、上、去、入"四角摆了势子，跟着在"平部"六三路放了一枚白子，然后在九三路放一枚黑子，在六五路放一枚白子，在九五路放一枚黑子，如此不住置子，渐放渐慢。

黑白双方一起始便缠斗极烈，中间更无一子余裕，黑白子只瞧得额头汗水涔涔而下。

令狐冲暗暗纳罕，眼见他适才以"玄天指"化水成冰，那是何等高强的内功修为，当时他浑不在意；弈棋只是小道，他却瞧得满头大汗，可见关心则乱，此人爱棋成痴，向问天多半是拣正了他这弱点进袭。

黑白子见向问天置了第六十六着后，隔了良久不放下一步棋子，耐不住问道："下一步怎样？"向问天微笑道："这是关键所在，以二庄主高见，该当如何？"黑白子苦思良久，沉吟道："这一子吗？断又不妥，连也不对，冲是冲不出，做活却又活不成。这……这……这……"他手中拈着一枚白子，在石几上轻轻敲击，直过了一顿饭时分，这一子始终无法放入棋局。这时丹青生和令狐冲已各饮了十七八杯葡萄美酒。

丹青生见黑白子的脸色越来越青，说道："童老兄，这是'呕血谱'，难道你真要我二哥想得呕血不成？下一步怎么下，爽爽快快说出来罢。"

向问天道："好！这第六十七子，下在这里。"于是在"上部"七四路下了一子。

黑白子拍的一声，在大腿上重重一拍，叫道："好，这一子下在此处，确是妙着。"

向问天微笑道："刘仲甫此着，自然精采，但那只是人间国手的妙棋，和骊山仙姥的仙着相比，却又大大不如了。"黑白子忙问："骊山仙姥的仙着，却又如何？"向问天道："二庄主不妨想想看。"

黑白子思索良久，总觉败局已成，难以反手，摇头道："既是仙着，我辈凡夫俗子怎想得出来？童兄不必卖关子了。"向问天微笑道："这一着神机妙算，当真只有神仙才想得出来。"黑白子是善弈之人，也就精于揣度对方心意，眼见向问天不将这一局棋爽爽快快的说出，好教人心痒难搔，料想他定是有所企求，便道："童兄，你将这一局棋说与我听，我也不会白听了你的。"

令狐冲心想："莫非向大哥知道这位二庄主的'玄天指'神功能治我之病，才兜了这样一个大圈子来求他？"

向问天抬起头来，哈哈一笑，说道："在下和风兄弟，对四位庄主绝无所求。二庄主此言，可将我二人瞧得小了。"

黑白子深深一揖，说道："在下失言，这里谢过。"向问天和令狐冲还礼。

向问天道："我二人来到梅庄，乃是要和四位庄主打一个赌。"黑白子和丹青生齐声问道："打一个赌？打什么赌？"向问天道："我赌梅庄之中，无人能在剑法上胜得过这位风兄弟。"黑白子和丹青生一齐转看令狐冲。黑白子神色漠然，不置可否。丹青生却哈哈大笑起来，说道："打什么赌？"

向问天道："倘若我们输了，这一幅图送给四庄主。"说着解下负在背上的包袱，打了开来，里面是两个卷轴。他打开一个卷轴，乃是一幅极为陈旧的图画，右上角题着"北宋范中立溪山行旅图"十字，一座高山冲天而起，墨韵凝厚，气势雄峻之极。令狐冲虽然不懂绘画，也知这幅山水实是精绝之作，但见那山森然高耸，虽是纸上的图画，也令人不由自主的兴高山仰止之感。

丹青生大叫一声："啊哟！"目光牢牢钉住了那幅图画，再也移不开来，隔了良久，才道："这是北宋范宽的真迹，你……你……却从何处得来？"

向问天微笑不答，伸手慢慢将卷轴卷起。丹青生道："且慢！"在他手臂上一拉，要阻他卷画，岂知手掌碰到他手臂之上，一股柔和而浑厚的内力涌将出来，将他手掌轻轻弹开。向问天却如一无所知，将卷轴卷好了。丹青生好生诧异，他刚才扯向问天的手臂，生怕撕破图画，手上并未用力，但对方内劲这么一弹，却显示了极上乘的内功，而且显然尚自行有余力。他暗暗佩服，说道："老童，原来你武功如此了得，只怕不在我四庄主之下。"

向问天道："四庄主取笑了。梅庄四位庄主除了剑法之外，哪一门功夫都是当世无敌。我童化金无名小卒，如何敢和四庄主相比？"丹青生脸一沉，道："你为什么说'除了剑法之外'？难道我的剑法还当真及不上他？"

向问天微微一笑，道："二位庄主，请看这一幅书法如何？"将另一个卷轴打了开来，却是一幅笔走龙蛇的狂草。

丹青生奇道："咦，咦，咦！"连说三个"咦"字，突然张口大叫："三哥，三哥！你的性命宝贝来了！"这一下呼叫声音响极，墙壁门窗都为之震动，椽子上灰尘簌簌而落，加之这声叫唤突如其来，令狐冲不禁吃了一惊。

只听得远处有人说道："什么事大惊小怪？"丹青生叫道："你再不来看，人家收了起来，可叫你后悔一世。"外面那人道："你又觅到什么冒牌货的书法了，是不是？"

门帷掀起，走进一个人来，矮矮胖胖，头顶秃得油光滑亮，一根头发也无，右手提着一枝大笔，衣衫上都是墨迹。他走近一看，突然双目直瞪，呼呼喘气，颤声道："这……这是真迹！真是……真是唐朝……唐朝张旭的《率意帖》，假……假……假不了！"

帖上的草书大开大阖，便如一位武林高手展开轻功，窜高伏低，虽然行动迅捷，却不失高雅的风致。令狐冲在十个字中还识不到一个，但见帖尾写满了题跋，盖了不少图章，料想此帖的是非同小可。

丹青生道："这位是我三哥秃笔翁，他取此外号，是因他性爱书法，写秃了千百枝笔，却不是因他头顶光秃秃地。这一节千万不可弄错。"令狐冲微笑应道："是。"

那秃笔翁伸出右手食指，顺着《率意帖》中的笔路一笔一划的临空钩勒，神情如醉如痴，对向问天和令狐冲二人固是一眼不瞧，连丹青生的说话也显然浑没听在耳中。

令狐冲突然之间，心头一震："向大哥此举，只怕全是早有预谋。记得我和他在凉亭中初会，他背上便有这么一个包袱。"但转念又想："当时包袱之中，未必藏的便是这两个卷轴，说不定他为了来求梅庄的四位庄主治我之病，途中当我在客店中休息之时，出去买来，甚或是偷来抢来。嗯，多半是偷盗而得，这等无价之宝，

685

又哪里买得到手？"耳听得那秃笔翁临空写字，指上发出极轻微的嗤嗤之声，内力之强，和黑白子各擅胜场，又想："我的内伤乃因桃谷六仙及不戒大师而起，这梅庄三位庄主的内功，似乎不在桃谷六仙和不戒大师之下，那大庄主说不定更加厉害。再加上向大哥，五人合力，或许能治我之伤了。但愿他们不致大耗功力才好。"

向问天不等秃笔翁写完，便将《率意帖》收起，包入包裹。

秃笔翁向他愕然而视，过了好一会，说道："换什么？"向问天摇头道："什么都不能换。"秃笔翁道："二十八招石鼓打穴笔法！"黑白子和丹青生齐声叫道："不行！"秃笔翁道："行，为什么不行？能换得这幅张旭狂草真迹到手，我那石鼓打穴笔法又何足惜？"

向问天摇头道："不行！"秃笔翁急道："那你为什么拿来给我看？"向问天道："就算是在下的不是，三庄主只当从来没看过便是。"秃笔翁道："看已经看过了，怎么能只当从来没看过？"向问天道："三庄主真的要得这幅张旭真迹，那也不难，只须和我们打一个赌。"秃笔翁忙问："赌什么？"

丹青生道："二哥，此人有些疯疯癫癫。他说赌我们梅庄之中，无人能胜得这位华山派风朋友的剑法。"秃笔翁道："倘若有人胜得了这位朋友，那便如何？"向问天道："倘若梅庄之中，不论哪一位胜得我风兄弟手中长剑，那么在下便将这幅张旭真迹《率意帖》奉送三庄主，将那幅范宽真迹《溪山行旅图》奉送四庄主，还将在下心中所记神仙鬼怪所下的围棋名局二十局，一一录出，送给二庄主。"秃笔翁道："我们大哥呢？你送他甚么？"

向问天道："在下有一部《广陵散》琴谱，说不定大庄主……"

他一言未毕，黑白子等三人齐声道："《广陵散》？"

令狐冲也是一惊："这《广陵散》琴谱，是曲长老发掘古墓而得，他将之谱入了《笑傲江湖之曲》，向大哥又如何得来？"随即恍然："向大哥是魔教右使，曲长老是魔教长老，两人多半交好。曲长老得到这部琴谱之后，喜悦不胜，自会跟向大哥说起。向大哥要借来钞录，曲长老自必欣然允诺。"想到谱在人亡，不禁喟然。

秃笔翁摇头道："自嵇康死后，《广陵散》从此不传，童兄这话，未免是欺人之谈了。"

向问天微笑道："我有一位知交好友，爱琴成痴。他说嵇康一死，天下从此便无《广陵散》。这套琴谱在西晋之后固然从此湮没，然而在西晋之前呢？"

秃笔翁等三人茫然相顾，一时不解这句话的意思。

向问天道："我这位朋友心智过人，兼又大胆妄为，便去发掘晋前擅琴名人的坟墓。果然有志者事竟成，他掘了数十个古墓之后，终于在东汉蔡邕的墓中，寻到了此曲。"

秃笔翁和丹青生都惊噫一声。黑白子缓缓点头，说道："智勇双全，了不起！"

向问天打开包袱，取了一本册子，封皮上写着"广陵散琴曲"五字，随手一翻，册内录的果是琴谱。他将那册子交给令狐冲，说道："风兄弟，梅庄之中，倘若有哪一位高人胜得你的剑法，兄弟便将此琴谱送给大庄主。"

令狐冲接过，收入怀中，心想："说不定这便是曲长老的遗物。曲长老既死，向大哥要取他一本琴谱，有何难处？"

丹青生笑道："这位风兄弟精通酒理，剑法也必高明，可是他年纪轻轻，难道我梅庄之中……嘿嘿，这可太笑话了。"

黑白子道："倘若我梅庄之中，果然无人能胜得风少侠，我们要赔什么赌注？"

令狐冲和向问天有约在先，一切听由他安排，但事情演变至斯，觉得向问天做得太也过份，既来求医，怎可如此狂妄，轻视对方？何况自己内力全失，如何能是梅庄中这些高人的对手？便道："童大哥爱说笑话，区区末学后辈，怎敢和梅庄诸位庄主讲武论剑？"

向问天道："这几句客气话当然是要说的，否则别人便会当你狂妄自大了。"

秃笔翁似乎没将二人的言语听在耳里，喃喃吟道："'张旭三杯草圣传，脱帽露顶王公前，挥毫落纸如云烟。'二哥，那张旭号称'草圣'，乃草书之圣，这三句诗，便是杜甫在《饮中八仙歌》写张旭的。此人也是'饮中八仙'之一。你看了这《率意帖》，可以想像他当年酒酣落笔的情景。唉，当真是天马行空，不可羁勒，好字，好字！"丹青生道："是啊，此人既爱喝酒，自是个大大的好人，写的字当然也不会差的了。"秃笔翁道："韩愈品评张旭道：'喜怒窘穷，忧悲愉佚，怨恨思慕，酣醉无聊。不平有动于心，必于草书焉发之。'此公正是我辈中人，不平有动于心，发之于草书，有如仗剑一挥，不亦快哉！"提起手指，又临空书写，写了几笔，对向问天道："喂，你打开来再给我瞧瞧。"

向问天摇了摇头，笑道："三庄主取胜之后，这张帖便是你的了，此刻何必心急？"

黑白子善于弈棋，思路周详，未算胜，先虑败，又问："倘若梅庄之中，无人胜得风少侠的剑法，我们该输什么赌注？"向问天道："我们来到梅庄，不求一事，不求一物。风兄弟只不过来到天下武学的巅峰之所，与当世高手印证剑法。倘若侥幸得胜，我们转身便走，什么赌注都不要。"黑白子道："哦，这位风少侠是求扬名来了。一剑连败'江南四友'，自是名动江湖。"向问天摇头道："二庄主料错了。今日梅庄印证剑法，不论谁胜谁败，若有一字泄漏于外，我和风兄弟天诛地灭，乃是狗屎不如之辈。"

丹青生道："好，好！说得爽快！这房间甚是宽敞，我便和风兄弟来比划两手。风兄弟，你的剑呢？"向问天笑道："来到梅庄，怎敢携带兵刃？"

丹青生放大喉咙叫道："拿两把剑来！"

外边有人答应，接着丁坚和施令威各捧一剑，走到丹青生面前，躬身奉上。丹青生从丁坚手中接了剑，道："这剑给他。"施令威道："是！"双手托剑，走到令狐冲面前。

令狐冲觉得此事甚为尴尬，转头去瞧向问天。向问天道："梅庄四庄主剑法通神，风兄弟，你只消学得一招一式，那也是终身受用不尽。"令狐冲眼见当此情势，这场剑已不得不比，只得微微躬身，伸双手接过长剑。

黑白子忽道："四弟且慢。这位童兄打的赌，是赌我们梅庄之中无人胜得风兄。丁坚也会使剑，他也是梅庄中人，倒也不必定要你亲自出手。"他越听向问天说得有恃无恐，越觉此事不妥，当下决定要丁坚先行出手试招，心想他剑法着实了得，而在梅庄只是家人身份，纵然输了，也无损梅庄令名，一试之下，这风二中剑法的虚实便可得知。

向问天道："是，是。只须梅庄之中有人胜得我风兄弟的剑法，便算是我们输了，也不一定是四位庄主亲自出手。这位丁兄，江湖上人称'一字电剑'，剑招之快，世所罕见。风兄弟，你先领教这位丁兄的一字电剑，也是好的。"

丹青生将长剑向丁坚一抛，笑道："你如输了，罚你去吐鲁番运酒。"

丁坚躬身接住长剑，转身向令狐冲道："丁某领教风爷的剑法。"刷的一声，将剑拔了出来。令狐冲当下也拔剑出鞘，将剑鞘放在石几之上。

向问天道："三位庄主，丁兄，咱们是印证剑法，可不用较量内力。"黑白子道："那自然是点到为止。"向问天道："风兄弟，你可不得使出丝毫内力。咱们较量剑法，招数精熟者胜，粗疏者败。你华山派的气功，在武林中是有名的，你若以内力取胜，便算是咱们输了。"令狐冲暗暗好笑："向大哥知我没半分内力，却用这些言语挤兑人家。"便道："小弟的内力使将出来，教三位庄主和丁施二兄笑掉了牙齿，自然是半分也不敢使。"

向问天道："咱们来到梅庄，实出于一片至诚，风兄弟若再过谦，对四位前辈反而不敬了。你华山派'紫霞神功'远胜于我嵩山派内功，武林中众所周知。风兄弟，你站在我这两只脚印之中，双脚不可移动，和丁兄试试剑招如何？"

他说了这几句话，身子往旁边一让，只见地下两块青砖之上，分别出现了一个脚印，深及两寸。原来他适才说话之时，潜运内力，竟在青砖上硬生生踏出了两个脚印。

黑白子、秃笔翁、丹青生三人齐声喝采："好功夫！"眼见向问天口中说话，不动声色的将内力运到了脚底，而踏出的足印之中并无青砖碎粉，两个足印又一般深浅，平平整整，便如细心雕刻出来一般，内力惊人，实非自己所及。丹青生等只道他是试演内功，这等做作虽然不免有些肤浅，非高人所为，但毕竟神功惊人，令人钦佩，却不知他另有深意。令狐冲自然明白，他宣扬自己内功较他为高，他内功已如此了得，自己自然更加厉害，则对方于过招之时便决不敢行使内力，以免自取其辱。再者，自己除剑法之外，其他武功一无可取，轻功纵跃，绝非所长，双足踏在足印之中，只是施展剑法，便可藏拙。

丁坚听向问天要令狐冲双足踏在脚印之中再和自己比剑，显然对自己有轻蔑之意，心下不禁恼怒，但见他踏砖留痕的功力如此深厚，也不禁骇异，寻思："他们胆敢来向四位庄主挑战，自非泛泛之辈。我只消能和这人斗个平手，便已为孤山梅庄立了一功。"他昔年甚是狂傲，后来遭逢强敌，逼得他求生不得，求死不能，幸得"江南四友"出手相救解困，他才投身梅庄，甘为厮养，当年的悍勇凶焰，早已收敛殆尽了。

令狐冲举步踏入了向问天的足印，微笑道："丁兄请！"

丁坚道："有僭了！"长剑横挥，嗤的一声轻响，众人眼前便是一道长长的电光疾闪而过。他在梅庄归隐十余年，当年的功夫竟丝毫没有搁下。这"一字电剑"每招之出，皆如闪电横空，令人一见之下，惊心动魄，先自生了怯意。当年丁坚乃是败在一个盲眼独行大盗手下，只因对手眼盲，听声辨形，这一字电剑的慑人声势便无所施其技。此刻他将剑法施展出来，霎时之间，满室都是电光，耀人眼目。

但这一字电剑只出得一招，令狐冲便瞧出了其中三个老大破绽。丁坚并不急于进攻，只是长剑连划，似是对来客尽了礼敬之道，真正用意却是要令狐冲神驰目眩之余，难以抵挡他的后着。他使到第五招时，令狐冲已看出了他剑法中的十八个破绽，当下说道："得罪！"长剑斜斜指出。

其时丁坚一剑正自左而右急掠而过，令狐冲的剑锋距他手腕尚有二尺六七寸左右，但丁坚这一掠之势，正好将自己手腕送到他剑锋上去。这一掠劲道太急，其势已无法收转，旁观五人不约而同的叫道："小心！"

黑白子手中正扣着黑白两枚棋子，待要掷出击打令狐冲的长剑，以免丁坚手腕切断，但想："我若出手相助，那是以二敌一，梅庄摆明是输了，以后也不用比啦。"只一迟疑，丁坚的手腕已向剑锋上直削过去。施令威大叫一声："啊哟！"

便在这电光石火的一刻间，令狐冲手腕轻轻一转，剑锋侧了过来，拍的一声响，丁坚的手腕击在剑锋平面之上，竟然丝毫无损。丁坚一呆，才知对方手下留情，便在这顷刻之间，自己已捡回了一只手掌，此腕一断，终身武功便即废了。他全身都是冷汗，躬身道："多谢风大侠剑下留情。"令狐冲躬身还礼，说道："不敢！承让了。"

黑白子、秃笔翁、丹青生见令狐冲长剑这么一转，免得丁坚血溅当场，心下都是大生好感。丹青生斟满了一杯酒，说道："风兄弟，你剑法精奇，我敬你一杯。"

令狐冲道："不敢当。"接过来喝了。丹青生陪了一杯，又在令狐冲杯中斟满，说道："风兄弟，你宅心仁厚，保全了丁坚的手掌，我再敬你一杯。"令狐冲道："那是碰巧，何足为奇？"双手捧杯喝了。丹青生又陪了一杯，再斟了一杯，说道："这第三杯，咱俩谁都别先喝，我跟你玩玩，谁输了，谁喝这杯酒。"令狐冲笑道："那自然是我输的，不如我先喝了。"丹青生摇手道："别忙，别忙！"将酒杯放在石几上，从丁坚手中接过长剑，道："风兄弟，你先出招。"

令狐冲喝酒之时，心下已在盘算："他自称第一好酒，第二好画，第三好剑，剑法必定是极精的。我看大厅上他所画的那幅仙人图，笔法固然凌厉，然而似乎有点管不住自己，倘若他剑法也是这样，那么破绽必多。"当即躬身说道："四庄主，请你多多容让。"丹青生道："不用客气，出招。"令狐冲道："遵命！"长剑一起，挺剑便向他肩头刺出。

这一剑歪歪斜斜，显然全无力气，更加不成章法，天下剑法中决不能有这么一招。丹青生愕然道："那算什么？"他既知令狐冲是华山派的，心中一直在思忖华山派的诸路剑法，岂知这一剑之出，浑不是这么一回事，非但不是华山派剑法，甚至不是剑法。

令狐冲跟风清扬学剑，除了学得古今独步的"独孤九剑"之外，更领悟到了"以无招胜有招"这剑学中的精义。这要旨和"独孤九剑"相辅相成，"独孤九剑"精微奥妙，达于极点，但毕竟一招一式，尚有迹可寻，待得再将"以无招胜有招"的剑理加入运用，那就更加的空灵飘忽，令人无从捉摸。是以令狐冲一剑刺出，丹青生心中一怔，立觉倘若出剑挡架，实不知该当如何挡，如何架，只得退了两步相避。

令狐冲一招迫得丁坚弃剑认输，黑白子和秃笔翁虽然暗赞他剑法了得，却也并不如何惊奇，心想他既敢来梅庄挑战，倘若连梅庄的一名仆役也斗不过，那未免太过笑话了，待见丹青生被他一剑逼得退出两步，无不骇然。

丹青生退出两步后，立即踏上两步。令狐冲长剑跟着刺出，这一次刺向他左胁，仍是随手而刺，全然不符剑理。丹青生横剑想挡，但双剑尚未相交，立时察觉对方剑尖已斜指自己右胁之下，此处门户大开，对方乘虚攻来，实是无可挽救，这一格万万不可，危急中迅即变招，双足一弹，向后纵开了丈许。他喝一声："好剑法！"毫不停留的又扑了上来，连人带剑，向令狐冲疾刺，势道甚是威猛。

令狐冲看出他右臂弯处是个极大破绽，长剑遽出，削他右肘。

丹青生中途若不变招，那么右肘先已被对方削了下来。他武功也真了得，百忙中手腕急沉，长剑刺向地下，借着地下一股反激之力，一个筋斗翻出，稳稳的落在两丈之外，其时背心和墙壁已相去不过数寸，如果这个筋斗翻出时用力稍巨，背心撞上了墙壁，可大失高人的身份了。饶是如此，这一下避得太过狼狈，脸上已泛起了紫红之色。

他是豁达豪迈之人，反而哈哈一笑，左手大拇指一竖，叫道："好剑法！"舞动长剑，一招"白虹贯日"，跟着变"春风杨柳"，又变"腾蛟起凤"，三剑一气呵成，似乎没见他脚步移动，但这三招使出之时，剑尖已及令狐冲面门。

令狐冲斜剑轻拍，压在他剑脊之上，这一拍时刻方位，拿捏得不错分毫，其时丹青生长剑递到此处，精神气力，尽行贯注于剑尖，剑脊处却无半分力道。只听得一声轻响，他手中长剑沉了下去。令狐冲长剑向外一吐，指向他胸口。丹青生"啊"的一声，向左侧纵开。

他左手捏个剑诀，右手长剑又攻将过来，这一次乃是硬劈硬砍，当头一剑砍落，叫道："小心了！"他并不想伤害令狐冲，但这一剑"玉龙倒悬"势道凌厉，对方倘若不察，自己一个收手不住，只怕当真砍伤了他。

令狐冲应道："是！"长剑倒挑，刷的一声，剑锋贴着他剑锋斜削而上。丹青生这一剑如乘势砍下，剑锋未及令狐冲头顶，自己握剑的五根手指已先被削落，眼见对方长剑顺着自己剑锋滑将上来，这一招无可破解，只得左掌猛力拍落，一股掌力击在地下，蓬的一声响，身子向后跃起，已在丈许之外。

他尚未站定，长剑已在身前连划三个圆圈，幻作三个光圈。三个光圈便如是有形之物，凝在空中停得片刻，缓缓向令狐冲身前移去。这几个剑气化成的光圈骤视之似不及一字电剑的凌厉，但剑气满室，寒风袭体。令狐冲长剑伸出，从光圈左侧斜削过去，那正是丹青生第一招力道已逝，第二招劲力未生之间的一个空隙。丹青生

"咦"的一声，退了开去，剑气光圈跟着他退开，随即见光圈陡然一缩，跟着胀大，立时便向令狐冲涌去。令狐冲手腕一抖，长剑刺出，丹青生又是"咦"的一声，急跃退开。

如此倏进倏退，丹青生攻得快，退得也是越快，片刻之间，他攻了一十一招，退了一十一次，眼见他须髯俱张，剑光大盛，映得他脸上罩了一层青气，一声断喝，数十个大大小小的光圈齐向令狐冲袭到。那是他剑法中登峰造极之作，将数十招剑法合而为一。这数十招剑法每一招均有杀着，每一招均有变化，聚而为一，端的是繁复无比。

令狐冲以简御繁，身子微蹲，剑尖从数十个光圈之下挑上，直指丹青生小腹。

丹青生又是一声大叫，用力跃出，砰的一声，重重坐在石几之上，跟着呛啷一声响，几上酒杯震于地下，打得粉碎。他哈哈大笑，说道："妙极！妙极！风兄弟，你剑法比我高明得太多。来，来，来！敬你三杯酒。"

黑白子和秃笔翁素知这个四弟剑法的造诣，眼见他攻击一十六招，令狐冲双足不离向问天所踏出的足印，却将丹青生逼退了一十八次，剑法之高，实是可畏可佩。

丹青生斟了酒来，和令狐冲对饮三杯，说道："江南四友之中，以我武功最低，我虽服输，二哥、三哥却不肯服。多半他们都要和你试试。"令狐冲道："咱二人拆了十几招，四庄主一招未输，如何说是分了胜败？"丹青生摇头道："第一招便已输了，以后这一十七剑都是多余的。大哥说我风度不够，果真一点不错。"令狐冲笑道："四庄主风度高极，酒量也是一般的极高。"丹青生笑道："是，是，咱们再喝酒。"

眼见他于剑术上十分自负，今日输在一个名不见经传的后生手中，居然毫不气恼，这等潇洒豁达，实是人中第一等的风度，向问天和令狐冲都不禁为之心折。

秃笔翁向施令威道："施管家，烦你将我那杆秃笔拿来。"施令威应了，出去拿了一件兵刃进来，双手递上。令狐冲一看，见是一杆精钢所铸的判官笔，长一尺六寸，奇怪的是，判官笔笔头上竟然缚有一束沾过墨的羊毛，恰如是一枝写字用的大笔。寻常判官笔笔头是作点穴之用，他这兵刃却以柔软的羊毛为笔头，点在人身穴道之上，如何能克敌制胜？想来他武功固另有家数，而内力又必浑厚之极，内力到处，虽羊毛亦能伤人。

秃笔翁将判官笔取在手里，微笑道："风兄，你仍是双足不离足印么？"

令狐冲急忙退后两步，躬身道："不敢。晚辈向前辈请教，何敢托大？"

丹青生点头道："是啊，你跟我比剑，站着不动是可以的，跟我三哥比就不行了。"

秃笔翁举起判官笔，微笑道："我这几路笔法，是从名家笔帖中变化出来的。风兄文武全才，自必看得出我笔法的路子。风兄是好朋友，我这秃笔之上，便不蘸墨了。"

令狐冲微微一怔，心想："你倘若不当我是好朋友，笔上便要蘸墨。笔上蘸墨，却又怎地？"他不知秃笔翁临敌之时，这判官笔上所蘸之墨，乃以特异药材煎熬而成，着人肌肤后墨痕深印，永洗不脱，刀刮不去。当年武林好手和"江南四友"对敌，最感头痛的对手便是这秃笔翁，一不小心，便给他在脸上画个圆圈，打个交叉，甚或是写上一两个字，那便终身见不得人，宁可给人砍上一刀，断去一臂，也胜于给他在脸上涂抹。秃笔翁见令狐冲和丁坚及丹青生动手时出剑颇为忠厚，是以笔上也不蘸墨了。令狐冲虽不明其意，但想总是对自己客气，便躬身道："多感盛情。晚辈识字不多，三庄主的笔法，晚辈定然不识。"

秃笔翁微感失望，道："你不懂书法？好罢，我先跟你解说。我这一套笔法，叫做'裴将军诗'，是从颜真卿所书诗帖中变化出来的，一共二十三字，每字三招至十六招不等，你听好了：'裴将军！大君制六合，猛将清九垓。战马若龙虎，腾陵何壮哉！'"

令狐冲道："多承指教。"心中却想："管你什么诗词、书法，反正我一概不懂。"

秃笔翁大笔一起，向令狐冲左颊连点三点，正是那"裴"字的起首三笔，这三点乃是虚招，大笔高举，正要自上而下的划将下来，令狐冲长剑递出，制其机先，疾刺他右肩。秃笔翁迫不得已，横笔封挡，令狐冲长剑已然缩回。两人兵刃并未相交，所使均是虚招，但秃笔翁这路"裴将军诗笔法"第一式便只使了半招，无法使全。他大笔挡了个空，立时使出第二式。令狐冲不等他笔尖递出，长剑便已攻其必救。秃笔翁回笔封架，令狐冲长剑又已缩回，秃笔翁这第二式，仍只使了半招。

秃笔翁一上手便给对方连封二式，自己一套十分得意的笔法无法使出，甚感不耐，便如一个善书之人，提笔刚写了几笔，旁边便有一名顽童来捉他笔杆，拉他手臂，教他始终无法好好写一个字。秃笔翁心想："我将这首《裴将军诗》先念给他听，他知道我的笔路，制我机先，以后各招可不能顺着次序来。"大笔虚点，自右上角至左下角弯曲而下，劲力充沛，笔尖所划是个"如"字的草书。令狐冲长剑递出，指向他右胁。秃笔翁吃了一惊，判官笔急忙反挑，砸他长剑，令狐冲这一刺其实并非真刺，只是摆个姿式，秃笔翁又只使了半招。他这笔草书之中，本来灌注了无数精神力气，突然间中途转向，不但笔路登时为之窒滞，同时内力改道，只觉丹田中一阵气血翻涌，说不出的难受。

他呼了口气，判官笔急舞，要使"腾"字那一式，但仍只半招，便给令狐冲攻得回笔拆解。秃笔翁好生恼怒，喝道："好小子，便只捣乱！"判官笔使得更加快了，可是不管他如何腾挪变化，每一个字的笔法最多写得两笔，便给令狐冲封死，无法再写下去。

他大喝一声，笔法登变，不再如适才那么恣肆流动，而是劲贯中锋，笔致凝重，但锋芒角出，剑拔弩张，大有磊落波磔意态。令狐冲自不知他这路笔法是取意于蜀汉大将张飞所书的《八濛山铭》，但也看出此时笔路与先前已大不相同。他不理对方使的是什么招式，总之见他判官笔一动，便攻其虚隙。秃笔翁哇哇大叫，不论如何腾挪变化，总是只使得半招，无论如何使不全一招。

秃笔翁笔法又变，大书《怀素自叙帖》中的草书，纵横飘忽，流转无方，心想："怀素的草书本已十分难以辨认，我草中加草，谅你这小子识不得我这自创的狂草。"他哪知令狐冲别说草书，便是端端正正的真楷也识不了多少，他只道令狐冲能抢先制住自己，由于揣摸到了自己的笔路，其实在令狐冲眼中所见，纯是兵刃的路子，乘瑕抵隙，只是攻击对方招数中的破绽而已。

秃笔翁这路狂草每一招仍然只能使得半招，心中郁怒越积越甚，突然大叫："不打了，不打了！"向后纵开，提起丹青生那桶酒来，在石儿上倒了一滩，大笔往酒中一蘸，便在白墙上写了起来，写的正是那首《裴将军诗》。二十三个字笔笔精神饱满，尤其那个"如"字直犹破壁飞去。他写完之后，才松了口气，哈哈大笑，侧头欣赏壁上殷红如血的大字，说道："好极！我生平书法，以这幅字最佳。"

他越看越得意，道："二哥，你这间棋室给我住罢，我舍不得这幅字，只怕从今而后，再也写不出这样的好字了。"黑白子道："可以。反正我这间屋中除了一张棋枰，什么也没有，就是你不要，我也得搬地方，对着你这几个龙飞凤舞的大字，怎么还能静心下棋？"秃笔翁对着那几行字摇头晃脑，自称自赞："便是颜鲁公复生，也未必写得出。"转头向令狐冲道："兄弟，全靠你逼得我满肚笔意，无法施展，这才突然间从指端一涌而出，成此天地间从所未有的杰构。你的剑法好，我的书法好，这叫做各有所长，不分胜败。"

向问天道："正是，各有所长，不分胜败。"丹青生道："还有，全仗我的酒好！"

黑白子道："我这个三弟天真烂漫，痴于挥毫书写，倒不是比输了不认。"向问天道："在下理会得。反正咱们所赌，只是梅庄中

697

无人能胜过风兄弟的剑法。只要双方不分胜败，这赌注我们也就没输。"黑白子点头道："正是。"伸手到石几之下，抽了一块方形的铁板出来。铁板上刻着十九道棋路，原来是一块铁铸的棋枰。他抓住铁枰之角，说道："风兄，我以这块棋枰作兵刃，领教你的高招。"

向问天道："听说二庄主这块棋枰是件宝物，能收诸种兵刃暗器。"黑白子向他深深凝视，说道："童兄当真博闻强记。佩服，佩服。其实我这兵刃并非宝物，乃是磁铁所制，用以吸住铁制的棋子，当年舟中马上和人对弈，颠簸之际，不致乱了棋路。"向问天道："原来如此。"

令狐冲听在耳里，心道："幸得向大哥指教，否则一上来长剑给他棋盘吸住，不用打便输了。和此人对敌，可不能让他棋盘和我长剑相碰。"当下剑尖下垂，抱拳说道："请二庄主指点。"黑白子道："不敢，风兄的剑法高明，在下生平未睹。请进招！"

令狐冲随手虚削，长剑在空中弯弯曲曲的蜿蜒而前。黑白子一怔，心想："这是什么招数？"眼见剑尖指向自己咽喉，当即举枰一封。令狐冲拨转剑头，刺向他的右肩，黑白子又是举枰一挡。令狐冲不等长剑接近棋枰，便已缩回，挺剑刺向他小腹。

黑白子又是一封，心想："再不反击，如何争先？"下棋讲究一个先手，比武过招也讲究一个先手，黑白子精于棋理，自然深通争先之道，当即举起棋枰，向令狐冲右肩疾砸。这棋枰二尺见方，厚达一寸，乃是一件甚为沉重的兵刃，倘若砸在剑上，就算铁枰上无吸铁的磁性，长剑也非给砸断不可。

令狐冲身子略侧，斜剑往他右胁下刺去。黑白子见对方这一剑虽似不成招式，所攻之处却务须照应，当即斜枰封他长剑，同时又即向前推出。这一招"大飞"本来守中有攻，只要令狐冲应得这招，后着便源源而至。哪知道令狐冲竟不理会，长剑斜挑，和他抢攻。黑白子这一招守中带攻之作只有半招起了效应，只有招架之功，而无反击之力。

此后令狐冲一剑又是一剑，毫不停留的连攻四十余剑。黑白子左挡右封，前拒后御，守得似乎连水也泼不进去，委实严密无伦。但两人拆了四十余招，黑白子便是守了四十余招，竟然腾不出手来还击一招。

秃笔翁、丹青生、丁坚、施令威四人只看得目瞪口呆，眼见令狐冲的剑法既非极快，更不威猛凌厉，变招之际，亦无什么特别巧妙，但每一剑刺出，总是教黑白子左支右绌，不得不防守自己的破绽。秃笔翁和丹青生自都理会得，任何招数中必有破绽，但教能够抢先，早一步攻击对方的要害，那么自己的破绽便不成破绽，纵有千百处破绽，亦是无妨。令狐冲这四十余招源源不绝的连攻，正是用上了这个道理。

黑白子也是心下越来越惊，只想变招还击，但棋枰甫动，对方剑尖便指向自己露出的破绽，四十余招之中，自己连半手也缓不出来反击，便如是和一个比自己棋力远为高明之人对局，对方连下四十余着，自己每一着都是非应不可。

黑白子眼见如此斗将下去，纵然再拆一百招、二百招，自己仍将处于挨打而不能还手的局面，心想："今日若不行险，以图一逞，我黑白子一世英名，化为流水。"横过棋枰，疾挥出去，径砸令狐冲的左腰。令狐冲仍是不闪不避，长剑先刺他小腹。这一次黑白子却不收枰防护，仍是顺势砸将过去，似是决意拼命，要打个两败俱伤，待长剑刺到，左手食中二指陡地伸出，往剑刃上夹去。他练就"玄天指"神功，这两根手指上内劲凌厉，实不下于另有一件厉害的兵刃。

旁观五人见他行此险着，都不禁"咦"的一声，这等打法已不是比武较艺，而是生死相搏，倘若他一夹不中，那便是剑刃穿腹之祸。一霎之间，五人手心中都捏了把冷汗。

眼见黑白子两根手指将要碰到剑刃，不论是否夹中，必将有一人或伤或死。倘若夹中，令狐冲的长剑无法刺出，棋枰便击在他腰间，其势已无可闪避；但如一夹不中，甚或虽然夹中而二指之力阻不住剑势，那么长剑一通而前，黑白子纵欲后退，亦已不及。

便在黑白子的手指和剑刃将触未触之际，长剑剑尖突然一昂，指向了他咽喉。

这一下变招出于人人意料之外，古往今来武学之中，决不能有这么一招。如此一来，先前刺向小腹的一剑竟是虚招，高手相搏而使这等虚招，直如儿戏。可是此招虽为剑理之所绝无，毕竟已在令狐冲手下使了出来。剑尖上挑，疾刺咽喉，黑白子的棋枰如继续前砸，这一剑定然先刺穿了他喉头。

黑白子大惊之下，右手奋力凝住棋枰不动。他心思敏捷，又善于弈理，在这千钧一发之际，料到了对方的心意，如果自己棋枰顿住不砸，对方长剑也不会刺来。

果然令狐冲见他棋枰不再进击，长剑便也凝住不动，剑尖离他咽喉不过数寸，而棋枰离令狐冲腰间也已不过数寸。两人相对僵持，全身没半分颤动。

局势虽似僵持，其实令狐冲已占了全面上风。棋枰乃是重物，至少也须相隔数尺之遥运力击下，方能伤敌，此时和令狐冲只隔数寸，纵然大力向前猛推，也伤他不得，但令狐冲的长剑只须轻轻一刺，便送了对方性命。双方处境之优劣，谁也瞧得出来。

向问天笑道："此亦不敢先，彼亦不敢先，这在棋理之中，乃是'双活'。二庄主果是大智大勇，和风兄弟斗了个不分胜败。"

令狐冲长剑一撤，退开两步，躬身道："得罪！"

黑白子道："童兄取笑了。什么不胜不败？风兄剑术精绝，在下是一败涂地。"

丹青生道："二哥，你的棋子暗器是武林中一绝，三百六十一枚黑白子射将出去，无人能挡，何不试试这位风兄弟破暗器的功夫？"

黑白子心中一动，见向问天微微点头，侧头向令狐冲瞧去，却见他丝毫不动声色，忖道："此人剑法高明之极，当今之世，恐怕只有那人方能胜得过他。瞧他二人神色之间有恃无恐，我便再使暗器，看来也只是多出一次丑而已。"当即摇了摇头，笑道："我既已认输，还比什么暗器？"

令狐冲提起箫来，轻轻一挥，风过箫孔，发出几下柔和的乐音。黄钟公右手在琴弦上拨了几下，琴音响处，琴尾向令狐冲右肩推来。

二十 入 狱

　　秃笔翁只是挂念着那幅张旭的《率意帖》，求道："童兄，请你再将那帖给我瞧瞧。"向问天微笑道："只等大庄主胜了我风兄弟，此帖便属三庄主所有，纵然连看三日三夜，也由得了你了。"秃笔翁道："我连看七日七夜！"向问天道："好，便连看七日七夜。"秃笔翁心痒难搔，问道："二哥，我去请大哥出手，好不好？"

　　黑白子道："你二人在这里陪客，我跟大哥说去。"转身出外。

　　丹青生道："风兄弟，咱们喝酒。唉，这坛酒给三哥糟蹋了不少。"说着倒酒入杯。

　　秃笔翁怒道："什么糟蹋了不少？你这酒喝入肚中，化尿拉出，哪及我粉壁留书，万古不朽？酒以书传，千载之下，有人看到我的书法，才知世上有过你这坛吐鲁番红酒。"

　　丹青生举起酒杯，向着墙壁，说道："墙壁啊墙壁，你生而有幸，能尝到四太爷手酿的美酒，纵然没有我三哥在你脸上写字，你……你……你也万古不朽了。"令狐冲笑道："比之这堵无知无识的墙壁，晚辈能尝到这等千古罕有的美酒，那更是幸运得多了。"说着举杯干了。向问天在旁陪得两杯，就此停杯不饮。丹青生和令狐冲却酒到杯干，越喝兴致越高。

　　两人各自喝了十七八杯，黑白子这才出来，说道："风兄，我大哥有请，请你移步。童兄便在这里再喝几杯如何？"

　　向问天一愕，说道："这个……"眼见黑白子全无邀己同去之意，终不成硬要跟去？叹道："在下无缘拜见大庄主，实是终身之憾。"黑白子道："童兄请勿见怪。我大哥隐居已久，向来不见外客，只是听到风兄剑术精绝，心生仰慕，这才邀请一见，可决不敢对童兄有不敬之意。"向问天道："岂敢，岂敢。"

令狐冲放下酒杯，心想不便携剑去见主人，当下两手空空，跟着黑白子走出棋室，穿过一道走廊，来到一个月洞门前。

月洞门门额上写着"琴心"两字，以蓝色琉璃砌成，笔致苍劲，当是出于秃笔翁的手笔了。过了月洞门，是一条清幽的花径，两旁修竹珊珊，花径鹅卵石上生满青苔，显得平素少有人行。花径通到三间石屋之前。屋前屋后七八株苍松夭矫高挺，遮得四下里阴沉沉地。黑白子轻轻推开屋门，低声道："请进。"

令狐冲一进屋门，便闻到一股檀香。黑白子道："大哥，华山派的风少侠来了。"

内室走出一个老者，拱手道："风少侠驾临敝庄，未克远迎，恕罪恕罪。"

令狐冲见这老者六十来岁年纪，骨瘦如柴，脸上肌肉都凹了进去，直如一具骷髅，双目却炯炯有神，躬身道："晚辈来得冒昧，请前辈恕罪。"那人道："好说，好说。"黑白子道："我大哥道号黄钟公，风少侠想必早已知闻。"令狐冲道："久仰四位庄主的大名，今日拜见清颜，实是有幸。"寻思："向大哥当真开玩笑，事先全没跟我说及，只说要我一切听他安排。现下他又不在我身边，倘若这位大庄主出下什么难题，不知如何应付才是。"

黄钟公道："听说风少侠是华山派前辈风老先生的传人，剑法如神。老朽对风先生的为人和武功向来是十分仰慕的，只可惜缘悭一面。前些时江湖之间传闻，说道风老先生已经仙去，老朽甚是悼惜。今日得见风老先生的嫡系传人，也算是大慰平生之愿了。不知风少侠是风老先生的子侄么？"

令狐冲寻思："风太师叔郑重嘱咐，不可泄漏他老人家的行踪。向大哥见了我剑法，猜到是他老人家所传，在这里大肆张扬不算，还说我也姓风，未免大有招摇撞骗之嫌。但我如直陈真相，却又不妥。"只得含混说道："我是他老人家的后辈子弟。晚辈资质愚鲁，受教日浅，他老人家的剑法，晚辈学不到十之一二。"

黄钟公叹道："倘若你真只学到他老人家剑法的十之一二，而我三个兄弟却都败在你的剑下，风老先生的造诣，可真是深不可测了。"令狐冲道："三位庄主和晚辈都只随意过了几招，并未分什么胜败，便已住手。"黄钟公点了点头，皮包骨头的脸上露出一丝笑意，说道："年轻人不骄不躁，十分难得。请进琴堂用茶。"

令狐冲和黑白子随着他走进琴堂坐好，一名童子捧上清茶。黄钟公道："听说风少侠有《广陵散》的古谱。这事可真么？老朽颇喜音乐，想到嵇中散临刑时抚琴一曲，说道：'广陵散从此绝矣！'每自叹息。倘若此曲真能重现人世，老朽垂暮之年得能按谱一奏，生平更无憾事。"说到这里，苍白的脸上竟然现出血色，显得颇为热切。

令狐冲心想："向大哥谎话连篇，骗得他们惨了。我看孤山梅庄四位庄主均非常人，而且是来求他们治我伤病，可不能再卖什么关子。这本琴谱倘若正是曲洋前辈在东汉蔡什么人的墓中所得的《广陵散》，该当便给他瞧瞧。"从怀中掏出琴谱，离座而起，双手奉上，说道："大庄主请观。"

黄钟公欠身接过，说道："《广陵散》绝响于人间已久，今日得睹古人名谱，实是不胜之喜，只是……只是不知……"言下似乎是说，却又如何得知这确是《广陵散》真谱，并非好事之徒伪造来作弄人的。他随手翻阅，说道："唔，曲子很长啊。"从头自第一页看起，只瞧得片刻，脸上便已变色。

他右手翻阅琴谱，左手五根手指在桌上作出挑捻按捺的抚琴姿式，赞道："妙极！和平中正，却又清绝幽绝。"翻到第二页，看了一会，又赞："高量雅致，深藏玄机，便这么神游琴韵，片刻之间已然心怀大畅。"

黑白子眼见黄钟公只看到第二页，便已有些神不守舍，只怕他这般看下去，几个时辰也不会完，当下插口道："这位风少侠和嵩山派的一位童兄到来，说道梅庄之中，若有人能胜得他的剑法……"黄钟公道："嗯，定须有人能胜得他的剑法，他才肯将这套《广陵散》借我抄录，是也不是？"黑白子道："是啊，我们三个都败下阵来，若非大哥出马，我孤山梅庄，嘿嘿……"黄钟公淡淡一笑，道："你们既然不成，我也不成啊。"黑白子道："我们三个怎能和大哥相比？"黄钟公道："老了，不中用啦。"

令狐冲站起身来，说道："大庄主道号'黄钟公'，自是琴中高手。此谱虽然难得，却也不是什么不传之秘，大庄主尽管留下抄录，三日之后，晚辈再来取回便是。"

黄钟公和黑白子都是一愕。黑白子在棋室之中，见向问天大卖关子，一再刁难，将自己引得心痒难搔，却料不到这风二中却十分慷慨。他是善弈之人，便想令狐冲此举必是布下了陷阱，要引黄钟公上当，但又瞧不出破绽。黄钟公道："无功不受禄。你我素无渊源，焉可受你这等厚礼？二位来到敝庄，到底有何见教，还盼坦诚相告。"

令狐冲心想："到底向大哥同我到梅庄来是什么用意，他来此之前，一字未提。推想起来，自必是求四位庄主替我疗伤，但他所作安排处处透着十分诡秘，这四位庄主又均是异行特立之士，说不定不能跟他们明言。反正我确不知向大哥来此有何所求，我直言相告，并非有意欺人。"便道："晚辈是跟随童大哥前来宝庄，实不相瞒，踏入宝庄之前，晚辈既未得闻四位庄主的大名，亦不知世上有'孤山梅庄'这座庄子。"顿了一顿，又道："这自是晚辈孤陋寡闻，不识武林中诸位前辈高人，二位庄主莫怪。"

黄钟公向黑白子瞧了一眼，脸露微笑，说道："风少侠说得极是坦诚，老朽多谢了。老朽本来十分奇怪，我四兄弟隐居临安，江湖上极少人知，五岳剑派跟我兄弟更素无瓜葛，怎地会寻上门来？如此说来，风少侠确是不知我四人的来历了？"

令狐冲道："晚辈甚是惭愧，还望二位庄主指教。适才说什么

'久仰四位庄主大名'，其实……其实……是……"

黄钟公点了点头，道："黄钟公、黑白子什么的，都是我们自己取的外号，我们原来的姓名早就不用了。少侠从来不曾听见过我们四人的名头，原是理所当然。"右手翻动琴谱，问道："这部琴谱，你是诚心借给老朽抄录？"令狐冲道："正是。只因这琴谱是童大哥所有，晚辈才说相借，否则的话，前辈尽管取去便是，宝剑赠烈士，那也不用赐还了。"黄钟公"哦"了一声，枯瘦的脸上露出一丝喜色。黑白子道："你将琴谱借给我大哥，那位童兄可答允么？"令狐冲道："童大哥与晚辈是过命的交情，他为人慷慨豪迈，既是在下答应了的，再大的事，他也不会介意。"黑白子点了点头。

黄钟公道："风少侠一番好意，老朽深实感谢。只不过此事既未得到童兄亲口允诺，老朽毕竟心中不安。那位童兄言道，要得琴谱，须得本庄有人胜过你的剑法，老朽可不能白占这个便宜。咱们便来比划几招如何？"

令狐冲寻思："刚才二庄主言道：'我们三个怎能和大哥相比'，那么这位大庄主的武功，自当在他三人之上。三位庄主武功卓绝，我全仗风太师叔所传剑法才占了上风，若和大庄主交手，未必再能获胜，没来由的又何苦自取其辱？就算我胜得了他，又有什么好处？"便道："童大哥一时好事，说这等话，当真令晚辈惭愧已极。四位庄主不责狂妄，晚辈已十分感激，如何再敢和大庄主交手？"

黄钟公微笑道："你这人甚好，咱们较量几招，点到为止，又有什么干系？"回头从壁上摘下一杆玉箫，交给令狐冲，说道："你以箫作剑，我则用瑶琴当作兵刃。"从床头几上捧起一张瑶琴，微微一笑，说道："我这两件乐器虽不敢说价值连城，却也是难得之物，总不成拿来砸坏了？大家装模作样的摆摆架式罢了。"

令狐冲见那箫通身碧绿，竟是上好的翠玉，近吹口处有几点朱斑，殷红如血，更映得玉箫青翠欲滴。黄钟公手中所持瑶琴颜色暗旧，当是数百年甚至是千年以上的古物，这两件乐器只须轻轻一碰，势必同时粉碎，自不能以之真的打斗，眼见无可再推，双手横捧玉箫，恭恭敬敬的道："请大庄主指点。"

黄钟公道："风老先生一代剑豪，我向来十分佩服，他老人家所传剑法定是非同小可。风少侠请！"令狐冲提起箫来，轻轻一挥，风过箫孔，发出几下柔和的乐音。黄钟公右手在琴弦上拨了几下，琴音响处，琴尾向令狐冲右肩推来。

令狐冲听到琴音，心头微微一震，玉箫缓缓点向黄钟公肘后。瑶琴倘若继续撞向自己肩头，他肘后穴道势必先被点上。黄钟公倒转瑶琴，向令狐冲腰间砸到，琴身递出之时，又是拨弦发声。令狐冲心想："我若以玉箫相格，两件名贵乐器一齐撞坏。他为了爱惜乐器，势必收转瑶琴。但如此打法，未免迹近无赖。"当下玉箫转了个弧形，点向对方腋下。黄钟公举琴封挡，令狐冲玉箫便即缩回。黄钟公在琴上连弹数声，乐音转急。

黑白子脸色微变，倒转着身子退出琴堂，随手带上了板门。

他知黄钟公在琴上拨弦发声，并非故示闲暇，却是在琴音之中灌注上乘内力，用以扰乱敌人心神，对方内力和琴音一生共鸣，便不知不觉的为琴音所制。琴音舒缓，对方出招也跟着舒缓；琴音急骤，对方出招也跟着急骤。但黄钟公琴上的招数却和琴音恰正相反。他出招快速而琴音加倍悠闲，对方势必无法挡架。黑白子深知黄钟公这门功夫非同小可，生怕自己内力受损，便退到琴堂之外。

他虽隔着一道板门，仍隐隐听到琴声时缓时急，忽尔悄然无声，忽尔铮然大响，过得一会，琴声越弹越急。黑白子只听得心神不定，呼吸不舒，又退到了大门外，再将大门关上。琴音经过两道门的阻隔，已几不可闻，但偶而琴音高亢，透了几声出来，仍令他心跳加剧。伫立良久，但听得琴音始终不断，心下诧异："这姓风少年剑法固然极高，内力竟也如此了得。怎地在我大哥'七弦无形剑'久攻之下，仍能支持得住？"

正凝思间，秃笔翁和丹青生二人并肩而至。丹青生低声问道：

"怎样？"黑白子道："已斗了很久，这少年还在强自支撑。我担心大哥会伤了他性命。"丹青生道："我去向大哥求个情，不能伤了这位好朋友。"黑白子摇头道："进去不得。"

便在此时，琴音铮铮大响，琴音响一声，三个人便退出一步，琴音连响五下，三个人不由自主的退了五步。秃笔翁脸色雪白，定了定神，才道："大哥这'六丁开山'无形剑法当真厉害。这六音连续狠打猛击，那姓风的如何抵受得了？"

言犹未毕，只听得又是一声大响，跟着拍拍数响，似是断了好几根琴弦。

黑白子等吃了一惊，推开大门抢了进去，又再推开琴堂板门，只见黄钟公呆立不语，手中瑶琴七弦皆断，在琴边垂了下来。令狐冲手持玉箫，站在一旁，躬身说道："得罪！"显而易见，这番比武又是黄钟公输了。

黑白子等三人尽皆骇然。三人深知这位大哥内力浑厚，实是武林中一位了不起的人物，不料仍折在这华山派少年手中，若非亲见，当真难信。

黄钟公苦笑道："风少侠剑法之精，固是老朽生平所仅见，而内力造诣竟也如此了得，委实可敬可佩。老朽的'七弦无形剑'，本来自以为算得是武林中的一门绝学，哪知在风少侠手底竟如儿戏一般。我们四兄弟隐居梅庄，十余年来没涉足江湖，嘿嘿，竟然变成了井底之蛙。"言下颇有凄凉之意。令狐冲道："晚辈勉力支撑，多蒙前辈手下留情。"黄钟公长叹一声，摇了摇头，颓然坐倒，神情萧索。

令狐冲见他如此，意有不忍，寻思："向大哥显是不欲让他们知晓我内力已失，以免他们得悉我受伤求治，便生障碍。但大丈夫光明磊落，我不能占他这个便宜。"便道："大庄主，有一事须当明言。我所以不怕你琴上所发出的无形剑气，并非由于我内力高强，而是因为晚辈身上实是一无内力之故。"

黄钟公一怔，站起身来，说道："什么?"令狐冲道："晚辈多次受伤，内力尽失，是以对你琴音全无感应。"黄钟公又惊又喜，颤声问道："当真?"令狐冲道："前辈如果不信，一搭晚辈脉搏便知。"说着伸出了右手。

　　黄钟公和黑白子都大为奇怪，心想他来到梅庄，虽非明显为敌，终究不怀好意，何以竟敢坦然伸手，将自己命脉交于人手? 倘若黄钟公借着搭脉的因头，扣住他手腕上穴道，那他便有天大的本事，也已无从施展，只好任由宰割了。黄钟公适才运出"六丁开山"神技，非但丝毫奈何不了令狐冲，而且最后七弦同响，内力催到顶峰，竟致七弦齐断，如此大败，终究心有不甘，寻思："你若引我手掌过来，想反扣我穴道，我就再跟你一拼内力便了。"当即伸出右手，缓缓向令狐冲右手腕脉上搭去。他这一伸手之中，暗藏"虎爪擒拿手"、"龙爪功"、"小十八拿"的三门上乘擒拿手法，不论对方如何变招，他至多抓不住对方手腕，却决不致为对方所乘，不料五根手指搭将上去，令狐冲竟然一动不动，毫无反击之象。

　　黄钟公刚感诧异，便觉令狐冲脉搏微弱，弦数弛缓，确是内力尽失。他一呆之下，不禁哈哈大笑，说道："原来如此，原来如此! 我可上了你当啦，上了你老弟的当啦!"他口中虽说自己上当，神情却是欢愉之极。

　　他那"七弦无形剑"只是琴音，声音本身自不能伤敌，效用全在激发敌人内力，扰乱敌招，对手内力越强，对琴音所起感应也越加厉害，万不料令狐冲竟然半点内力也无，这"七弦无形剑"对他也就毫无效验。黄钟公大败之余，心灰意冷，待得知悉所以落败，并非由于自己苦练数十年的绝技不行，忍不住大喜若狂。他抓住了令狐冲的手连连摇晃，笑道："好兄弟，好兄弟! 你为什么要将这秘密告知老夫?"

　　令狐冲笑道："晚辈内力全失，适才比剑之时隐瞒不说，已不免存心不良，怎可相欺到底? 前辈对牛弹琴，恰好碰上了晚辈牛不入耳。"

黄钟公捋须大笑，说道："如此说来，老朽的'七弦无形剑'倒还不算是废物，我只怕'七弦无形剑'变成了'断弦无用剑'呢，哈哈，哈哈！"

黑白子道："风少侠，你坦诚相告，我兄弟俱都感激。但你岂不知自泄弱点，我兄弟若要取你性命，已是易如反掌？你剑法虽高，内力全无，终不能和我等相抗。"

令狐冲道："二庄主此言不错。晚辈知道四位庄主是英雄豪杰，这才明言。"

黄钟公点头道："甚是，甚是。风兄弟，你来到敝庄有何用意，也不妨直言。我四兄弟跟你一见如故，只须力之所及，无不从命。"

秃笔翁道："你内力尽失，想必是受了重伤。我有一至交好友，医术如神，只是为人古怪，轻易不肯为人治病，但冲着我的面子，必肯为你施治。那'杀人名医'平一指跟我向来交情……"令狐冲失声道："是平一指平大夫？"秃笔翁道："正是，你也听过他的名字，是不是？"

令狐冲黯然道："这位平大夫，数月之前，已在山东的五霸冈上逝世了。"秃笔翁"啊哟"一声，惊道："他……他死了？"丹青生道："他什么病都能治，怎么反而医不好自己的病？啊，他是给仇人害死的吗？"令狐冲摇了摇头，于平一指之死，心下一直甚是歉仄，说道："平大夫临死之时，还替晚辈把了脉，说道晚辈之伤甚是古怪，他确是不能医治。"秃笔翁听到平一指的死讯，甚是伤感，呆呆不语，流下泪来。

黄钟公沉思半晌，说道："风兄弟，我指点你一条路子，对方肯不肯答允，却是难言。我修一通书信，你持去见少林寺掌门方证大师，如他能以少林派内功绝技'易筋经'相授，你内力便有恢复之望。这'易筋经'本是他少林派不传之秘，但方证大师昔年曾欠了我一些情，说不定能卖我的老面子。"

令狐冲听他二人一个介绍平一指，一个指点去求方证大师，都是十分对症，而且均是全力推介，可见这两位庄主不但见识超人，而对自己也确是一片热诚，不由得心下感激，说道："这'易筋经'神技，方证大师只传本门弟子，而晚辈却不便拜入少林门下，此中甚有难处。"站起来深深一揖，说道："四位庄主的好意，晚辈深为感激。死生有命，晚辈身上的伤也不怎么打紧，倒教四位挂怀了。晚辈这就告辞。"

黄钟公道："且慢。"转身走进内室，过了片刻，拿了一个瓷瓶出来，说道："这是昔年先师所赐的两枚药丸，补身疗伤，颇有良效。送了给小兄弟，也算是你我相识一场的一点小意思。"令狐冲见瓷瓶的木塞极是陈旧，心想这是他师父的遗物，保存至今，自必珍贵无比，忙道："这是前辈的尊师所赐，非同寻常，晚辈不敢拜领。"黄钟公摇了摇头，说道："我四人绝足江湖，早就不与外人争斗，疗伤圣药，也用它不着。我兄弟既无门人，亦无子女，你推辞不要，这两枚药丸我只好带进棺材里去了。"

令狐冲听他说得凄凉，只得郑重道谢，接了过来，告辞出门。黑白子、秃笔翁、丹青生三人陪他回到棋室。

向问天见四人脸色均甚郑重，知道令狐冲和大庄主比剑又已胜了。倘是大庄主得胜，黑白子固是仍然不动声色，秃笔翁和丹青生却必定意气风发，一见面就会伸手来取张旭的书法和范宽的山水，假意问道："风兄弟，大庄主指点了你剑法吗？"

令狐冲道："大庄主功力之高，人所难测，但适逢小弟内力全失，对大庄主瑶琴上所发内力不起感应。天下侥幸之事，莫过于此。"

丹青生瞪眼对向问天道："这位风兄弟为人诚实，什么都不隐瞒。你却说他内力远胜于你，教我大哥上了这个大当。"向问天笑道："风兄弟内力未失之时，确是远胜于我啊。我说的是从前，可没说现今。"秃笔翁哼的一声，道："你不是好人！"

向问天拱了拱手，说道："既然梅庄之中，无人胜得了我风兄弟的剑法，三位庄主，我们就此告辞。"转头向令狐冲道："咱们走罢。"

令狐冲抱拳躬身，说道："今日有幸拜见四位庄主，大慰平生，日后若有机缘，当再造访宝庄。"丹青生道："风兄弟，你不论哪一天想来喝酒，只管随时驾临，我把所藏的诸般名酒，一一与你品尝。这位童兄嘛，嘿嘿，嘿嘿！"向问天微笑道："在下酒量甚窄，自不敢再来自讨没趣了。"说着又拱了拱手，拉着令狐冲的手走了出去。黑白子等送了出来。向问天道："三位庄主请留步，不劳远送。"秃笔翁道："哈，你道我们是送你吗？我们送的是风兄弟。倘是你童兄一人来此，我们一步也不送呢。"向问天笑道："原来如此。"

黑白子等直送到大门之外，这才和令狐冲珍重道别。秃笔翁和丹青生对着向问天只直瞪眼，恨不得将他背上那个包袱抢了下来。

向问天携着令狐冲的手，步入柳荫深处，离梅庄已远，笑道："那位大庄主琴上所发的'无形剑气'十分厉害，兄弟，你如何取胜？"令狐冲道："原来大哥一切早知就里。幸好我内力尽失，否则只怕此刻性命已经不在了。大哥，你跟这四位庄主有仇么？"向问天道："没有仇啊。我跟他们从未会过面，怎说得上有仇？"

忽听得有人叫道："童兄，风兄，请你们转来。"令狐冲转过身来，只见丹青生快步奔到，手持酒碗，碗中盛着大半碗酒，说道："风兄弟，我有半瓶百年以上的竹叶青，你若不尝一尝，甚是可惜。"说着将酒碗递了过去。

令狐冲接过酒碗，见那酒碧如翡翠，盛在碗中，宛如深不见底，酒香极是醇厚，赞道："果是好酒。"喝一口，赞一声："好！"一连四口，将半碗酒喝干了，道："这酒轻灵厚重，兼而有之，当是扬州、镇江一带的名酿。"丹青生喜道："正是，那是镇江金山寺的镇寺之宝，共有六瓶。寺中大和尚守戒不饮酒，送了一瓶给我。我喝了半瓶，便不舍得喝了。风兄弟，我那里着实还有几种好酒，请你去品评品评如何？"

令狐冲对"江南四友"颇有亲近之意，加之有好酒可喝，如何不喜，当下转头向着向问天，瞧他意向。向问天道："兄弟，四庄主邀你去喝酒，你就去罢。至于我呢，三庄主和四庄主见了我就生气，我就那个……嘿嘿，嘿嘿。"丹青生笑道："我几时见你生气了？一起去，一起去！你是风兄弟的朋友，我也请你喝酒。"

向问天还待推辞，丹青生左臂挽住了他手臂，右臂挽住了令狐冲，笑道："去，去！再去喝几杯。"令狐冲心想："我们告辞之时，这位四庄主对向大哥神色甚是不善，怎地忽又亲热起来？莫非他念念不忘向大哥背上包袱中的书画，另行设法谋取么？"

三人回到梅庄，秃笔翁等在门口，喜道："风兄弟又回来了，妙极，妙极！"四人重回棋室。丹青生斟上诸般美酒和令狐冲畅饮，黑白子却始终没露面。

眼见天色将晚，秃笔翁和丹青生似是在等什么人，不住斜眼向门口张望。向问天告辞了几次，他二人总是全力挽留。令狐冲并不理会，只是喝酒。向问天看了看天色，笑道："二位庄主若不留我们吃饭，可要饿坏我这饭桶了。"秃笔翁道："是，是！"大声叫道："丁管家，快安排筵席。"丁坚在门外答应。

便在此时，室门推开，黑白子走了进来，向令狐冲道："风兄弟，敝庄另有一位朋友，想请教你的剑法。"秃笔翁和丹青生一听此言，同时跳起身来，喜道："大哥答允了？"

令狐冲心想："那人和我比剑，须先得到大庄主的允可。他们留着我在这里，似是二庄主向大庄主商量，求了这么久，大庄主方始答允。那么此人不是大庄主的子侄后辈，便是他的门人下属，难道他的剑法竟比大庄主还要高明么？"转念一想，暗叫："啊哟，不好！他们知我内力全无，自己顾全身份，不便出手，但若派一名后辈或是下属来跟我动手，专门和我比拼内力，岂不是立时取了我性命？"但随即又想："这四位庄主都是光明磊落的英雄，岂能干这等卑鄙的行径？但三庄主、四庄主爱那两幅书画若狂，二庄主貌若冷静，对那些棋局却也是不得到手便难以甘心，为了这些书画棋局而行此下策，也非事理之所无。要是有人真欲以内力伤我，我先以剑

· 714 ·

法刺伤他的关节要害便了。"

黑白子道："风少侠，劳你驾再走一趟。"令狐冲道："若以真实功夫而论，晚辈连三庄主、四庄主都非敌手，更不用说大庄主、二庄主了。孤山梅庄四位前辈武功卓绝，只因和晚辈杯酒相投，这才处处眷顾容让。晚辈一些粗浅剑术，实在不必再献丑了。"

丹青生道："风兄弟，那人的武功当然比你高，不过你不用害怕，他……"黑白子截住他的话头，说道："敝庄之中，尚有一个精研剑术的前辈名家，他听说风少侠的剑法如此了得，说什么也要较量几手，还望风少侠再比一场。"

令狐冲心想再比一场，说不定被迫伤人，便和"江南四友"翻脸成仇，说道："四位庄主待晚辈极好，倘若再比一场，也不知这位前辈脾气如何，要是闹得不欢而散，或者晚辈伤在这位前辈剑底，岂不是坏了和气？"丹青生笑道："没关系，不……不会……"黑白子又抢着道："不论怎样，我四人决不会怪你风少侠。"向问天道："好罢，再比试一场，又有何妨？我可有些事情，不能多耽搁了，须得先走一步。风兄弟，咱们到嘉兴府见。"

秃笔翁和丹青生齐声道："你要先走，那怎么成？"秃笔翁道："除非你将张旭的书法留下了。"丹青生道："风少侠输了之后，又到哪里去找你取书画棋谱？不成，不成，你再耽一会儿。丁管家，快摆筵席哪！"

黑白子道："风少侠，我陪你去。童兄，你先请用饭，咱们过不多久，便回来陪你。"向问天连连摇头，说道："这场比赛，你们志在必胜。我风兄弟剑法虽高，临敌经验却浅。你们又已知道他内力已失，我如不在旁掠阵，这场比试纵然输了，也是输得心不甘服。"黑白子道："童兄此言是何用意？难道我们还会使诈不成？"向问天道："孤山梅庄四位庄主乃豪杰之士，在下久仰威望，自然十分信得过的。但风兄弟要去和另一人比剑，在下实不知梅庄中除了四位庄主之外，竟然另有一位高人。请问二庄主，此人是谁？在下若知这人和四位庄主一般，也是光明磊落的英雄侠士，那就放心了。"

丹青生道："这位前辈的武功名望，和我四兄弟相比，那是只高不低，简直不可同日而语。"向问天道："武林之中，名望能和四位庄主相埒的，屈指寥寥可数，谅来在下必知其名。"秃笔翁道："这人的名字，却不便跟你说。"向问天道："那么在下定须在旁观战，否则这场比试便作罢论。"丹青生道："你何必如此固执？我看童兄临场，于你有损无益，此人隐居已久，不喜旁人见到他的面貌。"向问天道："那么风兄弟又怎么和他比剑？"黑白子道："双方都戴上头罩，只露出一对眼睛，便谁也看不到谁了。"向问天道："四位庄主是否也戴上头罩？"黑白子道："是啊。这人脾气古怪得紧，否则他便不肯动手。"向问天道："那么在下也戴上头罩便是。"

黑白子踌躇半晌，说道："童兄既执意要临场观斗，那也只好如此，但须请童兄答允一件事，自始至终，不可出声。"向问天笑道："装聋作哑，那还不容易？"

当下黑白子在前引路，向问天和令狐冲跟随其后，秃笔翁和丹青生走在最后。令狐冲见他走的是通向大庄主居室的旧路，来到大庄主琴堂外，黑白子在门上轻扣三响，推门进去。只见室中一人头上已套了黑布罩子，瞧衣衫便是黄钟公。黑白子走到他身前，俯头在他耳边低语数句。黄钟公摇了摇头，低声说了几句话，显是不愿向问天参与。黑白子点了点头，转头道："我大哥以为，比剑事小，但如惹恼了那位朋友，多有不便。这事就此作罢。"

五人躬身向黄钟公行礼，告辞出来。

丹青生气忿忿的道："童兄，你这人当真古怪，难道还怕我们一拥而上，欺侮风兄弟不成？你非要在旁观斗不可，闹得好好一场比试，就此化作云烟，岂不令人扫兴？"秃笔翁道："二哥花了老大力气，才求得我大哥答允，偏偏你又来捣蛋。"

向问天笑道："好啦，好啦！我便让一步，不瞧这场比试啦。你们可要公公平平，不许欺骗我风兄弟。"秃笔翁和丹青生大喜，齐声道："你当我们是什么人了？哪有欺骗风少侠之理？"向问天笑道："我在棋室中等候。风兄弟，他们鬼鬼祟祟的不知玩什么把戏，你可要打醒十二分精神，千万小心了。"令狐冲笑道："梅庄之中，尽是高士，岂有行诡使诈之人？"丹青生笑道："是啊，风少侠哪像你这般，以小人之心，度君子之腹。"

向问天走出几步，回头招手道："风兄弟，你过来，我得嘱咐你几句，可别上了人家的当。"丹青生笑了笑，也不理会。令狐冲心道："向大哥忒也小心了，我又不是三岁小孩，真要骗我，也不这么容易。"走近身去。

向问天拉住他手，令狐冲便觉他在自己手掌之中，塞了一个纸团。

令狐冲一捏之下，觉得纸团中有一枚硬物。向问天笑嘻嘻的拉他近前，在他耳边低声说道："你见了那人之后，便跟他拉手亲近，将这纸团连同其中的物事，偷偷塞在他手中。这事牵连重大，不可轻忽。哈哈，哈哈。"他说这几句话之时，语气甚是郑重，但脸上始终带着笑容，最后几下哈哈大笑，和他的说话更是毫不相干。

黑白子等三人都道他说的是奚落自己三人的言语。丹青生道："有什么好笑？风少侠固然剑法高明，你童兄剑法如何，咱们可还没请教。"向问天笑道："在下的剑法稀松平常，可不用请教。"说着摇摇摆摆的出外。

丹青生笑道："好，咱们再见大哥去。"四人重行走进黄钟公的琴堂。

黄钟公没料到他们去而复回，已将头上的罩子除去。黑白子道："大哥，那位童兄终于给我们说服，答允不去观战了。"黄钟公道："好。"拿起黑布罩子，又套在头上。丹青生拉开木柜，取了三只黑布罩子出来，将其中一只交给令狐冲，道："这是我的，你戴着罢。大哥，我借你的枕头套用用。"走进内室，过得片刻，出来时头上已罩了一只青布的枕头套子，套上剪了两个圆孔，露出一双光溜溜的眼睛。

黄钟公点了点头，向令狐冲道："待会比试，你们两位都使木剑，以免拼上内力，让风兄弟吃亏。"令狐冲喜道："那再好不过。"黄钟公向黑白子道："二弟，带两柄木剑。"黑白子打开木柜，取出两柄木剑。

黄钟公向令狐冲道："风兄弟，这场比试不论谁胜谁败，请你对外人一句也别提起。"令狐冲道："这个自然，晚辈先已说过，来到梅庄，决非求名，岂有到外面胡说张扬之理？何况晚辈败多胜少，也没什么好说的。"

黄钟公道："那倒未必尽然。但相信风兄弟言而有信，不致外传。此后一切所见，请你也是一句不提，连那位童兄也不可告知，这件事做得到么？"令狐冲踌躇道："连童大哥也不能告知？比剑之后，他自然要问起经过，我如绝口不言，未免于友道有亏。"黄钟公道："那位童兄是老江湖了，既知风兄弟已答应了老夫，大丈夫千金一诺，不能食言而肥，自也不致于强人所难。"令狐冲点头道："那也说得是，晚辈答允了便是。"黄钟公拱了拱手，道："多谢风兄弟厚意。请！"

令狐冲转过身来，便往外走。哪知丹青生向内室指了指，道："在这里面。"

令狐冲一怔，大是愕然："怎地在内室之中？"随即省悟："啊，是了！和我比剑之人是个女子，说不定是大庄主的夫人或是姬妾，因此他们坚决不让向大哥在旁观看，既不许她见到我相貌，又不许我见到她真面目，自是男女有别之故。大庄主一再叮嘱，要我不可向旁人提及，连对向大哥也不能说，若非闺阁之事，何必如此郑重？"

想通了此节，种种疑窦豁然而解，但一捏到掌心中的纸团和其中那枚小小硬物，寻思："看来向大哥种种布置安排，深谋远虑，只不过要设法和这女子见上一面。他自己既不能见她之面，便要我传递书信和信物。这中间定有私情暧昧。向大哥和我虽义结金兰，但四位庄主待我甚厚，我如传递此物，太也对不住四位庄主，这便如何是好？"又想："向大哥和四位庄主都是五六十岁年纪之人，那女子定然也非年轻，纵有情缘牵缠，也是许多年前的旧事了，就算递了这封信，想来也不会坏了那女子的名节。"沉吟之际，五人已进了内室。

室内一床一几，陈设简单，床上挂了纱帐，甚是陈旧，已呈黄色。几上放着一张短琴，通体黝黑，似是铁制。

令狐冲心想："事情一切推演，全入于向大哥的算中。唉，他情深若斯，我岂可不助他偿了这个心愿？"他生性洒脱，于名教礼仪之防，向来便不放在心上，这时内心之中，隐隐似乎那女子便是小师妹岳灵珊，她嫁了师弟林平之，自己则是向问天，隔了数十年后，千方百计的又想去和小师妹见上一面，会面竟不可得，则传递一样昔年的信物，聊表情愫，也足慰数十年的相思之苦。心下又想："向大哥摆脱魔教，不惜和教主及教中众兄弟翻脸，说不定也是为了这旧情人之故。"

他心涉遐想之际，黄钟公已掀开床上被褥，揭起床板，下面却是块铁板，上有铜环。黄钟公握住铜环，向上一提，一块四尺来阔、五尺来长的铁板应手而起，露出一个长大方洞。这铁板厚达半尺，显是甚是沉重，他平放在地上，说道："这人的居所有些奇怪，风兄弟请跟我来。"说着便向洞中跃入。黑白子道："风少侠先请。"

令狐冲心感诧异，跟着跃下，只见下面墙壁上点着一盏油灯，发出淡黄色光芒，置身之所似是个地道。他跟着黄钟公向前行去，黑白子等三人依次跃下。

行了约莫二丈，前面已无去路。黄钟公从怀中取出一串钥匙，插入了一个匙孔，转了几转，向内推动。只听得轧轧声响，一扇石门缓缓开了。令狐冲心下越感惊异，而对向问天却又多了几分同情之意，寻思："他们将这女子关在地底，自然是强加囚禁，违其本愿。这四位庄主似是仁义豪杰之士，却如何干这等卑鄙勾当？"

他随着黄钟公走进石门，地道一路向下倾斜，走出数十丈后，又来到一扇门前。黄钟公又取出钥匙，将门开了，这一次却是一扇铁门。地势不断的向下倾斜，只怕已深入地底百丈有余。地道转了几个弯，前面又出现一道门。令狐冲忿忿不平："我还道四位庄主精擅琴棋书画，乃是高人雅士，哪知竟然私设地牢，将一个女子关在这等暗无天日的所在。"

他初下地道时，对四人并无提防之意，此刻却不免大起戒心，暗自栗栗："他们跟我比剑不胜，莫非引我来到此处，也要将我囚禁于此？这地道中机关门户，重重叠叠，当真是插翅难飞。"可是虽有戒备之意，但前有黄钟公，后有黑白子、秃笔翁、丹青生，自己手中一件兵器也没有，却也无可奈何。

第三道门户却是由四道门夹成，一道铁门后，一道钉满了棉絮的木门，其后又是一道铁门，又是一道钉棉的板门。令狐冲寻思："为什么两道铁门之间要夹两道钉满棉絮的板门？是了，想来被囚之人内功十分厉害，这棉絮是吸去她的掌力，以防她击破铁门。"

此后接连行走十余丈，不见再有门户，地道隔老远才有一盏油灯，有些地方油灯已熄，更是一片漆黑，要摸索而行数丈，才又见到灯光。令狐冲只觉呼吸不畅，壁上和足底潮湿之极，突然之间想起："啊哟，那梅庄是在西湖之旁，走了这么远，只怕已深入西湖之底。这人给因于湖底，自然无法自行脱困。别人便要设法搭救，也是不能，倘若凿穿牢壁，湖水便即灌入。"

再前行数丈，地道突然收窄，必须弓身而行，越向前行，弯腰越低。又走了数丈，黄钟公停步晃亮火折，点着了壁上的油灯，微光之下，只见前面又是一扇铁门，铁门上有个尺许见方的洞孔。

黄钟公对着那方孔朗声道："任先生，黄钟公四兄弟拜访你来啦。"

令狐冲一呆："怎地是任先生？难道里面所囚的不是女子？"但里面无人答应。

黄钟公又道："任先生，我们久疏拜候，甚是歉仄，今日特来告知一件大事。"

室内一个浓重的声音骂道："去你妈的大事小事！有狗屁就放，如没屁放，快给我滚得远远地！"

令狐冲惊讶莫名，先前的种种设想，霎时间尽皆烟消云散，这口音不但是个老年男子，而且出语粗俗，直是个市井俚人。

黄钟公道："先前我们只道当今之世，剑法之高，自以任先生为第一，岂知大谬不然。今日有一人来到梅庄，我们四兄弟固然不是他的敌手，任先生的剑法和他一比，那也是有如小巫见大巫了。"

令狐冲心道："原来他是以言语相激，要那人和我比剑。"

那人哈哈大笑，说道："你们四个狗杂种斗不过人家，便激他来和我比剑，想我替你们四个混蛋料理这个强敌，是不是？哈哈，打的倒是如意算盘，只可惜我十多年不动剑，剑法早已忘得干干净净了。操你奶奶的王八羔子，夹着尾巴快给我滚罢。"

令狐冲心下骇然："此人机智无比，料事如神，一听黄钟公之言，便已算到。"

秃笔翁道："大哥，任先生决不是此人的敌手。那人说梅庄之中无人胜得过他，这句话原是不错的。咱们不用跟任先生多说了。"那姓任的喝道："你激我有什么用？姓任的难道还能为你们这四个小杂种办事？"秃笔翁道："此人剑法得自华山派风清扬老先生的真传。大哥，听说任先生当年纵横江湖，天不怕，地不怕，就只怕风老先生一个人。任先生有个外号，叫什么'望风而逃'。这个'风'字，便是指风清扬风老先生而言，这话可真？"

那姓任的哇哇大叫，骂道："放屁，放屁，臭不可当。"

丹青生道："三哥错了。"秃笔翁道："怎地错了？"丹青生道："你说错了一个字。任先生的外号不是叫'望风而逃'，而是叫'闻风而逃'。你想，任先生如果望见了风老先生，二人相距已不甚远，风老先生还容得他逃走吗？只有一听到风老先生的名字，立即拔足便奔，急急如丧家之犬……"秃笔翁接口道："忙忙似漏网之鱼！"丹青生道："这才得保首领，直至今日啊。"

那姓任的不怒反笑，说道："四个臭混蛋给人家逼得走投无路，无可奈何，这才想到来求老夫出手。操你奶奶，老夫要是中了你们的鬼计，那也不姓任了。"

黄钟公叹了口气，道："风兄弟，这位任先生一听到你这个'风'字，已是魂飞魄散，心胆俱裂。这剑不用比了，我们承认你是当世剑法第一便是。"

令狐冲虽见那人并非女子，先前种种猜测全都错了，但见他深陷牢笼，显然岁月已久，同情之心不禁油然而生，从各人的语气之中，推想这人既是前辈，武功又必极高，听黄钟公如此说，便道："大庄主这话可不对了，风老前辈和晚辈谈论剑法之时，对这位……这位任老先生极是推崇，说道当世剑法，他便只佩服任老先生一人，他日晚辈若有机缘拜见任老先生，务须诚心诚意、恭恭敬敬的向他老人家磕头，请他老人家指教。"

此言一出，黄钟公等四人尽皆愕然。那姓任的却十分得意，呵呵大笑，道："小朋友，你这话说得很对，风清扬并非泛泛之辈，也只有他，才识得我剑法的精妙所在。"

黄钟公道："风……风老先生知道他……他是在这里？"语音微颤，似有惊恐之意。

令狐冲信口胡吹："风老先生只道任老先生归隐于名山胜地。他老人家教导晚辈练剑之时，常常提及任老先生，说道练这等剑招，只是用来和任老先生的传人对敌，世上若无任老先生，这等繁难的剑法根本就不必学。"他此时对梅庄四个庄主颇为不满，这几句话颇具奚落之意，心想这姓任的是前辈英雄，却给囚禁于这阴暗卑湿的牢笼之中，定是中了暗算。他四人所使手段之卑鄙，不问可知。

那姓任的道："是啊，小朋友，风清扬果然挺有见识。你将梅庄这几个家伙都打败了，是不是？"

令狐冲道："晚辈的剑法既是风老先生亲手所传，除非是你任老先生自己，又或是你的传人，寻常之人自然不是敌手。"他这几句话，那是公然和黄钟公等四人过不去了。他越感到这地底黑牢潮湿郁闷，越是对四个庄主气恼，只觉在此处耽得片刻，已如此难受，他们将这位武林高人关在这非人所堪居住的所在，不知已关了多少年，当真残忍无比，激动义愤，出言再也无所顾忌，心想最多你们便将我当场杀了，却又如何？

黄钟公等听在耳里，自是老大没趣，但他们确是比剑而败，那也无话可说。丹青生道："风兄弟，你这话……"黑白子扯扯他的衣袖，丹青生便即住口。

那人道："很好，很好，小朋友，你替我出了胸中一口恶气。你怎样打败了他们？"令狐冲道："梅庄中第一个和我比剑的，是个姓丁的朋友，叫什么'一字电剑'丁坚。"那人道："此人剑法华而不实，但以剑光唬人，并无真实本领。你根本不用出招伤他，只须将剑锋摆在那里，他自己会将手指、手腕、手臂送到你剑锋上来，自己切断。"

五人一听，尽皆骇然，不约而同的都"啊"了一声。

那人问道："怎样？我说得不对吗？"令狐冲道："说得对极了，前辈便似亲眼见到一般。"那人笑道："好极！他割断了五根手指，还是一只手掌？"令狐冲道："晚辈将剑锋侧了一侧。"那人道："不对，不对！对付敌人有什么客气？你心地仁善，将来必吃大亏。第二个是谁跟你对敌？"

令狐冲道："四庄主。"那人道："嗯，老四的剑法当然比那个什么'一字屁剑'高明些，但也高不了多少。他见你胜了丁坚，定然上来便使他的得意绝技，哼哼，那叫什么剑法啊？是了，叫作'泼墨披麻剑法'，什么'白虹贯日'、'腾蛟起凤'，又是什么'春风杨柳'。"丹青生听他将自己的得意剑招说得丝毫不错，更加骇异。

令狐冲道："四庄主的剑法其实也算高明，只不过攻人之际，破绽太多。"

那人呵呵一笑，说道："老风的传人果然有两下子，你一语破的，将他这路'泼墨披麻剑法'的致命弱点说了出来。他这路剑法之中，有一招自以为最厉害的杀手，叫做'玉龙倒悬'，仗剑当头硬砍，他不使这招便罢，倘若使将出来，撞到老风的传人，只须将长剑顺着他剑锋滑了上去，他的五根手指便都给披断了，手上的鲜血，便如泼墨一般的泼下来了。这叫做'泼血披指剑法'，哈哈，哈哈。"

令狐冲道："前辈料事如神，晚辈果是在这一招上胜了他。不过晚辈跟他无冤无仇，四庄主又曾以美酒款待，相待甚厚，这五根手指吗，倒不必披下来了，哈哈，哈哈。"

丹青生的脸色早气得又红又青，当真是名副其实的"丹青生"，只是头上罩了枕套，谁也瞧不见而已。

那人道："秃头老三善使判官笔，他这一手字写得好像三岁小孩子一般，偏生要附庸风雅，武功之中居然自称包含了书法名家的笔意。嘿嘿，小朋友，要知临敌过招，那是生死系于一线的大事，全力相搏，尚恐不胜，哪里还有闲情逸致，讲究什么锺王碑帖？除非对方武功跟你差得太远，你才能将他玩弄戏要。但如双方武功相若，你再用判官笔来写字，那是将自己的性命双手献给敌人了。"

令狐冲道："前辈之言是极，这位三庄主和人动手，确是太过托大了些。"

秃笔翁初时听那人如此说，极是恼怒，但越想越觉他的说话十分有理，自己将书法融化在判官笔的招数之中，虽是好玩，笔上的威力毕竟大减，令狐冲若不是手下留情，十个秃笔翁也给他毙了，想到此处，不由得出了一身冷汗。

那人笑道："要胜秃头老三，那是很容易的。他的判官笔法本来相当可观，就是太过狂妄，偏要在武功中加上什么书法。嘿嘿，高手过招，所争的只是尺寸之间，他将自己性命来闹着玩，居然活到今日，也算得是武林中的一桩奇事。秃头老三，近十多年来你龟缩不出，没到江湖上行走，是不是？"

秃笔翁哼了一声，并不答话，心中又是一寒，自忖："他的话一点不错，这十多年中我若在江湖上闯荡，焉能活到今日？"

那人道："老二玄铁棋盘上的功夫，那可是真材实料了，一动手攻人，一招快似一招，势如疾风骤雨，等闲之辈确是不易招架。小朋友，你却怎样破他，说来听听。"令狐冲道："这个'破'字，晚辈是不敢当的，只不过我一上来就跟二庄主对攻，第一招便让他取了守势。"那人道："很好。第二招呢？"令狐冲道："第二招晚辈仍是抢攻，二庄主又取了守势。"那人道："很好。第三招怎样？"令狐冲道："第三招仍然是我攻他守。"那人道："了不起。黑白子当年在江湖上着实威风，那时他使一块大铁牌，只须有人能挡得他连环三击，黑白子便饶了他不杀。后来他改使玄铁棋枰，兵刃上大占便宜，那就更加了得。小朋友居然逼得他连守三招，很好！第四招他怎生反击？"令狐冲道："第四招还是晚辈攻击，二庄主守御。"那人道："老风的剑法当真如此高明？虽然要胜黑白子并不为难，但居然逼得他在第四招上仍取守势，嘿嘿，很好，很好！第五招一定是他攻了？"

令狐冲道："第五招攻守之势并未改变。"

那姓任的"哦"的一声，半晌不语，隔了好一会，才道："你一共攻了几剑，黑白子这才回击？"令狐冲道："这个……这个……招数倒记不起了。"

黑白子道："风少侠剑法如神，自始至终，晚辈未能还得一招。他攻到四十余招时，晚辈自知不是敌手，这便推枰认输。"他直到此刻，才对那姓任的说话，语气竟十分恭敬。

那人"啊"的一声大叫，说道："岂有此理？风清扬虽是华山派剑宗出类拔萃的人才，但华山剑宗的剑法有其极限。我决不信华山派之中，有哪一人能连攻黑白子四十余招，逼得他无法还上一招。"

黑白子道："任老先生对晚辈过奖了！这位风兄弟青出于蓝，剑法之高，早已远远超越华山剑宗的范围。环顾当世，也只有任老先生这等武林中数百年难得一见的大高手，方能指点他几招。"令狐冲心道："黄钟公、秃笔翁、丹青生三人言语侮慢，黑白子却恭谨之极。但或激或捧，用意相同，都是要这位任老先生跟我比剑。"

那人道："哼，你大拍马屁，一般的臭不可当。黄钟公的武术招数，与黑白子也只半斤八两，但他内力不错，小朋友，你的内力也胜过他吗？"令狐冲道："晚辈受伤在先，内力全失，以致大庄主的'七弦无形剑'对晚辈全然不生效用。"那人呵呵大笑，说道："倒也有趣。很好，小朋友，我很想见识见识你的剑法。"

令狐冲道："前辈不可上当。江南四友只想激得你和我比剑，其实别有所图。"那人道："有什么图谋？"令狐冲道："他们和我的一个朋友打了个赌，倘若梅庄之中有人胜得了晚辈的剑法，我那朋友便要输几件物事给他们。"那人道："输几件物事？嗯，想必是罕见的琴谱棋谱，又或是前代的什么书画真迹。"令狐冲道："前辈料事如神。"

那人道："我只想瞧瞧你的剑法，并非真的过招，再说，我也未必能胜得了你。"令狐冲道："前辈要胜过晚辈，那是十拿九稳之事，但须请四位庄主先答允一件事。"那人道："什么事？"令狐冲道："前辈胜了晚辈手中长剑，给他们赢得那几件希世珍物，四位庄主便须大开牢门，恭请前辈离开此处。"

秃笔翁和丹青生齐声道："这个万万不能。"黄钟公哼了一声。

那人笑道："小朋友有些异想天开。是风清扬教你的吗？"

令狐冲道："风老先生绝不知前辈因于此间，晚辈更是万万料想不到。"

黑白子忽道："风少侠，这位任老先生叫什么名字？武林中的朋友叫他什么外号？他原是哪一派的掌门？为何因于此间？你都曾听风老先生说过么？"

黑白子突如其来的连问四事，令狐冲却一件也答不上来。先前令狐冲连攻四十余招，黑白子还能守了四十余招，此刻对方连发四问，有如急攻四招，令狐冲却一招也守不住，嗫嚅半晌，说道："这个倒没听风老先生说起过，我……我确是不知。"

丹青生道："是啊，谅你也不知晓，你如得知其中原由，也不会要我们放他出去了。此人倘若得离此处，武林中天翻地覆，不知将有多少人命丧其手，江湖上从此更无宁日。"

那人哈哈大笑，说道："正是！江南四友便有天大的胆子，也不敢让老夫身脱牢笼。再说，他们只是奉命在此看守，不过四名小小的狱卒而已，他们哪里有权放脱老夫？小朋友，你说这句话，可将他们的身份抬得太高了。"

令狐冲不语，心想："此中种种干系，我半点也不知道，当真一说便错，露了马脚。"

黄钟公道："风兄弟，你见这地牢阴暗潮湿，对这位任先生大起同情之意，因而对我们四兄弟甚是不忿，这是你的侠义心肠，老夫也不来怪你。你可知道，这位任先生要是重入江湖，单是你华山一派，少说也得死去一大半人。任先生，我这话不错罢？"

那人笑道："不错，不错。华山派的掌门人还是岳不群罢？此人一脸孔假正经，只可惜我先是忙着，后来又失手遭了暗算，否则早就将他的假面具撕了下来。"

令狐冲心头一震，师父虽将他逐出华山派，并又传书天下，将他当作正派武林人士的公敌，但师父师母自幼将他抚养长大的恩德，一直对他有如亲儿的情义，却令他感怀不忘，此时听得这姓任的如此肆言侮辱自己师父，不禁怒喝："住嘴！我师……"下面这个"父"字将到口边，立即忍住，记起向问天带自己来到梅庄，是让自己冒认是师父的师叔，对方善恶未明，可不能向他们吐露真相。

那姓任的自不知他这声怒喝的真意，继续笑道："华山门中，我瞧得起的人当然也有。风老是一个，小朋友你是一个。还有一个你的后辈，叫什么'华山玉女'宁……宁什么的。啊！是了，叫作宁中则。这个小姑娘倒也慷慨豪迈，是个人物，只可惜嫁了岳不群，一朵鲜花插在牛粪上了。"令狐冲听他将自己的师娘叫作"小姑娘"，不禁啼笑皆非，只好不加置答，总算他对师娘颇有好评，说她是个人物。

那人问道："小朋友，你叫什么名字？"令狐冲道："晚辈姓风，名叫二中。"

那人道："华山派姓风的人，都不会差。你进来罢！我领教领教风老的剑法。"他本来称风清扬为"老风"，后来改了口，称为"风老"，想是令狐冲所说的言语令他颇为欢喜，言语中对风清扬也客气了起来。

令狐冲好奇之心早已大动，亟想瞧瞧这人是怎生模样，武功又如何高明，便道："晚辈一些粗浅剑法，在外面唬唬人还勉强可以，到了前辈跟前，实是不足一笑。但任老先生是人中龙凤，既到此处，焉可不见？"

丹青生挨近前来，在他耳畔低声说道："风兄弟，此人武功十分怪异，手段又是阴毒无比。你千万要小心了。稍有不对，便立即出来。"他语声极低，但关切之情显是出于至诚。令狐冲心头一动："四庄主对我很够义气啊！适才我说话讥刺于他，他非但毫不记恨，反而真的关怀我的安危。"不由暗自惭愧。

那人大声道："进来，进来。他们在外面鬼鬼祟祟的说些什么？小朋友，江南四'丑'不是好人，除了叫你上当，别的决没什么好话，半句也信不得。"

令狐冲好生难以委决，不知到底哪一边是好人，该当助谁才是。

黄钟公从怀中取出另一枚钥匙，在铁门的锁孔中转了几转。令狐冲只道他开了锁后，便会推开铁门，哪知他退在一旁，黑白子走上前去，从怀中取出一枚钥匙，在另一个锁孔中转了几转。然后秃笔翁和丹青生分别各出钥匙，插入锁孔转动。令狐冲恍然省悟："原来这位前辈的身份如此重要，四个庄主各怀钥匙，要用四条钥匙分别开锁，铁门才能打开。他江南四友有如兄弟，四个人便如是一人，难道互相还信不过吗？”又想：“适才那位前辈言道，江南四友只不过奉命监守，有如狱卒，根本无权放他。说不定四人分掌四条钥匙之举，是委派他们那人所规定的。听钥匙转动之声极是窒滞，锁孔中显是生满铁锈。这道铁门，也不知有多少日子没打开了。”

丹青生转过了钥匙后，拉住铁门摇了几摇，运劲向内一推，只听得叽叽格格一阵响，铁门向内开了数寸。铁门一开，丹青生随即向后跃开。黄钟公等三人同时跃退丈许。令狐冲不由自主的也退了几步。

那人呵呵大笑，说道：“小朋友，他们怕我，你却又何必害怕？”

令狐冲道：“是。”走上前去，伸手向铁门上推去。只觉门枢中铁锈生得甚厚，花了好大力气才将铁门推开两尺，一阵霉气扑鼻而至。丹青生走上前来，将两柄木剑递了给他。令狐冲拿在左手之中。秃笔翁道：“兄弟，你拿盏油灯进去。”从墙壁上取下一盏油灯。令狐冲伸右手接了，走入室中。

只见那囚室不过丈许见方，靠墙一榻，榻上坐着一人，长须垂至胸前，胡子满脸，再也瞧不清他的面容，头发须眉都是深黑之色，全无斑白。令狐冲躬身说道：“晚辈今日有幸拜见任老前辈，还望多加指教。”那人笑道：“不用客气，你来解我寂寞，可多谢你啦。”令狐冲道：“不敢。这盏灯放在榻上罢？”那人道：“好！”却不伸手来接。

令狐冲心想：“囚室如此窄小，如何比剑？”当下走到榻前，放下油灯，随手将向问天交给他的纸团和硬物轻轻塞在那人手中。

那人微微一怔，接过纸团，朗声说道：“喂，你们四个家伙，进不进来观战？”黄钟公道：“地势狭隘，容身不下。”那人道：“好！小朋友，带上了门。”令狐冲道：“是！”转身将铁门推上了。那人站起身来，身上发出一阵轻微的呛啷之声，似是一根根细小的铁链自行碰撞作声。他伸出右手，从令狐冲手中接过一柄木剑，叹道："老夫十余年不动兵刃，不知当年所学的剑法还记不记得。"

令狐冲见他手腕上套着个铁圈，圈上连着铁链通到身后墙壁之上，再看他另一只手和双足，也都有铁链和身后墙壁相连，一瞥眼间，见四壁青油油地发出闪光，原来四周墙壁均是钢铁所铸，心想他手足上的链子和铐镣想必也都是纯钢之物，否则这链子不粗，难以系住他这等武学高人。

那人将木剑在空中虚劈一剑，这一剑自上而下，只不过移动了两尺光景，但斗室中竟然嗡嗡之声大作。令狐冲赞道："老前辈，好深厚的功力！"

那人转过身去，令狐冲隐约见到他已打开纸团，见到所裹的硬物，在阅读纸上的字迹。令狐冲退了一步，将脑袋挡住铁门上的方孔，使得外边四人瞧不见那人的情状。那人将铁链弄得当当发声，身子微微发颤，似是读到纸上的字后极是激动，但片刻之间，便转过身来，眼中陡然精光大盛，说道："小朋友，我双手虽然行动不便，未必便胜不了你！"

令狐冲道："晚辈末学后进，自不是前辈的对手。"

那人道："你连攻黑白子四十余招，逼得他无法反击一招，现下便向我试试。"

令狐冲道："晚辈放肆。"挺剑向那人刺去，正是先前攻击黑白子时所使的第一招。

那人赞道："很好！"木剑斜刺令狐冲左胸，守中带攻，攻中有守，乃是一招攻守兼备的凌厉剑法。黑白子在方孔中向内观看，一见之下，忍不住大声叫道："好剑法！"那人笑道："今日算你们四个家伙运气，叫你们大开眼界。"便在此时，令狐冲第二剑早已刺到。

那人木剑挥转，指向令狐冲右肩，仍是守中带攻、攻中有守的妙着。令狐冲一凛，只觉来剑中竟无半分破绽，难以仗剑直入，制其要害，只得横剑一封，剑尖斜指，含有刺向对方小腹之意，也是守中有攻。那人笑道："此招极妙。"当即回剑旁掠。

二人你一剑来，我一剑去，霎时间拆了二十余招，两柄木剑始终未曾碰过一碰。令狐冲眼见对方剑法变化繁复无比，自己自从学得"独孤九剑"以来，从未遇到过如此强敌，对方剑法中也并非没有破绽，只是招数变幻无方，无法攻其瑕隙。他谨依风清扬所授"以无招胜有招"的要旨，任意变幻。那"独孤九剑"中的"破剑式"虽只一式，但其中于天下各门各派剑法要义兼收并蓄，虽说"无招"，却是以普天下剑法之招数为根基。那人见令狐冲剑招层出不穷，每一变化均是从所未见，仗着经历丰富，武功深湛，一一化解，但拆到四十余招之后，出剑已略感窒滞。他将内力慢慢运到木剑之上，一剑之出，竟隐隐有风雷之声。

但不论敌手的内力如何深厚，到了"独孤九剑"精微的剑法之下，尽数落空。只是那人内力之强，剑术之精，两者混而为一，实已无可分割。那人接连数次已将令狐冲迫得处于绝境，除了弃剑认输之外更无他法，但令狐冲总是突出怪招，非但解脱显已无可救药的困境，而且乘机反击，招数之奇妙，实是匪夷所思。

黄钟公等四人挤在铁门之外，从方孔中向内观看。那方孔实在太小，只容两人同看，而且那二人也须得一用左眼，一用右眼。两人看了一会，便让开给另外两人观看。

初时四人见那人和令狐冲相斗，剑法精奇，不胜赞叹，看到后来，两人剑法的妙处已然无法领略。有时黄钟公看到一招之后，苦苦思索其中精要的所在，想了良久，方始领会，但其时二人早已另拆了十余招，这十余招到底如何拆，他是全然的视而不见了，骇异之余，寻思："原来这风兄弟剑法之精，一至于斯。适才他和我比剑，只怕不过使了三四成功夫。别说他身无内力，我瑶琴上的'七弦无形剑'奈何他不得，就算他内力充沛，我这无形剑又怎奈何他得了？他一上来只须连环三招，我当下便得丢琴认输。倘若真的性命相搏，他第一招便能用玉箫点瞎了我的双目。"

黄钟公自不知对令狐冲的剑法却也是高估了。"独孤九剑"

是敌强愈强，敌人如果武功不高，"独孤九剑"的精要处也就用不上。此时令狐冲所遇的，乃是当今武林中一位惊天动地的人物，武功之强，已到了常人所不可思议的境界，一经他的激发，"独孤九剑"中种种奥妙精微之处，这才发挥得淋漓尽致。独孤求败如若复生，又或风清扬亲临，能遇到这样的对手，也当欢喜不尽。使这"独孤九剑"，除了精熟剑诀剑术之外，有极大一部份依赖使剑者的灵悟，一到自由挥洒、更无规范的境界，使剑者聪明智慧越高，剑法也就越高，每一场比剑，便如是大诗人灵感到来，作出了一首好诗一般。

再拆四十余招，令狐冲出招越来越是得心应手，许多妙诣竟是风清扬也未曾指点过的，遇上了这敌手的精奇剑法，"独孤九剑"中自然而然的生出相应招数，与之抗御。他心中惧意尽去，也可说全心倾注于剑法之中，更无恐惧或是欢喜的余暇。那人接连变换八门上乘剑法，有的攻势凌厉，有的招数连绵，有的小巧迅捷，有的威猛沉稳。但不论他如何变招，令狐冲总是对每一路剑法应付裕如，竟如这八门剑法每一门他都是从小便拆解纯熟一般。

那人横剑一封，喝道："小朋友，你这剑法到底是谁传的？谅来风老并无如此本领。"

令狐冲微微一怔，说道："这剑法若非风老先生所传，更有哪一位高人能传？"

那人道："这也说得是。再接我这路剑法。"一声长啸，木剑倏地劈出。令狐冲斜剑刺出，逼得他收剑回挡。那人连连呼喝，竟似发了疯一般。呼喝越急，出剑也是越快。

令狐冲觉得他这路剑法也无甚奇处，但每一声断喝却都令他双耳嗡嗡作响，心烦意乱，只得强自镇定，拆解来招。

突然之间，那人石破天惊般一声狂啸。令狐冲耳中嗡的一响，耳鼓都似被他震破了，脑中一阵晕眩，登时人事不知，昏倒在地。